鬥陣寫咱的土地

母語地誌散文集

序 | Forward

　　台灣，這片土地揉雜著多元種族文化，交織著精采與豐富的人文特色。許多文學創作者試圖將自身的「母語」表現在其文學作品中，使台灣的鄉土文學呈現出多樣化的面貌。然而，即便創作者們儘量在文字上只使用漢字或者拼音方式呈現，但是在作品的閱讀或口語吟誦上，仍呈現相當的差異。而在各種差異中，唯一不改變的即是作者期盼表達的情懷，這也是文學創作的精髓。為持續的鼓勵母語的書寫與閱讀，新台灣人文教基金會長年以來，努力體現「新台灣人」的價值，希望融合舊有的傳統，也注入新的潮流與文化，為台灣各式文化的發展盡力。

　　一直以來，新台灣人文教基金會持續舉辦台語辯論賽，廣邀高中、大學青年參與。民國一百年，響應「改變」之主軸，我們將原有的台語推廣活動轉型擴大，邀集在地詩人，書寫台語創作詩篇。透過在地詩人的感官與手筆，刻畫出一則則台灣山川河海與家園的精彩記事。基金會亦將篇篇的在地情懷，結集成《咱的土地咱的詩：台語地誌詩集》出版，受到許多朋友的支持與鼓勵。

　　今年，我們試圖延續母語書寫活動，將原來的詩篇格

式嘗試轉為散文創作，同時也增加書寫語種，付梓為《鬥陣寫咱的土地：母語地誌散文集》編選。此外，配合時代轉變之脈動，我們企劃製作「我的母土‧風情萬種」攝影比賽與展覽，結合文學作品及攝影影像，讓更多的朋友知曉，我們可以閱讀書寫台灣的土地深情，可以吟誦出台灣的美好風光，可以看見台灣的秀麗景緻。

在此我要對辛勞的主編群：向陽老師、黃恒秋老師、董恕明老師，以及53位創作不懈的文學家致上我最誠摯的謝忱。有了您們的努力，共同書寫出最動人的台灣，讓我們看見更多不同視角的台灣。也感謝「我的母土‧風情萬種」攝影比賽的評審周志剛、莊靈、吳德亮、23位得獎者與其他提供攝影作品的朋友，因為你們，讓今年的母語推廣活動與作品更形精彩與生動。未來，基金會仍會在母語創作的推廣上持續進行，為這塊吾人深愛的土地，繼續打拚。

財團法人新台灣人文教基金會董事長　張珩

3

目錄 | Forward

台灣閩南語篇

客語篇

原住民漢語篇

謝文枝攝影／「我的母土·風情萬種」攝影比賽入選

攝影=翁翁

青春圓環

雷驤

彼時的台北都會構成，實為一條縱貫南北的鐵道所貫穿，
每隔一段時間，東西向的市區幹道即叮叮放下欄柵，
長串火車堂而皇之的穿行市街，交叉的車輛行人一律暫時靜止。
由是台北基本上一剖為二：火車站也分主建築的「台北前站」；
以及「台北後站」，以鐵道劃成前後兩個區塊，文化也截然不同。

有一回同幾位女太太們在大龍峒的保安宮和孔廟一帶寫生。午餐時間，附近雖有林立的小食，她們卻十分躊躇。這些身家富裕的太太們以為：與其隨意在不熟悉的地方填飽肚子，讓不良食物充滿體內慢慢消化，不如忍飢前往有把握的地方用餐為是。

這種「堅持不染」的氣魄，令我佩服。那天我們分乘兩部汽車，繞行了半個市區，為了午餐，回到她們素向熟悉的東區名店。

那些年每週一回聚會，她們愉快的與我切磋畫技，待以「上馬金、下馬銀」的禮遇，實為畢生豪華美食難忘的經歷。

我的「外食」經驗仍以樸素特色的小食最喜，記憶中有同窗級友M帶我去的圓環露店——還不是圓環主體內的食攤，而是邊上南京西路延展的一條食巷，靠頭前的一家。首先是咖哩飯一盤，上面淋蓋鮮黃色的咖哩汁中，有洋芋和肥瘦間雜的肉塊，蒸煮得十分好吃的白米飯只露出一角；佐配的是肉羹一淺碗（如果扣除放在碗裡的瓷湯匙，幾乎只有半淺碗的分量），那肉糜結成的條狀，如硓砧似的多銳角。這兩味皆多滑濃潤口，剛足以讓年輕的我們飽食——這是M君提議的兩味絕配。

這說的是40年前，我一個人負笈台北時的情形，受到級友M多所照料，從此伊始，對圓環小食並不陌生。

彼時的台北都會構成，實為一條縱貫南北的鐵道所貫穿，每隔一段時間，東西向的市區幹道即叮叮放下欄柵，長串火車堂而皇之的穿行市街，交叉的車輛行人一律暫時靜止。由是台北基本上一剖為二：火車站也分主建築的「台北前站」；以及「台北後站」，以鐵道劃成前後兩個區塊，文化也截然不同。當時的印象，面向「前站」展開的是官衙——總統府、法院、議會；文化場域——新公園、博物館、北一女，以及首善商區的衡陽路、重慶南路、博愛路等等。而「後火車站」的這一區塊——沿淡水河早期發展而後沒落的迪化街、延平北路、重慶北路一帶，

相對來看，實屬都市邊緣。

1929年建成的「後驛」，是一座木造淺窄的小格局，如同縱貫鐵路行經各鄉鎮小站的模樣。這個區塊內比較庶民，大宗貨物集散、化工原料、舊機件集中的二手買賣等等。南北外來台北謀生的流動人口，多在此處落腳，小旅店、短期客棧林立；收受典當品、贓物轉售、人力市場皆在此地集中，其中以貼滿紅紙條「徵人」的職業介紹所十分醒目。當然做為庶民飲食的據點的「圓環」含納其中。

另外值得一提的：曾上演台灣話劇《閹雞》的「永樂座」；贊助文化活動的「山水亭」料理都在延平北路上，甚至台共領導謝雪紅開辦的「國際書局」，也在與南京西路交叉的延平北路二段上。民生西路有文人喜愛出入的「波麗路咖啡館」、美女醇酒的「江山樓」則坐落歸綏街。這些個高檔次的文化據點與此地原有的庶民性，之間的共同點，則是都比較「台」。

級友M即家居沒落的迪化街古宅中。

1990年台北火車站擴建，市區穿越的鐵道全都地下化，「後站」折消，古早台北兩大區塊的鮮明輪廓，也消淡無蹤了。

現今在台北搭乘火車，穿行在堅實、空調和人工照明的地下道，感覺與世界其他都會沒有兩樣。昔年得步過天橋，前來造訪住在後火車站曲折黑巷的貧友（彼時大家皆貧），那種種記憶仍屬鮮活。

友人住在一處由數家分租的雜院裡，水喉僅只一支，設在共用的庭院裡，淘米、洗衣服的各戶主婦圍聚在它四周，雖然雜沓，卻也有一股融融和樂的氣氛。談天中，常聽見鄰宅傳來噠、噠的錘擊聲，是準備黃昏前往圓環做生意的。友妻遂持碗去隔壁，買了一碗熱湯回來，原來那是用機械拍擊肉糜的聲音，這也是我首度嚐到「摃丸」的滋味，接著友人帶我到「圓環」某一特選攤頭，嘗試「潤餅捲」甜爽口味。

「圓環」本來是幾條路交叉匯合時的一種「緩順流」的交通設計，
各方車流順向繞圈，到達自己要轉進的路口時，即向右駛離。
簡榮浩＝攝影

　　「圓環」本來是幾條路交叉匯合時的一種「緩順流」的交通設計，各方車流順向繞圈，到達自己要轉進的路口時，即向右駛離。這種不設紅綠燈號誌的方法，在車流量不大的古昔，台灣各城市大多有圓環到達岔路口，毋須停車等候，而是減速繞圈，便能達到轉彎目的。

　　當然之間得有一塊迴旋的空地。1920年代還是泥石路的南京西路、延平北路、天水路和寧夏路交會處，就有這麼一塊種七里香圍圈，中有大榕樹的場子，大約六百坪，成為孩子白日嬉耍，大人晚間納涼的好去處。要知道台灣人以吃為消閒的至高幸福，因此攤販有了商機，紛紛挑擔設攤，以致漸成規模納入組織管理，這就是幾經演變終成聞名全台的「台北圓環露店」。

　　想像如果推回1920年代末，夏日尾暗時，那噠噠聲發自高齒木屐，從圓環輻射的大路與串連的巷底傳來，穿著日式浴袍或寬大台灣衫褲的男女，自連排燠熱的居屋裡踱出，三兩並肩前後陸續閒走，圓環零散的露店攤頭明滅的燈火，即向彼等招手了。最終以某幾味小食滿足台灣人的休閒旨趣之後，踏著月色歸去。

　　極盛時期的圓環露店，1963平方公尺的圓形基地上，形成雙環套合，店家排比圈中有圈，且展延到周邊的直街兩旁來。代表性的地方小食有：蚵仔煎、紅燒鰻、筒仔米糕、肉羹、蚵仔麵線，乃至港式的海鮮粥，外省人才會料理的牛雜湯等等，皆都匯集在此。換個角度看：由於饕客目光精道，沒有兩把刷子的食攤，大約很快淘汰出局。

　　呈圓形雙邊展列的露攤，拿手食物一目瞭然，如若有計畫的輪番進食，既可多樣而且價廉。譬如從冷食的沙拉筍與生魚片開始，續以海鮮及熱炒菜，佐配大杯生啤酒，幾種羹湯類，最後用的甜食，選項更多，水果盤及各色冰品俱全。隨著瀏覽的腳步停下，攤頭立即現切現炒上菜，猶如庶民的BUFFET餐，味道勝過預先做好放在銀盆裡用小火煨

熱的豪華自助餐食物。藍領、白領從衣著上分不出階級，一律坐食大啖，共同營造愉悅的進食氛圍。酒類除生啤外，保力達B加米酒也極受歡迎，食攤供應依一定比例調好出售。人們在此流連，絕非那種拿了就吃，吃了就跑的食店可比。

記得三島由紀夫自裁的消息傳出——大約卅幾年前的事了吧，文友幾個十分激昂。雖然並不真正理解三島作品與人生，只憑譯本讀了《假面告白》、《金閣寺》、《憂國》等幾冊小說，慷慨之情，彷彿來自：「三島都棄世而去了，還有什麼可說的？」於是相約一醉。

幾個困於文學的窮小子，不知天高地厚，竟闖入林森北路的一家酒廊去——大約憧憬三島文學裡的洋趣味，但酒廊是照例會有神祕女郎過來搭訕的地方，文友們自知闖禍，於是乖乖點了基本飲料，便老實坐在吧台的高腳凳上。後來鄰座一個商人氣質的中年男子聽我們談三島，竟開口說：「他畢竟死了嗎？三島是我的朋友呀。」彼此頓時引為知己，商人提供整瓶寄放酒廊的威士忌，酒量實淺的諸文友終於醉了。

離開酒廊約莫清晨四點，鉛重的天空下著細雨，文友們以夾克蒙頭，步行在寂寥大街上，感到飢腸轆轆，在相當遠的步程之後，踏進只有幾攤尚在營業的圓環，用剩下少少的金錢，買了熱甜的米漿果腹。

時光荏苒，家居迪化街的級友M早已移民南美洲；貸屋後車站曲巷裡的貧友，已經飛黃騰達，不用說，遷出了那處區塊。失了友情與地緣的我，漸漸與圓環離遠。

翻看我1996年的日記，有一則：

「今日特意前去拜訪圓環——為了追憶時下因為富庶和華麗，而逐漸走味的幾種小食的地道原味。

「一進圓環切口，便覺有異，那蕭索黯淡的店頭景觀，比諸當年盛況，不禁讓人慘然。再走到後半圈一看，已經全都歇業，從圓圈中庭覽

望，就這麼一副像舊時代的平常街巷，僅只一支裸裸的路燈，兀自照亮悽惻的環屋後背。

「勉強自己坐下來，點選幾樣，無論麵線、肉丸等，皆一保往昔風格，料豐而味道純正。使我肅然起敬的是，圓環店家多半使用年久粗厚的原木食桌、條凳，且一概每日刷洗潔白，顯現足以傲人的木質紋理。

「1950～1970年代時常光顧的此地，怎麼也沒想到於今竟至於沒落。」

這是我圓環的最後巡禮，也彷彿是青春的最後一瞥。

報端刊出圓環露店的全面歇業，於我，不知怎麼的浮出卅多年前清晨鉛灰的天空，以及剛剛填飽熱甜湯的肚腹的感覺，似乎當時已預見自己青春的訣別呢。

——選自《閱讀文學地景‧散文卷》，台北：行政院文建會，2008年

雷驤

出生於上海。台北師範學校藝術科畢業。現任台北藝術大學藝術行政與管理研究所兼任教授。著有《青春》、《雷驤極短篇》、《行旅畫帖》、《捷運觀測站》、《生之風景》、《目的地上海》、《浮日掠影》等書。

徐宜君＝攝影

來去灰磘

邱坤良

灰磘這個小家碧玉，本身就是一部傳奇，
家家戶戶務農兼做礦工、木匠或雜工，
雖然戶口人數不多，資源有限，卻有說不完的故事。

距離上一次到灰磘，不知不覺已經過30年了，30年？真是不可思議的光陰似火箭。

灰磘這個名字就像個蒼白的廢墟，灰灰濛濛，乍聽有些遙遠，也容易引起聯想，全台灣、甚至全世界，這樣的地名可能有好幾十個，指的是哪一個窯坑、窯子？

我說的灰磘不在月球、北極，也不在花東縱谷或澎湖的那個離島，而是台北近郊中和的一個小村落，離我的住處或工作地點都不遠，僅僅二、三十分鐘車程，就算塞車也保證一個小時內可以到達。這樣的距離竟然一別30年，令人感嘆歲月無情，眨眼間青春已逝。但我之所以覺得不可思議，倒不在於歲月悠悠，而是30年來，隨時都想再去這個小村落走走，卻不知怎的，就是去不了，而且一拖，就是30個年頭。

30年不見，灰磘必然有太多的改變。當初的地方「頭人」，年紀應該八、九十歲了，年輕一點的，現在也有六、七十幾歲了吧！就連我這個旁觀者當年不過二十好幾，歲月不饒人，如今也垂垂老矣！

其實這些年，灰磘並非音訊全無，我經常從某些人口中，知道它的近況，也從媒體看到有關灰磘禁建的爭議性新聞，「沒啥變啦！」幾乎每個知道灰磘的歐吉桑都這麼說。

國府剛剛轉進來台的那幾年，灰磘因為國防需要，被劃為彈藥管制區，並設軍營駐紮。不能動彈的民宅、土地達133公頃，聯外道路也嚴加管制，進出不便，外地人來灰磘，必須有本地人引領、簽收，十分麻煩。久而久之，很少人願意來這裡走動，灰磘像個謹守禮教、足不出戶的窮鄉小姑娘，長在深閨無人知了。

為了避免暴露彈藥庫與軍營位置，灰磘實施限電，入夜沒有路燈，沒有霓虹燈，從檢查哨往山邊望去，一片漆黑，民宅滲透出來的微弱光影，反讓死寂的村落有如鬼魅般飄浮。灰磘居民曾多次要求解禁，軍方

並不讓步，即使解嚴之後，依然沒有太大的改善。

要確實知道灰磘現況，最簡單，最直接，也最不笨的方法，就是到那裡走一趟。照理說，找個時間，隨便叫部車子，說走就走，就如從客廳走入廚房「行灶腳」，或到附近的餐廳吃飯，再走進咖啡館喝咖啡一樣簡便，毫無困難。可是我惦記灰磘，卻又一拖再拖，始終「抽」不出時間，實在不符合我急躁的個性。仔細思量，或者也有一些莫名的近鄉情怯吧！

這天的氣候灰灰陰陰，車子走過北二高的中和路段，突然心血來潮，想起灰磘。我決心看看這個山腳下的可憐小姑娘，看看當年參加演出的老子弟。縱然如此，我仍未一馬當先，直奔村落，而是懷著駝鳥心態，藉職務之便，請助理林秀春打頭陣，執行我灰磘任務的第一步。

秀春的年齡很輕，三十出頭而已，換句話說，我在灰磘做田野調查時，她才出生不久，正在牙牙學語。秀春平常工作很重，最近或因過度勞累，臉上多了幾顆青春痘。經不起我的威脅利誘，她莫名其妙，卻又勇敢地扮演媽祖輦前的「報馬仔」，答應先去灰磘探聽消息。

「灰磘？是燒製蚵灰的窯址嗎？是歷史遺址吧！」秀春自問自答，順便做成結論。要解釋我的灰磘心情，說明這個小村落的特殊性，恐怕要費一番口舌了。

去灰磘做什麼？調查「共和社」歷史與當地戲曲資源？了解聚落變遷與人口結構？這些都屬於專題研究範疇，不是我目前的計畫。我真正的目的，一言以蔽之，單純想知道「共和社」哪些人的現況而已。

「哪些人？」秀春愈聽愈困惑，她的工作習慣一向要求有明確目標。我一時也不知如何回答，只好說：「找幾個當地人聊聊好了！」我想隨便找一個灰磘人都可能是「共和社」哪些人中的一位。「找哪一位呢？」秀春不放心地追問。「就找里長吧！」我說。里長對地方疑難雜

症應該無所不知，無役不與，當年灰磘的表演活動就是老里長發起的，演趙匡胤的阿義聽說後來也當了里長，找里長準沒錯。

2

秀春透過中和市公所，查到灰磘里辦公室的聯絡電話，通過電話之後，才知道現在的里長不是阿義，而是年輕的林先生。她向林里長表明拜訪之意，順便問道：「阿義現在做什麼，能幫忙聯絡嗎？」秀春嘰嘰喳喳與里長哈拉，「噗哧」笑出聲來。原來她請林里長幫忙聯絡阿義，里長沒有接腔，還以為沒講清楚，重複一遍，里長才無奈地說：「哎呀！阿義競選連任被我打倒，我去找他，不好吧！」

30年風水輪流轉，中和人口已過40萬，市容繁榮，唯獨斯人憔悴；如今北二高速公路與捷運淡水線通車了，繁華都市的角落裡，長年幽居獨處的灰磘人可有改變？「報馬仔」回報：「擋在灰磘前面的軍事用地有了調整，禁建令解除。居民生活與外同步，自由進出，有些人搬到中和居住，『共和社』還在，林老里長已經過世……」一口氣報了一堆重要資訊。

1990年代初北二高工程經過中和，並有匝道相通灰磘地界，在居民、民意代表——可能也包括財團努力下，迫使軍方把灰磘的限建範圍縮減一半，灰磘人並不善罷干休，繼續力爭，像菜市場買賣論斤計兩般，最後限建面積再縮小至46公頃，灰磘人還是不滿意。

秀春是在一個大雨滂沱的星期六早上，邀了一位姊妹淘前進灰磘。她們在捷運景安站錯過了一小時一班的接駁公車，又沒有耐心等候下一班，揮手叫來計程車。司機對於「灰磘」這個名詞似乎陌生，「圓通寺附近」、「圓山路上」、「兵仔營」……她接連提供了幾個線索，仍然說不清楚，講不明白。最後，扯到「彈藥庫」，司機老大才恍然大悟，

一派自信地往目的地開去。

秀春這一趟灰磘行成果輝煌，不僅見到林里長，也找到林家宗祠「永慶堂」以及「共和社」曲館，拜訪當年參加演出的子弟。她興奮地拍照存證，還拿回來要我指認。照片中幾位長者都年過古稀，白髮稀疏，我一個也認不出來，30年啦！

灰磘這個小家碧玉，本身就是一部傳奇，家家戶戶務農兼做礦工、木匠或雜工，雖然戶口人數不多，資源有限，卻有說不完的故事。演戲屬於村落大事，存在於生活之中，是娛樂，也是儀式，更是村落文化的傳承，不分男女老少，每個人都直接、間接、主動、被動地參加，比繳稅、服兵役還要自動自發。當全台灣各地的戲曲表演由盛而衰，後繼無力之際，這個幅員不大、戶口數不多、交通不便、經濟力不足的莊腳所在，反而上下動員，一「鼓」作氣，熱鬧滾滾，讓各大城市的老子弟刮目相看，也讓聞「聲」而至的我驚豔不已，至今印象深刻。

儘管當年跟灰磘人互動熱絡，歷經多年，昔日臉龐與名姓已然模糊，不過，有些人的影像仍然鮮明，長存我心。例如號稱「共和社」第一「男主角」的郭文理老生扮相俊秀，嗓音嘹喨，台上台下都很有人緣。那時他已70，如今呢？「十幾年前就走了！」林里長說。矮壯武頓的阿義，演起紅生、大花，有板有眼，中氣十足；在當了兩屆灰磘里長之後，競選連任時慘遭滑鐵盧，如今呢？「大」選失利後，被安排到中和市公所靈骨塔上班，負責往生者靈位的登錄、管理，平常就住在公所分配的宿舍，週末才會回家。

當年灰磘被劃歸軍事區，形成一座小孤島，雖然靠近中和，離台北也不遠，卻遠離學校、醫院、戲院……，生活機能之差，有如東部的鄉下。灰磘小朋友上學得清晨五點出門，走路到中和街上的國小讀書，後來積穗國小設校，距離近了，但囝仔腳走起路來，還是需要一、二個小

時。

　　封閉的生活環境，也讓灰磘民眾保留較多的傳統色彩，不管男女老少，出錢出力，共同參與村落活動，各有各的角色分工。男人參加表演，有的當演員、有的當樂師、有的跑龍套、有的跑腿打雜，而女人則負責後勤，煮點心犒賞辛苦遊戲、在戲台上扮演公侯將相的男人。

　　這一天我終於在秀春伴隨下重回灰磘，從中和圓通寺直走通往灰磘的道路，沿途各式各樣的民宅、鐵皮屋與稻田、山丘縱橫交錯。從中和連城路到灰磘短短幾分鐘，仍如30年前，有從大城市進入小鄉村的感覺。

　　彈藥庫依舊散落在一片青山綠地中，有些已經廢棄，有些仍在管制範圍，沿著員山路再往下走，可以看到福德宮，這是灰磘本地角頭廟，也是村民的信仰中心。每年正月16日灰磘一年一度大拜拜，就在慶祝土地公生日，至於中和街上的海山宮，灰磘人也有「份」，算是這座媽祖廟祭祀圈的一個角頭。

　　我與年輕的林里長約在福德宮見面，他比預定時間提前來到，兀自一人在廟前廟後巡巡看看。他的個頭不高，穿著休閒褲搭配T恤，年僅三十二、三歲，一副莊稼人模樣，談起話來，簡潔有力。我們的灰磘對話就從福德宮開始。

　　30年前，灰磘「共和社」子弟就是在這座土地公廟「梨園登台」，演出難得一見的子弟戲。當時福德宮還只是個小土地祠，阿義在里長任內募集資金，把小祠翻修得廟貌堂皇，林里長上任後踵事增華，在廟宇內裝大事修整，換言之，兩人對土地公的服務是有「共識」的，彷彿做里長、拚政績，光從廟宇建築就可以人神共鑑了。

　　灰磘每年祭典由里長與值年爐主決定慶祝方式，包括募資聘請戲班。今年林里長的政績，是請歌仔戲班、掌中戲班，外加康樂隊來演戲

酬神，前前後後熱鬧了五天，總經費十餘萬，算是大手筆，都在林里長號召下，各行各業認捐了事。

當年林孫鎮老里長從中和鄉灰磘村長幹到中和市灰瑤里長，一當就是七屆二十幾年，幾乎沒有碰到競爭的對手，好像出生來做村里長似的，如果不是70歲那天死於里長任內，也許還會幹10年、20年也不一定。為什麼沒有人出來跟他競選？現任的林里長說：「也不能說沒有，但是想出來的人知道選不過他，自動放棄了。」林里長是林老里長的孫女婿，接任里長，算是繼承先人衣鉢了。

林里長與阿義也有親戚關係，得叫對方一聲「阿叔」，不過，阿叔甘咧阿叔，遇到選舉，照樣對幹。這位後生小輩當初擊敗阿義，登上里長寶座，算是勝利者，但聊到這場灰磘大選，他的情緒仍然波濤洶湧。他說六、七年前有人看不慣阿義里長的行事風格，要他出來競選，結果一舉取而代之，四年後競選連任，再度擊退阿義支持的候選人。兩人因而形同仇敵，敗陣的一方成為「反對黨」。看來這個封閉小村落代誌大條，超乎我的原始想像。

林里長從小在灰磘里長大，原本從事電子業，對於「共和社」的歷史也有了解。他覺得子弟團已不容易維持了，因為大家做工賺錢，沒有人有時間學習子弟。如果跟學校結合呢？林里長也不看好，因為小朋友功課壓力大，沒有時間、也沒有興趣學習北管，不可能像老灰磘人一樣，把子弟當生活、當飯吃。

從福德宮環顧四周房舍、道路、田地，茫茫然不知身處何在。眼前的灰磘景觀已與我昔日印象大不相同。「軍營崗哨在哪裡？」我得認出進出灰磘所必經的檢查哨，才能找到重回灰磘的路。現在軍營裁撤了大半，進入灰磘已有幾條通路。摸索半天，我稍稍整理出方向，逐漸看到昔日灰磘聚落紋理，也看到新舊雜陳的民宅、農舍。

灰磘長期被限建，但上有政策，下有對策，幾十年下來，到處都有民眾偷偷興建或翻修的民宅、農舍、工寮，政府也睜一隻眼閉一隻眼，彼此相安無事。反而最近幾年，灰磘逐漸開放，居民依正常管道申請興建房舍，問題立即浮上檯面，因為大部分的房舍是在開放前違法興建，沒有建築及使用執照，連地址門牌都有問題，如今要就地合法，並進一步改建，問題就來了。由於沒有戶籍地址，學生就學也發生困擾，因為學區入學規定需檢附房屋所有權狀，灰磘里長每年都得花些時間與學區內的校長溝通，以便青少年能順利入學。

30年滄海桑田，人世間變化有多大？形形色色的風雲人物潮起潮落，眼見他起高樓、眼見他宴賓客、眼見他樓榻了……而灰磘呢？30年前這裡有一百多戶，大約一千人，現在還是一百多戶，一千人。但是，最近十數年間的變化，灰磘似乎已與外在世界無異了。學童改到錦和國小就學，不須再像早前般長途跋涉，短短的距離，還有家長以汽車或摩托車接送。

現在的灰磘道路縱橫交錯，開擴不少，相對地整個村落顯得雜亂無章，靠近連城路一帶到處都是鐵皮屋改裝的商店、工廠。依目前的行情，鐵皮屋每坪每月租金600元，300坪月入近二十萬，難怪民眾趨之若鶩。

現在光在灰磘村落之內，就有近30家「鐵厝」，有的當倉庫，有的經營釣魚場、釣蝦場，更壯觀的，開起汽車旅館，各型各色的轎車帶來一批批的紅男綠女，休息、住宿，無所不為。鐵皮屋的地主、商家未必是灰磘居民，他們多半住在板橋、台北，平常難得出現，與傳統的灰磘人迥然不同，甚至格格不入；真正灰磘人能否從這一波開放中獲得利潤，答案似乎並不肯定。

林家在灰磘算大姓，做為「公廳」的「永慶堂」三合院型式仍然

保持完整，正廳供奉歷代祖先神位，兩側護龍部分當住家，部分當儲藏室，並陸續延伸成停車庫、資源回收區。在「永慶堂」前，我遇見正在資源回收區整理雜物的林永吉，他是老里長的侄子，也是「共和社」的子弟，靦腆、熱情地引導我們穿過車庫到「共和社」，與他的兄弟永埕與永為會面，他們都是「共和社」要角。

「共和社」原來並無曲館，平常樂器、道具就放在「永慶堂」。十年前他們才蓋了占地約二十坪的鐵皮屋，做為子弟的集會所，產權登記在「共和社」名下。永為平常負責開門、打掃，差不多就是「館長」的角色。每天上午十點左右，子弟們忙完了各自的工作，陸續來曲館聚會、聊天、排練，從小到老，這樣的步調，差不多已成生活中的一部分了。

「共和社」曲館牆壁上吊掛著外界頒贈的匾額、獎牌與演出照片，見證了灰磘村落與曲館的滄桑歷史。正中間的神龕供奉子弟團的祖師爺——西秦王爺神像，聽說已有百餘年歷史。兩旁則是關平、周倉的大神像，灰磘大小活動，總要勞駕兩位將軍。為何有關平、周倉而不見關公？老子弟說不清楚，反正迎鬧熱時有這兩尊護法就增加很多氣勢了！

當年「共和社」雖非大館，卻威名在外，被「子弟界」尊重。我與林家老兄弟閒聊時，旁邊有位六、七十歲的長者插嘴說：「我也是在外面聽人講，才知道咱灰磘『共和社』有夠出名，樂理深、牌子〈曲牌〉多，比其他大軒社一點也不差。」他講話時元辰光彩，一副與有榮焉的陶醉，也展現他外頭的「交陪」。灰磘昔日子弟盛況，印證數十年來的聽聞，倒也不虛：後場整齊，前場的表現也不差。我問這位歐吉桑：「共和社那麼出名，你有沒有學子弟？」他略帶不安的回答：「無啦！以前在外面做工作溜溜去，無法度！」

「共和社」歷年活動多半配合福德宮祭典，娛神娛人。三十多年

「共和社」原來並無曲館，平常樂器、道具就放在「永慶堂」。十年前他們才蓋了占地約二十坪的鐵皮屋，做為子弟的集會所，產權登記在「共和社」名下。
徐宜君＝攝影

前，灰磘輪值中和海山宮爐主，全村落決定大展身手，排練子弟戲，並供奉著灰磘大小神祇，浩浩蕩蕩到北港朝天宮刈香。「共和社」當時扮演神轎前的子弟團，在神駕停駐的地點，擺場演奏，並在北港朝天宮前演出子弟戲，轟動一時。

　　老子弟談起當年的北港行，仍然得意洋洋。他們參加「共和社」是個人興趣，也為了地方公益，所以出錢出力，樂此不疲。如今的「共和社」呢？灰磘「頭人」說，子弟老了、死了、散了，很早就沒有演出了。永為依稀記得二十多年前中和大廟過爐時，「共和社」仍有演出，

再來就沒什麼動靜了。「共和社」現在僅剩幾名老子弟，年輕人對此毫無興趣，早已瀕臨解體的邊緣了。失去了灰磏聚落匯集、凝聚的集體表演傳統，現在的灰磏人各行其是，獨立自主，最近十幾年來的村落變遷，有人安之若素，也有人感慨、無奈。

今日「共和社」老子弟偶爾支援板橋的「福安社」，在民間喜慶迎神場合擺場出陣。曲館內的鐵架上仍放置著鑼鼓，成排的大鋁箱則收藏繡旗，牆上的小黑板上寫著「閏農曆七月十八日　福安社調人手　早上八點」，簡單幾個字顯示灰磏子弟的「實力」，也似乎在提醒大家：「共和社」還在喔！

北二高速公路的通車的確給灰磏打開一扇對外的門窗，改變鄉村小姑娘長期被禁錮的宿命。不過，巨大工程像提供保護的黑幫老大，讓這個村落得到「地利」與「地價」雙重喜悅的同時，也不可避免地，讓聚落形貌、景觀、民眾生活作息與娛樂表演型態因為老大的保護，面臨急驟的變化，八大行業正在村落之外，虎視眈眈地盯住這個準備離開鄉村的小姑娘。

老子弟聊到今日灰磏，不約而同地說：「以前有軍營、有部隊，晚上睡覺都不必關門；現在外面的閒雜人等又多又亂，暗暝睡在眠床上都無法度安心，驚到天光。」我不知道說話的人驚什麼，隨便說說，還是真的有今不如昔的感慨？

少了看戲的憨仔、傻子，作戲的空仔、瘋子也支持不下去；當灰磏子弟戲失去光彩，村落的色調也變了。僅存的子弟因選舉恩怨整合不易，要林里長支持有阿義參與的「共和社」並不容易，同樣地，就算林里長不計前嫌，扶植「共和社」，對方也不見得領情。沒有觀眾就不需要演出，沒有演出就不需要練習，連拉個弦、唱首曲子自娛都顯得懶散。扮戲用的鑼鼓嗩吶被擱置一旁，廟會謝神改請歌舞團，消失的不只

是「共和社」的北管戲曲，連迎神賽會的科儀都跟著走入歷史。

灰磘所面臨的問題，就像許多大城市小社區一樣，民眾生活跟著流行文化前進，傳統社會的技藝型式、內容相對凋零。當台北靈安社、共樂軒、台中新春園、集樂軒、基隆聚樂社、得意堂這些當年不可一世的子弟團渙散之後，差不多就沒有重新再起的機會。灰磘子弟資源不多，人力有限，要維持子弟曲館的運作更加困難，也難以期待。

傳統技藝的失落與保存、再生，不單是台灣文化傳承的危機，也是許多國家面臨的問題。當傳統文物、曲藝不被使用、不被欣賞、不被挑剔，就會慢慢從日常生活中退出，終而被遺忘，台灣的鄉村如此，城市如此，鄰近的文明國家——如日本，何嘗不是如此。

我突然想到日本作家壽岳章子在《千年繁華》所擔心的，不是京都金閣寺、東寺、清水寺這種世界級遺產的保存，而是日常生活裡各式各樣的傳統文物、藝能與老行業，因為它們最容易受到現代化的威脅，例如新式建築的興起改變民眾的生活起居，影響傳統塗泥水牆業、榻榻米作坊的生存。而城市擴張讓竹林減少，竹筍變得高價，影響京扇子、竹器的製作與行銷……。

台灣這幾年大談文化資產，不論保存觀念、執行層次，都有許多需要努力的空間，但最令人擔心的，也是像灰磘「共和社」這類原存於日常生活的無形文化財。壽岳章子慶幸日本京都仍有一群懂得生活品味與文化鑑賞的人，在現代化的洪流中，竭力保存日常生活及歲時祭儀中的傳統文化因子。而台灣呢？

文化是有機的、能變動的，人有生老病死，生活環境可以改變，社區同樣有生老病死，也同樣可以改變。有時候的確需要一群具傻勁、不刻意、不做作的人，不需要冠冕堂皇的理由，只要有趣味、有感情，就義無反顧，全力以赴。

如果灰磘的開放，代表一種改變，代表一種進步，那麼，這種改變所帶來的進步所指為何？值得深思！至少我在短時間就觀察不出來。在灰磘的短短一個下午，感受最深的，竟然是地方選舉恩怨與商業利益帶給這個小村落的衝擊。

灰磘人目前最注意的仍是土地問題，希望軍方能全面解除管制，再透過都市計畫變更，讓民眾自由處分田地，或將管制區內側的私地拿來與管制區外側的軍方用地交換，以便開發⋯⋯。

也許灰磘人表面上不說，任何人都可以看得出來，里長選舉及其衍生的後遺症，給這個小村落的影響更大，也更加棘手。為了小小的里長一職，原本和氣的鄉親好友開始撕裂，親情五十、朋友六十，都在所不惜了。

從灰磘回來，我一直想著這個猶如鄉村小姑娘的聚落，她的學歷不高、涉世未深、有傳統美德，進城謀生之後，將會面臨什麼樣的命運？而留在灰磘「共和社」的老子弟是否仍舊能吹吹打打過一生呢？

也許哪一天，里長、頭人、子弟突然想通了，握手言和，糾集原來的子弟，再從外面找一、二位幫手加強排練，粉墨登場。一旦「共和社」再度登台，就會成為台灣「唯一」的「子弟界」象徵。

我一旁的秀春因四處奔波、睡眠不足，顯得一臉茫然，她輕撫著臉龐剛又冒出的青春之痘，不解地問：「這個小村落真的有這麼特殊嗎？」

——原載於《印刻文學生活誌》，2006年12月，於2012年再修訂

邱坤良

宜蘭人。現任國立台北藝術大學戲劇系教授。著作有《飄浪舞台──台灣大眾劇場年代》、《陳澄三與拱樂社──台灣戲劇史的一個研究個案》、《台灣劇場與文化變遷》、《日治時期台灣戲劇之研究》，散文集《跳舞男女──我的幸福學校》、《馬路·游擊》、《南方澳大戲院興亡史》，以及編導作品《霧裡的女人》、《一官風波》、《紅旗·白旗·阿罩霧》等。

陳文欽攝影／「我的母土・風情萬種」攝影比賽入選

記得大嵙崁

林文義

我們的家園原來就在大嵙崁溪上游，
還沒有建築水庫的從前，鱒魚可以從角板山直下大嵙崁到淡水河，
水庫的完成把一切都阻隔了，甚至於日據時代所遺留的魚梯，
整個家園都滅絕，就在集水區深達數百公尺的水底……。

泰雅家園

水庫竣工不久，他常常騎著老舊的YAMAHA機車，帶著紅標米酒，穿過暮色漸濃的山嵐，沿著大嵙崁溪往上游的集水區奔去。

巨大而沉默的大壩匣門緊鎖，綠水映照落日最後一抹餘暉，鮮紅淒豔得猶如就義之前的武士……。他爬上左側的水泥護欄，像個走鋼索的伶人，動作突兀並且險象環生。

然後，他坐下來，兩腳像孩子般韻律的擺動，哼著一小段、一小段時斷時續的歌謠，旁人不諳歌之含意，只當他是個酒醉的男子。

被水庫的警衛勸走幾次，他們以為這個看若失意，藉酒消愁的男人是要投水自盡，幾次以後，也就習以為常，不再理會。

他仍然在向晚時分，常常來到大壩，喝紅標米酒，唱著少人聽懂的歌謠，好幾次，有人清楚地看見他滿眶的淚水，望著集水區深入伸延的群山遠處，沒有人知道他在想些什麼。

終於慢慢的知悉，他是一個泰雅族人。

告訴我這個故事的，是軍旅時期的同伴，家住桃園觀音鄉，那裡的化工重污染，使得鄉人所種植的稻米被拒絕並且痛病頻生……。

——我們並不是世居觀音鄉的人，我們的家園原來就在大嵙崁溪上游，還沒有建築水庫的從前，鱒魚可以從角板山直下大嵙崁到淡水河，水庫的完成把一切都阻隔了，甚至於日據時代所遺留的魚梯，整個家園都滅絕，就在集水區深達數百公尺的水底……。

1975年深秋的台南四分子，軍旅微寒的星夜，同伴噙著淚水告訴我，他是泰雅族人。

我們靜靜的喝酒，嚼花生米，唯恐打破什麼似的變得默然無語，幽幽地，他嘆了一口氣。

很多年來，再去石門水庫幾次，我會告訴同行的朋友說，在遊艇滑過碧綠美麗的集水區湖面，別忘記，水底還有一片泰雅族人的家園。

1788年，山地通事告訴泰雅族人，從唐山抵此墾拓的漢族移民，計畫向他們租借那片泰雅族人稱之「大姑陷」的河岸地，世居千年的原住民們竟然毫無戒心地欣然允諾。

搭乘由大壩開往角板山、復興鄉的交通船溯河而上，已成為集水區的大枓崁溪上游最後的終點，據說遠到大霸尖山茫茫的雲海深處。

靜謐如鏡，碧綠如翠的集水區，有人用箱網養大頭鰱、草魚，茫白的煙氣緊掩水面，山櫻以及杜鵑在微冷的春風裡那麼燦爛地怒放。上游駛來並與之交錯的交通船，盪起銀亮的水痕並絲帛般席捲而來。

從吊橋上去右轉攀登石階就是復興鄉。

梯田以及茶園，蔣介石行館被一把無名火燒毀，仍未復建，擴寬的停車場在不是假期的日子，顯得空蕩、靜寂……。走過小街，泰雅族人開的香菇店，一大包一大包塑膠袋裝滿的乾香菇寫著各種價格，老泰雅睜著一雙漂亮清亮的眼睛看外來人，黥紋的藍色已褪得很淡。

離開昔日的「大姑陷」河岸，那條如今已淤積幾近消失的大枓崁溪上游，記憶著泰雅族人血淚斑斑的歷史，被驅趕到離大枓崁很遠的觀音、復興、巴陵的族群，一如台灣島嶼各族的原住民同樣的困擾——年輕的族人到平地漢人的社會討生活，老人與小孩留在山上的家園，循環依序，一如山風雲影下難掩的孤零。

從大姑陷到大溪

坍落敗壞的西洋雜大正式建築，剝落的白瓷磚外牆以及精緻的雕飾；漢英文字還清楚地鑴刻著「建成商行」四字，大溪老街實在很寂寥。

　　循著這條狹窄卻筆直的老街試圖走向河岸，如果時光倒流百年，應該看到的，不就是郭雪湖筆下，彩麗的大帆船。張著塗滿桐油的竹帆，桅桿上飄著各色彩旗，溯著大嵙崁豐沛的溪水，遠從唐山大陸抵達淡水河口滬尾港，再航行到大稻埕卸下一些布匹、日用品以及果物，再揚帆啟碇，到淡水河、新店溪匯流之處右轉大嵙崁溪上溯，最後的終點在大溪。

　　難以逆料這個昔時商業鼎盛的淡水河系最深入內地的河港，百年歲月竟已全然沒落，鐵道的鋪設以及河道淤積都是主因。身旁古老的大正式洋行舊宅，只是多少滿足後人某種台灣鄉愁的追懷；終究，歷史就像身旁依然潺潺流去的大嵙崁溪，下往淡水河，永不回首。

　　首到大溪的漳州移民謝秀川、賴基郎經過了四天的逆水行舟，接觸到這片為河水沖積而成的「大姑陷」，繁茂的樟樹以及竹林間，泰雅族人的部落，他們知道這是可以安身立命之地，時為清乾隆53年。

　　200年以後的大溪老街，寂靜冷清，站在蔣介石行館的花園望過，通向中壢、龍潭的橋樑來回不絕的車輛，大嵙崁溪裸露的河床以及幾處湍流，岸邊赤黃的土石還有漂岸的廢棄物。

　　不知道昔日林本源家族為了避開漳泉械鬥，從新莊遷居到大嵙崁時，所建築的石砌城堡的遺址在哪裡？歷史裡記載的盜伐樟樹熬樟腦的舊憶似乎也只能從此地的老歲人嘴中隱約知悉。

　　問起年輕的學生，對大溪的了解，除了黃大目豆乾、紅木家具，就是「慈湖」。

　　慈湖，多年以前路過，森嚴戒備的憲兵站在鐫刻著國民黨黨徽的灰色牌樓下，透過樹籬，幽靜的湖上幾隻天鵝——那個在近代史上充滿爭議的獨裁者還是至死無以歸鄉。

　　1886年初，被欺壓得忍無可忍的泰雅族人終於和漢人爆發了流血衝

突，他們憤怒地砍下漢人的首級，整個大嵙崁陷入無比的恐慌與混亂狀態；台灣巡撫劉銘傳就在亂事平定之後，深加檢討，覺得不能再以武力報復，遂行招撫政策，設撫墾局，在每處山地置番事司事，並且墾田鑿圳，教化原住民。

彼時，歷經漳泉械鬥，又逢泰雅族與漢人爭戰之後的林本源家族，再次遷徙至大嵙崁溪下游的板橋落戶，而林家在大嵙崁定居時候所墾拓的田園、水圳卻也造福了無數的漳州移民。

日人據台初期，北台灣對抗占領軍最猛烈的，就是大嵙崁與三角湧的居民，平定之後，日本總督府遂將大嵙崁改名「大溪」，三角湧叫「三峽」。

台灣移民史上，數不盡的血跡淚痕，篳路藍縷建家園，大嵙崁正是最好的見證。

李梅樹的黃昏

微雨的三峽，祖師廟前狹窄的大埕橫七豎八停滿車輛──不是禮拜天都這麼擠，假日你來三峽看看，從橋那邊就交通管制！

廟口賣吃食的肥胖男人指著廟埕向我說。

舉首，精雕細琢的觀音青石板上的花鳥浮雕，左下角署著「梅樹」兩字。落鼻祖師大大小小靜坐在香火裊繞之間，很多年沒看到李梅樹歐吉桑了……。

20年前，有人把我帶到他面前，歐吉桑說，我很久沒有教學生了。他穿著一件寬鬆的大衣，極有威嚴的，一時間，我感到深切的敬畏。他用右手端一端滑下的眼鏡，端詳著我帶去的習作，竟然慈藹地笑了出來──

少年人，在台灣做畫家，真辛苦哦。

黃昏的三峽，從歐吉桑畫室窗口望去，可以看見三峽舊橋三個半圓形橋拱，橋下三峽溪水映照落日，金黃粼粼的反光。

側過頭，牆上一幅百號的油畫深深地吸引住我，六個婦人赤腳站在番薯田裡，一人蹲下撿拾，裹著白頭巾的婦人背對不知在等待什麼，暈黃柔美的光影色澤，我的心一陣顫慄。

——歐吉桑的名畫〈黃昏〉。

引見我的人，指畫莊重地說著。

——沒什麼，來，我帶這個少年去祖師廟，歐吉桑現在少畫圖，精神都放在建廟。

他淺淺地笑著，打開畫室的門，一大片向晚暈黃柔美的光影投向他高壯堅實的軀體。

拜師未成，卻常常去三峽祖師廟看歐吉桑在指導那群木雕、石雕師傅，要做出那種感覺……。有一次，追隨在他身後，沿著垂柳的溪畔散步，他談起二二八事件被槍殺的陳澄波，一再惋惜他的早逝，長長地嘆息，然後說——做畫家，有什麼路用？

20年了，我永遠忘不了追隨李梅樹歐吉桑在向晚的三峽溪畔散步的記憶。

在民族路長長的老街口飲食店一坐下來，飯菜都未點齊，70歲的老闆就氣憤難平地訴苦說——看這個什麼政府？老厝都已經不能住了，要改建說不行，古蹟保存？清朝蓋到現在，少年仔都搬去台北，誰要回來和老貨仔住這種下雨就漏水的厝？叫內政部長來住看看！

紅糖、糯米、石灰拌和的古代黏土和清水紅磚所砌起的這排清末的民房，顯而易見地可以察覺出已瀕臨傾圮，從日據時代到國民政府，它們毋寧是被忽略的，那麼，怎麼做才好？

鳥店接連著壽具行、診所、雜貨鋪……就像20年前初來三峽與李梅

樹歐吉桑見面的情景，這個古名「三角湧」的小鎮，變化不多，如果變了，是外環地帶的高樓，很不協調，但是，無人有權要三峽不變，永遠只是古蹟卻無新而妥協的重建計畫，飲食店老闆憤怒有理。

三峽溪與礦溪交匯並且流入大嵙崁溪，湧漫的河水輕拂著小鎮美麗的灘岸，李梅樹歐吉桑一生以之為題，三角湧彷彿他永遠的夢。

最後的母河

車過鶯歌，陶瓷廠林立的煙囪，灰濛濛的透天厝以及廠房過後，竟是寬廣的綠色田園；白鷺鷥輕盈地拍著雪白羽翼，從這片田到那片樹林。列車行經的鐵道左方，一條水面壯闊的河流，大嵙崁溪至此已近下游，豐沛、湍急。

南來北往的鐵道旅程，大嵙崁溪流過鶯歌的此段總是巨大車窗最美麗的風景；但是，我對鶯歌還是十分陌生。

陶瓷產地、作家陳映真故鄉，是成年之後的認知；童年印象的鶯歌，則是一闋人云亦云的神話，說是鄭成功初抵台灣，驅逐荷蘭人之後，巡行全島招撫原住民，到此時遇到一巨大鶯歌鳥，口吐煙霧，使得鄭軍不前，鄭成功下令炮轟，遂留下往後傳頌的鶯歌石典故。

從鶯歌到樹林，車前燈所觸及的微亮景物、公寓、工廠、路樹、鐵道……鶯歌還有神話虛構的鶯歌石，樹林的「樹林」還存在嗎？重建後的林家花園已不是林本源家族的最初。

繞經林家花園走文化路，名為「文化」，又是哪一種的文化？整條長街滿是燈火俗麗的KTV、理容院；左轉大漢橋直奔新莊，下橋右側，赫然又是霓虹閃爍的KTV、理容院。

台灣人？可憐、可悲又可恨的台灣人啊！

我寧可想起那個去石門水庫大壩追憶家園的泰雅族人，雖然悲涼，

卻那麼理直氣壯。

　　只有瀕臨惡死的淡水河，還是無求地、寬宏地以她溫暖卻衰弱，臂膀般的河流，緊緊擁抱著北台灣的土地與子民。

　　猶如母親，那麼地壯闊，那麼地無怨、無悔。

　　　　　　　——原載於《自立晚報・本土副刊》，1993年4月8日
　　　　　——選自《閱讀文學地景・散文卷》，台北：行政院文建會，2008年

林文義

台北人，曾任自立晚報副刊主編。現專職寫作。著有散文集《遺事小帖》、《歡愛》等；小說集《藍眼睛》、《革命家的夜間生活》等；詩集《旅人與戀人》；主編《86年散文選》等書。

吳孟純＝攝影

霧失樓台回新竹

陳銘磻

多年來，舉凡有人向我打探新竹有些什麼「名勝古蹟」時，
我會毫不考慮地告訴他：城隍廟。

　　11年前，當我離開新竹時，我是如此無奈地對她感到失望，我不知道，究竟是我遺棄她，還是她放棄了我。

　　按照文獻資料記載，民國九年，新竹曾合併新竹、桃園、苗栗三廳為新竹州，共轄之地十分遼闊；加上位居台北、台中之間，是北台灣文化發跡之地。

　　民國39年，台灣行政區域重新調整。從前的新竹州，再分割為桃園、新竹、苗栗三縣；同時新竹市從省轄市降格，改為縣轄市。

　　這種行政區域的變革，曾使新竹人悒悒不快；新竹人常緬懷他們生活的土地，是廣大的、包容性強的，他們且常以桃園、苗栗是「竹塹」分出去的，一度沾沾自喜，仍愛以老大自居。

　　然而，從民國39年10月，區域調整後到民國74年，將近35年期間，新竹給人的印象，卻是格局未變，樸實不再。我不曉得，新竹在這35年間的建設如牛步化的理由，是否包含著她老大不堪的不平衡心理，或者是閩、客兩族的混居，互不調合，而造成今日地方上建設的種種障礙。

　　我出生在新竹市中心，亦即碩存的「古老」文化區域——石坊里。

　　她是一塊不被有關當局重視與維護的——深具台灣建築特殊風貌的典型「人文社區」，一條長長、細細的石板路，貫穿石坊里；石板路的前方，孤寂地矗立一座從清道光四年間建造至今的節孝石坊。

　　今年春天，我回家小住，趁著外出時，順道走進石坊里，心裡彷若波動著無數的感慨，我明白，這不是在憂鬱著什麼，當走過那一棟我們一家人曾經住了好些個年頭，後來卻被無情親戚趕走的四合院，我的心情突然漲滿潮似地澎湃著。

　　陽光薄薄地灑在石板路上，我不經意地發覺，原來滿是石塊鋪成的小路，如今所剩無幾；我像遺落了什麼似地，站在那極少數的石板上發楞，我真想跪下來親吻它，擁住它，我不知道什麼時候，這些石板會全

數遭到現代建築的破壞，消失殆盡。

我默默地走過那個叫「童宅」的圍牆邊，其實，所謂的童宅、圍牆，早已改頭換面了，原來那一棵棵古意盎然、綠葉深深的樹，已然不知去向；小時候，那裡是石坊里的孩子最喜歡偷偷翻牆去的地方，那裡可以網蝶、捉蜻蜓、採花、玩捉迷藏。

樹不見了，蝴蝶、蜻蜓，一些可愛的動物，當然不來了。

我經常會這樣想著，一個沒有昆蟲來親近的樹，會是一種怎樣的面貌？一個沒有笑聲的家園，會是一棟棟怎樣的房子？

現代的生活，讓我們失去了許多樹，也失去了連串的笑聲。

童宅的樹不見了，我眼前的景象，盡是一棟又一棟比鄰而起的、沒有規律的房子，黯然地在晃盪著，我甚至於不曉得要如何向那些童年時站過、坐過、看過的石、樹、電桿打招呼，我真想告訴它們：我回來看你們了，是

陳銘磻／霧失樓臺回新竹

一條長長、細細的石板路，貫穿石坊里；石板路的前方，孤寂地矗立一座從清道光四年間建造至今的節孝石坊。
李青霖＝攝影

你們陪我度過童年光陰。

　　但是，一切全都變了，就連薄薄的陽光都顯得那麼沉重。

　　走過石板路的尾端，我情怯怯地站在居住了好些年的那間小屋子前，凝視又凝視。

　　方位正確，房子卻非過去的板屋了。

　　那間漆著淺藍油漆大門的板屋，有一個小樓閣，小樓閣旁有一扇窗，面向遙遠無際的天之一隅，那是我們家小孩在遭逢生活苦難時，常坐著仰望浮雲的地方；它是我們心中唯一可見亮麗的心靈之窗，是我們生活中最憧憬的光明。

　　那一扇小天窗，在一面泥牆中間，是用幾根粗裂了的木頭釘成的，沒有真正的窗戶可開關，也沒有繁花綠葉在窗外，偶爾飛來一隻小麻雀，牠總會向坐在小樓閣裡的我們探頭。

　　小樓閣的另一面泥牆，掛滿孩子們親手摺疊的紙花，我們也在上面塗了些心中的畫。

　　那麼破舊，但在我們心裡一直認定它是最典雅的建築物，竟和「童宅」的命運一樣，被現代文明剷除了。

　　新竹，這個以風、以米粉、以貢丸聞名全省的北台灣老城，素來民風保守，雖然鄰近桃園，但各項建設，似乎沒有受到桃園急速開發的影響；就像她四季面迎風砂，卻又不改其本色一樣地「屹立」，台中的建設是台中的事；桃園開發又與我何干？

　　三十多年來的新竹，一直矜持這種「以不變應萬變」的心理。

　　然而，實際上她又不若真正多風的澎湖那樣，除了保有古老而具特色的建築景觀之外，同時又能保有淳樸的民風。

　　老邁的新竹，一直喊著要升格，要建設，但多年來，她的成就有限，倒是整個城市陷落在百廢待興的階段，確為不爭之實。

議論多年的省立新竹醫院，雖然好不容易地遷移郊區，部分街道也著實大力拓寬，總覺得欠缺美感；站前廣場的整頓，也績效不彰。

是了，我們的城市規畫，總是想做即做，覺得哪裡不妥，就往哪兒開刀，往往原已零亂、醜陋不堪的街道，經過非藝術的規畫後，面目更糟。

譬如：古老的石坊里，如果能將她劃入保留區——保留她古老的面貌，必將是目前新竹深具特色的、一個小規模的典型台灣生活社區了。但她的命運一樣慘遭現代文明的破壞。

在新竹住了多年的蓋仙作家夏元瑜，曾感慨地跟我說：20年前的新竹和現在沒什麼兩樣嘛！他說這話時，大約在十五、六年前，而十五、六年後的今日新竹市，除了多幾棟高樓之外，跟他當初說的所謂20年前的模樣，似乎相差不多。

在新竹念書的階段，我最喜歡騎著單車和幾個較談得來的朋友，一起到市郊的古奇峰看黃昏。

一條通往山頂的石階，好像天河，路幽而靜，林深而淒，如果逢到飄細雨的季節，古奇峰宛若墜入古典潑墨畫的迷茫中，讓人感覺置身其中，美在其間。

平常往古奇峰的人不多，使得那裡保有清新的空氣，翠綠而潔淨的小樹林。

這座小小的山，為新竹平添不少詩情畫意，有時雨濛濛，帶不帶傘都一樣，竟讓人感到山上的細雨，可以過濾積市塵的靈魂，那時，有一種離繁華、喧騰很遠很遠的快意。

新竹的市民，一直都喜歡這座秀麗的小山。

卻是好景不常，不知道何時，古奇峰的頂上，竟然蓋起一座「關公塑像」，忠義氣息沒有，凜然豪氣沒有，百尺關聖帝塑像附近的生態景

觀、水土環境，一併遭到破壞，殿有神，堂有靈，古奇峰卻開始不安寧了。

那種「霧失樓台，月迷津渡」的感覺，一時之間被遊覽車載來的各地遊客揉碎了。

新竹雖然多了個可以讓外地人觀光的「風景區」，但新竹人也同時失去了一個原本可以青翠、悟入情懷中的「風景區」了。

據說蓋關聖帝塑像的那塊土地，是新竹某政治人物的私地；當然，每個人都有權利在他自己擁有的土地上搭蓋「合法」的任何建築，卻是，沒有美感的心靈，往往適得其反地破壞了大自然的景觀。

古奇峰，一個美的象徵，綠的天地，已經不再保有它原先給人美麗的觸動的感覺了。

有一陣子，聽說城隍廟口的攤販位置要重蓋了，那些攤販常年飽賺食客的金錢後，藉機聯合起來，辦了趙東北亞的觀光旅遊，也好趁重蓋期間暫時休息一番。

又隔一陣子，聽說廟口的攤販集中地整頓好了，我帶了幾位外地的朋友，請他們到那裡吃炒米粉加貢丸湯。

那裡的潤餅、酸菜豬腸湯都不錯。

我們在那裡面巡迴走了一遭，我並沒有察覺出，重蓋後的攤販集中地有多大改觀，其實那種地方也也無須美化它，客人們要的是吃，誰還管它建築好不好呢！

如果把它蓋成像大飯店般豪華、氣派，我想感覺又不一樣了，恐怕去的人就不多了。

城隍廟的吃，屬新竹的一大特色，其中以米粉與貢丸著稱全省，新竹多年來，也以這兩樣鄉味賺進不少外地人荷包裡的錢。

新竹貢丸的做法，取新鮮上肉，用木臼或機器剁得細碎，再用手或

機器搓成圓團，然後放入熱水中燙個半熟即成。

　　小時候，如果能讓大人們帶著到城隍廟吃東西，是一件極其有面子的事，孩子們都把那裡當成了不得的地方，甚至過年拿了紅包，也總想到那兒吃塊油炸的甘藷片或包了兩塊好大赤肉的新竹肉圓，否則就不像過年了。

　　我喜歡城隍廟，不止因為它在我童年時，是一個可以「期待」的地方，在那裡做生意的人，都還十分親切，吃的價錢也算公道，最重要的是，城隍廟入口旁有一家專賣一本本薄薄的勸世書和童蒙書的小店，才是我最喜歡在那裡駐足的理由。

　　多年來，舉凡有人向我打探新竹有些什麼「名勝古蹟」時，我會毫不考慮地告訴他：城隍廟。事實上，除了城隍廟，我就再也舉不出任何可以做為炫耀新竹特色的地方了。

　　離開新竹，大約在民國63年，我幾乎是「離家出走」的。

　　當時父親在新竹辦了一份地方性的週刊，成績非常惡劣，有時連個印刷費都要東拼西湊的，他卻認為這份刊物對地方建設和推展新竹文化活動，很有助益，堅持一定要辦下去。那時我剛從部隊退下來，在湖口某國小教了半年書，正積極要為自己的未來，做長遠的計畫，父親希望我留在新竹，協助他把那份刊物辦起來。

　　那怎麼可能？

　　在新竹生活了那麼多年，我怎麼會不曉得那份刊物能否在那裡生存下去？我恨恨地告訴父親：新竹簡直是個文化沙漠，誰留在這裡辦文化，誰就倒楣。

　　新竹人對文化活動比較冷漠，多年來一直沒有改變；單以書店來說，自從「楓城書店」易主之後，我便對新竹的「文風」失望極了。

　　早年時，我們最喜歡利用下課時，到坐落在新竹郵局旁的楓城書

店翻書、買書，楓城的廖老闆人很客氣，店面的擺設也十分典雅，店員小姐個個都像經過訓練似地，對書、作家很有見地，跟他們談話頗有所得。

反觀其他書店，都純以營利為主，店員的眼睛活像長了把利刃般地直盯著人望，彷若每個進書店的人都有偷竊嫌疑，更不用談想跟他們聊余光中，或談黃春明了。

小小的新竹市，方寸之間才多少里，人情的冷暖竟差別這麼大。

至於其他藝文活動，我依稀記得雲門舞集首次到新竹公演時，曾引起新竹地區青年朋友的騷動，大家抱著一探究竟的心理，造成一股熱潮外，這些年來，這類型的藝術表演活動，已微乎其微。

新竹沒有像樣的音樂廳、藝術中心，甚至連圖書館都如此老舊，文化氣息自然低迷，更遑論辦地方性的雜誌了。

我就是在這種情況下，離開父親的事業，離開令我失望的新竹的。

三十多年來，整個新竹縣的進步比率，要以兩個山地鄉的進步，最具有成效。

我因為曾經在尖石鄉的錦屏國小、玉峰國小任教，所以對那裡的景況了解得較為透徹。

我所以敢如此大膽地認為，在「比率」上的施政建設，尖石鄉、五峰鄉的進步效率，大過其他鄉鎮市，自有我的見解。

我任教的錦屏村，河床經常改道，他們透過政府給予的輔助金和當地老百姓團結的力量，大家一起開闢、整修了一條不再隨時塌崩的產業道路；對山地物產轉運到平地，有莫大貢獻。

我有不少已經長大成人的學生，他們有一流的駕駛技術，在峻山叢林和懸崖峭壁旁，駕駛鐵牛，很勤快地運送竹子、杉木、煤礦、雜糧，對富庶鄉閭有很大的幫助。

　　山地鄉的面積大過竹塹，可資運用的自然產物不算少，三十多年下來，那裡的景物、資源都還沒有遭遇現代文明嚴重地破壞。我慶幸新竹仍擁有一塊淨土。

　　那塊淨土雖然不是頂豐盛，然而生活在那裡的山地人，天真、可愛、有情，這些特色都是平地人所不及的。

　　也許他們並不真正需要現代文明進入他們淳樸的生活中，也不需要平地的文化去叨擾他們原本安分、知命的性格，產業道路的開闢使他們和平地的交通更為便捷。

　　三十多年來，山地鄉已由完全的落伍、蠻荒之地，變成充滿亮麗色彩的富庶之地，這種偌大的變革，顯然要比新竹市三十多年來的牛步化建設，好了許多。

　　月色恆常是一條高漲的河，這河，容易使人思鄉、傷感，使人心情落寞。

　　常常我會坐在書房裡，面對屋外灑不透的月光，想新竹、過去的石坊里，想父母新居後面那些未經整理的花卉。

　　我們是陪著台灣，從貧困的年代，走進所謂的經濟起飛的1980年代的一群。

　　我們雖沒有豪華的童年，卻有著那麼一些濡滿可愛、快樂回憶的年少。

　　新竹，我居住了18年，愛她，卻又情怯的地方，當火車駛過頭前溪，當我的腳步走在石坊里所剩無幾的石板路上，當我想起我曾那樣失望、憤然地離開她，然後又眷戀著她；我知道，所謂的家園就是這樣；雖然覺得她殘破、進步緩慢，但心中橫著一條長長的鄉情血脈，卻要毫無怨恨地投入她的懷抱。

　　羅蘭女士曾在讀過我一篇描寫石坊里的文章後，給過我一張信札，

她說：「看了你寫的〈安全島〉，我很激動，好像跨越年齡，曾和你們在一起，那飄雪的春天裡的日子，倏地回到眼前，我們都算堅強，也都能夠愛這世界，因此沒有辜負此生。」

我真的愛這世界嗎？我愛石坊里嗎？

新竹，使我受難，也使我在那淒風苦雨、飢寒交迫的日子中成長的地方，直到如今，我依然無法忘懷風颳小樓閣，雨打無簷庭院的心酸歲月，我多麼希望她不要變，希望她保有原來可親可愛的模樣。

街道小了點，沒關係，高樓大廈不去蓋它，也沒關係。我只祈願能讓現代的孩子，和我們過去一樣，擁有一個雖然並不富有，但卻快樂無比的童年。

有一天，多麼希望我能以「石坊里」為榮，也能以「新竹人」為耀。

——選自陳銘磻《新人類說》，台北：大村文化公司，1992年

陳銘磻

新竹人。世界新聞專科學校廣播電視科畢業。現任台北市柯林頓補習班國中國小作文老師。著有《賣血人》、《最後一把番刀》、《櫻花夢》、《在旅行中遇見感動》、《我在奈良尋訪文學足跡》、《作文高手大全集》等書。

借暮色
溫一壺老人茶
1970年代台中城市記憶

楊翠 文／圖片提供

記得綠衣當年，日子就是這般，每日守候黃昏，壓壓馬路，閒話風雨。
那種大夥可以一起長大，一起在陽光下老去，一起用暮色溫茶閒飲、
共讀殘書的感覺，讓城市記憶有了主題曲。

人與城市，這是個有意思的話題。許多人可能一輩子出出入入城市與城市之間，尋找自己的香格里拉，而人心慣常遠眺，香格里拉總在原鄉之外。

我，生命符號楊翠，生命年輪32，曾與兩座城市結緣，台中與台北。台中是原鄉，而台北呢？或許可以說是遠眺者心目中的香格里拉吧！因緣愛慕鏡花水月，因緣思戀記憶寫真，我先後六次出入這兩座城市。距離的美感，感乎造就了人類在此地彼地之間永無止境的擺盪。

身分證的「本籍欄」寫的是「台中市」，然而在15歲以前我一直都生活在城市的邊緣，悲歡愁喜全寫在大肚山緩丘上，與城市毫不相干。我念的小學在城郊的分界，每天通車上下學，起初有那麼一點「入城」的感覺，但是學校周邊其實更接近「草地」風味，有些同學仍然愛打赤腳上學，制服上也總是沾帶泥巴味，我知道過了魚市場就進了市區，而市區不過就是公車所來的方位。

初中為免通車勞頓，念的是懷恩中學，大肚山上一所許多人想擠進來的私校。同學多半來自城市，星期六學校規定穿便服，眼看城裡來的同學個個穿戴鮮麗，我這初入青春的山野女子，才開始想像城市的萬般風情。那三年，常常站在適於眺望的小橋上，向著城市的方向，遐想城裡的人情百樣，而它依舊遙遠冷淡。是啊，它陽光下浮動黃金光色，夜裡更是燈朵閃爍，可又干卿底事！

15歲以後，我終於也置身城市之間，晨來暮走，如是四年，在其間揮灑生命中最青春的片段，與城市共有短暫而難忘的歷史。

那年我考上城裡一所知名的女中，高一報到那天，我穿著綠橫條紋上衣，紅碎花褶裙，中分的短髮緊緊抿在兩側耳後，穿過大大小小的街巷，走進迎面一排紅樓的校門。我甚至記得沿途車輛的油煙味、暗黑禮堂新打過蠟的嗆鼻味、校門左側幾株茉莉的芳香味、操場邊緣欖仁樹落

葉的乾枯味，對我而言，這些都是城市的第一氣味，這些氣味清晰得毫無道理，還經常浮動在我青春不待的嗅覺裡。

然後我每天穿著綠衣黑裙上下學，綠衣好像我進入城市的必要配備，透過它，我成為城市的一個小單位。

距離城市記憶的第一，倏忽已經17年。

你問我17年前的台中市是什麼面貌？那自然也不會是小橋流水人家，特別是對來自城市邊緣的女子而言，它好比一只可以任意轉動的萬花筒，我走進自己經常遠眺的風景裡了，我也參與了其中的愛恨情仇，我的世界開了一扇新窗，我常在窗中流連，窗外清景無限，但又因為有了這扇窗，我更知道自己的窗內世界是多麼不與人同。所以這樣的晨昏來去，絲毫不減山居眷戀，卻是讓我的人生多幾道轉折，多幾處風景，多幾回驚鴻。

而當時我眼中所謂的「萬花筒」，真正是陽光下的萬紫千紅。那其實不過是一兩處可以吃蜜豆冰的小店、一兩家可以閒逛翻看的書店、幾條不太擁擠的街道、幾個可以相互等候的站牌，就這麼些場景，而它們真正承載了豐美的記憶，那些記憶多半有著陽光笑顏，也或許偶有陰雨綿綿，不過如今回想起，場景無論晴雨，總都浮散一股潔淨無濁的氣味，那就像新推理過的青草在陽光下釋放出來的芳美。

從大肚山的家到學校，大約三十分鐘車程。通車其實也是一種時間上的享受，那時候你將生命交給一個不熟識的人掌握，難得有不必負任何責任的自由，於是你可以無限制地冥想，你也可以觀察、休息、或者溫書，我真的竊喜每天多出兩個30分鐘，讓我每天多走一段不一樣的人生路。

如果第一堂有考試，只好在車裡抱一抱佛腳，而多半時候我愛一路看景。風景天天這般，過這棵樹來到這條巷，從來不變，可又好像日日

翻新，從來也看不厭。通常我在清晨七點到七點半進入城市的心臟，清晨的人群多半追著時間跑，趕上班、趕上學，趕啊趕，將城市的節奏從夜的休止符中靈動起來，我是這樣看著、陪伴著一個城市的甦醒，好像看著城市睜開眼、伸懶腰、刷牙漱口、打扮出門，那種感覺很親膩。

校園圍牆內一日禁錮。黃昏，四點鐘，大群大群的綠衣被釋放到車水馬龍之間，因緣於這種被釋放的感覺，雖然是走在污煙的車流裡，呼吸著沉澱了一整天的向晚瘴氣，卻有一種莫名的清暢。也因此，城的黃昏每每讓我有想回家的感覺。

回家，我們有時走自由路轉中正路到車站，有時自由路提早彎進中山路，在繼光街、綠川岸晃一晃，再去等車。乖一點的時候，五點以前回到山上，還趕得及看日頭落山，不乖的時候，東逛西轉才上車，車子過了朝馬站，開始氣喘上山時，太陽已經緩緩沒入西面地平線。所以暗眠而不眠的台中市，學生的我是少見的，也或許是這樣，記憶中的青草味總是鮮嫩。

火車站前中正路上的「新大方書局」，是同伴們常常約定相候的地方，書局在地下室，書香混雜著新裝潢的木頭與防腐漆味，氣息特別濃重，那也是我城市記憶中最清晰的味道之一。當年同伴們大多是所謂的文藝青年，雜七雜八的文學書冊就成了交會的名帖，我們很多書都是在這裡買的。

第一市場的蜜豆冰也是美味難忘，剉冰晶透透堆成山，糖熬的豆子、水果切片，很有口感，嚼起來脆脆響，夏天來上一大碗，可以吃到身體發顫手臂起疙瘩，大呼過癮。第一市場裡頭出名的陰濕，陽光與它全不相干，地板總是黏答答，魚肉蔬果加上人，傳統市場百味雜陳，特別有一種溫情。當然，吃冰得要呼朋引眾，才能冷得痛快，這也是市場溫情之一吧！

當年三商剛從郵購起家，在台中市繼光街開了一家連鎖店，成為學子新歡，我們也常進去瞧看，衣服一套套試穿，然後空手嘻笑離開。當然也不是完全不消費，死黨生日的時候，我們就去買些小玩意，燭台啦、油燈啦、布偶啦，細緻精巧而不實用，拆棄包裝紙後就束高閣，積疊厚塵，不過用來收集流光倒也合適，婚前年年拿下來擦拭，抹布成了倒帶器，流去的年月點滴流轉回來，一幀幀寫真都有笑。

有時也反其道而行，走與車站相反的方向，繞經府前路到三民路，曲折行過一些理容院。記憶中這一段路的影像總是晦暗神祕，猶如走在黑森林邊緣，危險勿視，只好斜眼偷覷，無邊地想像。理容院有黑黝黝的玻璃門，門口站著彪形大漢，我常好想往裡看，可惜門戶阻隔，只聽說那些店是「做黑」的，至於黑的怎麼做，當年資訊有限，實難揣摹。這個影像不滅，此後我心中色情行業的圖象，都是以那些塗黑的理容院做摹本，儘管這個行業日新月異，刻板印象總也揚棄不去。

中正路接三民路的一個小巷道內，有個賣「天天饅頭」的小攤子，雞蛋麵粉皮、豆沙餡，炸得酥鬆，六個十元，香甜味美，光想想就垂涎，我們常人手一袋，邊走邊吃，現炸的天天饅頭熱呼的很燙嘴，總是邊咬邊哈氣卻又捨不得等它涼。現在記憶中天天饅頭的滋味，於是就摻雜了煙塵、笑語和暮色，還多了時光做調味，更是不容易忘卻。

中正路向右轉進三民路，就是台中一中的方向。老實說，對於這個方向，綠衣的我們是放在心上的時候多，用在腳上的時候少。

當年我們總是笑稱，如果做對聯，女中對一中，而自由路就對育才街。每個女中學生多少會有一個兩個或更多個一中朋友，不過沒幾個人敢在育才街多走幾步，見過大半在其他地方：台中公園幽深清瀾，適於緩步漫談；圖書館緊臨公園，溫書可以，竊語也行；站牌也是一個好所在，等車不再只是等車，它成了彼此不落言詮的一種守候，在站牌下

閒閒談笑，送走一班一班過路公車，迎來一朵一朵新亮街燈，在日頭的最後溫亮中相送，擷走這臨去的暖熱，然後回到自己家中，借它溫一壺茶，配幾頁小品。

記得綠衣當年，日子就是這般，每日守候黃昏，壓壓馬路，閒話風雨。而男歡女愛似有還無，真正動人心弦的是知音，靜默的心音不必相問，那種大夥可以一起長大、一起在陽光下老去，一起用暮色溫茶閒飲、共讀殘書的感覺，讓城市記憶有了主題曲。

1970年代的台中市，就是有這麼一種輕緩節奏，這麼一份婉約溫情，像是一壺老人茶，婉轉化變出多層次的喉韻感，春則潤、夏則華、秋則清、冬則釅，你品之再品，每一次入喉都有驚喜。

流浪者的風景原是四面八方都有出路，不過如果流浪是為了尋找永恆的落腳處，出路也就必須指向歸途，你要選擇一條可以回家的路。

緣於再也無法忍受台北這香格里拉竟是一片沙漠的事實，強烈有著想回家的心情，於是請來一輛十噸重大卡車，一家三口重回台中定居。這是三年前入秋前後的事，重回台中，與我初次走離已相隔十年，這才曉得，十年的流光日月，可以讓我這樣一個女子從生命的盛春走到初秋，也同樣可以改造一個城市。

攜著兒子的手走在舊時相識的街道，城市巡禮一遭，記憶中的景象不再，除了街名不變，什麼都在變；新大方書局換東家，綠川底居然變成水泥地，第一市場改建成第一廣場，蜜豆冰不見了，廣場聲浪驚人，震耳欲裂，並且還逃生無門。城市芳美的青草味變了質，而城市節奏更像極轉速加快的錄影帶，再也沒有高低者的分別，旋律全無抑揚頓挫，尖銳平板一個音階走到底，立普頓取代老人茶，立即快速沒有層次，城市品之無味。

這才明白，人世間沒有永恆的香格里拉，除非將它拓印在記憶裡。

正所謂白雲蒼狗！但物換人非卻也怪不得星移，並不是流光日月化變一切，而是人、是人對自然侵略性，像硫酸一樣，一點一點腐蝕了城市之美。1990年代，台中文化城淪為笑柄，萬紫千紅不是春，卻是敗絮其內的外衣。

然而，1993年，我們一家四口還是決心定居台中，定居在城市邊緣，因為流浪的人總要選擇一條可以回家的路。

──原載於《中國時報‧人間副刊》，1994年12月10日

──選自《閱讀文學地景‧散文卷》，台北：行政院文建會，2008年

楊翠

台中人，台灣大學歷史系博士。現為東華大學華文系副教授。著有散文集《最初的晚霞》，與施懿琳、許俊雅、鍾美芳等合著《台中縣文學發展史》、《彰化縣文學發展史》二書。

溪埔良田

吳晟　文／圖片提供

當遠方城市的友人駕臨鄉間來訪，如時間許可，
我總喜歡帶領友人走向田野，沿路向友人解說田裡的作物和農作情況，
而後走到堤岸上看看台灣第一大河域濁水溪，
我固執認為，這樣來回走一趟，應該可以大致了解吾鄉鄉民的生命依歸，
然而我的濃郁鄉情，卻難以使用簡短言詞來表達。

台灣第一長河流濁水溪，根據地理資料，主流發源地位於奇萊山北峰和合歡山東峰之間的佐久間鞍部，海拔3200公尺。從中央山脈匯合了南投縣境的霧社溪、萬大溪、卡社溪、丹大溪、郡大溪等諸多山脈水系，迂迴環繞，穿行於山林峻谷，奔流而下，出山區、經平原而入海，全長約178公里，橫跨台灣中部南投、彰化、雲林三個縣境。可區分為上游、中游、下游。

上游河段從主流發源地到信義鄉地利村，大致依山勢東北流向西南。主河流從信義鄉地利村、水里鄉民和村，轉而形成東西走向，流經水里、集集、名間等鄉鎮，再蜿蜒流至竹山西側，與雲林草嶺北來的清水溪相會，可稱之為中游。

從南投竹山、雲林林內、彰化二水三縣境交界處，直到雲林麥寮和彰化大城附近出海口，即為下游。

中、上游河段多山谷溪澗、河水湍急；下游則沖積而成遼闊的彰雲平原。

整個濁水溪流域，約四千多平方公里，沿岸村落居民，大多務農為主。上游正是典型的台灣山地原住民農業區，下游彰雲平原更是台灣農產品稻米、蔬菜等重要產地。

無論是山地農業或平地農業，農民生活就如不由自主的水流，平日看似淳樸平靜而安定，實則不但充滿了與颱風與豪雨與乾旱蟲害等天災搏鬥的勞苦，而且做為社會底層階級，一直被操縱、被支配、被榨取，毫無自主能力的生存方式，充滿了艱辛。

遠從荷據、明鄭及滿清時代，漢人移民不斷增加，台灣農業開始墾荒拓土，不管是農地的開發、水利設施的構築、農耕技術的改進，多以自發性的民間力量為主導，但多數農民因欠缺資金，在豪族、士紳的控制下，淪為佃農，必須承擔沉重租金，而清廷官吏僅從事課徵田賦關

稅，三年官二年滿，關心的只是如何斂聚更多藏收財富返回中原。日據時期則透過嚴密而權威的警察行政力量，實施典型的殖民地經濟政策，將台灣農產品如稻米、蔗糖、茶葉、香蕉等，廉價收購，並大量運出供應日本國內的需要，再由日本運來高價的工業消費品；而且台灣總督府享有食鹽、樟腦、菸酒類等專賣權，由此強制性的產銷過程中，剝削農民，榨取經濟利益。

猶如二次大戰期間，台灣是日本的「南方前進基地」，終戰後中國國民黨政權接收台灣，在「反共復國基地」的口號下，未曾有過長居久安的打算，無心規畫穩定而長遠的農業政策，任由資本化經濟體系恣意侵襲、政治利益取向的外國農產品大批輸入，乃至壓低糧價、扶持工商，一般蔬菜瓜果的價格，比暴漲暴落的溪水更起伏不定而無保障，除了少數地區經營經濟作物略有生機，廣大農村無從振興而逐漸走向萎縮凋零。

台灣島嶼多山多河流，台灣農業的開發，和河川密不可分，凡有開圳設埤之處，皆成水田，移民人口和耕地面積隨著迅速擴充，水利可說是農地開發的原動力。

濁水溪下游原也是曠野荒埔，茫茫草原，並沒有固定的河道。約於1719年（清朝康熙58年）左右，相傳閩人士紳大墾戶出資募集民工，於今南投名間鄉濁水溪邊，建攔水壩、設閘門、鑿通渠，導引濁水溪水，灌溉田地。

當時灌溉地區包括彰化縣屬東螺東堡、東螺西堡、武東堡、武西堡、燕霧上堡、燕霧下堡、馬芝堡及線東堡等八堡，即名為八堡圳。是清代台灣最大的水利建築，也是彰化平原開墾的先聲。

八堡本圳從二水設圳頭，分二圳，因此二水舊稱二八水。八堡一圳由二水經田中、社頭、員林、大村、花壇、秀水到鹿港諸鄉鎮；八堡二

圳由二水經田中、田尾、永靖、埔心、溪湖、埔鹽到福興而入海。大圳建有多處小水壩，陸續開鑿大大小小支流，縱橫交錯，灌溉範圍占今日彰化縣境半數以上農田。

位於二水鄉源泉村八堡圳分水閘旁，建了一座廟宇，奉祠八堡圳「有功先賢」，傳頌頗廣；至於何時何人發起建造，真實背景意義如何，和台灣處處神廟相似，也帶有濃厚傳奇色彩，無從查考。何況祠廟上的匾額，明顯看出年代已遭竄改，由「大正」改為「民國」。我不願人云亦云。值得探究的是，在我年少時期，仍有不少村民生活困苦繳不起水租，半夜突然被捉走，那樣驚惶無助的情景，我一直印象很深刻；為了繳租換人，不知造成多少家庭的辛酸悲劇。

八堡圳固然開啟了彰化地區的農民墾荒，然而廣大農民並非平白受惠，而是必須長年承擔重租苛稅的夢魘，果真如是，這樣的「功德」怎樣衡量呢？

日據初期，1907年（明治40年）左右，日本殖民政府以水租、地方稅及貨款等資金，於溪州鄉大莊村進行修建莿子埤圳工程，圳渠流經彰化縣境南面的溪州、埤頭、二林及芳苑四鄉鎮，並延伸許多小圳溝，是台灣第一個官設埤圳。

我就讀的國民小學，和我居住的村莊，都是靠近莿子埤圳，相距約步行三十分鐘，而學校在上游，每逢炎炎夏日，中午放學，較高年級的男生，經常一出校門便將書包、衣服全交給低年級生，跳進河裡，或仰式或狗爬式，順水流游回家。

往昔大圳水雖然混濁，但乾淨可靠，鄰近住戶的男孩，誰不曾在這條大圳垂釣、玩水而成長，留下無數戲耍的歡叫聲呢？甚至還有人挑回河水，倒進大水缸，加些明礬，待泥沙沉澱，可供作食用水。

返鄉任教二十餘年來，每天沿著莿子埤圳圳岸道路上下班，眼見常

有鄉親將垃圾倒進大圳，圳邊常堆積各種廢棄物，河面上常漂浮著瓶瓶罐罐，聚集水壩處，河水已非混濁而是污濁，已無魚蝦可釣，也無孩童敢於下水了。這豈是感慨足以形容我的心情。

八堡圳或莿子埤圳，畢竟只是灌溉設施，尤其是莿子埤圳灌溉區域，仍屬於舊濁水溪流域，一旦做大水，雖有土堤，擋不住強大水勢，河水四處漫漶，不只造成農作物莫大損失，農民血汗付之流水，人畜亦常隨大水而漂流。

1912年（日本大正元年），殖民政府全面徵調各村壯丁，實施義務勞動，動工興造濁水溪下游兩岸堤防，保留原有埤圳，將河域向內改道，從河床搬運大石做為堤防底部，配合鐵籠圍護，再填上丈餘高的土石，鄉人至今仍習稱為「土岸」。全長約一百公里。

整座堤防北岸是彰化縣境的二水、溪州、竹塘、大城四鄉鎮；南岸是雲林縣境的林內、莿桐、西螺、二崙、崙背、麥寮六鄉鎮。

吾鄉地名溪州，顧名思義，原本也是濁水溪流域的沙洲，地形略呈狹長，多數村落的名稱，都和溪流有關聯，或有地形演變的背景，如下壩、圳寮、三條圳、東州、溪厝、水尾……，也有多處沿用溪底、溪埔、下水埔等舊稱，可以想見先民逐水草而居而耕的景況。

從我居住的村莊，過莿子埤圳，走到堤岸，約二十分鐘，沿途是廣闊的農田。而我家田地和堤岸還有一段距離，孩童時代常跟隨大人去田裡玩耍，有時撿番薯、拾稻穗、採野菜，及做些零雜農事，但因幼小，活動範圍竟未親近堤岸，直到小學二年級，第一次參加春季遠足，才見識了堤岸的面貌。

原來從我就讀的小學出發不久，即抵達堤岸，這次遠足的行程，便是走在堤岸上一直向西而行。到了遠足終點休息吃便當，站在堤岸上瞭望，發現我家農田正巧就在對面，感覺其實並不太遠。

　　從此因熟悉而揭開隔閡，一有機會，便和三、兩童伴跑向堤岸，打滾、嬉戲、奔跑，順著斜坡往下滑，乃是最大型最自然的溜滑梯，或來放牧牛隻、羊群，或烤番薯、烤甘蔗等等鄉間孩童自助式的免費野餐；而且發現了濁水溪河床的遼闊天地，我的童年生活領域，逐漸擴展、逐漸豐富。

　　長年生長於斯土、耕作於斯土，許許多多生命體驗、生活記憶，緊密地牽繫著不斷加深的鄉土情愫。

　　每當遠方城市的友人駕臨鄉間來訪，如時間許可，我總喜歡帶領友人走向田野，沿路向友人解說田裡的作物和農作情況，而後走到堤岸上看看台灣第一大河域濁水溪，我固執認為，這樣來回走一趟，應該可以大致了解吾鄉鄉民的生命依歸，然而我的濃郁鄉情，卻難以使用簡短言詞來表達。

　　　　　　　　——原載於吳晟《筆記濁水溪》，台北：聯合文學出版社，2002年

吳晟

世居台灣彰化。屏東農專畜牧科畢業。曾任溪州國中生物科教師。現專事耕讀。著作有詩集《飄搖裡》、《吾鄉印象》、《向孩子說》、《吳晟詩選》；散文集《農婦》、《店仔頭》、《無悔》、《不如相忘》、《一首詩一個故事》、《筆記濁水溪》、《吳晟散文選》。

康原＝攝影

茄苳燈排

蕭蕭

「文德宮」的牌樓就在路的東側，宮前有停車場，
還有一棵修剪整齊的榕樹，
向南的廣場前是一條山溪，坐北朝南的格局，
水從左青龍流向右白虎，據說地理形勢極佳。

　　政壇，烏煙瘴氣；文壇，不甚景氣；杏壇，太文言了，很多人搞不清楚是醫學界還是教育界，該開刀還是該開講，該打針還是說該打氣？所以，不如來八卦山腳下的花壇行行氣吧！

　　花壇，舊稱「茄苳腳」，是因為現今花壇村福延宮前南邊有茄苳老樹，蒼勁翠綠，所以拿這棵茄苳做為地標，稱此地為「茄苳腳」。乾隆末年，茄苳腳水利興修，可開墾的土地增廣，吸引更多的人入境定居，慢慢成為一個茄苳樹下的村莊，「茄苳腳」的名稱就這樣流傳下來。直到民國九年（1920年），占領台灣的日本政府因為「茄苳」的台語發音，與日語「花」（ka）「壇」（dan）讀音相似，所以改稱「花壇」。錯誤的改名行動，沒有使花壇成為田尾、溪州一樣的花卉專業生產區，不過，現代人一談到「花壇」，總會說起咖啡廣告裡的「向日葵田」，多少也驗證「花壇」這樣的美名。我曾幻想，如果我是花壇鄉長，我要在縱貫公路花壇段的安全島上，全線遍植色彩繽紛的花卉，沒錯，我要所有人看見花壇、警覺花壇，因而想要認識花壇。

　　認識花壇，就從重要的古蹟虎山岩與文德宮開始吧！

　　從彰員路（就是我一直跟你提到的山腳路）南下，到花壇白沙村左轉虎山街東行，就可以到達岩竹村虎山岩。虎山岩創建於清乾隆12年，清乾隆12年離現在多遠，我們也許沒什麼概念，換算成西元，那是1747年，整整兩百年後，蕭蕭才誕生。蕭蕭是誰？在這篇文章裡不甚重要，但可以讓我們感覺清乾隆年間是很遙遠的年歲。虎山岩供奉觀音佛祖，村中父老傳言，虎山岩建地所在的山形，就像一隻臥虎，虎頭向東，虎的臉翻轉向北，前腳屈曲、伏臥，岩寺就建在臥虎的下顎到腹部處，西方所在則是臀部和尾巴。岩前兩棵老榕，覆蔭面積極廣，寺廟歷經二百多年歷史，仍保有古樸風貌，在在見證這是國家三級古蹟。虎山岩後方相思林蒼翠參天，據說這些相思樹不可砍伐，因為伐樹的聲音可能驚醒

虎神，人的靈魂會被吞噬，日據時期即曾發生用斧頭砍樹卻倒地不起的新聞。所以這些相思樹繁茂壯碩，一兩百年的歷史，有著虎皮斑紋似的威嚴。廟旁則竹影搖曳，風來輕言細語，坐在岩前可以沉思，可以發愣，可以濾除塵囂，所謂「虎岩聽竹」，彰邑八景之一，指的就是這樣的情境。

虎山岩旁有旅遊服務站，復古式紅磚牆建築內展示虎山岩歷史沿革、宗教民俗禮器等內容。從虎山岩旁的大嶺巷往山上走，是新闢的健行步道，全長八公里，附近民眾早晚休閒、運動的好所在。

從虎山街回到彰員路，沿路可以看到幾根高聳的煙囪，這是花壇磚瓦窯業曾歷經風光的見證。其中「順達窯業公司」正在規畫「尋訪紅磚故鄉」園區，園內準備介紹磚瓦產業歷史、紅磚製作流程，讓大家帶著孩子一起體會揉土、塑型、磚雕的樂趣，讓孩子認識台灣曾經怎樣紅。

彰員路南下一小段距離，「文德宮」的牌樓就在路的東側，宮前有停車場，還有一棵修剪整齊的榕樹，向南的廣場前是一條山溪，坐北朝南的格局，水從左青龍流向右白虎，據說地理形勢極佳。文德宮創建比虎山岩更早，那是乾隆祖父的年代，康熙27年（1688年）的事，供奉的是福德正神。據村民說，這是全台灣唯一戴官帽的福德老爺，特別值得近距離審視、崇敬、膜拜。

每年白沙坑文德宮迎花燈的活動，是彰化地區元宵節重要的慶典，12架「燈排」在晚上八點以前依序排列在廣場上，每架「燈排」至少包含23盞燈，燈排前端是「土地公燈」，第一排兩盞是「字姓燈」，第二排至第六排每排四盞燈籠，可以依一排四盞的方式遞增，場面相當壯闊。八點開始，由福德老爺的頭旗、頭燈領航，繞境祈福，12架「燈排」緩緩跟進，最後是福德老爺神轎壓陣，這期間分送令旗、平安符，交換香枝，燃放鞭炮，熱鬧非凡。

　　元宵節晚上，鹽水射蜂炮，平溪放天燈，台東炸寒單，花壇迎燈排，簡稱為「南蜂炮，北天燈，東寒單，西燈排」，慶賀的方式截然不同，但都為台灣的天空綻放光彩，見證台灣人的智慧、設計的能力，多姿多采。

──原載於蕭蕭《放一座山在心中》，台北：九歌出版社，2006年
──選自《閱讀文學地景・散文卷》，台北：行政院文建會，2008年

蕭蕭

彰化人。台灣師範大學國文系碩士。現任於明道大學教職。著有《詩魔的蛻變》、《都市心靈工程師》、《悲涼》、《青少年詩話》、《現代詩創作演練》、《少年蕭蕭》、《後現代新詩美學》等書。

長住埔里

梁正居

日月潭，果然名不虛傳，
湖水無波如鏡躺在那裡，映出高山倒影藍天白雲，
漁人收放巨網之間，可見魚兒的亂舞。
幽遠山徑、老茶園、廟宇寶塔，以及民居小店的大姑娘們，都很引人。

　　19歲那年暑期，在成功嶺受預官訓練，難得有榮譽假連著週日，告別軍營趕班車上日月潭去。公路局老爺車，沿著失修山道，在溪畔、谷地顛跳穿引前進，展望梵谷油畫般的夏日田野，濃重得讓人目不暇給，待見得山中一潭清池廣大安靜，不由想像起父親常說到的長白天池了。

　　日月潭，果然名不虛傳，湖水無波如鏡躺在那裡，映出高山倒影藍天白雲，漁人收放巨網之間，可見魚兒的亂舞。幽遠山徑、老茶園、廟宇寶塔，以及民居小店的大姑娘們，都很引人。

　　如此這般，遊罷廣大湖水周邊，查看隨身地圖便隨興跳上公路班車，順著下坡彎道滑行顛跳近一個時辰之久，跨過一座老橋，綠蔭，彎彎轉轉，來到一條筆直平坦石子馬路，夾道是高拔的尤加利大樹，光亮大葉引來陣陣傍晚山風，外邊是一片片的立方形黑甘蔗林，水田和菜園，只見點點農戶人家，男子挑水扭腰快步，女子浣衣於長圳邊。沒等風景看得夠，老爺車就已經停在小街上的終點站，跳下車來一問，始知這所在就叫做——埔里。

　　軍裝昂首闊步，靜觀處處民屋小店，自然中帶著一些齊整，瓦屋紅磚柱下小小騎樓，但見男女老少人家正在乘涼，不少日本時代的二層式木造家屋，顯得分外古樸神祕，而殘存的清末農戶合院古厝依然完好。遠方高地上，古廟在黃昏逆陽的山林間隱現。

　　飢腸轆轆的軍人，聽聞得小店深居人家，彷彿正送出陣陣蒜香爆魚乾的濃香，隔鄰且有收音機的高分貝廣播劇傳出，對街留聲機唱盤轉著唱出流行曲。許多的店家住戶，正播放著同一個中廣聯播劇了。慢慢走近了北方老鄉的騎樓麵攤，一段明朗的鐵板快書似乎正說到《水滸傳》故事裡的一個人物。

　　入夜了，找到一戶略有東洋餘風的小旅店住下，只見門廳人來人往，正有眾多原民老少，也許都是特地下山來採購的，正吃著自己的隨

身餐點,空氣中充滿酒香,牧師帶領禱告讚美歌唱的婦人們,熱鬧中幾分蕭穆。一位略有酒意的青年,前來找剛入門的預官學生聊天開講,操著有趣好聽的山地國語,說起他快要入伍的事。

1964年盛夏的埔里小鎮之旅,不知道是不是個偶然。至今,難忘那個週日一早醒來,踏著草蓆地板,從二樓小窗往外一望,朝陽下的街景中,竟有花花蝴蝶數雙飛舞穿梭,偶爾還棲息在屋瓦青苔上吸吮朝露。透過排排屋瓦,不遠的圓環街角,牛車轆轆聲中人們緩緩忙了起來。不知從哪一個方向,傳來了教室的鐘聲。窗下街頭,出現挑擔叫賣溪魚的、推了板車吆喝鮮嫩豆腐的婦人。

1980年代初,為了爬山、為了躲開大城市的無名熱鬧……。在海島上盲流著,最後,暫且流放在埔里這個安靜大盆地的一個邊角台地之上,然而沒料到,和老婆孩子們在台地上,竟然長住了二十多個春夏秋冬。

二十多年,大埔里地區的變化快速非常,雖然不能和大台北地區、大高雄地區的發展相提並論,但趨勢是一致的,以周邊環境與市區現有面積比較,埔里的活動空間很大,世居或長住埔里的人,樂觀指數似乎一向比山外的都會區要高。何況,埔里人從來就有一種天真的樂觀,沒人誇獎,也能手舞足蹈地開講好一陣子。

1960年代的那個小鎮,素樸安靜固然早已經不存了,而1970、1980年代的鄉土埔里,已經相當的商業化了。世居或長住埔里的人,在不少的情況下,一方面很願意以各項現代化硬體發展狀況與生活日趨方便為榮,另一方面忘不了要強調那個不易追尋的鄉土埔里。其原因,可能是,埔里人慢慢學會了包裝。

農莊市鎮化、市鎮都市化,顯然是台灣各地發展現況,南北東西各地,同等規模的市鎮,凡所見街景、建物、視聽、夜市等等,看來相當類似,甚至顯出共通的因陋就簡,大致只求立竿見影的快與方便。

市鎮之間，相互競爭發展，加上流行文化與商品經濟的推波助瀾。在這樣的大局面下，觀光資源一向豐富的大埔里地區，要發展成一個觀光休閒都會，肯定是擋不住的了。公寓大樓、大飯店、大寺廟、大賣場、大批的速食連鎖，大吃大喝夜市、24小時店頭……方便了遊人，也方便了世居長住生活。正在進行中的聯外快速道路，實際上是高速公路的延伸，跨過田野，聯外發展的新指標。觀光休閒產業是不是要更上層樓？的確，週休二日實行多年，眾多農莊也沒閒著，農人開店，阿公阿嬤經營小木屋蜜月套房，有的自動自發，配合政府的嘉惠農村和低收入區的美意，老社區有專人規畫開發，或者九二一重建延續總體營造，形勢似乎一片大好。幾項因素搶在一起出現，像偶然又不是偶然。

從另一方面看，海島台灣很像個永不休止的大工地，所謂工地，一種是看得到的活動狀況，另一種是不太看得見的心理狀態。那看得到的，是在平原海岸、在丘陵台地河谷山區，好像隨時有各式各樣的重要工程進行，國家的、地方的、私人的，項目多工時長久，偶爾還弊病叢生，不這樣下去，好像很多國人要失去工作，各種專職角頭大老要失去機會。而那不太看得見的，是心理上的恆久工地感覺，雖可以有秩序，但也可以沒有條理，心裡堆積著「明天會更好」的沉重嚮往，有一種常態的堆積，久而久之，一個新的思考方法的出現，常常是用來替代前一個暫時的方法，諸如此類、包裝一再，搞得人們暈頭轉向。

風景不夠用，就多建設一些新風景，文化不夠花稍，就多經營它幾回，這並不是哪一個市鎮或地區的狀況。至少，大埔里地區，不太需要建設新風景，只維護真實的一面，就很夠埔里人忙碌努力了。

19歲那年偶然撞見的埔里小鎮，是安靜的、優雅的，它自然生活出一套隱約的秩序。物質發達了、交通快捷了、硬體建物堂皇方便了、網路風行無阻了，生活的自然從容，是不是同樣要想辦法維護呢？

　　1980年代以來長住埔里，二十多個春夏秋冬，鎮街的大變樣不消說，我們的台地農莊，其實已經略有市鎮化的意思，曾經存在過的農莊特色可說完全消失光了，十幾二十年前還好好的大樹老樹、小型荒野、平埔族的田園都面目全非。台地農莊上，凡是農人、長工短工、駕鐵牛駛怪手的、賣菜開小店的、成天閒著或鬼混的，還有正遭受著長期經濟停滯淘洗快要不能適應了的……，都是眼熟或認識的，按群屬分別之，其中自然有福佬的、福客的、原客、平埔、原民，以及老芋仔和上述共同的第二、三代的，總有他們各自的故事。也許，由於社會狀況轉換得過分快速之故，讓他們好像忘記說故事了，變得比較沉默而負擔很大的樣子，不像從前那麼手舞足蹈的直爽。

　　初春，台灣最潮濕的季節一開始，出現了「中村事件」論述，埔里人的開講議論也熱鬧地進行了好一陣子，不愉快地延燒，long stay這樣的英文，幾乎連老農也懂一些了。至少，我們可以先開始思考，台灣的一年四季和日本不一樣，長住的時段好像必須安排，何況是來台灣養病的老年人。就台灣本地的觀光旅遊來說，春雨梅雨季節，除了溫泉鄉，大體都是淡季。

　　垃圾、流浪狗、機車多、交通亂、空氣糟，嚴格說來，都和十幾二十年來的整體施政有關，甚至和國人對於自由民主的解釋運用有關，和愛台灣的方法態度有關。

　　十多年來，在整體經濟下滑的情況下，台北、高雄的街頭巷道，常見住民占用公共空間，拚自家的經濟，而發展中的城鄉鎮街，這種情況就更普遍了。

　　埔里是個和外邊有點隔絕的地方，不方便中還有著一些有利因素，可在不覺孤立的情況下，找出某種「獨善其身」的方法，脫離九二一重建後的「工地感」之外，善用住民們較高而單純的樂觀指數，有望改善

普遍的「大而化之」步調。

日本人普遍「龜毛」習情的養成，和他們的潔癖有很大的關係，一旦在外代表國家，表現得更為強烈直接，面對這種斤斤計較的客人對手，我們只有一兩一兩地計較著把事情弄清楚，讓工作環節的齒輪扣準，如此才有超越的可能。

對於人文生態的關注不足，要維護自然景觀、城鎮生態，常常不易準確，這是整體台灣長期以來的重大功課。天下事雖然常有說不定的狀況，但是機會總是先送給那個做好準備的人，既有大好的周邊條件，而埔里不是正準備著了嗎？

萬一有那麼一天，大陸那些敢花錢的觀光客如潮水而來，像中村老先生那樣口無擇言地直爽公開，一天三五回，又要怎樣預防阻止？敢花錢的客人，通常比較鐵齒，台胞在大陸的表現，有時候比中村還要酷，回到寶島還可以說上一二年。

——原載於《聯合報》副刊，2006年4月10日

——選自《閱讀文學地景‧散文卷》，台北：行政院文建會，2006年

梁正居

1945年生，49年由瀋陽至高雄。66年畢業於藝專。兒時少年台北成長，常搭火車南北走趄。20歲左右對照相機發生興趣，一年後介相機拍了一卷黑白。78年編《台灣行腳》，87年編《台灣飛行》，2003年初版《啊——美麗的寶島》、《魔幻台灣》二書。

趙文凱攝影／「我的母土‧風情萬種」攝影比賽入選

八通關古道

劉克襄

陳有蘭溪，這條背負19世紀末葉台灣遽變的歷史之河，
就在東埔和沙里仙溪分手，各自像尾溯河的鱸鰻，
狂野地奔上荒莽的原始森林，
進入廣杳的玉山區。

從陳有蘭溪取回的山泉沸騰了；冒著滾熱白氣的鋁製茶壺，就在眼前忐忑不安地抖動起來。

這時節才入秋不久呢！高山環繞下的東埔已籠罩在初冬的氣息裡。又逢例假日的今天，清冷的旅舍，彷彿隱藏著一股沁人的寒意，靜寂地僵止於空氣中；這也使燒煮中的茶壺更有四下無人的囂張氣勢，愈加奮力地發出熾烈的聲響。

闇昧的室內，一張方形，紅褐檜木的古舊茶几，几上一只陶瓷殘片橫陳著，是此地友人餽贈的見面禮。前個月，他甫自八通關古道回來，途經大水窟的清營舊址，撿到這看來是隨便丟置的不起眼玩意。它是仍帶有一些兒壺身的福建米白釉小壺嘴，有一百多年歲數了。原本的模樣，應是一具胖鼓著圓滾肚腹的小茶壺；而且是1874年（同治13年），那1500名廣東飛虎軍裡，其中一位小兵的家當。那一年，他帶著小茶壺，和其他士兵從大陸渡海來台，進入陌生的內山，開闢中路，隨後攀上3000公尺的大水窟。當時的中路，就是今天的八通關古道。然而，為何只剩下壺嘴的殘樣呢？是不小心打破？用久了，自然裂損？還是軍隊繼續開拔，未及帶走？或者是與布農族作戰，混亂中打破……？

年近七旬的歐巴桑提著保溫壺，由前樓的瓷磚走廊踽踽走來，一蹭一蹭地登上這狹窄的日式閣樓。大概以為我忘了取茶水吧？地板發出吃力的喀吱聲。明晨，又要上玉山區了，凝視著小茶嘴的殘樣，我突地想起小學時代的歐桑。想起他悄悄來到這裡的入山小城，躲在旅舍內，品評日文旅行書籍的背影。

不知為何，這幾年我也宿命地走上酷愛旅行的路途；前天埔里，昨天水里，今晚東埔。可是，多麼納悶的，生長於中部的我們，旅行的地點竟都選擇濁水溪上游這一帶。歐桑來此的時間，應是1949年「四六事件」發生後，在此從事不太願意對任何人解釋的定點旅行。我是在十年

前，因為探鳥採蝶之關係，帶著對自然的癡戀，屢次抵臨這裡。這是什麼心情呢？逼使進入壯年時的我們，在不同的時空下，不約而同的選擇這幾座小城，做為定心的地帶；或者只是巧合吧？

對我們父子而言，台灣在這幾十年的急速變遷中，西海岸早已徹底地翻轉了好幾次；只有靠近台灣地理心臟的這裡，似乎是民風較安詳、淳樸的所在，保有著我們對童年事物的追憶。

有這種童年似情感的共鳴，我相當篤信，必然是與山、城之間的距離有關係。這幾座小城都

他們選擇一條前往玉山的新路，從阿里山出發，結果也遇到斷炊之險，只得前來東埔避難。緊接著，他們在前山的幾座小城如竹山、埔里滯留，從事原住民調查。最後，再大膽地從東埔上溯陳有蘭溪，進入古道去。
黃正雄攝影／「我的母土・風情萬種」攝影比賽優選

位於四季溫煦的盆地和峽谷，與鄰近的大山保持似近還遠的良好空間，又和忙碌的縱貫線鐵道遠遠隔絕；既是山的入口，也是出口。這種距離上的和諧與東海岸的後山截然不同。東海岸的山有種高遠的威嚴，跟鄰近的城鎮殊少交通管道，還擺出一副隨時要侵凌平地的險峭容貌。

對中部的山與城，有這種奇怪和諧詮釋的人，不止我一個，日本博物學者鹿野忠雄恐怕體會更加深刻呢！1928年暑夏，從二水前往埔里，正準備傾力入山的鹿野，還未到達入山口，就已情不自禁地寫道：

「對於要從西海岸進入中央山脈的懷抱者而言，……那裡有靠近山的喜悅。有令人感到山的入口的魅力。」

前天，從二水搭支線火車，前往集集時，鹿野像小熊般壯碩的身軀，不時浮現腦海。這位縱走台灣高山千餘日，矢志從事博物學探究的冒險家，大概是對現今玉山區最熟悉的人物，自從首次拜讀鹿野記述台灣高山的巨著《山與雲與原住民》，激動地潸然淚下後，每回途經集集時，總要在他滯留過的火車站前徘徊，憑弔一番。

火苗一熄，茶壺聲方歇，右邊的山谷立即湧上陳有蘭溪汩汩細流的水聲。記得這條溪的聲音嗎？小茶嘴是聽過的；經年在高山旅行的鹿野，想必也十分熟稔而親切。在這座八通關古道必經的小城，酷愛飲茶的鹿野，曾搭宿當時的警察駐在所，如同我一般，獨對茶壺，尋思如何溯溪，登上玉山山彙的問題。

陳有蘭溪，這條背負19世紀末葉台灣遽變的歷史之河，就在東埔和沙里仙溪分手，各自像尾溯河的鱸鰻，狂野地奔上荒莽的原始森林，進入廣杳的玉山區。

清末的八通關古道也在此，貼著溪床，和日據中期的越嶺道分道揚鑣；雖是各走各的路，而且在不同的時代出現，深入台灣的心臟，這二條路還是交纏並進地跨越八通關，奔過大水窟草原；最後，一如台灣近

代史，比肩而來，狠猛地貫穿到東海岸。

既然隸屬廣東飛虎軍，當時隨身攜帶這小茶壺的小兵，或許是客家人吧！1874年冬初，他身著藍色的軍裝，衣背有繡著自己軍籍、姓名的鮮明白色大圓布，肩上則扛著當時清軍最好的、銀亮的後膛兵槍，跟隨吳光亮總兵，由竹山翻越鳳凰山麓，駐紮過東埔，再沿陳有蘭溪上溯，一路「逢山開路、遇水搭橋，束馬懸車、縋幽鑿險」。

隔年初的農曆春節，他跟其他一千多位入山的官兵一樣，就在「古木慘碧、陰風怒號」的高山中，與吹弓琴的布農族、與披著霜雪的針葉林一起度過。

高山上也只有倏忽的春夏之日。時節才六月末，當時住在台南府，執掌全台政局的福建巡撫王凱泰，收到吳光亮從山裡寫給他的一封信，信中有一段話是這麼說的：

「軍中著皮衣，嶺上皆有霜痕。」

讀完信，王凱泰遂有感而發，留下這段具有歷史見證的詩句：

「暑月深山軍挾纊，八同關外已飛霜。」

同，即通也。飛虎軍已抵達八通關。這位小兵想必也來到草原上，在搭蓋好的營舍內，用小茶壺沏茶取暖了。

當飛虎軍再東行，來到中央山脈的大水窟，應是初秋的時候，小茶壺即在此與這名小兵分手。年底，飛虎軍完成打通中央山脈的任務，但他們並未接獲返鄉的旨令，也沒替防的部隊，反而繼續執行北京朝廷的「開山撫番」的任務，駐守在殊少漢人屯墾的璞石閣（玉里），經年和東海岸的原住民交戰。不能返鄉的情形下，這名小兵遂和當地的阿美族女子結婚生子，在東海岸生根。

假如，他未水土不服，或患上盛行的瘧疾，繼續倖存；20年後，中年的他，或許還跟過滿腔熱血，卻也老耄的吳光亮北上，和甲午戰後

登入台灣的日軍打過仗。這場戰爭是台灣西海岸一連串抗日行動中最初的一波，發生在新竹附近的五陵，台灣史曾詳細地記載這段悲慘的敗戰經過。最後，這名小兵和小茶壺一樣埋身異域。1500百名精銳的飛虎軍裡，有好幾名小兵是這樣走過一生的。而他，恐怕也正如戰禍頻仍、焦頭爛額的清廷，早把八通關古道忘記。

但日本人卻縈繫在腦海。就在飛虎軍北上作戰失利後，一名叫長野義虎的日本陸軍中尉出現了。這時西海岸還在激烈抗日中，東海岸卻形同空城。他在宜蘭搭上一艘中國戎克船，悄然來到飛虎軍落籍的璞石閣。

初秋時，帶著幾位布農族，還有漢人通事，重訪20年前飛虎軍艱辛開拓的古道。雖然一入山就走錯路，只踏過布農族的狩獵小徑，長野終究攀抵小茶嘴置身的大水窟，望見崇峻的玉山山彙。於是，他做了「最先登上玉山」的攻頂決定……。

從玉山區下行時，長野估算錯誤，背袋缺糧，急著趕下山。結果，再度岔離古道，直接走下陳有蘭溪河床，在纍纍巨岩的狹谷中，馬不停蹄地星夜趕路，趕到硫磺泉湧的東埔。最後的行程雖如此草率匆促，外來的探險家中，他卻是第一位穿越中央山脈的人；日後，因此功績還當上埔里社「墾撫署長」。至於古道，他留下了一些吉光片羽的敘述：

> 余走過此段清國政府開闢之通道，深深驚異其工事之殷勤慎重，遇岩取石，遇林截木，用以敷造階級。路幅約寬六尺，今日全程雖然多有毀壞，但依舊可容納十數名步卒從容通行……

從上述文字解讀，好像長野踏過古道全程一般，但正如先前的描述，長野實際踏在古道上的時間並不多，路程也很短，只在大水窟與八

通關一段。

這是1980年代初，古道學者楊南郡重新踏查的新發現。楊先生是這個社會的邊緣人；人在台北，年近一甲子，快滿頭銀髮，仍然活在清末。我們會相識，也因為彼此都活在一百年前，活在橫貫台灣心臟的這條古道上。每回和他提及古道，他的眼眸便炯然有神，亮出青年般準備奉獻一切的光芒。百年後，有這樣瘋狂癡戀古道的人物，這恐怕不是吳光亮或長野所能料及的吧？然而，在當時，也有一些古道迷出現。

所謂的八通關古道橫斷後，長野回東京時，曾在地學協會做過此次探險的講演。那次講演的聽眾裡，有位酷愛民族誌研究，長得羸弱瘦小的年輕人在座。他靜靜地聆聽。由於長野未受過專業訓練，當幾位地學專家提出問題時，長野都無法圓滿的答覆。他對長野所勘查的路線，也抱持相當懷疑的態度，更不相信長野所云，一天之內能從玉山頂抵達東埔。這位年輕人是誰呢？他就是日後赫赫有名的「台灣蕃通」，森丑之助。

聆聽長野的講演之前，森已隨日軍輾轉台灣山區，四處探查原住民的生活。1900年，阿里山森林大發現；森遂做了一次著名而重要的旅行。

春天時，他擔任人類學家鳥居龍藏的助手；鳥居是最早在台灣從事人類學、考古學的研究者。他們選擇一條前往玉山的新路，從阿里山出發，結果也遇到斷炊之險，只得前來東埔避難。緊接著，他們在前山的幾座小城如竹山、埔里滯留，從事原住民調查。最後，再大膽地從東埔上溯陳有蘭溪，進入古道去。

那時已近暑夏。踅回東埔，進古道前夕，趁小米祭那天，他們訪問一位年近八旬的布農族社長。這位記憶依然清晰的老翁，當年曾受僱，參與古道的修築。鳥居在旁筆錄，記下這段重要的口述歷史：

吳光亮未開路前，從台南派來的官吏，曾經到此觀察地形。然後，決定開往後山的路。開路的過程，得到布農族各社的協助而順利進行。當時我是五十多歲的老人，也參加了開路的隊伍。

道路大約花了十個月才完工，很多漢人來開路，砌石鋪路；也僱用布農族群大、巒大各社的人，以及屬於阿里山蕃（曹族）和社、楠仔腳蔓社的人，由各社頭目指揮。我們做的是搬運土石的工作，道路完工後，在太魯那社建碑，記載工程的經過。

鳥居一行進入古道後，立即遇到「處處坍方、茅草掩蓋」的荒廢情景。上抵八通關後，道路始平坦開闊起來，3000公尺的地方仍有粘板岩的石板路存在。這時，森可能想到，長野提及的古道大概就是這裡了。他們行走其上，對吳光亮油然產生感念。就在那一天，他們通過大水窟，看到清朝兵營的舊址。小茶嘴仍躺在那裡……。

結束古道之旅，鳥居遂動身到大陸，在雲南、四川調查猓玀族。森仍留在台灣山區，四處遊走。最後，任職於台北館前路的「總督府博物館」（台灣省立博物館前身）；但從軍職轉行的森身分只是僱員。

當時，台灣的山區仍未安定，沒有多少人願意深入。森卻欣然地勇於前往，而且時常一去不知所蹤，忘記歸返（曾經有二年不見人影的紀錄），再悄然出現。不過，這位矢志要寫完十卷「台灣蕃族志」的年輕人，最後還是失蹤了。當時曾傳云，1962年時，他搭船從基隆回日本，在海上投海自殺；因為三年前關東大地震，毀掉他所藏有關台灣高砂族的資料。另外有一說，他又返回台灣的高山去，有人曾在霧社遇見。這是一個熱愛原住民研究，終身是僱員的悲劇一生。

小茶嘴，你知道嗎？我還存藏著一份森橫貫山區的手跡稿呢！那是

1924年2月，他憤然離開博物館，寄贈中央圖書館的報告：《中央山脈橫斷探險報文》。報告中，還附有他和泰雅族在海邊圍聚的圖片。這張周邊焦黑、泛黃的圖片裡，他戴著草帽，削瘦孤獨的背影和整個中央山脈一起面對海洋。我將這份報告從蠹魚和灰塵群居的書架上抽下，小心地影印留存。

唉，再回到古道的故事吧。從這份影印報告，我獲知，1910年春天時，森又有橫斷中央山脈的旅行。這回走的是偏北的關門山越嶺道，此路也是長野由西海岸回花蓮的另一條清朝古道，開闢時間較晚。這種走法，曾使許多專家認為，當時的八通關古道已荒蕪多時，不堪行走。同一年，兩位東京帝大講師，從東埔到玉山，勘查最高測候所時，即未採古道的路線，改走陳有蘭溪河床。

那個年代，最後一位走過古道，並留下紀錄的，或許是英國探險家古費洛（Walter Goodfellow），我們賞鳥族的前輩。1906年元月，他在這塊日本的「新國土」做了一樁偉大的探險，讓剛啟蒙的日本自然科學界駭然失色。

當時，他僱請十幾名不太會射擊的日本兵，在大雪紛飛的酷寒天候下，強登玉山區，在一名曹族的頭飾上，發現兩根寶貴的羽毛。這兩根羽毛現今仍保存於大英博物館的展覽室，因為它們是聞名國際的台灣特有種——帝雉的羽毛。帝雉是在八通關古道此線最先發現的。可是，古費洛一如西邊的布農族，只到過八通以西附近的山脊，而未前往更東的大水窟。

躺在大水窟一百多年，小茶壺嘴想必是見過帝雉的。走過玉山區的飛虎軍們也該看見不少吧！賞鳥十年，我卻未在野外遇上雄雉成鳥，只能憑一張古費洛時代的帝雉圖去想像，牠撐開如黑白緞帶般飄起的尾羽，搭配著寶藍雙翼飛翔的美麗姿態。古費洛發現的，就是帝雉的尾

羽。它是曹族地位尊貴的象徵，獵人也以捕獲帝雉為榮。

在此區的狩獵傳統裡，住於東邊的布農族也不敢貿然地越過大水窟去打獵。1931年夏天，一位東邊布農族的年輕戰士，端著村田式步槍，沿著米亞桑溪上溯，迷失於針葉林中。最後，在溪的左岸，發現一條砌石小道。他順小道上行，結果走到大水窟東側。這條砌石小道是已荒蕪經年的古道。他知道這裡是禁地，不能再向西行，遂沿著清營的舊址緩緩走過，走過低矮的箭竹林叢，走過小茶嘴橫陳的水池附近，像水鹿般悄然地隱入東邊的針葉林，繼續四處飄泊的抗日活動。

1915年，拉庫拉庫溪流域布農族，襲殺大分駐在所12名日警後，已經16個年頭了，他們仍在抵抗日本人的圍剿。他們是日本人背上的芒刺，是「本島最後未歸順蕃」。八通關古道於事件爆發後正式關閉；日本人另建起一條新路，越嶺道出現了。

陳有蘭溪嗚咽地流著，歷史如昨日往事。那名飛虎軍小兵，也曾提汲百年前陳有蘭溪的水，使用小茶壺在岸邊沏茶的。東埔西南方如今被視為古道的正式起點，接近溪床的附近，清軍也有屯營的舊址。殘存的砌石、石門仍歷歷可見。夜幕深垂時，陣陣嘩然的溪聲裡，彷彿夾雜著哨兵敲更的梆子聲。

把小茶壺放入背包裡，準備明晨去玉山區的物品。大水窟不知是怎樣的山色，我只上過玉山區三回，未曾去過東邊的那裡。以「森丑之助式死亡」，在太平洋戰爭中消失的鹿野忠雄，倒是大水窟的老友。

1931年夏天，那名拉庫拉庫溪的布農族戰士，從大水窟退回東邊時，鹿野正和四名北方郡大社的布農族並肩，一起走過馬博拉斯、秀姑巒這一線的中央山脈主峰，進入大水窟草原。這是台灣登山史上，第一位如此縱走此線的人。登畢後，向東投去，前往飛虎軍的第二故鄉，玉里。未幾，這位山癡又瘋狂地趕回，準備攀登未為人登頂的、妖異的達

芬尖山。

根據鹿野的回憶，當時，從玉里向西，走的是越嶺道。很顯然，和長野一樣，偏離了古道的路線，而且愈走愈南；但大水窟以東，他也踏在飛虎軍鋪設的石板路上。

清晨時，鹿野穿過玉山杜鵑帶著晶瑩露水的紅白花海，一路有如鵪的褐色大鳥，頻頻從腳前竄飛。亮麗的陽光自東邊山脈斜斜拂照，清澈的小水池映出耀眼的銀白光輝，一如形容中的「鏡池」；而那片花海，擅於取名的日本人賦予一個絕美的名字——御花畑。這兒迄今仍是哺乳類相當多的地帶。鹿野隨即看到數十隻獼猴，以及匆匆疾奔的水鹿、山羊。那名飛虎軍小兵，勢必在此杜鵑花海中巡行過，小茶嘴與許多陶磁殘片就躺在這御花畑的世界。

離開大水窟後鹿野繼續向西，前往玉山區攀登。多次的台灣山地旅行後，他覺得玉山區是最像個台灣的山與人的地帶。對台灣有很深的摯愛，遂在此時萌生。

最像個台灣的山與人！明晨，我也要順古道的方向，前去拜見充滿陽剛之氣的玉山山彙。一想及此，體內的血液突然有股緊繃的凝聚力量往腦門衝。長久以來，屢屢在城裡失眠，未料近山了，還如此神經質。

但比起歐桑呢？他似乎連這種失眠的權利也被剝奪。壯年時灰心喪志的他，以及來到這山口卻缺少臨門一腳之勇氣，這二者間應有某種息息相關的互動因素吧！雖然流著同樣的血液，充滿歷史感的我，不可能這樣了。前山幾座小城的安寧，只是讓我孕育更大衝動的前哨站。一如森的失蹤，每回前往台灣的心臟，我是抱持著，尋找一座山頭死亡的決心。

鹿野在這幾座小城滯留，聽著布農族彈撥的弓琴聲時，更是抱持這種精神的：

細小的弦一震動，流出像水般清澈的爽快聲音。旋律單純，然而有像聽宗教音樂般的嚴肅。那徹底是山的東西。原始而樸素，又清純。在山以外是聽不到的，是在山中的寂靜才能品味的音樂。

並躺在旁，背包裡的小茶壺嘴，一百年前，在古道上、在大水窟時，應該也聽過吧？我取出錄音機，在入山前，輕輕地按下鍵盤；小茶壺嘴，還記得這嚶嗡嚶嗡的山音嗎？失眠就失眠吧！我還是先接受山的洗禮。

——原載於劉克襄《自然旅情》，台中：晨星出版社，1992年
——選自《閱讀文學地景‧散文卷》，台北：行政院文建會，2008年

劉克襄

作家、生態保育工作者，曾任職報社編輯多年。曾出版詩集、散文、小說和自然旅指南等著作三十餘部。並獲中國時報敘述詩推薦獎，台灣詩獎、吳三連獎、吳魯芹散文獎、台灣自然保育獎、金鼎獎等。晚近最具代表性作品為《十五顆小行星》、《11元的鐵道旅行》》、《男人的菜市場》。

沈文台＝攝影

重返蔗鄉

古蒙仁

印象中，糖廠一直是很龐大、很遼闊、很神祕的，
它的前身是日糖興業株式會社，
曾轄有14個糖廠、一個冰糖廠、五個酒精廠，
外加一個甘蔗示範場，分散在中南部各地。

　　六月的南台灣，夏天的氣息已很濃郁了。灼亮的天空，濃綠的稻田，從原野拂過來的濕濡的南風，教人感到燠熱、慵懶。我擦著汗，走出人跡寥落的月台，迎面便是斗南車站那修剪得非常整齊的庭園盆景。紅色的鐵欄干，穿著白汗衫的剪票員，掛滿書報、擺滿餅乾糖果的售貨攤。二、三十年了，斗南車站總是這幅恆常的容顏。

　　做為故鄉的門戶，我對斗南懷有太深厚的感情，幾乎把她當成了故鄉的一部分。小時候出遠門，母親總是把我們兄弟姊妹打扮得漂漂亮亮的，坐著糖廠的小火車，搖搖晃晃地來到這裡。我們最常去的地方，便是台南的姑母家。因此我最喜歡把頭探進欄干裡，望著伸向北方的鐵道，等待著「大火車」轟隆轟隆地開進站來。

　　乘火車，是我們孩提時代最大的願望，台糖的小火車，便是一切願望的起點。那時台灣的交通還相當落後，村鎮之間的聯絡完全靠小火車。那深藍色、小小的車廂，載著我們駛過一望無垠的甘蔗田，駛過長長的虎尾溪鐵橋，我們幼稚的心靈，彷彿禁不住滿心的喜悅，要飛出車窗外去了。

　　初中畢業後，我遠赴台南讀高中，一個人離鄉背井，非常想家。每個週末都要搭二個半小時的火車，回虎尾與家人團聚。每次回家後，就不想回學校。總是在母親的好言勸慰下，由父親騎著腳踏車載我去車站。當小火車嘟嘟嘟地駛過虎尾溪橋，我的眼眶經常蓄滿了淚水。

　　以後我到台北讀大學，離故鄉愈遠了，可是我的羽毛已豐，正想振翼高飛，返鄉的次數反而少了。那時的公路已較發達，一家客運公司乘機而起，因為車班多，行車快，鄉人們進出時有較多的選擇，小火車悠然的夢境，顯然不適合工商社會的新速率。民國64年，台糖當局因不勝虧損，將營業線關閉，小火車從此正式退出故鄉的舞台。

　　小火車停駛後，斗南的小火車站也關閉了。門前寥落，旅客不再。

走出人跡寥落的月台，迎面便是斗南車站那修剪得非常
整齊的庭園盆景。紅色的鐵欄干，穿著白汗衫的剪票
員，掛滿書報、擺滿餅乾糖果的售貨攤。
沈文台＝攝影

只有荒草萋萋，愈長愈長，連鐵軌都被湮沒了。老火車站只剩下一個斑
駁空洞的殼子。除了像我這種有心的舊客，會再走過去瀏覽憑弔外，它
已遠離了現代的生活圈子，不復為人記憶。

　　我到客運站買了票，像往常一般地搭上開往虎尾的客運車。連那客
運車也十分老舊了，乘客盡是腰身佝僂的老人和老婦。自從高速公路通
車後，已有中興號專跑北港線，故鄉以及鄰近的村鎮，都納入這條快捷
的運輸網脈裡，免去了轉車之苦，也省去了候車的時間。面對著高速巴
士的優越條件，地方客運車大大地失去了它的功能，它正像當年被它擊
敗的小火車，只能苟延殘喘一時罷了。下一步，就是它的終點了。

　　從斗南到虎尾，不過五、六公里的路途，從前乘客擁擠，上下車
頻繁，客運車走一趟總要二十多分鐘。現在人少了，路寬了，錯開了省

剛剛停工後的廠區，靜悄悄地，沒有幾個人影。兩根煙囪兀
自撐著，也顯得無精打采。連那大鐵橋都是鏽痕斑斑，旁邊
的人行道用鐵絲拒馬擋著，早已封閉多年。
沈文台＝攝影

道，可以一路疾馳，整個行程只要十來分。公路兩側，以往都是甘蔗
園，像一片綠色的海洋，迤邐到天邊。現在都空疏下來了，稻米、雜
糧、蔬菜間雜地種著。更可怕的是那些三、四層的透天公寓，它們像一
匹巨大的灰獸，從遠遠的地平線的彼端，逼進到公路旁，蠻橫地占去了
遼闊的視野。

　　故鄉的原野已不再美麗了，從前搭車時，只要過了小東的村落，穿
過虎尾溪堤防旁的竹林，就可看到虎尾總廠那四根巨大的煙囪，挺立在
虎尾溪的盡頭。冬春之交，糖廠開工時，那煙囪便拖著長長的煙炷，橫
過虎尾溪寬闊的河床、向遠方飄去，看起來非常壯觀，看在台糖子弟的
眼裡更是親切。它們是虎尾糖業王國的象徵，是員工子弟們的驕傲，只
要它們存在一天，便是大家生活的保障。

　　如今，四根煙囪，只剩了兩根，氣勢已經弱了很多，再加上虎尾溪

那破損的河床，那死水般的河流，我記憶中那幅美麗、壯盛的風景，已被無情的歲月撕得粉碎了。

客運車搖搖晃晃地進了虎尾小街，我在圓環站下車，附近的幾條商街，是虎尾最熱鬧的商業區。麇集著商店、醫院、旅社、食品店，以及無數的流動攤販。時值午後三點，太陽熱烘烘地烤曬著，街道上靜悄悄地，店員多在裡頭吹電風扇，或者打盹，只有幾輛腳踏車或機車偶然路過。小鎮的午後，恆常是這般地寂靜，縱有天大的事發生，也無法干擾它那舒緩、慵懶的氣息。

小學時每逢放暑假，我和鄰居幾個玩伴，最喜歡趁大人午睡的時候，偷偷摸摸跑到街上去蹓躂。那時的街道比現在還簡陋，既沒有電視可看，也沒有電動玩具可打；唯一的去處便是租書攤，花幾毛錢，就可以在小攤子蹲一個下午。我們最關切的便是諸葛四郎和黑蛇黨的最後決戰，最開心的便是阿三哥被大嬸婆修理。有時看得入迷了，連回家吃晚飯都忘了。總要等到父親騎著車子，滿街找人時被他逮到了，才心不甘、情不願地回家。

有一次，我看得愛不釋手，多看了好幾本，租費已遠超過口袋裡的銅板。看完之後心裡大為焦急，不知如何脫身才好，便趁老闆午寐方恬的時候，躡手躡腳地溜出側門，拔腳就跑。一雙木屐敲得馬路咯咯作響，一顆心好像要從胸口跳出來，從來沒有那麼緊張、害怕過。我一口氣跑回家裡，渾身都是汗水，話也說不出來。那次雖然沒有被老闆發覺，可是我已嚇得不敢再到租書攤看書，有時路過那兒，還得繞道而行，深恐被老闆逮到了。

那個租書攤就在國民戲院旁邊，以前只是用木板和鉛片拼湊成的，有許多孔隙。夏天時南風一吹，裡頭很涼爽，怪不得老闆常要睡著了。除了租書，那兒還兼賣零食和玩具，琳瑯滿目掛滿了整個攤子。業務蒸

蒸日上，小攤子規模也不斷擴充，儼然是個現代的兒童百貨屋，老闆靠這小攤子賺了不少錢，後來不知為何卻關掉了，取而代之的是一家飲食攤。攤販愈聚愈多，如今那兒已是虎尾著名的夜市了。生啤酒和海鮮的市招，霸占了那小小的巷閭。入夜之後的猜拳聲不絕，曾是兒時織夢的小天地，於今已讓渡給財大氣粗的大人了。

沿著小街往南走，沒多久就到了平交道。這是糖廠鐵道與小鎮的大通（大馬路）交接的地方，小火車的總站就在馬路邊，不僅交通地位重要，也是另一個商業區。車水馬龍，行人如織，非常熱鬧，為了交通安全，糖廠在這兒設有一個很大的欄柵，24小時有人負責看守。每當火車經過時，汽笛總會嗚嗚地叫著，老火車頭還會冒出一篷篷的蒸氣。看守柵門的工人便會將欄柵搖下來，人車一律止步，待火車大搖大擺地走了，大家才繼續趕路。

小時候，我們常在鐵道邊玩，玩伴的父親有許多是在機關庫工作的，他們便是各種機關車的司機。到了採收甘蔗的季節，他們便得忙著拖運甘蔗。那滿載著原料甘蔗的五分車，一拉就是四、五十輛，長達好幾百公尺。只見他們站在火車頭上，戴著灰色的大盤帽，手上揮著紅色的小布旗，從我們身邊疾馳而過，看起來威風凜凜，好不神氣。我們便會揮著手，與他們打招呼。遇到車子開得較慢時，我們還會追一段路，他們也會揮著旗子，與我們打招呼；或者斥喝道：阿明，你還在這邊玩，還不快給我回去做功課！

我是個早熟的孩子，上了初中後，便開始感到人生的悲歡離合，聚少離多，因而抑鬱寡歡。而火車——在我當時的感覺裡，便是一個無常的人生的縮影。當時有一首很流行的台語歌，叫〈哀愁的火車站〉，那哀愁的歌詞和旋律，傾訴的正是一股我說不出的哀愁。

我的姑母每年大拜拜或過年時，都會回虎尾看我們，她沒有生育，

人又瘦弱，看起來孤孤單單地。每次她回虎尾，我都會開心地到火車站去接她，幫她提東西，龍眼、荔枝、芒果，甚至臨時在火車站買來的羊羹和糕餅，多得我都提不動，足夠我們吃上半個月。可是當她離去時，就是我最傷心的時刻了。我每次都趴在欄柵上，看她撐著碎花的陽傘，走上月台的彼端，然後回過頭來向我招手。那種離別的惆悵，總要在我心頭縈繞好幾天，才會慢慢地消失。

　　我的哀愁的小火車站，早在我大學畢業那年就關閉了。那時雖已不再營業，剪票口、鐵欄干，以及長長的月台，還是存在的。這次回來，這些遺跡統統不見了。火車站原址已被糖廠出售，正在趕工興建一批四層樓的公寓店鋪。現場塵沙飛揚，一片零亂，往日遺跡，再也無從辨識了。

　　過了平交道，算是進入糖廠區了。筆直寬敞的馬路，兩旁的茄冬行道樹修剪得頗為整齊。不同的是以前的綠蔭如蓋，現在已老態龍鍾，撐不住驕陽矣。馬路兩側都是圍牆，左邊是廠區，右邊是宿舍。那兩堵圍牆上，仍舊寫著斗大的反共抗俄的標語。墨跡退了再添，牆壁破了又補。三十多年來始終未變絲毫的，恐怕只有這堵愛國牆了。

　　愛國牆的盡頭，左邊是保警中隊的隊部，右邊是員工福利社，都是我們小時候經常玩耍的地方，保警中隊現址，原是一個小型的火車站，很早就關閉了。迭經各種單位使用後，才歸保警隊所有。我生平第一次看電視，就是在這個房間裡。那時電視還非常稀罕，整個糖廠好像只有這一架，開放供員工欣賞。

　　記得是我初二的時候吧！一天晚上沒事幹，鄰居小孩來找我，說要帶我去看電視。我們趕到保警中隊去，裡頭已經擠滿了人。大人們搖著蒲扇，小孩們東鑽西鑽。正在上演的節目叫《台北之夜》，是一個以表演魔術、歌唱、跳舞為主的綜藝節目。當時的鄉下哪有什麼消遣？哪

裡見過新潮的歌舞？因此當那些穿得極少的女郎，在螢光幕上扭著細腰時，立刻引起了騷動，大家議論紛紛，口耳相傳，每逢這個節目播出時，圍觀的人總特別多。我經常在那兒碰到丟下功課的同班同學，大家心照不宣地看完了，再回去開夜車。

至於員工福利社，就有更多屬於我們的記憶了。福利社裡面有理髮廳、碾米廠、洗衣店、冷飲部、日用品供應部，我最難忘的便是冷飲部。冷飲部以糖廠自產的糖來製冰，既衛生，又好吃。裡面總是飄浮著阿摩利亞的臭味，機器隆隆地響著，冷凍箱一打開，便冒出一團團的冷氣，以及各式各樣的冰棒。

一根冰棒那時才賣一毛錢，一杯冰水三毛錢，夏天時，我口袋裡只要有四毛錢，在玩伴之間一聲吆喝，大夥兒便溜進冷飲部濕濕涼涼的空氣裡。一根花生冰棒，沾著一杯冰水，涼得大家牙都歪了。吃完後，我們還會搜刮一番，將地上所有的冰棒棍子撿個乾淨，再回到太陽下玩「打冰棒棍子」的遊戲。贏的人可以將贏來的棍子編成一堵小籬笆，輸的人只好再往冷飲部跑，看是否能再撿到一些冰棒棍子，就這樣打發了不少我童年無聊的夏日時光。

再往前走，就是糖廠的大門，警衛森嚴，進出都有警衛盤問。從前我的一位堂姑丈，就是守大門的警衛。他是外省人，只會講一點台語，脾氣非常好，可是當他戴著警盔，腰上佩著手槍，站在崗哨裡服勤時，卻是很威嚴的，我們到糖廠玩，根本不用走大門，只要沿著鐵軌走一段路，再找個草叢一鑽，便混到裡面去了。

印象中，糖廠一直是很龐大、很遼闊、很神祕的，它的前身是日糖興業株式會社，曾轄有14個糖廠、一個冰糖廠、五個酒精廠，外加一個甘蔗示範場，分散在中南部各地。各種蔗面積達二十餘萬甲，運甘蔗的小鐵道長達一千餘公里，最高糖產量曾創下10萬公噸的紀錄，是當時台

灣規模最大、生產最豐的一個製糖會社。

　　台灣光復後，所有的製糖會社都由政府接收，日糖興業改組為台糖公司虎尾總廠，仍轄有虎尾、北港、斗六、大林、龍岩五個糖廠及一所蔗作

　　改良場。總廠所在地的虎尾糖廠，擁有兩個龐大的製糖工場，每天的壓榨能力高達4900公噸，仍為台糖公司所屬各廠之冠。民國47到48年間，產量達六萬四千餘公噸，也在公司各廠中名列前茅。

　　整個1950年代，可說是虎尾總廠意氣風發的年代，員工總數超過2600人，士飽馬騰，鬥志高昂，怪不得紀錄不斷創新。那時糖廠有個廣播台，三個擴音器就架在附屬醫院旁邊的一個鐵塔上。每天早上7點50分，擴音器裡就會響起輕鬆的音樂，飄送到廠區及宿舍區的每個角落，提醒員工們一天又開始了，大家得準備上班了。父親總會等到音樂響了才出門。在曼妙的音樂節奏下，騎著腳踏車去上班。在台糖小學就讀的我們，也得結束晨間自習，準備排隊去參加升旗典禮了。

　　一到甘蔗採收的季節，糖廠及鄰近村莊的蔗農，就有得忙了。我的舅舅家在大庄，種了二甲多的白甘蔗，蔗園就在糖廠後面二、三公里的地方。他們採收甘蔗時，媽媽常回去幫忙；要是逢上星期天，媽媽總會帶我們到蔗園玩。白甘蔗又硬又小，牙齒咬不動，平時根本沒人要吃。可是在蔗園工作時，鄉人口渴了，常會順手一刀，砍下一小節來解渴。小孩子們常爭著要，你搶我奪，好不熱鬧。

　　那時採收甘蔗完全靠人力，大人拿著磨得鋒利的菜刀，全身都得包在厚厚的衣服裡，以免被狹長的劍般葉片割傷。甘蔗長得比人高，又種得很密集，人鑽進去後就不見了，因此採收時極為辛苦。鄉人們大多站成一排，一人一畦，刀起莖斷，逐步向深處挺進。小孩子便跟在後面撿甘蔗，成綑成綑地綁好抬到牛車上。再由牛車拉著，送到就近的集蔗

區。那兒隨時有幾輛五分車，停靠在竹林下。等甘蔗都載滿，黃昏時便有一輛小火車頭，沿著各個集蔗區開過來，將一車車的甘蔗拉到糖廠去。

這時的糖廠早就忙碌不堪了。一列列滿載著甘蔗的火車，像一條條蠕動的毛蟲，在製糖工場前排班，等候進場。壓榨機轟隆轟隆地響著，24小時不停地工作，煙囪吐著濃濃的黑煙，向遠方飄去。入晚之後，廠內燈火通明，火車的汽笛此起彼落。雪白晶亮的特級粗砂，不斷從輸送帶上輸出來，堆積有如一座雪山。工人忙著打包，卡車忙著運送，小火車又急急地載著一袋一袋的產品，連夜輸送到各地的市場。

這樣巨大的聲音，這樣繁忙的場景，交織成一幅偉矣盛哉的畫面，透露著一種莊嚴肅穆的氛圍，鼓舞著每一個員工的心，安撫了每一個員工的家庭。從小，我就在這種氣氛中長大，深刻地體會到產業的偉大和勞工的神聖。一方面，透過糖廠提供的福利設施，我從小就養成了游泳、打球、運動、上圖書館的習慣，從而影響了我對精神世界和生活品質的追求。

我時常在睡夢中醒來，傾聽遙遠而低沉的、像心臟一般搏動著的輪機聲，以及小火車駛過虎尾溪鐵橋的、像音樂一般迷人的震動聲，而感到一種被庇蔭的溫暖和幸福。在我那時想來，糖廠就是我們員工子弟的地母，它的生命那麼充沛，它的力量那麼強大，它將永遠屹立在家鄉的土地上，成為我們的精神支柱。

然而，我的預言並沒有成真，我的一廂情願的美夢很快就破滅了。民國58年，我家搬出了糖廠。就在這年，雲林縣因開發地下水成功，蔗農紛紛改種水稻，甘蔗來源頓減，糖廠開始步入它的衰弱期；加上國際糖價大幅滑落，經營愈形困難，糖廠一方面緊縮開支，一方面精減人員。員工退休的退休、資遣的資遣，短短幾年內，只剩下一半。第一製

糖工場，先在50年停用，繼在62年拆除。酒精工廠也在64年停止生產，拆遷併入新營副產加工廠。然後便是營業線鐵道業務的全面關閉，時在64年12月。

我像兒時一樣，沿著鐵軌慢慢逛進糖廠裡。剛剛停工後的廠區，靜悄悄地，沒有幾個人影。兩根煙囪兀自撐著，也顯得無精打采。連那大鐵橋都是鏽痕斑斑，旁邊的人行道用鐵絲拒馬擋著，早已封閉多年。童年時我常在溪邊釣魚，在公園的樹上捉小鳥。初中時我變得憂鬱，經常一個人坐在堤防上發呆，或在河邊讀書、散步。往日的情景歷歷如在眼前，瞻前思後，百感交集，只好匆匆離去。

我在家鄉待了一夜，與家人敘些家常，第二天一早又出去逛了一下，便決定回台北了。當客運車搖搖晃晃地駛過虎尾溪，我又習慣性地回頭去看家鄉一眼。白雲靉靆，晴川數里，心中似乎坦然多了。昔日的故園雖已老去，但小鎮卻在不斷地更新成長，感情上雖有點令人依依不捨，它畢竟是往前走的。而這幾乎是台灣所有的鄉鎮共同的命運，我只能衷心地盼望，它在蛻變之後，能成為一個更健康、更美麗的小鎮。

——原載於古蒙仁《同心公園》，台北：九歌出版社，1996年

——選自《閱讀文學地景‧散文卷》，台北：行政院文建會，2008年

華語篇

古蒙仁／重返蔗鄉

古蒙仁

雲林人。美國威斯康辛大學文學碩士。現任職桃園國際機場公司。著有《黑色的部落》、《失去的水平線》、《雨季中的鳳凰花》、《吃冰的另一種滋味》、《凝視北歐》、《溫室中的島嶼》、《台灣山海經》、《虎尾溪的浮光》、《大道之行》等。

莊信賢＝攝影

樹靈塔

陳月霞

樹靈塔距離我的教室只有30米。在我的教室與樹靈塔之間，
有一棵圍著矮木欄，專門供人觀光的千年樹，取名千歲檜。
千歲檜挺拔盎然的容貌，不僅觀光客喜歡和它拍照，
下課時我們也喜歡躍進木欄，在它凸出泥土的樹根上戲耍。
但是對於隱藏在千歲檜背後濃密樹林間，經年不見陽光的樹靈塔，
我們卻都避而不視。

樹靈塔的蓋子掀開了。

樹靈塔的蓋子不但被掀開，而且失蹤了。

是誰掀開樹靈塔的蓋子，而且還盜了它？在這鮮少陌生人進出的山裡，大家很快想到賊仔章。

賊仔章是拾荒者，也是小偷。他專門收購破銅爛鐵，也專門偷竊好銅好鐵。

賊仔章這一回一定偷昏了頭，才會去掀樹靈塔的蓋子，而且嚴重的偷了它？!

樹靈塔蓋子失竊的那年，賊仔章也失蹤了。

那年我五歲不到，印象中，整個阿里山籠罩在一片風聲鶴唳中。

有人請來和尚，在塔前誦經；有人忙不迭的設壇、擺牲禮、焚香、燒冥紙。

焚香和燒冥紙，在我出生的山地，是一項頗為常見的儀式。

我家正門，隔著一道欄柵，三道鐵軌的前方，便是一處經常焚香和燒冥紙的地方。那裡本來是柴油機關車的車庫。在那油料還是異常珍貴的年代，柴油車是達官貴人的座車，由於使用機會不多，進出車庫的頻率相對降低，銜接車庫的四方亭成了出外人的臨時過渡場所。

每一次，只要寧靜的山區有任何騷動，人們總會習慣的，翹首往四方亭凝視。然而，絕大部分時刻，人們看到趕往四方亭的，是一具具血肉模糊的軀體，當他們靜躺在鋪地的草蓆上之後，接下來便是一連串焚香燒冥紙的儀式。

這一具具魂魄出竅的軀體，都是來自玉山或塔山下的森林。他們的家或在南投，或在高雄，或在屏東，或在花蓮。他們共同的特色是，貧窮、男性、體壯、終年在台灣的森林，與樹搏命。

四方亭是孩子的禁區，不僅大人嚴禁小孩走近，我們自己也都畏懼

三分。可是一旦有事情發生時，我們又會忍不住的用眼梢偷偷掃瞄，裊裊的香火，及幢幢的人影。

不過有一次，我卻清楚目睹了血肉模糊的人。那是吃過晚飯的一個寒冷的夜，一輛台車放送一名受傷的伐木工人出來。我隨著眾人混亂的腳步，趕到火車站放置傷患的月台，憑著瘦小的身軀，我很輕易的鑽進人群最裡層。那真的是一具血肉模糊的形體，整個肚腸和大腿肉都敞開來，血水不斷的滲出。或許是同樣的事件見多了，任憑傷者如何淒厲呻吟，圍觀的群眾都沒有什麼難過的表情。而我被眼前這一幕僵住了。我想起每天清晨，天還未亮就被宰殺解體的豬。令我覺得不可思議的是，人的肚腸和大腿肉，竟然和豬的如此神似?!

那名傷者因為沒有人有足夠的膽量敢冒險送他下山，而山上唯一的醫生，也就是醫務室的余醫師，也只能為他做有限的止血與止痛。挨到第二天早上，他便罩著棉被，冰冷而僵硬的被小火車運送下山。

我的二叔也曾經破過大腿肉。據說他是被一棵明明該往上吊起，卻意外往下墜落的四噸重原木壓到。還好的是兩名工人迅速放台車送他出來。我的二嬸當時真是萬分悸慟的哭天搶地。二叔在山上做過急治之後，馬上有兩名勇敢的人繼續放台車送他去嘉義。他不但幸運的挽回性命，也幸運的把破裂斷截的腿接牢。不久之後，二叔就拄著拐杖，又回到森林裡去。

司空見慣的災難，使得哭喪變成我們遊戲的一部分。有一年夏天，我和弟妹邀鄰家姊妹，在樓上臥室，把厚重的棉被摺成長方體，上面罩一床毯子，然後眾人便煞有其事的哭嚎起來。當我們認真的哭出眼淚時，鄰家姊妹卻被召喚回去了。原來這回她們的父親正罩著毯子，躺在家裡的客廳，她們的母親則已昏厥過去。

這件事予我很大的衝擊，好像鄰家爸爸是被我們詛咒死的。那天

夜裡，我夢見他用忿懟的眼，猙獰的追逐我。我在一節又一節空曠的運材火車間，沒命的奔跑躲藏，直到嚇出一身冷汗，才驚醒過來。從此以後，我再也不玩哭死人的遊戲。

據說鄰家爸爸是被倒塌的屋脊壓死的。那是颱風天的一個下午，他正好被林務局合作社派去山裡巡視。鄰家爸爸死了之後，他的職務就由大兒子接下。

大人說，人死了之後會變成蛇，會變成蟲，也會變成青蛙。鄰家爸爸死了之後，我真的看見他變成蛇在我家門前徘徊。而有好長的一段日子我不敢在樹林裡找青蛙，也不敢抓任何昆蟲。

幼年的視界雖然圍繞著血淚和冥紙，但真正構築我的童年世界，卻是來自森林裡，源源不絕的大塊巨木。

只要避開四方亭，一節串連一節，堆滿巨木的運材火車，便是我們每日嬉戲的最愛。我們或攀爬在橫陳的巨木間躲迷藏，或尋找那附生在巨木上的各種蘭草，而最令人興奮的則是，當偶爾夾雜在檜木間的玉桂樹被發現時。通常第一個看到玉桂樹的小孩，都會發出勝利的歡呼，然後就老實不客氣的剝下一大截樹皮，餓狼似地啃嚼起來，挨到其餘的小孩圍過來，玉桂樹皮便一轟的被剝得乾淨。甘醇帶辛辣的玉桂皮，往往叫人無法罷口。於是躲著大人，我們一而再，再而三的用鼻孔淌出的鮮血，交換樹屍的皮肉。

跳躍玩鬧在死樹身上，對我們而言，是多麼的自在和歡悅；但是對那傳言中摸不著的樹的靈魄，我們卻有幾分戒懼。傳說，當人們高舉斧頭鏈鋸，肆無忌憚的一一搏倒大樹時，有人聽到樹在哭泣。然後，有人叫樹魂遷索而去；有人遇到以前被索去性命的人，又回到森林；有人發現煮出來的白飯好端端的變血色。當夜深人靜時，越來越多的人聽到樹的哀嚎，越來越多的人見到鬼魂，而越來越多的人被索去性命。

雖然位在伐木區附近的神社，香火日愈鼎盛，但是魑魅作怪絲毫沒有銳減。伐樹的工人，受盡驚駭之餘，一個比一個膽怯。營林的官方或商賈，請來道士，不敢怠慢的在樹靈塔前，大規模的為樹靈超魂。

我第一次看到樹靈塔，是上小學以後。那時的樹靈塔，已經不再有人祭拜，而且林務局還把它列入遊客觀光的地方，只是很少有觀光客會去看它。

樹靈塔距離我的教室只有30米。在我的教室與樹靈塔之間，有一棵圍著矮木欄，專門供人觀光的千年樹，取名千歲檜。千歲檜挺拔盎然的容貌，不僅觀光客喜歡和它拍照，下課時我們也喜歡躍進木欄，在它凸出泥土的樹根上戲耍。但是對於隱藏在千歲檜背後濃密樹林間，經年不見陽光的樹靈塔，我們卻都避而不視。

樹靈塔是孩子的禁忌，大夥兒不看它，不談它，但每個人心底都有它，尤其每逢傾倒垃圾的時刻，大夥兒便像穿梭陰間地獄，載恐載驚，總是要屏住呼氣，直到回到明亮校域，大夥兒才像又還魂似的活醒過來。

對於早期樹靈塔蓋子失竊的事情，我一直充滿迷惑。但是，在那個處處洋溢鬼魅魍魎的童稚心靈裡，好奇只會增添心裡更多的冷濕。直到前些時，在我離開故鄉十餘年之後，再一次面臨這個問題，從父親那兒知道，樹靈塔原來沒有蓋子，當年失竊的是樹靈塔頂端的避雷針。

樹靈塔立於西元1935年，是日本人為紀念有功於阿里山開拓的殉職人員，及感念捨命為森林鐵道臥枕的林木而設。此後，日人每年春秋二季，定期延請道士，備素果，為眾靈誦經。

降服（光復）以後，林官與木材業者延續樹靈的祭拜，誦經者，仍由道士，但簡單的素果改由繁瑣的牲禮所取代。這種求平安的好兄弟超渡儀式，與日治時期的感恩之祭，截然不同。

樹靈塔最後一次超渡，距今約有二十餘年。二十多年前阿里山的巨木，業已砍伐殆盡，樹靈塔遽然失去超渡的意義。至於當年失竊的是塔蓋或避雷針，竊賊是賊仔章與否，隨著賊仔章作古多時，再也沒有人提起了。

注：1995年從舊照片中發現，樹靈塔不但有蓋子，而且有四層，當年的確失竊兩層。

——原載於《中國時報・人間副刊》，1991年5月5日

——選自《閱讀文學地景・散文卷》，台北：行政院文建會，2008年

陳月霞

嘉義阿里山人。台灣藝術專科學校畢業。現任台中市社區婦女成長協會理事長、台灣生態研究中心協同負負人。著有《植物之美》、《認識老樹》、《童話植物》、《跟狐狸說對不起》、《聰明母雞與漂亮公雞》、《阿里山俱樂部》、《阿里山永遠的檜木霧林原鄉》、《火龍119》等。目前正進行阿里山人文歷史長篇小說撰述。

陳丁林＝攝影

青青茇葉晚風斜

羊子喬

金唐殿，佳里鎮最大最老的廟即為金唐殿，位於舊市場的正門口，
至今終年香煙繚繞，供奉著朱、雷、殷、蕭府千歲。
金唐殿原是西拉雅族的公廨，
後來漢人移入之後，才成為漢化的廟宇。

　　自古以來，在「鹽分地帶」（包括佳里、西港、七股、將軍、學甲、北門），除了佳里鎮之外，可說土地貧瘠，生活困苦，人口大量外流，每個部落都有一座廟。廟愈興盛的地方，就表示生活愈不易。

　　鹽分地帶有「南方果樹園」之稱的佳里，在荷據時期，稱為蘇偷村；明清之際，叫做蕭　社；到了日據時期，才改為佳里。佳里的由來，據文學前輩郭水潭先生稱，當時，他在北門郡役所擔任通譯，經由他建議改為佳里，由於在佳里的正北方，有一個部落叫「佳里興」，此地在康熙23年，諸羅縣府治所在地，劃曾文溪以北，遠至三貂隸之。

　　在佳里鎮西北方的一個部落——北頭，是我的出生地，北頭是平埔族的部落。於34年前，我在這個部落誕生，至今這個部落還供奉著「西拉雅族」（平埔蕃的一支）的主神——阿立祖。

　　小時候，村落裡的每一戶人家，都蓋有一座阿立祖公廟，裡面擺著幾個安平壺，壺中盛著清水，清水裡插著菅草或蔗葉，每逢農曆初一、十五，都要向阿立祖祭拜，祭拜時，不用燒香或燒冥紙。直到我七歲左右，村中供奉的「佛祖」，要大家廢除阿立祖公廟，然後把各家的安平壺集中一處供奉，從此這個部落便真正漢化了。

　　北頭有一座蜿蜒約半公里長的沙崙，部落在沙崙的南北麓集結，家家戶戶，四周都種滿了刺竹，戶與戶之間，

　　有林投樹生長其中，這些長滿刺的竹子和林投樹，有禦敵的作用，如今刺竹和林投樹都被砍伐殆盡，取而代之的是一棵棵的果樹。

　　據鄉先輩吳新榮先生考證：永曆四年（西元1650年），荷蘭巴達維亞之東印度公司以4000里爾，無息貸予古拉維斯牧師，由印度採購黃牛121頭，交由蘇偷村住民放牧於北頭，所以北頭是台灣畜牧業的發源地。

　　在佳里的開拓史中記載著：「陳永華採寓民於農之政策時，林可

棟入墾蕭壠……而當時蕭　社的西拉雅族，散聚在現在的三五甲、大庭、潭墘、大路尾、公廨宅（今建南里）一帶，昔時有一小溪，由北流南灣西到海，小溪就是現在的中山路到新生路，小溪後來變成大溝，又成為大路，溪的兩側即為鎮兵林可棟的墾地，到康熙年間已成為一大聚落。」

佳里鎮最大最老的廟即為金唐殿，位於舊市場的正門口，至今終年香煙繚繞，供奉著朱、雷、殷、蕭府千歲。金唐殿原是西拉雅族的公廨，後來漢人移入之後，才成為漢化的廟宇。

據《台南州祠廟名鑑》記載：金唐殿建於乾隆八年，但金唐殿前「宏文及莫」立匾年號，卻是康熙戊寅年，可見其歷史之悠久。在日據時期（民國17年）重修，聘汕頭名工何金龍裝剪黏，後來有人在廟前右壁上方發現一座國父遺像，栩栩如生，何金龍是汕頭人，深受國父思想感召，才塑此像。在正門石柱上，刻有故司法院長王寵惠「金壁交輝新氣象，殿裡重見舊威儀」的對聯，佳里人把何金龍的國父遺像、王寵惠的對聯、康熙年間匾額「宏文及莫」，合稱為金唐殿三寶。

我從出生有記憶以來，發現家裡在種田之餘，也從事畜牧，除了養豬、雞鴨之外，還養過兔子、梅花鹿。父親在鎮上一家食品工廠就職，下班回來便養些動物，而母親負責種田的粗活。我們下課回來，便挽著菜籃到田野裡，割取餵豬的野菜，一邊割野菜，一邊啃著甘蔗，不知歲月的艱苦，上了高中，便開始專心讀書，不再從事田裡勞動的工作，鄉村裡割豬食的人逐漸稀少了，大家開始用飼料來餵家畜。近十年來，大宗養豬戶，逐漸在鎮上興起，有人一養便是上百成千的，怪不得豬價暴跌時，有人便把豬仔放生，甚至私宰肥豬，大灌香腸，有人養豬致富，也有人養豬破產的。

在佳里鎮，畜牧業有其歷史淵源，除了豬之外，養兔也形成過熱

潮，根據吳新榮先生的〈震瀛回想記錄〉中載：他曾經在光復初期，與徐清吉先生合辦「養兔公司」，交由剛出獄的蘇新（後赴大陸，於四年前病亡於天津）主持，最後經營不善而結束。

除了豬、兔之外，養梅花鹿，目前在佳里鎮可說是一項熱門的家庭副業，由於鹿的多種用途，因此，起落較小，風險也較少，所以，佳里鎮養鹿人家不在少數。

養豬、兔、鹿之外，目前養雞人家也不少，尤其一些老師，下課之後，便幹起養雞事業，有人一養便成千上萬的蛋雞，由於養蛋雞風險比養鹿還小，所以，養雞便成為企業化的經營方式。記得國民小學有一位體育老師李榮美，由於養雞成功了，便辭掉教職，專心發展牧業，如今出掌尚德畜牧食品公司的總經理。

畜牧業在佳里鎮，可說是經濟動脈，所以造就不少中產階級，致使佳里鎮的經濟起飛。

「在原野上可見煙囪」原是鹽分地帶作家林芳年在日據時期寫就的一首新詩的題目，這首詩深受普羅文學的影響，流露了鎮上一家油漆工廠的工人心聲。然而，在佳里鎮，只要站在原野上，便可以看見蕭　糖廠的大煙囪。

糖廠的大煙囪對我而言，是小時候的精神座標，往往坐在田埂上望著它發呆，一看見它冒煙，便知道甘蔗開始採收了，糖廠開始製糖了，家鄉的父老都叫做「廍動」。由於古代的糖廍，到日據時代，被轉化成製糖株式會社之後，日本統治者開始大量剝削農民的農業經濟，到了光復之後，我們依然可聽到：「第一戇種甘蔗給會社磅」的俗諺。

北頭，有一座蜿蜒約半公里長的沙崙，部落在沙崙的南北麓集結，
家家戶戶，四周都種滿了刺竹，戶與戶之間，有林投樹生長其中，
這些長滿刺的竹子和林投樹，有禦敵的作用，
陳丁林＝攝影

　　佳里鎮基本上是屬於農村經濟的鄉鎮，四周農田種植著甘蔗、稻米、甘薯和其他經濟作物，這些經濟作物往往依隨政府的政策而改變，曾經大量種植過棉花、蘆筍、小番茄以及玉米。但是始終大量生產的，還是稻米和甘蔗。

　　由於佳里鎮是北門區（鹽分地帶）商業轉運站，農作物、魚類、水果皆在佳里交易。因此，一些較有錢的人，便在佳里街上購樓房，或是投資興建工廠，尤其近十幾年來，佳里鎮郊，有了針織廠，聞名於全省的有：華王和大洋針織廠；還有食品加工業像七喜、尚德；另外，有幾家鞋廠，專門製造外銷，甚至於有電風扇外銷、家具外銷工廠，都經營得有聲有色，由於有了這些工廠，鄰近鄉鎮一些從業人員，便大量往佳里鎮集結，所以，鹽分地帶的人口大量外流，只有佳里鎮有增無減。

　　佳里鎮近十年來工廠增加，流動資金也多，所以，才會造成數十億倒會案的發生，給全省省民一個熱門話題。

　　北門郡是日據時期「鹽分地帶」的舊稱，郡轄西港、佳里、七股、將軍、學甲、北門等六鄉鎮。光復後廢郡改區，後來又去掉區這個行政單位，不過這六個鄉鎮仍然沿用北門郡或北門區，現在則通用「鹽分地帶」這個文學史上的用辭。鹽分地帶的出入門戶在佳里，日據時代日本人在佳里設有小火車站，北門郡的人大多從佳里搭火車到番仔田（現在的隆田），再轉搭縱貫鐵路的火車到全省各地。

　　記得小學六年級，學校舉行一次烏山頭水庫郊遊，要去郊遊的前一天晚上，一直睡不著覺，由於我第一次要坐小火車到隆田，再從隆田步行到烏山頭水庫。

　　光復後，興南客運公司在佳里設客運站，再從佳里行駛客運車到各鄉鎮。北門郡的人從佳里南往西港、安順、台南，北往學甲、鹽水、新營，從此，隆田不再是北門郡的轉運站了，客運小火車也逐漸沒落了，

尤其高速公路通車之後，從佳里到麻豆交通道，南往台南、高雄、屏東；北往嘉義、台中、台北，交通更形便捷。

到了民國63年，客運的小火車停開了，小火車站的土地被拍賣，而蓋了一長棟四層樓房，造成了佳里城市化的第一炮，緊接著小火車站對面的空地，以及高中校長施金池住過的宿舍，也被拆掉，蓋了一棟七層樓大廈之後，戲院、西餐廳、韻律舞蹈社，以及各種名店便在此大廈展現，這是城市化的極端反映。

小火車站消失了，佳里街上日益繁華，城市化愈來愈厲害，整個小鎮都變化起來了，好像村姑進城一樣，衣著、打扮都與往日大不相同。

不管離鄉多久，一旦回到佳里鎮，便會聞到一股荖藤花的香味，這是佳里鎮特有的風味。

在日據時期，佳里鎮即以盛產荖藤及皇帝豆聞名於全省，如今皇帝豆已不多見，荖藤也逐漸減少。當時每棵荖藤值日幣15元，而在郡、街役所的公務人員，每月薪水才日幣40元左右。

從明鄭墾殖以來，由於蕭壠社是西拉雅族四大蕃社之一，以至於居民皆有吃檳榔的習慣，而荖藤是夾在檳榔裡的作料之一。自古以來，在佳里出產的荖藤，不但供給佳里住民吃檳榔之用外，還供應全省嗜食檳榔的人士，因此價錢高，獲利頗豐，所以，種植的人很多。

由於蕭壠社人士有嚼檳榔的習慣，因此，佳里街上的人家，屋前屋後檳榔樹林立，構築了南國風光的特殊景觀，遠遠望去，頗富情趣。

如今佳里的城市化，地價暴漲，這些荖藤園皆紛紛蓋起公寓，造就了不少暴發戶，工廠一家一家地蓋起來，附近鄉鎮人口大量湧向這個小鎮，佳里如今是已超過五萬人口的大城鎮了。

凡是到過佳里的人，沒有吃過佳里肉圓，我敢說他是白跑了一趟。許多佳里鎮的同鄉表示：他們從來沒有吃過比佳里鎮出售的肉圓更好吃

的。每次我回到這個風吹的小鎮，這裡有稻田的芳香，以及海的體味；然而，那誘人垂涎的肉圓，更是喚我回鄉的理由。每次，許多居住台北的同鄉，都會從佳里帶幾個肉圓回台北，然後慢慢品味故鄉特殊的口味。

其實肉圓裡包著：瘦肉、香菇、筍乾而已，說穿了人人會做，但是吃起來卻與他地不同，據說，舊市場那個賣肉圓的，光靠賣肉圓就賺了幾百萬，如今已有好幾個攤子在賣了，也賣出名氣來。

二十多年前，佳里鎮擁有兩家戲院，都是省議長高育仁家族所有，由於都叫做佳里戲院，一家叫做佳里舊戲院，一家叫做佳里新戲院，舊戲院大多演布袋戲或是歌仔戲和新劇，新戲院大多放映電影。

記得上初中之際，布袋戲正流行，長年累月舊戲院都由鄭一雄演布袋戲，下完課匆匆忙忙地趕到戲院，看那不用買票的戲尾，戲尾往往是最刺激、懸疑、打鬥最厲害的，好讓觀眾明天再購買票進場。但是十幾年前，電視興起之後，舊戲院沒落了，最後拆掉改建成商店樓房，而僅剩下佳里新戲院。七、八年前，小火車站前的空地，蓋起了一座七樓大廈之後，又增加了一家戲院，叫做「國賓戲院」，如今佳里鎮依然有兩家戲院，大多上演國片。

除了兩家戲院之外，佳里街上還有一家酒家。在日據時代，佳里街上曾經擁有六、七家酒家，一些經營漁牧業的有錢人家，在佳里街上拍賣完貨物之後，便到酒家買醉。光復後，由於生活水準提高，酒家課稅重，因此，酒家沒落了，如今僅剩一家；可是佳里鎮郊的地下酒家，卻大為興起，一些打著海產店招牌的餐廳，也兼營酒色，頗令好於此道的人士大為樂道。鹽分地帶地處濱海地方，海鮮四時皆有，因此，吃海鮮、喝酒，再有脂粉味，更是讓酒徒大為滿意。尤其佳里鄰近幾個鄉鎮：七股、將軍、北門鄉都靠海，海邊村民只能捕魚、養魚與曬鹽為

生，漁民及鹽工生活窮苦，也都大量遷居都市營生，但是在此捕魚維生的漁民，往往利用捕魚之便，大量走私大陸酒、藥材、茶具，有人獲利頗鉅，尋歡作樂，色情海產店興起，各地靚女來此撈金，入夜三更，海產店人頭鑽動，形成了一種畸型的娛樂方式，這是屬於中、下階層的。

屬於中上階層人士的娛樂、休閒方式，往往出入台南市。記得，當我上高中時，常常看到一些打扮入時的紳士仕女，他們手中捏著客運車票，在車站等待開往台南的車子，或是包著計程車到台南市，看電影、跳舞，或是打保齡球。這幾年來，佳里街上也有太極拳社、土風舞社……等社團，一些婦女紛紛學習大都市的生活方式，參加各種社團。有些人卻迷上釣魚，由於佳里靠海，一些有閒的人，往往一大早就到海邊垂釣，直到傍晚才返家，當然，也有人以釣魚為生的。

鹽分地帶開發早，人口多，耕地窄，居民每戶大約只耕三、五分地，實在無法養家活口。在小時候，每當廟會，各鄉鎮的乞丐便會蜂擁而至，那時便在心靈裡，深深地體會到什麼叫做貧窮，於是幾乎家家戶戶都有人出外討生活。民國45、46年左右，在高雄、台北踩三輪車為業的頗多鹽分地帶的人，記得那時，父親遠至台北踩三輪車，直到我上小學，鎮上有一家食品工廠開業，父親便返鄉就職，一幹就二、三十年。

我七歲入小學，每天沿著兩旁植著木麻黃的碎石子路上學，有時一不小心，便會踢到石頭，而腳趾便流血或黑青瘀血，那時真是痛恨不已。如今，石頭不見了，馬路已經鋪上了柏油。路的兩旁，椰子樹也取代了木麻黃，部落的小茅屋，都已經變換成磚頭房子，街上矮小的屋舍，也樓房高築，這一切都在說明經濟成長。

佳里鎮是鹽分地帶的政治、經濟、交通、文化中心，在北門郡各鄉鎮，皆以佳里為中樞，一些在其他鄉鎮較有錢的人，都會在佳里街上置產，這種情況從日據時期即開始，像吳新榮先生自日本東京醫學專校畢

業，即從將軍搬到佳里，在街上懸壺濟世。尤其近十幾年來，佳里鎮郊工廠林立，像食品加工、外銷成衣、鞋廠，以及各種機械零件裝配廠，如雨後春筍，造成佳里城市化的動因，於是都市化日漸形成。

都市化給佳里街上帶來了繁榮的外衣，相對地，它也喪失了那內在淳樸自然的原貌，人際關係也日趨複雜。從前未曾發生的，如今也隨著經濟變化而產生，例如：數十億的倒會案，以及經濟犯罪和社會問題，民風從保守變成開放，這對佳里鄉的居民是幸抑是不幸呢？卻是值得全鎮居民共同深思的。

——選自阿盛主編《歲月鄉情》，台北：洪建全教育文化基金會，1987年

羊子喬

台南人。台灣師範大學台灣文化及語言文學所碩士。現任台灣文學館助理研究員。著有《收成》、《該是春天為我們開門的時候》、《羊子喬詩文集》、《西拉雅・北頭洋部落紀事》等。

急水溪事件

阿盛

儘管溪床日漸淤積，小城居民至今仍然沒去注意到，
農作鴨兒什麼時候又把溪畔變得這般的擁擠？

　　小城裡的居民第一次痛下決心要整治急水溪，是在民國48年。根據小城公所的檔案資料，那一年八月大水災過後，總計急水溪拖走了500頭大小肥瘦不等的土豬、40甲半人高的紅甘蔗、6000隻番鴨水鴨、20甲綠頭殼的稻子，另外，有四個吃稻米長大的人正好趕上農曆七月打開的鬼門關，其中包括一個學業成績很好的小學生，依照許多父老的說詞，水龍王不識人，否則這聰明的小學生保不定將來能念上大學，甚至當小城代表賺大錢。

　　事實上，當年的整治急水溪大計，之所以猛如過山風地展開，卻又驟如西北風地收停，正是與錢有關。台灣錢固是淹腳踝，小城居民可硬是彎腰撿不到足夠修堤的錢。當然，這並不表示小城很窮，事實上，樓房一年比一年多，人們一年比一年吃得好，街道更寬了，寺廟翻新了，神誕做醮沒有一次不熱鬧，魚菜市場沒有一天缺過貨，喜慶宴客擺出三、四十桌酒席是尋常事，出殯行列裡有十輛電子音樂車演奏最新流行歌也不怎麼稀奇；而，事實上，直到民國69年，修堤的錢仍然沒有著落。一樣的月亮，一樣地照著急水溪，一樣的流水，一樣地流過蔗田豬舍鴨寮，要不是那年九月下了幾場罕見的大雨，急水溪差點再度改變了安樂的世界，居民很可能不會注意到，什麼時候溪畔變得如此的擁擠？

　　小城代表們多半是聰明的小學生出身的，雖然事業各有專攻，平時各自經營雜貨店、碾米行、酒家、茶室、當公司工廠顧問、當寺廟佛堂董事，忙得熱乎，但是九月那幾場大雨總算澆涼了賺大錢的腦筋，同時很快地發現，被農作鴨群擠得成了蛇扭形的急水溪，非得痛下決心整治不可了。

　　修堤大計猛如九月颱地展開之後，籌款的速度快得令居民的嘴巴張開兩寸，半分鐘之久還合不攏。有人以小人之心揣測，縣裡急急撥下經費，似乎與選舉有聯繫，可是代表們以君子之腹否定這類謠傳；有人以細民之知猜度，某議員的大舅子的朋友的親戚，好像包了一些工程，可

是議員們以大人之量澄清這類風言。於是，作業立刻起始，堤線立刻定案，徵地立刻進行，並且立刻遭到叫人傻眼的難題。

問題出在徵地。由於小城居民很少曾經到過大埠去長期闖蕩，因此出門在外碰得一臉紅橙黃綠藍靛紫的機會不多，也因此保有小城人的那種小聰明，徵地的難題就出在小聰明上頭，圍溪築堤必然會損及養鴨戶的權益，必然會迫使蔗田停耕，必然會造成飼豬者的困境，必然會公價收購私人土地，那麼，當事人不趁此做一筆生意，必然對不起妻子兒女。

就為了鴨戶豬戶田主地主的妻子兒女，代表議員廠商官員們只好暫時讓急水溪繼續七彎八拐地流下去，流著流著，而日曆掛在牆壁，一天撕去一頁，真叫人心裡著急。時光如白駒過隙，轉眼69年悄悄過去，急水溪畔的鴨兒仍舊悠然自得地將頭伸進水中，呷呷追逐在竹子圈起來的水塘裡，甘蔗抬頭望天，稻子低首看地，約克夏種洋豬的糞便不改往昔地流入溪流，堤線內的私有土地上三三兩兩的不聲不響的突然冒出幾棵果樹、幾幢茅草寮。70年的春季來臨了，轉個身就走得無影無蹤，夏季說到就到，誰都知道，夏季裡天上掉下來的可不是蘇芮唱的那種冰冷的小雨。

大雨來得正是時候，八月底，急水溪拖走了少少幾隻鴨，一小片地瓜田，倒是滋潤了嘉南平原上渴旱已久的稻畝。九月初，大雨來得不是時候，急水溪帶來了大大的山土與一截截的粗樹枝，雨水不斷灑在小城居民的頭上，短短一個晝夜，小城各處的水溝與路面幾乎全部無法辨認，木材廠的木片原材漂流在街道上，市場裡浮出來的爛菜垃圾四方擴散，雞貓屍體隨地可見，居民撩起褲管收這拾那，屋子裡的入水與溪水共一色，落雨與向屋子外揮動的面盆齊飛，每個地方都有人在問：雨哪會落不停？

雨是停了近半天，路上的水剛退到淹腳踝，遠遠的山裡又傳來了雷聲，雷帶雨，雨帶風，風雨掃得小城居民一直在罵天公。這一回，連坐

鎮在溪邊高地上的玄天上帝都差點被水沾濕了腳，戲院、茶室、餐廳、市場全部關門，急水溪畔的蔗稻瓜鴨全部消失，自來水不自己來了，電線也不來電，廣播電台那個專門賣大補丸以及300元一架照相機的播音員，卻在風雨聲中講了一個大約只有他自己笑得出來的笑話，意思是說，40年前，日本人想整治急水溪，卻遭到小城居民設計潑了一身糞便……日本人無可奈何……可見我們是很聰明的民族……聽眾若要購買虎眼牌相機，請撥電話……云云。

小城居民確實是很聰明的，這可以從大水退後的兩件事看出來，其一是雨勢小緩之後，街道上就有人穿著短褲在撈掇木材、抓鴨子，涉水撈木抓鴨而曉得穿上短褲，智商自是不低；再者，水退後十多天，父老即發動居民建醮酬謝玄天上帝，蓋大水不敢淹過神明足板，顯然是玄天上帝一腳將水踢走的，想得出這一個增進小販、香燭店買賣的話題，自是智商不低；要不是廟會上來了幾位代表，說些合作修堤、節約拜拜、響應徵地之類的勸詞，父老居民們是會對這次的熱鬧活動完全滿意的。

正經說來，九月大水未嘗沒有洗刷出好處來，端的這是痛下第三次決心的大好時機。地主田主豬戶鴨戶的心到底是給雨潦泡軟了，還是讓縣裡的論法律論利弊嚇軟了，由於人心隔肚皮，無從查悉；至於到處流布的諸如事關選舉、大舅子的什麼人得好處等等耳語，由於小城居民多深明大義，認為無稽，以是謠言止於智商不低者，不須查悉。反正大好時機篤定抓住了，小城南郊的修堤工程終於實實在在，一步一足痕，一鏟一堆土的積極進行了。

急水溪一小段一小段地被拉直，工程進行得堪稱順利，說是堪稱順利而不引述報紙所報導的極為順利，乃是因著其中不免碰上一點小問題，比如採沙場抱怨禁止挖溪床的公告，比如農戶的未收割的糧作被工程車壓倒了，比如有些地主後悔領了法定補償費，不停的寫陳情書，比

如⋯⋯。其實這種種都是小比如，真正糟糕的大比如是，坐落在南郊面向溪畔的佛堂執事諸人突然使出驚人之舉，聲言堤防不該高過佛堂山門，理由是，我佛慈悲，擇此靈地，堤若擋門，大壞風水。

和尚出招，難為修堤人，眼見著堤防即將完成，偏缺這麼一小段不能動工，小城居民有點憤怒了，後來經過好事者查證，得知佛堂雖非依山而築，卻不乏靠山，這靠山不定高如阿里山，可在小城居民心目中，總比靠著自家牆壁來得強，因此憤怒逐漸平息。同時，在71年夏季將到之際，除了佛堂那一段之外，修堤工作全線完成，平息下來等待佛爺點頭。

佛爺未點頭，天公淚先流，許是上蒼明鑑，就在嘉南大圳的水位日益見底時，八月再一次順道捎來豐豐沛沛的禮物，農家喜得眉角額頭放亮，而南郊佛堂的和尚卻急得頂上無光。溪水不偏不倚地從缺口灌入，淹沒了出家人辛苦種下的菜圃，淹沒了那座為著避免擋住我佛視界而造低了的山門，淹沒了圍牆，淹沒了佛堂堂門，拜墊漂走了，桌椅漂走了，存糧浸了水，菜罐油罈漂走了，還有，靈骨塔也浸了水，我佛在上，塔底層的骨罈，搶救不及，也漂走了，阿彌陀佛。

急水溪此番拖走了多少骨罈，即使邀來全國的統計學家亦無能算計結果，原因在於佛堂上下人等嚴守出家人不問俗事的戒律，並且在水退後立即關閉前後左右各門，埋頭整治佛堂內部諸事，絕不透出一絲信息。兩天之後，各門打開，小城居民一如往常進進出出，間或有人問起靈骨塔的事，佛堂中人總是很慈悲地微笑，神態安詳地指說沒什麼，塔好好的，骨罈破了幾個，早理妥了，一切順當。

第四次痛下決心完成急水溪堤防的，不是小城居民，是佛堂的董事們。修堤工程很快地接續進行，佛堂甚至主動撤移山門圍牆，主動提出不要求添加補償費的決議；再且，為了中元普渡節的拜拜，破例取消往年廣發寄骨喪家邀請函的慣習。小城裡有些聰明人對此事不免會表示意

見，這些意見歸納起來有四點，首先，八月大雨那天，有人眼見急水溪中漂游著不少兩尺高的鱏子，莫非是……，其次，有人到佛堂祭親人，發現鱏子換了……，再次，捨得普渡節的大筆香油錢，箇中因由……，還有，水退後，佛堂兩邊廂房的平頂上何以一連幾天都在曝曬一大堆白白的小物件……。不過，事情就好在，小城居民縱使世面見得不廣，天性裡倒有某一點與大埠裡的飛車黨相近似，那就是即使眼見路上出車禍，頂多也是心跳三幾分鐘，減速十來公里，脈搏恢復正常躍動之後，該怎麼踩油門還是怎麼踩油門。

職是，小城居民至今仍然很快樂地天天吃著急水溪灌溉長成的蓬萊米，仍然很肯定地相信自家的兒女比別人聰明，當然，他們鐵打的會考大學，將來當不當得上小城代表不緊要了，頂要緊的是日後能賺大錢……。職是，同樣的月光，同樣地照著急水溪，儘管溪床日漸淤積，小城居民至今仍然沒去注意到，農作鴨兒什麼時候又把溪畔變得這般的擁擠？

——原載於阿盛《行過急水溪》，台北：九歌出版社，1997年
——選自《閱讀文學地景·散文卷》，台北：行政院文建會，2008年

阿盛

台南人。東吳大學中文系畢業。現主持「阿盛寫作私淑班」。著有《行過急水溪》、《民權路回頭》、《阿盛精選集》、《七情林鳳營》、《台灣國風》、《夜燕相思燈》、《萍聚瓦窯溝》等。

我的愛河

焦桐

愛河啟蒙了我的愛情觀。
我記憶裡的愛河畔，尤其是五福四路附近，
有著相當典雅的公園燈、防護鐵鍊，和熱帶風情的椰子樹，
石板步道沿著河岸在草坪間彎曲延伸，
是高雄人散步、野餐的好地方。

上次到中山大學演講，去拜訪余光中老師，和他長立研究室外的陽台看海，西子灣溫柔多情，校景堪稱全國第一；奇怪我並未露出羨慕神色，反而產生驕傲之情。

定居台北已經二十幾年了，仍然缺乏一種籍貫感，好像只是暫時在這裡居住、生活，並非真的是台北人。我常懷念高雄的親戚、高雄的朋友；懷念少年時晨跑的壽山，求學的半屏山下、蓮池潭；懷念練柔道的道館，和週末去踢足球的海軍軍區。

我出生在中華路段濱臨愛河的陋屋裡，生下來沒多久就被父親拋棄了，母親到外地做工，把我寄養在外婆家。我自幼非常孤僻，常常獨自坐在河邊的木麻黃下想念媽媽。外公的稻田、豬舍，外婆的菜園和她飼養的雞鴨鵝至今歷歷在目，他們手植的龍眼、芭樂、香蕉、葡萄在我的記憶中不斷變高大變茂盛。

高雄市的現代化非常快速，我身歷其變，有時甚至覺得來不及應變。

我對高雄的鄉愁首先來自愛河。愛河曾經清澈，我目睹過它美麗乾淨，河底的石頭清清楚楚，小魚游來游去；後來就臭了，而且越來越臭。即使這麼臭，還是有一大堆傷心的人跳進愛河裡殉情。大約一個人陷入情網就不免盲目；後來戀愛失敗，乃至於決心尋短，遂不再計較香臭了。

愛河啟蒙了我的愛情觀。我記憶裡的愛河畔，尤其是五福四路附近，有著相當典雅的公園燈、防護鐵鍊，和熱帶風情的椰子樹，石板步道沿著河岸在草坪間彎曲延伸，是高雄人散步、野餐的好地方。在記憶不太能追索的童騃時期，跟隨大姨一家人在河邊玩，我邊注視著三兩對

澄清湖以前叫「大貝湖」，後來是歡喜為各處風景區易名的蔣經國先生給改的，壽山也被他老人家改成「萬壽山」，愛河則改成「仁愛河」。我還是偏愛舊名。從前大貝湖畔有一塊石碑，上書「清風吹得遊人醉，莫把斯湖當西湖」。
殷豪攝影／「我的母土‧風情萬種」攝影比賽入選

焦桐／我的愛河

蓮池潭我常懷念高雄的親戚、高雄的朋友；懷念少年
時晨跑的壽山，求學的半屏山下、蓮池潭；懷念練柔
道的道館，和週末去踢足球的海軍軍區。
梁秋男攝影／「我的母土・風情萬種」攝影比賽入選

牽手散步的情侶，邊搖擺走在草坪上，可能太專注於憧憬漫步的情侶了，竟迎面撞上椰子樹，額頭上立即腫了起來，我在眾人的笑聲中感到羞愧、疼痛，跌坐草地上哭。這是我生平初次遭受愛情的傷害。

從前高雄最出名的娼寮在市政府後面的愛河畔，「市政府後面」這個專有名詞跟「鹽埕區長」這首流行歌一樣，成為一種互相狎暱的形容詞，帶著神祕、禁忌和某種啟蒙的意義。傍河的彎巷斜弄裡，鶯鶯燕燕總是站出來拉客，學齡前的我看過她們穿著薄衫，兩粒奶晃蕩著，蠢蠢欲出，令人心盪神馳。她們拉客通常是生猛有力的，積極進取得幾近卡通。我看見一個歐吉桑，單身才騎進巷弄裡，就把持不住車把，邊說「不要不要不要」邊連人帶車被妓女拖進房間裡；我也看見一個狀似斯文的少年家閒逛著，似乎不太理會兩旁的勾引，冷不防臉上的眼鏡被奪走，他一路追進她的房間裡……。

我的初戀果然以愛河為場景。小學一年級，我愛上了同班同學，她是班長，頭髮綁成兩條長辮，每天在我眼前晃呀晃的，我因為每天可以長時間偷看她，乃對上學有一種祕密的竊喜。當時我家賃居在愛河邊的公寓三樓，每天放學我總是跟隨在她背後，快抵達家門時就飛奔上樓，站立陽台目送著她的背影漸行漸遠，她的背影總是很快離去，消失在茫茫的人群中。我每天回到家裡這樣深情地想念她，期待翌日上學的重逢。自卑，加上天性膽怯，我始終不敢正眼瞧她，同班三年，也沒有培養足夠的勇氣跟她講過一句話。小學四年級分班之後，我不曾再見過她，直到高一，我堅信她就是「一見鍾情，終生不渝」的對象，我清楚記得她的容貌，記得與她擦肩而過時浮動的暗香，我甚至相信這段戀情影響了我一生的審美觀，我覺得，女人就是要那樣長才美麗。

我移情別戀自然是邂逅了第二個戀慕的人。念左營高中一年級時，在擁擠的5路公車上，驚豔同校的一位女孩，我至今不知道她的姓名，

卻永遠記得她制服上的學號：00081。同窗死黨憐憫我一往情深，打聽到她每天搭第一班5路公車上學，從此我就沒有了好眠，每天黎明即起，趕搭第一班公車，清晨的高雄火車站顯得異常空曠，有時薄霧如夢，略帶著異國情境。我總是坐在她正對面，端詳她，她大概被看得很不自在，攤於膝上的英文課本永遠在那一頁。死黨對於我這種行為頗為不屑，強烈建議要坐就坐在旁邊。雖然坐在旁邊，有色無膽，終於僅停留在企圖搭訕的表情和動作。她大概不堪其擾，轉搭19路公車。19路公車過鹽埕區繞鼓山區到左營，幾次公車駛經愛河時，胸臆間竟升起一股羞愧感，剛開始是飄浮般的，一種背叛了初戀對象的罪感，後來就淡了，可見愛情的本質跟愛河差不多，難免會從清澈到混濁。

　　第二次的戀愛事業猶原很不順利，我試過各種人家教的說詞，在腦海裡演練過各種狀況，包括「這位同學：我們班想邀請你們班去澄清湖郊遊」，「這位同學：我有一個數學問題想要請教妳」……這一類弱智的人才會想出來的問話；即使弱智，我還是只停留在想像的層次，一句話也說不出口。有一天在放學的公車上，我拚命擠到她的座位前，刻意晃著沉重的書包，期待她說一聲「我幫你拿書包吧」，遺憾她只是羞紅著臉，始終不肯抬起頭來；下車時我才發現我的褲子拉鏈沒拉上來。

　　在她面前，我像一隻驕傲又自卑的孔雀，拚命想吸引她注意，卻總是缺乏行動力；我懷疑，她甚至從來就不知道我的姓名。那次我獲全校作文比賽第一名，她經過布告欄時抬頭看了揭曉名單，那一刻，我幸福得好像躺在上帝的懷抱裡。

　　機會來了，高二時學校在澄清湖舉辦露營活動，啊，合法化的郊遊、烤肉，合法化的男女互動，還有引人遐思的營火晚會。我深陷想像，我想像牽著她的手漫步在湖畔，背誦余光中和鄭愁予的詩句給她聽；我想像和她在營火前跳舞，火光躍動她美麗的形容。然則這一切也

僅止於想像。即使在夢中也沒有陪我散步跳舞。那晚她倒是去了溜冰場，穿著溜冰鞋趑趄躊躇，顯然才開始學。我痛恨自己不會溜冰，好朋友同情我的焦躁，自告奮勇下場教她，我則見機在場外拍照，充滿感激地看他仔細耐心地說明動作要領。我在觀景窗中看見他帶領她越溜越順，行進的速度也越來越快，他和她，手牽手繞著溜冰場一圈又一圈，那麼流暢，那麼自然。我的心神被他們轉來轉去轉暈了，胸中升起妒火，教就教嘛，何必牽著手？我的世界剩下他的手和她的手，眼前整個模糊掉了。那晚，我獨自幹掉一瓶烏梅酒，宿醉加劇了我的痛苦。我好像忽然明白，何以傷害自己最深的往往是最要好的朋友。

澄清湖以前叫「大貝湖」，後來是歡喜為各處風景區易名的蔣經國先生給改的，壽山也被他老人家改成「萬壽山」，愛河則改成「仁愛河」。我還是偏愛舊名。從前大貝湖畔有一塊石碑，上書「清風吹得遊人醉，莫把斯湖當西湖」，忘記是誰題的句子了；我去過西湖，並且在湖畔住了兩天，始終固執地堅信我們高雄的大貝湖，無論風姿、氣質都不輸他們杭州的西湖。

高中畢業那年的大專聯考，考場在愛河附近的高雄女中，我座位前面和左右的考生，都穿著雄女制服，一看即知是準大學生，不像我一臉衰樣，注定要名落孫山。可能是成績太差又無力自救，日久乃養成了莽撞的叛逆性格，當時一看國文試卷，又如往年出了道很八股的作文題目，遂沒按照題目作文，難抑憤怒地大罵教育部長和聯考制度。罵完了，起身想交卷被制止，周圍的女生緊張地遮蓋她們的答案卷，稍稍傷害到我的自尊。我有點崇拜雄女的學生，也實在喜歡她們，真希望有機會向她們解釋，我只是自暴自棄想逃離考場，完全沒有偷窺的意圖。

準備重考時，我兼作送報伕，每天早晨騎腳踏車到前鎮的加工出口區對面等派報。當時尚未有高速公路，《中央日報》還號稱「自由中國

第一大報」，北報南運後，剛好是上班時刻，我總是閱讀著手上的「中副」，看數萬個女工同時湧進加工出口區大門，聲勢儷人。我的送報範圍在三多路到五福路之間，近午時分騎車回九如路，幾乎縱貫了大半個高雄市。每月領到工資，我通常先到高雄師範學院旁邊的書店逛逛，我的九史和《資治通鑑》都從那家小書店購進；當時高雄市還被譏為「文化沙漠」，難得有名人來演講，也難得有藝術表演，我擁有的一套《徐志摩全集》是專程搭火車到台南「南一書店」購買的。

　　兵役通知單寄來了。大學考期漸近，我一天比一天無法接受教科書，竟完全失去了考試的能力，我明白必須要先入伍服兵役了。我依然清晨即起，騎著那輛老舊不堪的腳踏車，從九如路經過八德路、七賢路、六合路、五福路、四維路、三多路，接近二聖路，到加工出口區對面等《中央日報》從台北運來，我在前鎮重工業區送報時總是看到林立巨大的煙囪冒出七彩濃煙，我知道那種彩色的濃煙肯定有毒，可我座下這輛腳踏車頻頻故障，騎起來備覺吃力，上坡路段不可能屏住呼吸。我快要當兵去了，沒必要換一輛新車；也許這輛舊車確實太老舊了，腳下的踏板變得好沉重啊。

——原載於《中國時報‧人間副刊》，2002年3月9日

——選自《閱讀文學地景‧散文卷》，台北：行政院文建會，2008年

焦桐

高雄人。中國文化大學戲劇系畢業，中國文化大學藝術所碩士。現任中央大學中文系副教授。著有《焦桐詩集：1980-1993》、《完全壯陽食譜》、《在世界的邊緣》、《暴食江湖》、《台灣味道》、《台灣肚皮》等。

鄭吉宏攝影／「我的母土·風情萬種」攝影比賽入選

漂浮的大武山

王家祥

大武山便如同漂浮在銀色水澤上的灰藍色島嶼，與日光同掛東方；
佛光山上的大雄寶殿供奉著金身諸佛，
許多人來此尋找他的莊嚴淨土；待我轉身離去之際，
才在半山腰上遇見我真正大佛，端坐雲水之間。

　　每日傍晚，我開著車從岡山奔馳過鄉野間的寬闊省道，穿越橋頭鄉，進入高雄市區的報社上班。我會先遇見遼闊的蔗田；蔗田與蔗田之間便是橋頭鄉繁華的街道，蔗田的東方，我會看見點亮車廂燈火的通勤列車，奔馳於昏暗的綠色田野上，與繁華的公路並列而行，同樣載滿下班的人潮。

　　假如雲淡風輕，視野良好，蔗田的東南方，除了逐漸亮起稀微的住家燈火；緩緩隱遁於夜色之中的大武山脈，偶爾會堅持挺立，遲遲不願自大地消失，有如雄壯的幽靈般漂浮於昏明之間的台灣島。那便是我的視野，我日夜生活間時常遇到的像山一般的圖騰，諸神羅列之地，無論置身台灣島何處，我總會看見神話傳說中諸神所在的高山羅列於平野之上，逼迫我像山一般地思考。

　　400年前，遊獵於此處尚未成為蔗田以前的疏林沼地間的馬卡道獵人，也在為生活追逐鹿群之際，偶爾抬頭遇見漂浮於雲端的大武山，口耳相傳那兒的山腳下住著自稱大武山人的傀儡族，山頭之上則是諸神的故鄉，祖靈棲息安身之地，時空雖然轉變，仍然有獵人失落的後代駕著車進入城市遊獵謀生之際，在高樓巨廈的隙縫間遇見祖先死後嚮往之地。那是難以言喻的複雜想像；假如有幸能在大地之上遇見漂浮於雲端的山頭，才會在靈魂的深處深深眷戀這塊土地的繁複壯盛。

　　山是會漂浮的，甚至偶爾會隨心思奔馳而飛翔，說來令人難以置信，我在不同的地方不斷遇見漂浮的大武山俯視著雲端下的平野與溪川，城鎮與高樓；而雲端下的人們似乎渾然不知，無視於諸神的凝望。就像每日傍晚與我擦身而過的下班人群，為生活奔波了一天，疲累地很少有機會抬頭遇見大武山吧！大武山也許不在他們的心中，山川諸神也不在他們的心中吧。

　　要在西南平野之上，看見穿出雲際的高山山頭羅列如林的機會，可

遇不可求；時常登高俯眺，時常抬頭仰望，時常旅行，時常掛念這塊土地的安危，高山諸神彷彿與我靈犀相通，時常在不意之間顯身凝視著我。

　　我時常在打狗山這座海岸山脈上，望見大武山漂浮於高樓背後的雲團之間，靜靜地俯視高雄這處被石化重工業所圍繞的黑色城市；城市的天空經常有灰濛濛的煙霧籠罩，還有無數的高樓搶占風流動的位置；除非天氣特別的日子否則諸神很難現身。我常慶幸自己的少有際遇；時常能在清明的高處學著神仙警醒地看見山腳下那個辛苦的文明。其實遠在幾百年前的冒險者便與我有著相同的經驗，不時在蠻荒未知的打狗海岸困惑地發現浮飄於平野東方白雲間的大武山，而引伸無限的想像；古籍鳳山縣采訪冊記載著大武山古稱傀儡山，內地（指大陸）舟至澎湖既見此山，重巒疊嶂，插漢凌霄，朝夕常有白雲擁護，俗傳上有石室、石床、石燈、仙子居焉，為縣治諸山之冠；百數年來白雲為伴的大武山姿勢不曾改變，登高遠眺者的視野卻起了極大的變化；打狗山下遍布紅樹林的沼澤內海被一座不斷建起高樓的年輕大城所取代，50層的摩天巨廈陸續插立於天空之中羅列成林；於是雲端之上的諸神顯得與人間不再遙遠，彷彿伸手可及。

　　有一回我在高屏溪畔的佛光山上轉身遇見大武山；那日午前的陽光照耀著由東向西自高山流瀉而來的荖濃溪；銀色的荖濃溪床在嶺口附近與自玉山南端一路蜿蜒而下的旗山溪匯流成寬廣的高屏溪，在屏東平原上咬出無數的沙洲與水道；極目遠望，大武山便如同漂浮在銀色水澤上的灰藍色島嶼，與日光同掛東方；佛光山上的大雄寶殿供奉著金身諸佛，許多人來此尋找他的莊嚴淨土；待我轉身離去之際，才在半山腰上遇見我真正大佛，端坐雲水之間。

　　我在屏東加呐埔的鳳梨田上看見的大武山最為真實；昔日加呐沼澤地的馬卡道獵人打鹿的起伏草埔，如今變成植滿鳳梨的丘陵。大武山的

山腳就在以往平埔人與傀儡族互相出草的丘陵界線；站在如波浪起伏般的昔日鹿埔必須極力抬頭往上望，才能看見南北大武兩個山頭，猶如女人的一雙巨乳，氣度雄渾地壓迫在你的胸前。

大武山果真如母親的乳房流出營養的乳汁供養萬物；加呐埔流出的泉水便是高雄地區有名的泰山泉水，一噸一噸由卡車載運到自來水遭污染的高雄市；已經習慣買水喝的市民大概不知道，泰山就是時常漂浮於高屏原野雲霧間的大武山。

都市中的人們雖然把大樓越建越高卻越來越看不見山。他們不知道屏東平原豐沛的地下水源，來自日夜凝視著他們的大武山；每年冬天，遭逢枯水期的高屏溪溪水，便因下游嚴重的污染而在抽取成為自來水的過程中加入過多的消毒；也不管消費者死活和環保團體的抗議，污染的情況長期不見絲毫改善，好官我自為之；有一年高屏溪的水質惡化到鹽鹼值過高，連石化場的工業用水都不能使用，嚴重影響經濟發展。這才引起為政者的緊張，四處想要開發新水源。然而他們唯一可想的法子便是趕走世居大武山的原住民，計畫在當地興建瑪家水庫，截取隘寮溪水；環保團體發現這些昏庸的水利官員渾然不知，大武山角內埔鄉水門村有一座日據時代便建造的水門，收集自大武山流下的隘寮溪清澈的甲級水，每年七至十月的豐水期出水量最高達100萬噸，平均則維持每季40至60萬噸不等，枯水期也有20至30萬噸的水量，灌溉5000公頃的農田，其中包括100公頃的水田及其餘大多數的高經濟旱作。日據時代建造的水利工程不僅與大武山和諧共存，至今仍能提供屏東平原優良的甲級水，而我們現在流行的水庫不僅淹沒山林，驅趕原住民，且因水庫所帶動的上游開發，加速水土流失，提早水庫的死亡，使得原水開發的成本越來越昂貴，動不動一座水庫的造價便要百億千億，接近海水淡化的成本；水門村的水門依然有清澈的流水湧出，那是因為大武山仍舊存

在。不過近年來因為上游坡地的濫墾破壞，也導致溪水流量的日漸減少，農民在冬季枯水期必須自挖水井抽取地下水，以補充灌溉用水的不足；農民在感嘆之餘又發現政府計畫在隘寮溪上游建造水庫截去水源，勢將摧毀他們世代依賴的大武山的農業文化；濱南工業區未來極度耗水的大煉鋼廠開始運轉之後，大武山的水將被圍取來做為調度補充南部的供水危機。原本預計80％的蓄水量要供作工業用水的美濃水庫計畫，一直受到知識分子輩出的美濃人強力反對，轉而加速開發瑪家水庫，也許大武山下的農民和原住民所能凝結的反對力量較容易排除吧！

今年四月在環保署一場「濱南工業區」的環境影響評估審查會上，水利司代表提出統計數據強調「農業用水占所有用水量的半數以上，但水道面積縮減，農業用水多閒置未用，對走入高度工業化的台灣而言，是水資源的浪費」。他建議決策者調整用水政策，將多餘農業用水調撥給工業用水。他並且說：「農業的產值有比工業高嗎？農民若怕沒水可用，為何連乾旱期也要耕作？何不提早三個月播種。」

我們便是把台灣交給像如此連耕作節氣都不懂的官員來管理，對土地一無所知，缺乏歷史、文化、生態的涵養，一心一意橫暴粗辣地追求經濟指數；這些官員永遠看不見山，看不見眷護台灣土地的諸神憐憫的眼神；所以也無法尊重山，尊重土地。他們為資本家開發工業區從不曾歇手；六月底新內閣組成後更將原來不得開發的水源地保護區改為三級制，釋出20萬公頃土地做為住宅工業用地，農委會也宣布大面積的保安林解除限制，取消天然林禁伐命令；此外位於山坡地保護區的關西機械工業區竟然也可以違法申請設立；如今在財團及工業部門的強力運作下，造成南台灣供水危機的濱南工業區也順利進入第二階段審查，其用水目標直指高雄人賴以維生的高屏溪流域，甚至水質甜美的大武山。

原來，台灣人民的森林、水源、土地，甚至人民本身，皆成為財團

王家祥／漂浮的大武山

計算的財貨；將來，為資本家所掌控的政府，盡全力以人民的稅金開發的昂貴原水便宜地賣給財團之後，不必期望景氣提升，人民會受益；資本家也能逼迫政府進口更多便宜的勞力以追求最高利潤；而台灣人終究會失去諸神的眷護，引來大地的報復。

　　台灣人雖然勤於把公路開進山中，可是實際上與山的距離卻越來越遙遠；學不會尊重山的台灣人讓自己吃足了苦頭；山崩土掩大水淹把我們從貧瘠的山中勉強剝刮來的錢財又還回去，連帶賠了家人的性命；如今連那最後的大武山自然保留區也要開一條南橫國道進去，又要吸大武山的奶，又要啃大武山的肉，諸神是會凝望且判決的；阿里山的山神在此次賀伯颱風造訪助威下，便展現了無比的憤怒，因為阿里山早被啃蝕得無肉無血，形同枯骨。

　　漂浮的大武山，漂浮的諸神，何時才能進入人們心靈的圖騰？

——原載於《中國時報・人間副刊》，1996年12月7日

——選自《閱讀文學地景・散文卷》，台北：行政院文建會，2008年

王家祥

高雄人。中興大學森林系林學組。業餘從事台灣鄉野生態保育工作，現為自由作家。著有《文明荒野》、《自然禱告者》、《關於拉馬達仙仙與拉荷阿雷》、《山與海》、《倒風內海》《窗口邊的小雨燕》、《魔神仔》、《徒步》與譯本《與孩子分享自然》等十餘種。

我的紅河

周芬伶

就像是文明總是從一條河流開始，
萬丹、竹田、潮州一帶的開發也是從這條河流開始，
它劃過屏東縣的心臟地帶，因此也變成全縣的農業命脈，
這條河有個極鄉土的名字叫「五魁寮河」，
五魁原是閩南話「苦瓜」的雅音，所以這條河應該叫做「苦瓜河」。

　　有條河，小得在台灣地圖上找不到軌跡，在人們的口頭上也鮮少提起，然而它曾經是蠻荒之王。在300年前，河流兩岸叢林密佈，毒蛇出沒，無人敢越雷池一步，連高山族都退避三舍。熱帶植物與鳥獸盤踞著這大片土地，而這條河流又統領了這股狂野的勢力，它的河岸高聳，水流急湍，當熱帶性的大雨傾盆而下時，它就以磅礴的氣勢大肆氾濫。這條怒吼的河流使毒蛇更毒，叢林更密，它虎視眈眈，傲視人群也威脅人群。

　　後來以強悍著稱的客族人征服了它，他們開拓了這塊閩人不要，山胞不來的原始森林區，使惡山惡水變成美麗田園，使草萊之區變成台灣穀倉。就像是文明總是從一條河流開始，萬丹、竹田、潮州一帶的開發也是從這條河流開始，它劃過屏東縣的心臟地帶，因此也變成全縣的農業命脈，這條河有個極鄉土的名字叫「五魁寮河」，五魁原是閩南話「苦瓜」的雅音，所以這條河應該叫做「苦瓜河」。

　　如今我又來到苦瓜河畔，河水靜靜地流著，夕陽將河水染成橙紅色，顯得富麗多姿，兩岸的椰子樹檳榔樹為南國的天空增添一份旖旎的風情。苦瓜河的野性已消沉，昔日的蠻荒之王已經變成一個含情脈脈的少女，低低地訴說百年來的滄桑，四周是那樣寧靜，寧靜得讓你連一絲雜念也不許擁有。這條已征服的河流現在平凡得跟其他河流並無兩樣，但它在我的眼中，美麗得超乎一切之上，因為它是我的家鄉之水、家鄉之土，而我已有好久好久不曾靠近它了。

　　此刻我終於又緊緊地靠近它，腳踏的是故園的草地，眼見的是水之光水之色。靠近它，我又觸摸到大地原始的脈動；靠近它，我彷彿聽到叢林中野性的召喚；靠近它，我便想放棄，放棄一身之所有。我想如果我終年終日與它相對，第一天我會放棄煩惱，第二天放棄知識，第三天放棄愛情，第四天放棄肉體，最後連靈魂都一併放棄了。是的，當你望

著這條河流，你的熱情會不斷向它傾倒，你日日乾涸，它日日豐盈。

　　我不能忘記初見這條河流心靈所受的震撼，那是在十幾年前，一個朋友神祕兮兮地說要帶我去一個神奇的地方，我跟著他騎腳踏車來到河堤旁的小路，高大的河堤擋住視線，什麼也看不到，我笑說沒什麼嘛，對這次探險有點意興闌珊。可是當我爬上河堤時，青翠的稻田向天邊無盡地伸展，清澈的流水安詳地平鋪在草原之間，它有一股懾人的寧靜力量，讓你無限縮小，而它無限擴大。不知是勁風的搖撼，或是美中之美，力中之力的侵襲，我不由自主地輕顫，沿著河堤向前走去，覺得自己走入綠裡，走入水裡，走入冥冥的大化裡，再也走不出來。從那時起，我確信這是屬於我的河流，而我也是屬於它的。

　　再度站在河堤上，我又被它的美征服，沿著河堤向鐵橋的方向走，任微風輕輕阻擋我的去路，唯有檳榔花甜甜的幽香導我前行。河堤上有許多像我一樣的沉思者，山裡有幾個年輕人在靜靜垂釣，這裡有一個老婦人撩高了裙子，露出光光的腿在河堤上盤坐著，她也望著河水沉思默想，連戲水的水牛看來也若有所思。你得向河流學會沉思，只有它知道以平靜的力量去制伏潛在的狂潮，又以洶湧的狂潮去打破平靜。

　　眼前的秀山麗水很難令我懷想莽林深谷，咆哮怒濤的過去。那時大自然尚在劇烈的活動中，獸奔鳥飛，雷轟電閃，墾荒的先民在山林曠野中奔逐求生，他們第一次看見這條河流，是否也同我一樣戰慄不已？當他們的木筏翻滾在狂濤中，心中可有畏懼？當他們用簡陋的工具披荊斬棘，是否懷念彼岸的田園？

　　他們寫下的歷史應該不遜於美國西部拓荒史，因為那時高屏地區是台灣最晚開發的地帶，這裡地曠人稀，氣候濕熱難耐，叢林裡瘴癘肆虐，熱帶疾病比猛虎還駭人，除了地理環境的惡劣，還得應付異族之間的土地爭奪戰，可以想見當時生活之艱難。

而我的祖先亦在其中，他們飄洋渡海而來，將腳步深深踏入異鄉的泥土中，用血淚去澆灌田園，先是砍茅草拾石塊，建造草房以供安居，然後生活改善住進磚房，最後起了高樓。而我亦在其中，這裡的一草一木跟我有何其深的關聯！

300年的開拓，農村漸漸繁榮，生活漸漸安適，已經沒有人再提起艱辛的過去，300年的演變如今只留下一些鬼神的奇談與森林的種種傳說。我的童年是與鬼神為伍的，如果你的家裡還有毒蛇蜈蚣出沒，大人拜月拜神拜樹又拜鬼，你自然會對一草一木抱著敬畏的心理。而人們也互相恐嚇不得隨便進入森林裡，幾十年前潮州一帶還殘存幾座原始森林，那裡是村人的禁區。

據說我的舅公以膽大著名，有一次不信邪跑進森林探險，結果在小溪裡發現一種從未見過的魚，美麗得出奇，但是舅公的手一伸入水中，馬上就消失了，如此一試再試，舅公弄得毛骨悚然，拔腿就跑，接著一頭撞到一個像榕樹那樣巨大的人，對他猙獰地笑著，舅公嚇得魂都失了，跑回來了之後好幾天不會講話，據說他碰到的是樹神。

我不知道舅公的遭遇是真是假，不過從這裡可以看出，人仍然對森林抱著恐懼，這是人類征服大自然的過程中，所埋下的原始信仰。現在這些樹林快砍光了，神鬼神祕的煙霧慢慢消失，而人也漸漸失去生命的銳氣和美麗的想像。我之所以被這條河吸引，大概也是在追尋這些久遠的記憶，它的召喚好像是叢林裡的鼓聲，澎澎而來，令我心欲飛，我身欲舞。

文明對於鄉村的洗禮仍不能消除這裡的粗獷氣息，南國是屬於樹不屬於花的世界，花朵太嬌弱，撐不住亮麗的天空和炙熱的陽光，唯有高大的椰林和大片的草原才能與廣天闊地相稱。這裡的景物不如東部的山水奇險，亦不似中北部的風光秀致，它一如心胸坦蕩的稚子，以無比的

熱情擁抱明淨的天空。

　　自從回到家鄉，我幾乎日日來到這河畔，來到這裡什麼也不必做，只是靜靜地看著河水靜靜地流，望著它，我荏弱的情緒被一種剛硬的意志所取代，而個人的悲喜也被清流沖淡。我甚至不敢將手腳伸入水中，唯恐驚動了它。這是一條不可侵犯的河流，它的水流急湍不可行船，又清淺無物可藏，它不像大江大河可以吐納千萬船隻，包容魚蝦；然而又不可深恨，因為它不像黃河幾度決堤幾度改道，變成歷史的公敵，它只是一條馴化的河流，無大利亦無大害，當然它也偶爾氾濫，卻不致造成大的災害。

　　在河堤的盡頭我找到一個石碇，看來十分陳舊，立碇時間卻只是在30年前，上面的字跡還模糊可辨，大的字寫著「彰功碇」，小的字是一長串四個字的成語，無非在訴說這條河流的劣跡，立碇的目的是因為河水屢次氾濫淹沒農田，村人集資興建河堤，並表彰這項功績。在最後一排立碇人名中，我居然找到祖父的名字，那麼我的家人也曾經深受其害，才立意要制止它。

　　但是這些都已成為過去了，經過30年的演變，這條河流柔和得一如少女，連這個「彰功碇」也快被雜草淹沒，你不能再恨它了，尤其近年來農田大量取水灌溉，泥沙淤積，河床縮小許多，它已不能再發威，只能讓你觀賞，讓你懷念。

　　就像在我離家的日子，尤其是無眠的夜晚，腦海裡浮現著霞光紅紅的河水，那是我的紅河，我的血河在向我招手。這時我在外自以為是的成就一下子化為雲煙，我的心路歷程也不如自己所想的那樣曲折，只知道我是河畔之民、田園之子，再多的鑽營也不能使我更富足，再多的閱歷也不能使我更幹練。

　　我的生命一如這條河流單純而寧靜，只要擁有這條河流，我便能擁

有一個純真自足的世界。

　　太陽已下山，天色漸漸昏暗，是該離去的時刻了。我再度環顧周圍的景物，然後步下河堤，遠遠看見我的腳踏車停在高大的椰子樹下，顯得十分孤單，我跨上腳踏車，信心十足地往前行。不管此去多少風波，也不管滄海桑田人事多變，也許這條河流很快就會乾涸。但是我會告訴後人，在南方的一個小鎮有一條河，曾經威脅過、危害過人群，又曾經富庶田園，創造了文明，最後隱入大地，將繁華給予了人間。

——原載於周芬伶《絕美》，台北：九歌出版社，1995年
——選自《閱讀文學地景·散文卷》，台北：行政院文建會，2008年

周芬伶

屏東人。東海大學中文系碩士。現任東海大學中文系教授。著有《藍裙子上的星星》、《閣樓上的女子》、《花房之歌》、《絕美》、《母系銀河》、《影子情人》、《粉紅樓窗》、《蘭花辭》、《雜種》、《汝色》等。

潘玉璽攝影／「我的母土・風情萬種」攝影比賽入選

我的太魯閣

陳列

雖然也還不時深入溪谷去游泳，但已少有尋幽探奇的興致了，
而往往只是坐在石頭上看流水，
端詳石壁糾扭褶皺的陰陽紋路和色澤，或者仰臥著看葉隙後的一線天。

我對山水世界的概念和情懷，到目前為止，大抵都是由太魯閣一帶那片豐富的天地塑造出來的。將近二十年了，除去其間遠行幾達五年的時光外，每年，我都會至少一次到峽谷內住一段日子。太魯閣那種有骨有神地揉和了磅礴與靈秀、高廣與幽奇的氣質與境界，一直深深地令我著迷。

早先的時候在山上，年輕而狂野，幾乎天天都要進入山林水澤裡搜巡，好像那是我假期裡自派的任務。我和年齡相若的同伴們溯著立霧溪的一些支流而上，在磊磊的巨石間攀爬跳躍，穿過寒冷譁叫的水瀑，我們哆嗦著身體，也大聲地譁叫著，然後我們有時就停下，躺在水中平板的大石上胡亂唱歌，看山間的樹葉在水霧飛濺中迴轉著緩緩飄落，蛙類驚慌地跳下水。有時，我們繼續走，為了繞過峭壁夾峙的深潭，便找來梗在石頭間的浮木，將它靠在長滿了青苔的陡崖，然後再顫巍巍地抱著木頭爬到可以落腳的更高處，或者腳踩著斜生在石壁上的樹幹，手也緊抓著枝葉，戒懼地一步一步走過，偶爾實在害怕，便轉身直立地跳入那綠得泛黑的寒潭裡。經過了數秒鐘才浮上水面時，全身冰透了，衣服當然也濕了，但即使在中午時分，陽光也難得射進那鬱綠的狹谷，於是我們乾脆就裸身烤火。那時候，那些幽谷寒水多還沒有名字，我們慎重地商討著為它們一一命名：葫蘆谷、羞月潭、天池、向雲門……。

當然我們也專門去爬山，循著獵人的小徑，穿過蓊悶青蔥的雨林，腐葉混合著濕氣和密林的味道老是跟著我們走，偶爾還看到青竹絲掛在頭頂上方的細枝上。步道經常是沿著斷崖上升的，手腳並用地走在上面，腳下鬆動的石片刷刷滑落，無聲地跌入我們不敢探望的谷底。若是忽然飛起一隻鳥，並發出尖拔的嘯叫，我們更是渾身一時都是冷汗。所以我們常常是半路就退了下來，帶著一些挫折、沮喪。

然而我們仍還見到了幾個原住民近乎廢棄的部落和獵寮。我們躺在

四下無人的嶺上看雲走過潔淨的藍天，覺得自己很偉大。有時，當我們或者採到了一些漂亮的楓葉或什麼的摸黑下山時，耳邊全是風吹過迅速漆暗下來的樹林山岩的聲音，以及驚起的鳥獸噗噗飛竄的聲音和蟲鳴。山林的氣味一陣濃過一陣，彷彿是它們正要入睡的鼻息。

夏季裡，畢竟還是覺得碧澄的溪水較安全和誘人。我們往往是吃中飯時就說好要去哪一條溪谷，飯後就立刻出發了。我們在巨石下的洞穴游進游出，順著滑溜的岩石從瀑布上滑入水潭，和山地小孩比賽跳水，以藤蔓和撿來的樹幹紮成木筏，然後或坐或攀地一起努力順流而下，但經常是沒兩下子筏就翻覆或沉沒了，只留下歡笑聲在水面隨著那些可能已經散開的木頭四散，在岸壁間迴繞。當我們抬頭，也許可以看到一群獼猴垂掛在山腰的樹枝上，正對著我們吱吱叫，一邊還不停動著牠們的身軀，像是在為我們喝采，或者在嘲笑我們在大自然世界裡的笨拙。我們當然也哄鬧著逗牠們玩，在岸邊的石頭流水間跑上跑下。那清澄的澗水不斷地激越著，跳躍著，嘩啦嘩啦地唱歌，一如我們稚嫩的青春。

那激越的水，那清澄的水，等我五年後再來時，似乎沒什麼改變，青山也是。但我騷動的青春卻好像已隨著當年的流水匯入大海了。

近年來，我大概都是獨自上山的，偶爾也或許帶著妻子女兒同來。雖然也還不時深入溪谷去游泳，但已少有尋幽探奇的興致了，而往往只是坐在石頭上看流水，端詳石壁糾扭褶皺的陰陽紋路和色澤，或者仰臥著看葉隙後的一線天。雲緩緩走過。正午的時候，也許會有陽光照在某幾個段落的溪水上，而在氣候易變的晨昏，或者也不一定要是氣候易變的晨昏，在不遠的某個山彎水折處，我可能還會看到煙霧在溫暖的光線裡映著裸露的灰藍色的斷崖浮升，有時激烈地無聲噴騰，有時則如薄薄的棉絮飄忽飛舞。

更常的是，我只是在住處附近坐著看山，或毫無目的地閒閒散步。

時而抬起頭來，看到的依然是山，挺拔硬毅，繞密厚實，一層疊著一層。而雲，各種風貌的雲，就在那大山間遠遠近近地生息幻化，在陽光下，在陰雨中，或者有時還帶著大塊的影子悠緩地移過。我總覺得，那些山，在光影煙雲的烘托下，每一個分秒都呈現出絕佳的姿色，豐繁多變卻又極其單純的美的姿色，而那種美是既完全悄無聲息卻又暗潮洶湧的，是一種雄渾無限的氣勢，靜的奧義，大自然生命深沉壯闊的訊息。

那奧義和訊息，我隱約體會著，把握著，然後回到室內，安心地看書，寫字。

安心地看書寫字，那些日子，一向就是如此。偶爾抬頭望向窗外，也仍是無邊的青山。紅塵裡的憂傷、爭執、憤怒等等彷彿很遠。這是我休息、回首端詳自己的地方。

最後，我甚至於搬來花蓮這個太魯閣的居住地了。

啊，我的太魯閣，當我曉得《時報》邀請幾位朋友要來這裡盤桓個兩三天時，我是很興奮的；一種預期和一些可愛的人分享美分享快樂經驗的歡喜。甚至於還不曾見面，我就已覺得，通過這片山水，我們是親近的。

我們去了我曾游過數十次泳的神祕谷，但卻是初次知道我一直認定的一種鳥叫原來是出自所謂的「騙人蛙」。

我們也去了白楊瀑布和水濂洞。山環水繞，景色依舊，轟然沖下的水浪在窪谷中呼吼著，在森黑的山洞中回響。兩段瀑布也還在遠遠高高的青翠山林間無聲流瀉。但那個水濂洞，我卻覺得破頂而下的水瀑似乎更大更強勁了。

我們甚至以一整天的時間深入陶塞溪。那一天，從迴頭灣步上古道時，我就開始深深地懷念起上個月來時寒冷的竹村部落和葉子全已落光的桃子園，以及那在黝暗的廚房裡為我們煮麵的老兵了。這一回，春日

的暖陽照在窄促的古道上，照著幽深的溪谷。冬季山坡上不時燦爛惹目的紅野櫻花也不見了，全換成了或黃或澀紅的嫩葉。一些鳥翩然或急速地飛過，在深不知處的密林子裡鳴叫。劉克襄激動地為我們現場講解大冠鷲在藍天下飛翔的姿勢，和如何將牠和烏鴉區別，並且叫我們用他的望遠鏡看那隻在樹梢上也對著我們張望的櫔鳥。國家公園管理處的黃課長則以她的專業知識不時為我們解說路邊岩石的名稱、水流的縱切與橫切，以及地形地質的生成和構造。

在太陽下，我們這一天著實是走了不少路的。回到住處時，大家都累了，晚上，都早早休息睡覺了。但我躺在床上，卻一點睡意也無，似乎老是聽到屋後立霧溪水沖激的聲音，以及風吹過山林原野的聲音，又彷彿是神祕宇宙千古的言語，在訴說著大自然的誕生、太魯閣的誕生、立霧溪的誕生。

那是一則多麼古老多麼古老的故事啊。億萬年前，我們現在稱為大理石的這種東西開始在深海裡孕育壓聚著，那時，台灣當然還沒出現，而所謂的人類也還不知道在哪裡。到了大約七千萬年前，平靜的大理石層因造山運動而被壓迫著在水面上站了起來。接著，六千八百年的漫長歲月過去了，那二次造山運動令大理石不斷地隆起生長。但這時，它的身上仍覆蓋著一層較軟的岩層。我們今天所說的立霧溪大概也就在這時出生的。然後又經過多少日子的風蝕雨侵啊，大理石層終於露出地殼了，並持續地隆起，立霧溪水則相反地不斷向下切斷，向東橫流。終於，我們才有現在的，太魯閣峽谷。

終於，我還是決定起床，披衣，出去再看一次夜裡的太魯閣。

一輪滿月正靜靜地定在墨藍乾爽的空中，伴著稀疏閃爍的星辰。空氣清冷香甜，在露濕的草坪上淡淡瀰漫。幢幢大山的黑色剪影映著夜空，卻又彷彿一起要向我俯壓過來的樣子。整個天地是既溫柔又莊嚴

的。

但當我回頭，卻看到祥德寺旁的佛塔邊緣亮著好幾圈庸俗的猩紅燈光。即使這裡的商店的買賣活動都已歇息的時候，那些燈光卻仍還在不甘寂寞地招搖著，在黑暗的山水裡顯得多麼地突兀啊。佛陀說法，千言萬語，無非就在去除人心中的貪瞋癡，但在我看來，那些燈簡直就代表著明目張膽的癡障。修行人尚且如此，何況一般眾生？

我知道，就在綠水管理站對岸高高的深山裡，一條蜿蜒十餘公里的林區道路幾乎把古老的林木載運光了。在峽谷口外的那個水泥廠採石場，以及更多分布各處的各種礦場，也正不停地糟蹋著大好的巒脈。而更荒謬的是，竟然有台電這樣的公家機構在處心積慮、毫不罷休地要截斷立霧溪上游的各條水流，想以整個峽谷的億萬年美麗生命來換取占全島0.45%的發電量。

相對於極其難有的生長過千古歲月的這片山林，相對於這個靜穆細緻的月夜，這類的作為，顯得何其無知、貪婪和粗鄙啊。

隔天清晨，我悄悄出門的時候，四周的山仍在睡覺，罩著朦朧的墨綠色彩。我走過一片老梅園，從教堂邊折入一條古道。三月梅樹的綠葉和嫩果都還沾著夜來的濕霧，一起垂蔭著滄桑多節的灰色老幹。鳥聲起起落落地響在樹叢與教堂的圍牆內，很愉快的樣子。教堂的一個人正在屋簷下為整排的盆花澆水。

古道沿立霧溪左岸的山壁曲折上升。隔著深谷看過去，幾乎也全是陡然拔起的大山，在溪流的一個急彎處，更還有一座尖塔狀的山岬橫刺進水域裡，上下全面凸顯著嶙峋的岩塊斷層，如參差的鱗片。眼前重疊的山勢隨著古道盤桓繞轉；水聲也是，忽大忽小。我在路邊的一段枯樹幹上坐下來，在遠方高處的一些山坡上，這時已開始亮出幾抹鵝黃的陽光，背陽光的部分則反而顯得更暗藍沉肅了。

這條山路，我不曾走過，但這一切景致卻仍是我多年來所熟悉的。那種油然生起的戀慕情懷和心思空靈的感覺，也是我熟悉的。

據說，由這裡西行約45公里，可以上接合歡山界。這條古道是六十多年前完工的，但泰雅族人卻早在250年前就開始東移，進入立霧溪流域，散居在可耕的各個河階地了。他們大規模遷出這裡的山區，也不過是四、五十年前的事。在居住於這廣闊的深山領域的長時期裡，他們耕作、狩獵，向大自然討生活的基本所需，並不曾留給山水怎樣的傷害。但是，當我們走了之後呢？

聽著在春晨的河谷間湧迴著的水聲，我實在不忍想像當這些水被堵死在一個壩堤內的時候，當立霧溪變啞了並堆積起越來越多崩塌的砂石巨岩時，它的生命，以及整個太魯閣地區的美質，會變成如何。

但我仍不禁地也這麼想像著：對那些蠻橫貪婪的心靈，我們是否也能終於讓他們稍稍曉得，在開發徵逐之外，在短視的經濟炫耀之外，另有一些更值得珍視的價值，譬如美和愛呢？在肆意地揮霍變賣之外，能把這塊天地當作子孫世代生息的天地，而不是存著過客的心理？在薰染了過多的僚氣之餘，也能來太魯閣作一番休息，接受澗水的清滌，學習山的風範，靜心諦聽大自然幽微的訓諭呢？

除了永遠的水聲，群山仍然永遠不語。我站了起來，迎著那逐漸露出山頭的溫暖春陽往回走。

我的太魯閣又在開始它億萬個歲月中的另一個新鮮的日子了。

——收入陳列《地上歲月》，台北：聯合文學出版社，1994年

——選自《閱讀文學地景‧散文卷》，台北：行政院文建會，2008年

陳列

嘉義人。淡江大學英文系畢業。曾任國中教師、國大代表、國立東華大學駐校作家。曾獲得時報文學獎散文獎、時報文學獎推薦獎。著有《地上歲月》、《永遠的山》、《玉山行》等。

吳德亮＝攝影

黑與白 虎鯨

廖鴻基

黑潮泫外表示魚隻都將沉伏；灰雲集結可能會有風暴。
港口又近距離張著大嘴，
像是在招攬我們回航。

年輕時很喜歡在海灘上流連。起落不息的浪潮，往往能分別我心裡種種模糊不清的是非與黑白。

35歲那年，出海捕魚成為討海人，我能知覺，航行出海如解脫鉛錘鐐銬般的舒暢，我能知覺海洋向我漸次展露的魅力⋯⋯但我終究無法自我解釋，出海到底為了什麼？

破曉時分，經常看見海豚躍出海面。海豚迅捷地衝起衝落，留下一陣陣水波漾在海面，漾在心頭。那是兩個世界、兩個生命間的因緣擦觸，雖然短暫，但那驚訝與感動，如心中的水波向外湧推，久久不能平息。

我感受到海洋蘊蓄的無窮魔力。原來下海的每一步路都如船尖探觸海面──我在尋找、在等待，也許，海洋能夠給我一個黑白分明的答案。

七月底，葛樂禮颱風、賀伯颱風相繼來襲，工作船在重重防颱纜繩中繫綁了14天。濛濛浪霺沿岸翻飛不息。如關在船渠裡的船隻，我感到受困的焦躁與不安。

兩個月的「尋鯨計畫」已經過了大半還未發現大型鯨；已經40歲的年紀似乎越來越不堪任何的遲滯與延宕。想起紀伯倫的一首詩──

⋯⋯

再也不能躑躅了。

召喚一切的海，正在召喚我。我必得上船，因為留下來便會凍結，便會僵硬如被鑄限在模子裡⋯⋯

不能再躑躅了，儘管第三個颱風寇克在台灣東北外海滯留徘徊、長浪未定，不能再躑躅了！8月9日，我們解纜從花蓮港出海，航向花蓮南

方的小漁港——石梯坪。

南方海域有許多著名的漁場，船長和我都認為，南方海域應會有更大數量及更多種類的鯨豚出沒。

下來石梯港已經過了五天，寇克颱風仍然滯留徘徊。

五天來，海況持續不穩，颱風長浪翻攪海底泥沙，大片黃綠色濁水始終瀰漫整片海域。工作成績一直不理想，海上鯨豚的處境大概也和我們一樣，全都在舉止不定黑白不明的風浪裡擺盪。

五天下來，船長似是開船開累了，早早就把船頭指回港嘴。儘管每一個航次都多少發現了幾群海豚，但牠們總是匆匆惶惶，像在趕路或者是逃難。所有我們急於拋出船舷外的親善意圖，全被颱風浪應聲攔斷。牠們只顧衝浪前行，船隻和牠們的關係相隔遙遠，那樣的感覺是陌生而落寞的，如蕭瑟的戰場氣息，船隻像是浮在海面上的一片枯葉。

晚上，我們在港邊碼頭上喝酒聊天，長浪沖進港岬，船隻被流竄不定的水流前後拉扯，纜繩一陣緊一陣鬆，發出類似呻吟的咿哦……船長神情嚴肅的說：「看樣子，明天開回去好了。」那是豐富期待後急遽失落的心情。

喝下幾杯酒後，我懷念起北方海域屢次與我們周旋親近的海豚。

許多虱目魚躲避風浪游進港裡，天黑後，當地漁民在港區布撒長網，大約每兩個小時間隔便划著竹筏下去收魚。幽幽燈影外，一艘竹筏坐了七、八個人，分別拿著長篙奮力撐船。幾個工作小組成員跟下去收魚，黑暗裡傳來他們宣洩似的吶喊和嘯叫。

一個灰濛濛人影從港堤緩緩走入我們圍坐的燈影中。是一位熱心生態攝影的朋友從台北問路找來；稍晚，研究生「土匪」也開車來到港邊，他原本要上山作蛇類研究，山路崩斷了，他從南投轉折過來。

我曾經在海上巧遇一位多年不見的朋友，那感覺和岸上相遇全然不

同。

今夜，在這南方小港碼頭邊，我又有那股海上相遇的溫暖感覺。

氣象報告說，寇克颱風開始啟步北挪。看著畫面上的衛星雲圖，我想，那是多大的力量和多麼空白的心才能把雲絮拖聚成這樣黑白分明的漩渦。

8月15日清晨，屋簷滴水，窗外海面灰濛濛一片，海面少了旭陽亮點就像少了朝氣活力，今天的海顯得陰森沉重。

可能沒辦法出海了。冒著雨在港堤上處理前些時候當地漁民誤捕拋棄的一顆花紋海豚頭骨。先把腐肉割除，再放到大鐵鍋裡煮，腐臭味瀰漫整個港區。

十點多，天上陰霾裂出微陽，雨點收束，陽光亮點熾熾閃閃浮上海面。海上彷彿傳來召喚的聲音。七個人匆匆登船，合力解纜邁浪衝出港岬。

一道墨藍潮水逼壓颱風濁浪，近岸劃出海面一道黑白分明的交界線。出航不到十分鐘，船隻就已泊進深色潮水裡。船長唸了一句：「南流緊強！」船長這句話意謂著海象已經改變——前幾天盡是颳著強勁的「苦流」（由北向南的洋流）——心頭一陣振奮，這將會是個黑白分明的一天。

果然，沒多久就遇上了一大群花紋海豚。牠們陪在船舷邊久久一段時間，像是終於擺脫了颱風浪的糾纏而忘情地在船邊翻跳，惹動了全船許久不見的尖叫歡呼。

午後，船隻泊在石梯坪外煮食中餐。黑色潮浪軒昂不息，兩隻水薙鳥低翅飛向外海；北風漸起，灰雲低空盤聚，黑色潮水如兵敗退縮，一下子就退卻到遠遠外海把船隻遺棄在淺色濁浪裡。這不是好現象，黑潮泫外表示魚隻都將沉伏；灰雲集結可能會有風暴。港口又近距離張著大

嘴，像是在招攬我們回航。

吃過飯，船長下巴甩向港嘴問：「怎樣？」

所有條件都指示我們應該返航，但是，不甘心罷！對南方海域的期待好不容易等到今天才綻露曙光，我難得那樣肯定，也不徵詢船上其他人意見，直直說出：「剌外駛出去，流界邊巡一趟再回去！」

船隻筆直朝外。越過潮界線後，船頭打南偏外。全船似在期待什麼似的靜默無聲。

才駛了一陣，船長毫無徵兆地猛然將船隻迴轉朝北。不曉得船長在想什麼，這個迴轉毫無道理。

轉頭上風不久，船長就喊了：「啊！——噴水咧——很高！」手臂直挺挺伸指船前。

我和土匪站在船尖鏢台上，揚頭看到正前大約五百公尺外一束水霧接續昂起，……隱約一根黑挺挺背鰭劃出水面。

「是大型的、大型的……」後背塔台上傳來一陣急促的呼喊。

引擎催緊，擺擺如急鼓敲打。

如海面一朵綻放的黑色花朵，一扇尾鰭高高盛開。

確定是大型鯨！是大型鯨！船上一陣陣呼嚷，我感覺到手指和腿骨都在顫抖，那是摻揉著興奮、惶恐……如山峰谷底樣的失控情緒——我們終於遇見大型鯨；終於處在懸崖邊緣。

我感到血脈上衝、筋絡拉拔扯緊，就這急速迫近決定性的短短距離，如果牠隱沒消失，我們都將摔落谷底。

七月中旬，我們在鹽寮海域有過類似的經驗。那天，遠遠看到兩堆背峰浮在海面，那是龐碩的背脊。

船隻轉向偏進，驚喊聲都還包裹在胸腔裡來不及衝出喉頭，牠們毫無預警地陡然消失，如海市蜃樓幻滅無蹤。

船隻在海面楞了半個小時，如跌落谷底，久久掙不上來。

船聲、喊嚷聲直如破雷，如累藏的巨大能量崩潰決堤般洶湧傾洩。

牠跳出水面，肚腹朝向我們彎腰全身躍出！

距離還遠，這一跳太過唐突，無論眼睛、鏡頭或是心情都還來不及抓住牠拔水躍起的影像。牠已爆炸樣摔落大盆水花。但是，足夠了，那亮麗勁猛的一道弧線，那黑白分明的肚腹……如針尖點在心頭。

我們傻住、楞住，如何也不敢期待這短短兩個月的計畫中能夠看到牠；不敢奢望首次遭遇的大型鯨竟然會是牠！

身材高大的土匪在我身後氣喘吁吁反覆叨唸：「虎鯨！是虎鯨……」的確是俗稱「殺人鯨」的虎鯨。

從日據年代台灣捕鯨時期曾留下的虎鯨死體檔案照片到今天，沒有任何牠們曾經在台灣海域出現的生態紀錄。

船頭浪花切切迎風翻飛，鏢台起伏搖擺著夢一樣的節奏。辨認是虎鯨後的過度真實反而拉開了真實，越來越近的虎鯨竟撲朔迷離成黑白模糊的夢境。

我不敢肯定這是奇蹟，不敢肯定不遠船前的是與台灣島嶼曠世久違的虎鯨。

那是一群虎鯨！在近切的距離中，我們逐次算出共有六根背鰭掄出海面。

大約30公尺距離，船長將船隻停下來不敢冒進。我們沒有把握，再靠過去牠們會如何反應？

潛水離去？抑或群體攻擊船隻？曾經讀過一本資料上說，才二、三十年前，牠們還被形容為「只要一有機會便會攻擊人類」、「是地球上最大的食人動物」……虎鯨成體大約九公尺長，體重可達十噸，幾乎和工作船等長、等重，牠的游速可以高達每小時64公里，食性兇殘，食

量驚人，會吃食其他哺乳動物。牠一次能吃食13隻海豚、13隻海豹，甚至體型比牠們大的鬚鯨也是牠們獵食的對象。

牠們是海洋裡的獅虎；是海上的霸王！

牠們發現船隻了！那龐碩的身軀迴轉扭動衝向我們泊止的船隻！

沒有絲毫遲疑，沒有任何顧忌，牠們整群衝了過來！

牠們和船尖頭對頭快速迫近。我站在船尖鏢台上，眼愣愣盯著那隻帶頭衝刺的虎鯨游過腳下，眼看著就要撞擊船頭。

事後，船長說，那一瞬間他真的嚇了一跳，他是認為殺人鯨要來撞船。整個過程的錄影帶，也在那一剎那陡然上仰，出現天空的混亂畫面，那是攝影師受到驚嚇忙著要扳牢塔台欄杆的結果。

虎鯨衝到幾乎要和船尖親吻的距離，倏地側身迴旋。那是高超的泳技和高尚的態度。牠垂下尾鰭，把頭部露出水面，牠沒有碰到船尖，連輕輕觸碰一下也沒有。

牠臉頰偎著船尖牆板，如老朋友相見般親暱地和船隻擁抱擦頰。

那顯然是牠們表達親善禮儀的方式，沒有絲毫矜持、直接又大方地表露出海上相遇的溫暖感情。

過去遭遇的其他種鯨豚，總要歷經試探、確認的過程後才肯以這樣近切的距離和我們的接觸。虎鯨豪爽地省略了觀望的過程，不計後果地、直刺刺地和我們相擁相會。

有幾隻順著船舷擦身游向船尾；有一隻潛下船底斜身穿越船下；碟子般大的圓圓鼻孔大聲地噴起高昂的水霧。虎鯨這樣坦率的行動，讓我們都失了魂，無意識地呼喊，分不清是激情、感動，是夢裡的恍惚，還是承受不住盛情的呢喃。

喊叫聲漸濁沙啞、漸漸哽咽……

我聽到站在身後的土匪，從不停的喊叫、狂嘯……而變做嚎啕的哭

泣聲。我回頭看他半跪扶著鏢台鐵圈低頭嚎哭。就在我們腳下，一頭虎鯨側翻，用牠好奇的眼睛斜看著我們。

我拍了拍土匪的肩膀，才驚覺到自己噙在眼裡的淚水，我能理解他嚎哭的原因，我相信船上還有其他人眼眶濕濡。

那突如其來駭人的龐大身軀、那爽直親善的友誼……我們狹窄的心胸，如何也容納不下這般驟起陡落的激盪，除了眼淚，人體大概再也沒有其他器官足以吐露胸腔內橫溢的感觸。

牠們是五隻成鯨和一隻仔鯨組成的鯨群。仔鯨如影隨形親暱地游在媽媽身旁，那是一幅天倫畫面，牠們在偌大的海洋裡幸福地擁有彼此。

資料上說，虎鯨和其他群居性動物不同，無論旅行、獵食、休息和玩耍，牠們都在一起，而且終生不渝。

牠們一直跟著船，沒有離開的意思。船隻緩緩直線航進，牠們就在船邊、船下圈繞穿梭。牠們眼上的大塊白色圓斑，使牠們看起來始終帶著和善的微笑，我們早已忘了「殺人鯨」這個人類穿鑿附與而牠們無辜背負的惡名，事實上，並沒有一樁牠們攻擊或是殺害人類的紀錄曾經發生。

我們船上七個人都能指證，這一場接觸過程中，牠們和船隻、我們之間沒有間隔距離，以牠們的能力，要把我們攔到船下並不困難，整個接觸過程中，牠們不曾稍稍顯露任何惡意。

反而，是我們曾經疑懼、曾經誤解善意、曾經躑躅不敢真情表露友誼。

這份人類的沉重和遲疑，早已被那直驅而來懷抱著童心的虎鯨輕輕瓦解、鬆綁……一股說不出的愉快壅塞在心頭，那是40歲年紀的我這輩子不曾有過的感覺。

我們俯趴在右舷板上，盡力伸長了手臂想和牠如布丁果凍般顫搖的

背鰭握手。牠高大的背鰭昂立切水潛入船底。我們一起奔向左舷，伸手迎接牠淋水劃出左舷的鰭尖。船長在塔台駕駛座上高喊：「不要這樣左跑右跑，船隻會失去平衡！」

此情此景，我們的情懷早已傾洩入海失去了平衡。沒人理會船長的警告。

大約四十分鐘後，牠們結伴離去。船隻催促跟上。

竟然那麼意外地，牠們像是曉得我們還想繼續與牠們接觸、交往的貪婪，牠們還是同樣大方爽朗，並不計較不久前才表露過的親善禮儀。再一次，牠們親暱地貼近船舷。

牠們在舷邊倒翻肚腹，大片雪白肚子赤裸裸袒露在我們眼裡，長卵形大扇胸鰭優雅地緩緩拍水。

像是應觀眾要求，每番牠們落幕離去，都會因我們的喝采、追隨，而返頭回到舞台再為我們表演一段。而且是那麼有耐心、那麼不厭其煩地一而再、再而三地賣力演出。

牠們高高舉起尾鰭，似在表演水中倒立特技；牠們拍打尾鰭，正著拍，仰倒著拍，拍出巨大掌聲樣的盡興水花；也曾交錯湧疊，如在表演水中疊羅漢；有一次高速側衝船舷，就在幾乎碰撞尖叫的剎那，又敏捷地側翻，如流星一樣劃一道弧線拋射離去……牠們是一群舞者，在這遼闊的舞台為我們表演海上芭蕾。也只有海洋這樣的舞台，才容得下牠們盡情盡興的演出。

有一次，牠們快速離去，船隻用了最大馬力仍然無法追隨，船長著急的喊著：「完了，完了，牠們走了！」

就在牠們高速湧去的前方，一大群，至少三、四百隻的弗氏海豚急躁倉皇地躍出海面。

虎鯨在獵食。碰到這群沒有天敵的海洋之王——虎鯨，弗氏海豚不

工作船在重重防颱纜繩中繫綁了14天。濛濛浪霰
沿岸翻飛不息。如關在船渠裡的船隻，我感到受
困的焦躁與不安。
吳德亮＝攝影

得不惶亂地奔竄逃命。

　　追獵過後，虎鯨群又回到船邊，像是在和我們戲耍似的高高吐氣。
鏡頭濕了、褲腳濕了……霧氣沖噴到我臉上，除了友誼的芬芳，我聞不
出牠們剛剛追獵的血腥殘暴。

　　牠們走了。決定離開的時刻到了，牠們說走就走，如精靈一樣，翻
身不見了蹤影。

　　船隻躊躇地轉了幾圈，茫茫海上再也看不到牠們的痕跡。

　　整整兩個小時的接觸，我感覺到牠們握住了我的心，即使牠們遠遠
離去我也感覺和牠們之間已經絲線牽連，終生不渝。那黑白分明不會褪
色的溫潤感覺，如一塊璞玉埋入心底。

　　那晚，我們抱成一團，我知道有人誠摯地哭了，我也知道，那六頭
精靈樣的虎鯨也和我們緊緊抱在一起。

　　之後，小組成員有人提議把工作船漆成黑、白兩色；每次出海我經

常錯覺船舷邊牠們黑白分明的身影，我漸漸喜歡上黑白兩色的衣服……牠們印在心底，無法抹滅的清明與黑白。

收到土匪寫給大家的一封信——

……即使如今已遠遠離開，我的心思還似懸在船上伴隨你們出海。我努力回想當日的景象，但總是覺得缺少什麼似的無法重臨現場。也許只有當我們再次相聚，才能召喚出腦中的全部記憶；而要完整結構出同樣的情緒，則必定要那六頭溫柔的黑白天使再次出現……

計畫結束後，回到擾攘的城市，再度面對人事的混濁和黑白模糊的是非。

想念海洋，想念那六頭黑白分明的虎鯨。

——收入廖鴻基《鯨聲鯨世》，台中：晨星出版社，1997年

——選自《閱讀文學地景‧散文卷》，台北：行政院文建會，2008年

廖鴻基

花蓮人。花蓮高中畢業。發起「黑潮海洋文教基金會」，擔任創會董事長，致力於台灣海洋環境、生態及文化工作。著有《討海人》、《鯨生鯨世》、《尋找一座島嶼》、《漂島》、《後山鯨書》、《來自深海》等書。

尚饗

吳鈞堯

吳國禎攝影／「我的母土‧風情萬種」攝影比賽入選

她也逐一介紹那些一舉兩落或一舉一落的閩南住宅。
進入民俗文化村，導遊對壁上雕飾亦如數家珍。

金門多大？導遊說，大約150平方公里。她又說，這不大的島，繞來繞去，就這幾條路，比如伯玉路，昨晚就走過了。伯玉路原為中央公路，胡璉將軍率眾搶建，活絡金門交通，他過世後，路更名紀念。路兩旁原有木麻黃兩側排列，森然而壯觀，彷彿衛士持槍守衛。以前，我常騎腳踏車經過，載魚，到榜林給大舅、二舅。

舅舅家是沙田，常種西瓜，我載魚來，換兩顆西瓜回去。六舅也在車內，導遊開玩笑說，得巴結著六舅呀，他現在可是「地主」。一車子的人都笑了。車子裡多藝文界人士，像黃春明、朱振藩跟李昂。導遊說，後來來了颱風，吹倒許多木麻黃，伯玉路上的木麻黃倒得最多，至今只剩稀稀疏疏的幾株。我坐在遊覽車最末排，那位置，適合觀看一整車的人，尤其是記憶；那位置也顛簸，彷彿記憶的質地。

這趟旅程不去太武山、翟山坑道，不去馬山觀測所或小金門，而名為「美食之旅」，接續民國91年底首辦的「白酒美食之旅」。身為金門人，卻不知金門美食的底細。我能知的金門美食多屬小吃，如麵線糊、炸饅頭、蚵煎、鍋貼、雜粥（即廣東粥），它們都聚集在金城莒光路貞節牌坊附近，我跟母親、阿公上金城，一入莒光路，口水便一口一口嚥。堂皇一些的美食便是辦桌上，一隻隻炸得油通通、粉酥酥的雞腿。一次返家，二姊夫帶我到高坑吃牛肉餐，紅燒、清燉，腸胃已無法應付。民國91年又來高坑跟其他餐廳，同行的人多是美食家，一道一道細說滋味跟由來，一些師父慎重其事戴好高高的白廚師帽，細心回應記者採訪。每一道菜在上桌前，都先放在架了採光裝置的桌上，至少有三位攝影師圍著菜餚拍照。一攝影師說，你們所吃的菜已經沒有靈魂了，它們已被攝取，在一張張底片裡。我曾經在報章看過記者的佳餚攝影照，果然有色，彷彿有聲，對師父們的廚藝再三感嘆。

我住在金門12載，從未享用過這些精實菜餚，甚至不知道它們是存

在的。

　　早些年返家，已警覺故鄉的生陌。騎機車逛，已見大型連鎖貢糖店林立，它們的店招打著久遠的創店時間，還有麵線、一條根也標榜歷史，我卻不記得小時候見過那些貢糖，跌倒受傷，也不抹一條根，而是辛苦跋涉多座海洋，以救難天使姿態登陸料羅灣的南洋痠痛藥膏。林立店招的悠久歷史對照我童年的缺乏，強烈的新穎門面對比記憶中的戰地生活，常讓我眼神一恍再恍，懷疑自己到底有多認識金門，所以說，金門到底有多大？

　　金門變「大」，是在民國90年發生的。往昔回鄉，只走常去的、習慣的金城、后湖、榜林跟昔果山。90年出版《金門》散文集，讓某些鄉親得知有人在台灣寫金門，我因此結識多位藝文界朋友，跟縣府單位也有往來，參加詩酒節、讀書會、文藝營等活動，我對故鄉的眷懷從過去拉到現在，從鄉愁一改為現實探勘。隨團而旅，能帶我去到陌生之地，聽這土地真實發生、我卻少機會聽聞的事。

　　至今，我還無法遍記金門各地鄉鎮，導遊說，金門東邊風沙大，耕種地多集中在西部。她也逐一介紹那些一舉兩落或一舉一落的閩南住宅。進入民俗文化村，導遊對壁上雕飾亦如數家珍。她來自台灣，卻在金門為我介紹金門。我怕錯過多認識故鄉的機會，幾經遲疑，竟沒脫隊回返昔果山。車入金門酒廠新址時，我跟同行的朋友說，我家有幾塊田，其中一塊被徵收，已成了這座新廠的一部分。那塊田，我們稱之為「石頭粒仔」，常栽種花生。「石頭粒仔」，也就是石頭多的意思，田隱藏在一大片松林之後，銳利小石頭遍布田間，約莫就在廠裡豎起大型酒瓶雕塑的位置。田的左右沒有樹蔭，我們得在熾熱的陽光下除草、收割。

　　一次颱風過後，我跟大哥推三輪車到「石頭粒仔」，姪兒漢忠尾

隨，才走進小路，發現泥地上布滿數不清的一截截白色樹枝，細看，才知那是毛毛蟲僵死，發霉，看似白色樹枝。漢忠一驚，哭奔著跳上三輪車。我沒說這事，這只在腦裡播放。紅泥小路是當年，嶄新酒廠是當下，並有新路直抵機場，經昔果山到機場的車輛便少了。

現在，昔果山就在樹林背後，步行只十分鐘，阿公、阿嬤跟外婆的墳就在酒廠下邊，約莫也只十分鐘。我是站在陰、陽兩界的中心了，到昔果山，畢竟還想陰界的事，想祖孫兩人攙扶著到藍天戲院，那危顫顫的山崖小路如今已塌，再走不過了。想阿嬤過世時，空中交通還沒建立，阿嬤忍著一口氣要等爸爸回家。我曾在碩士班同學前談起金門往事，輕巧地談、故做諷刺，眼睛卻越來越明透，然後，還是悄悄地吸附那霧氣，沒濕了眼，卻失了魂。我也想到外婆來訪，弟跟我樂得從海邊小路跑回來，手上還提著折斷的木麻黃。木麻黃是在胯下，是一匹馬。我已多年沒去看阿公、阿嬤。二舅、二嬸曾在墳場雕刻墓碑，有次在那兒見到，問我幹麼來，我說，看阿公。

我是記熟了阿公的墳，二伯母在世時，也偕我來。二伯母拿出兩只十元銅板擲筊，問阿公知不知道誰來了、好不好、吃飽沒，三問三應，亡靈毫不含糊。我到了阿公墳前，卻還想陽間的事，想決意搬來台灣那天，阿公哭泣道別，他說，不願子孫再過苦日子，去吧，渡海去吧。他不知有情如我，總，渡不回遺憾。

而今，酒廠在他身後，新穎店招，他不踮腳也可看到，這該是阿公、阿嬤等等亡靈們，所感到新鮮與不可思議。

「白酒美食之旅」一個月後，媽又回金門，掐指一算，外婆過世已經年。媽匆匆來去，是為悼念。而不管我們做什麼、說什麼，這悼念，始終還在等待悼念。媽帶回許多金門特產，像是割包、土雞，爸要我多吃些，總說，這是金門帶回來的呀。往昔，金門只能是他地物資的

進口，有這麼一天，也成了物資輸出地。一連兩年兩次「白酒美食之旅」，讓我品嚐記憶之外的華實菜餚，酸菜水餃、烈嶼芋頭、燒豬腳、蒸螃蟹，肉肥美、菜甘甜，舉杯一一敬去，前輩作家、同行記者、縣府官員。我心頭仍悄悄掠過一抹過去，默默看見阿公、阿嬤、外婆、鄉親、駐軍同袍、士官長，看見那些曾在這赤苦之地寄望來日、打造未來的一民一卒。

一動念，於是就有天、地、人，就有往昔、現在跟未來，就有情、有念。金門能有多大，就有多大。

敬酒去，戰士與民兵，亡靈與生民，尚饗。

——原載於吳鈞堯《荒言》，台北：三民書局，2006年
——選自《閱讀文學地景‧散文卷》，台北：行政院文建會，2008年

吳鈞堯

金門人。現職《幼獅文藝》主編，曾獲《時報》、《聯合報》等小說獎，梁實秋、教育部等散文獎、國家出版獎等。著有《金門》、《如果我在那裡》、《荒言》，《崢嶸》、《履霜》、《火殤世紀：傾訴金門的史家之作》、《三位樹朋友》等。

台灣閩南語篇

佇紅樹林拄著瓊麻

王昭華　文／圖片提供

無意中發現這張日本時代的舊相片，歡喜一下，
原件應該是明信片吧，畫面頂懸角仔兩逝字足細字：
「台北州淡水港口」、
「THE ENTRANCE TANSUI HARBOUR FORMOSA」。

　　無意中發現這張日本時代的舊相片，歡喜一下，原件應該是明信片吧，畫面頂懸角仔兩逝字足細字：「台北州淡水港口」、「THE ENTRANCE TANSUI HARBOUR FORMOSA」。

　　這是淡水河無毋著，正手爿上邊仔彼細塊三角型的山，是徛佇淡水看對對面八里，觀音山上倒手爿、上尾仔的一「峰」，彼支山峰趨落去，佮畫面中倒手爿伸過來的山崙強欲相黏，中央罔彼橛，現此時的關渡大橋，造型優美的紅色鋼骨，就是架（khuè）佇遐。

　　舊相片印佇1996年出版的《淡水社區鄉土教材教師手冊》，下底文字註明是「1930年之前的紅樹林區照片」，1930年，毋知按佗一點來判斷，有機會才閣再問詳細。我看著相片，目睭隨去予電著，是因為鏡頭頭前這三欉躼siàk-siàk的瓊麻……。

　　無夠，規欉好好，這就是瓊麻哦！……是較早通恆春上時行的經濟作物，是朱丁順阿公整三輪車載有著的。足久無看著伊，少年坐巴士抑是騎oo-too-bái去墾丁，唯枋山落去，一爿海、一爿山，公路邊開始遮一支、遐一支瓊麻，若廣告旗仔插咧，咧共外人放送：恆春到矣、恆春到矣，欲落車的旅客請準備落車……。

　　因為一向的印象就是按呢，當當掀著這張相，竟然三欉瓊麻出現佇淡水河邊，煞好親像咧共我展：喂！同鄉的，阮來佮妳面會啦，阮從佫古早就來矣呢！抑知妳猶未出世，遐無拄好……呵呵呵……好咧佳哉，阿本仔有攢翕相機，hiàu，阮三个徛遮先翕一張做紀念，明信片才寄予妳，算講「到此一遊」，阮有來淡水遊覽，共妳寄話的意思就著啊啦！

　　瓊麻唯中南美洲來台灣，是1901年的代誌（淡水線的火車路這年拄完工！），聽講是美國的領事引進的，起頭先佇台北的農業試驗所試種，應該就是這馬羅斯福路公館彼帶吧；隔轉年，日本的技師共徙栽，紮落去恆春，想袂到水土閣會合，試種成功，自按呢發展起來，設立瓊

麻會社。一欉瓊麻欲發甲像相片內底按呢,花篙遐爾懸,下面的葉仔有通割來交會社,上無愛三、四冬,推算落來,這三欉1930年以前的瓊麻,真有可能是「灣生」第二代,頂一代才過鹹水來的,拄釘根無偌久的新住民。

跤的瓊麻,一支若竹篙,頂懸彼一簇、一簇是伊欲開花的所在——其實,我從來毋捌徛倚去看過,毋知影伊的花生做啥款……因為到我少年的時(1980年代),恆春已經無規大片(phiàn)的瓊麻園,有通看著的瓊麻,差不多攏是跤路草較穩、人到無著留落來的。我一直是像按呢,遠遠看佢,鳥仔足愛歇佇彼懸頂,伊的型,不止仔成校園內底工友特別修剪過的樹仔。

前一站仔佮恆春兮開講,才去講著瓊麻。伊讀國校仔以前的日子(1971~1977),差不多是佇恆春水雞堀大漢的,猶有做著割瓊麻的囡仔工。伊講佢退的音是叫做「khing-muâ」,讀第一聲「khing」。「khing-muâ」葉的尾溜有一支若像針的刺,佢若去海墘仔迌迌,抾著螺仔,有時就會提瓊麻的刺,若當做這馬的齒戳(thok),tshak螺仔肉耍,手有夠賤。

這張相片下底就有瓊麻葉,生做若林投、若王梨頭,囡仔工割瓊麻,就是割遮的葉仔。對這根部溰出來的根芽,分栽去別位種,就閣是一欉;或者是瓊麻花謝去了後,花蒂暴珠芽出來,提珠芽去種嘛會活——瓊麻就是按呢唯墨西哥活到遮來,唯一百年前活到這馬。

三欉瓊麻徛的所在,應該是較懸的山坡,我感覺彼个下面看著是茶園,正手爿兩欉瓊麻中央有一支……我臆是電火柱,好親像有一逝路,敢會是淡水線呢?樹仔圍咧的樓仔厝,是外國人的別莊吧,若是這馬,彼種厝頂,一定是啥物廟啥物宮。我看袂出佗一片是「紅樹林」,干焦看著淡水河中黃黃一巡,是沙線。

實際上，「紅樹林」這個地名，是捷運通車這十年才興起來的，淡水站的前一站，就叫做「紅樹林站」。

淡水河佇干豆門佮基隆河合流，過干豆橋，進入淡水鎮竹圍仔，南北向的河身開始寬寬仔大斡，欲斡東西向出海去。因為這個大斡，下晡時仔坐捷運欲來淡水的人，過關渡磅空，車窗外的日頭，本來佇觀音山的「十八連峰」咧要「溜溜球」，一時仔無共注意爾，過紅樹林，煞一箍圓輾輾換吊佇出海口咧等人去約會。

也因為這個大斡，頂頭合（kah）落來的塗沙攏積積佇遮，對竹圍仔站到紅樹林站這段河邊，積一塊濫地出來，河水海水相透濫的所在，佮意半鹹洘的「水筆仔」佇遮淀規大片（phiàn），是全世界上大片（phiàn）的水筆仔純林。

「水筆仔」屬「紅樹林科」，這科的植物，有一種叫「紅茄苳」，柴箍的色緻是紅的，樹皮會使批來煮紅色染料，所以中文名稱叫做「紅樹」，日本時代叫做「蛭木」──抑是日本人較恐怖，「蛭」，敢毋是吸血的蜈蜞呢？……淡水在地人共叫「水筆仔」或者是「海筆仔」，因為伊上大的特色就是寒天時仔樹尾吊足濟「筆」，叮叮咚咚，遐的「筆」是伊的幼栽：其他的植物無人按呢的，攏嘛是開花結果，種子放予去，囝孫自有囝孫福；水筆仔囝債欠較重，全款是開花結果，待秋過，果猶牢佇樹尾，幼栽開始暴出來，愈發愈長，像一枝筆，隔轉年春天才脫離母樹，插落去邊仔的漉糊糜仔裡，家己獨立一樣──這個過程，就佮查某人懷胎全款，所以水筆仔是「胎生植物」，彼支筆就是「胎生苗」。

淡水河佇干豆門佮基隆河合流，過干豆橋，進入淡水鎮竹圍仔，南北向的河身開始寬寬仔大斡，欲斡東西向出海去。
巫品雨＝攝影

王昭華／佇紅樹林拄著瓊麻

　　除了「水筆仔」這个名，淡水人嘛共叫「水瓊花」、「海茄苳」。這兩個名攏是「副」的，毋是「正」的，按怎講呢？「水筆仔」是按伊本身的特色所號的名；「水瓊花」佮「海茄苳」總是借的、轉的、綴人的啊。台語講「瓊花」，其實就是華語的「曇花」，水筆仔開白花，細細蕊仔，有清芳的味（若是淡水河莫遐臭），以早有一站仔捌有人佇這帶飼蜂，生產「水瓊花蜜」。「茄苳」嘛是一種路邊定看著的樹仔，「水瓊花」佮「海茄苳」，就親像水邊的瓊花、海垺的茄苳，加蓋細號就有影。

　　較早的淡水，並無一个所在叫做「紅樹林」，這馬的紅樹林車站出來彼搭，叫做「高厝坑」，是姓高的安溪人的庄。過紅樹林車站，雙叉路口正爿彼條，就是外環線「登輝大道」，迵對三芝北海岸；倒手爿這條直行，往淡水街仔——離雙叉路口無偌遠彼跡，叫做「竿蓁林」，哪，舊地號有「竿蓁林」無「紅樹林」，因為竿蓁是起草厝仔足重要的建材，紅樹林咧？彼那有啥啦！全全一寡啖摻好爾的燒酒螺、花跳、佮一堆大細管（kóng）的、袂食得的屎蟹，漁船仔抑袂靠岸得，做山較規氣。喂，鄉親啊，紅樹林是毋通共嫌喔，就是因為伊擋佇遐，你無去討海，來做山，毋才會變田僑仔……。

　　1930年，有夠遙遠的年代，淡水河已經變淺矣，大船駛袂入來得，淡水佇國際貿易方面雖然較衰退，無基隆港成颺（tshiânn-iānn），但是有台灣第一的自來水道佮高爾夫球場，有淡水線的火車，算是無發展、有建設，徛家快活，雖然飲自來水佮拍高爾夫的應該攏是日本人吧。經過七十外年，全這張相片的角度看出去的紅樹林區，全部是二十幾層的大樓，特別是自舊年以來，一棟過一棟，有的猶咧起，有的咧欲通交厝矣。

　　我毋知影，遮濟厝，敢真正攏銷會出去？敢有影誠實遐濟人會來

蹄？只要想著彼逐口灶攏有屎有尿有冷氣有汽車：莫怪沙崙仔海邊的污水處理場趕緊咧起，後擺海水是袂泅得矣吧；天氣那來那熱甲毋是款，將來的奴隸，就是日頭下面做工課的人；汽車啊，會塞佇竹圍仔，厝起落去，快速道路欲起毋起?!

台北雪梨、摩納哥、尚海、托斯卡尼西恩那……建商替大樓所號的名，推銷一份美麗的幻想——其實，百外年前的淡水，就是一个充滿異國情調的港口，百外年後，異國情調會使台灣製造。

彼工過畫，日頭赤燄燄，我經過猶咧si-a-geh的「尚海」，登輝大道路頭一排幾仔棟的新大樓，是行熱帶南洋風的，刻的花草有巴里島的風格。我看彼路邊停一台大卡車，卡車頂面載的攏是樹仔——大樓一樓的人行道，建築師設計一格一格欲種樹仔的空格仔，一格拄好種一欉。幾仔个裼腹褪的大哥，個個攏是「肌肉男」，流汗流甲抹金油的銅人全款。佇當咧種樹仔，一支若電火柱，咖啡色的，足足三層樓仔懸，對第四層開始才有一簇葉仔，葉仔猶縛牢咧，詳細一看，竟然是葵棕呢!!

我毋捌看過遐懸的葵棕，無喔，應該講，毋捌看過遐懸、但是葉仔賭一屑屑仔的葵棕，原本像草仔裙女郎的侗，煞變成若隱痀鳥的鳥仔腳……毋拘，這个設計師算有sense，配這種樹仔佮選這個比例。不而過，登輝大道路口毋比台大校園，葵棕佇遐有通熱情浪漫，咱紅樹林這搭喔，風是足透的唅……。

無你共看，1930年以前的這張明信片，瓊麻徛佇遐好勢好勢。瓊麻是啥物款的腳數？瓊麻是落山風伊嘛蓋歡喜的怪跤，毋才會佇恆春逍遙比落魄較久。葵棕？看你會使唯一粒種子生甲遮脹，風若來閣會舞弄草仔裙say「阿囉哈」，宛那無簡單、無簡單，希望你佇阿輝伯這條大路邊徛會慣勢，搬來阮淡水蹄會四序……。

——選自《流・土地・戀——2009台語文選集》，

台南：開朗雜誌，2010年，於2012年再修訂

王昭華

南國屏東縣人，淡江中文系畢，大學時代起
以台語寫歌寫文。曾任雄獅美術出版社文字
編輯，參與康軒版國小閩南語教科書編寫，
2006年發行首張個人創作專輯「一」，
2011年獲台灣文學獎台語散文金典獎。個
人台文部落格「花埕照日」http://blog.roodo.
com/cit_lui_hoe。

夢的原鄉

陳廷宣

佇竹圍仔落車，我行入去迄遍屬於我夢的原鄉。
這遍紅樹林會來變做是我夢的原鄉，是伊心適的畫面。
若是làm流的時，這遍水筆仔的樹身佮樹枝攏會藏佇水裡，
干tann留hioh仔佇水面。宛然樹海，
有人也因此予這遍紅樹林一個真詩意的名──海上森林。

來往淡水佮台北的路途，坐捷運算是上利便的。淡水線雖然是利便，毋kú伊的建設事工嘛是上予人king-thé的。短短十幾公里，捷運會tàng載汝peh kuân，載汝peh kē，ná像雲霄飛車，雖然無載汝lin long seh，毋kú伊起起落落的速度，有影是予人真無爽快。

較安慰的是，沿途的風景真水，算是會tàng暫時使人袂記得迄種tso-tso的氣氛。

常在，捷運欲到干豆的時，我會thí開目睭皮，看迄陣the佇觀音山跤；淡水河邊的紅樹林。常在，我睏過頭去，佇半夢半清醒中間聽見捷運teh放送，干豆到啊。迄片紅樹林真自然，自然印入來我無thí開的目睭，半夢半清醒的夢裡。

我懷疑。所以我開始píng冊，希望佇冊頂尋著破解我懷疑的答案。

我懷疑。台灣這tè功利的社會，ná thang有這遍紅樹林生存的空間？佇台灣，我常在看著的是人上大，其他佇tsia生存的萬物，看人的面色過日。

Kiám-tshái是紅樹林無作用？所以才會佇淡水河口生淡kah tsiah iām。若以我迄個學環保的朋友的思考來看，是安呢無毋tiòh。

幾年前我佮一個讀環保的朋友同齊peh山。中途經過一間山產店。我想講行入去點兩三項菜准中晝頓，毋kú我迄個讀環保的朋友菜單提咧一直點，羌仔肉、山豬仔、鹿仔……點真tsē。我問伊講汝毋是讀環保的，ná會一點仔都無保育的觀念？伊的回答真哲學，伊講，我若無先食看啥mi̍h較好食，啥mi̍h較歹食，我ná會知啥mi̍h動物需要先保護！有影，咱一直用人類中心主義teh思考tāi-tsi，以人類的最大利益做考量，對咱有好處的，盡量取用，完全無顧伊總有滅種的危機。有用途的，thang利用的，咱攏盡一切的力量，盡量開，開ta為止。

會記得有一pái我佇網路頂佮人辯論，辯論核四廠kám thang koh起造

落去？迄位網友in厝tú好是核四的起造地附近──金山。我問伊講伊對核四廠的看法，伊講伊真贊成，核四廠若是無起造，台灣經濟是無法度佮外國來比phīng。當然，我嘛有我的看法。尾仔我問伊講kám了解車諾比核電廠爆炸的tāi-tsì？伊回答了真清楚，較早學校通識有看過車諾比核電廠爆炸的影片，對迄寡受災厄的人民的印象嘛tsiânn深。不過，伊講人攏會死，若是注定愛死，伊甘願佇死進前加thàn寡錢。

忽然間我無話thang應伊，kiám-tshái咱社會的價值觀干tann tshun用錢來看tāi-tsì的輕重？tsìn時咱thàn一sián五lî，日後囝孫恐驚愛用koh較tsē的一sián五lî來補對環境傷害的孔tshùi。予我ùi-hiánn的是伊的論述，注定愛死，不如佇死進前加thàn寡錢。我真正無話thang應，有迄個命thàn，無迄個命開是有khah-tsuảh。尾仔我想tiỏh阮母仔有一pái佮人冤家，lióng kah大細聲的時講的迄句話：「Hiah呢死愛錢，後日仔té入去棺材的時愛會記得佇棺材雙邊挖兩孔予汝手thang好tshng出來。」我想，錢銀生不帶來，死不帶去是這句話上好的注解。

若像我迄個讀環保的朋友的觀點，這遍紅樹林生存落來就是因為伊無作為。毋kú這遍紅樹林kám真正無作為？就算伊無作為，台灣這tè寸塗寸金的土地，ná有可能留這寡無路用的紅樹林？抑是……

佇竹圍仔落車，我行入去迄遍屬於我夢的原鄉。這遍紅樹林會來變做是我夢的原鄉，是伊心適的畫面。若是làm流的時，這遍水筆仔的樹身佮樹枝攏會藏佇水裡，干tann留hioh仔佇水面。宛然樹海，有人也因此予這遍紅樹林一個真詩意的名──海上森林。對伊的印象就差不多停眠佇tsia。

無法度啊，阮的相tú就ná像風咧，安呢講啦，我像風sut一下就過，紅樹林嘛像風，sut一下就過。Tsín時我雙跤行佇自轉車人行步道，跤步真慢，慢慢仔行，慢慢仔佇tsia聽紅樹林唱歌，踏出這遍土地的滄桑。

淡水紅樹林就恬靜the佇淡水河北岸，uá出海口的迄跤踏仔，範圍是佇台北縣淡水鎮八勢里佮竿蓁林中間。紅樹林會tàng分做幾若種無siâng的種類。佇tsia，樹種算是上kài純的純林，tsia所生長的是水筆仔。

風tsah來水筆仔哀愁的歌聲，寬寬仔，寬寬仔，tshūa我行入in生命危機的khám站，咱人造成生態危機的khám站。

土地的利用，其實這毋是我的僥疑，tú仔風siùh siùh叫就是teh哀嘆這tsân久年前的tāi-tsì。1980年迄跤踏仔，這遍土地引起環保團體佮水利局搶土地的tāi-tsì。水利局認為開發這遍土地，毋kú環保團體因為這遍土地的生態特殊，koh再加上這遍土地對生態環境的影響tsiok大，所以無贊同水利局為著開發案來破害自然生態環境。

佇民間，一直有無全款的聲音，有人贊同保存，有人卻是疑問留這遍土地來種這寡樹仔是有啥較tsuáh？這寡環保團體是食飽換iau是毋？土地提來起國宅，予人類得tiòh上大的利益kám毋好？有影是閑閑人毋做，掠一隻蟲來kha-tshng ngiau。

靜靜仔聽，佇tsia有tang時仔是mài講話較好。恬恬仔行，靜靜仔聽，汝聽著的就毋tānn是紅樹林佮風teh唱歌。汝聽……

雉雞（環頸雉）、海ínn仔（小燕鷗）、花眉（畫眉）這寡罕有的鳥類佇天頂iat著翅股，聽in唱著輕鬆的曲調，就像教徒唱著感念的詩歌。這陣佇tsia輕鬆快活唱歌的鳥仔，in用上天賜予in的好歌聲，唱出對這遍紅樹林的感恩，唱出in感念的心。

若無這遍水筆仔？雉雞、花眉、海ínn仔……kiám-tshái早就四散，若無這遍水筆仔，kiám-tshái in連一個khut身的siū都無！就因為有這遍水筆仔kā真tsē淡水河tsah來的有機物留tiâu咧，就因為這遍水筆仔伊本身的hiòh仔佮樹枝落（lák）塗裡分解了後產生的有機物是一寡魚、hê、花跳、跤仙等等生物的食（tsiàh）食（sit）來源。

用咱人的口氣來講，這遍水筆仔就像一間pha數五粒星的飯店，因為伊的環境佮整個生態完整，所以真tsē人客願意來tsia歇tiāⁿ，kā tsia當做家己的故鄉。汝kā看，迄隻毋是tit欲絕種的lā-pue，「諾氏鷸」嘛來tsia停歇伊的翅股，等待koh較遠的旅途。

講咧講咧，汝看，跤仙taⁿ-á完成傳宗接代的大tāi-tsì，行出伊起造的煙筒管，佇日頭跤曝日歇喘啦。汝看伊，phīⁿ-phēⁿ喘，kiám-tshái tú仔認真過頭做「人」……e我是講做跤仙仔囝啦！嘛有另外一種可能，這隻跤仙伊thóo氣pûn波是teh起性地，將家己武裝，欲來對抗我這個外來的遊客……。

我想欲kā講冤枉哦，我無迄個侵犯lín的意思。毋kú我無出聲，因為風伊一直吹，無停睏一直吹，將in生態險仔hông破害的危機一直吹ùi我來。佇迄個當下，我會tàng諒解跤仙對我的無客氣。毋tāⁿ跤仙，我想花跳、魚hê、雉雞、花眉、海íⁿ仔，甚至是一年轉來停歇一pái的lā-pue、「諾氏鷸」，tsia的住民隨時會武裝家己，提出對人類的危機意識來保護家己的家園。

咱人kám-thang怪in無到慷（khóng）交？咱kám-thang質問這陣鳥仔干tāⁿ匿佇天頂佮咱相對相（siòng）？跤仙兩個鼻孔一直掠咱出氣？

咱人咧？咱kám koh會記得咱kā家己用tshun的，無利用價值的廢物送來tsia，咱kám koh會記得水筆仔huah kah phīⁿ-phēⁿ喘，伊huah講伊buài接受外鄉的塗，外鄉的廢塗比袂過故鄉的芳塗味。咱kám koh會記得為著欲起國宅，乞食想欲來趕廟公！

咱kám koh-thang講這遍水筆仔無用途？佇我行入我夢的原鄉的時，進前冊頂迄句話就活lìng-lìng徛佇我的眼前。「紅樹林的tiòh仔佇水中分解，變成有機質，水中的生物食有機質，然後hê米仔食lām有有機質的路糊糜（bê），然後魚仔栽食hê米仔，魚食魚仔栽。啊若咱人咧，除了

路糊糜（bê），啥mih攏食。」以食食的角度來看，這遍水筆仔kám無用途。Tshun的用途koh較免講。

今仔日，我有這個福氣做著這個夢。Koh較有福氣行入我夢的原鄉。佮迄遍水筆仔天頂的鳥仔全款，愛感念，感念先人為咱環境保護的貢獻。除了感念，我想欲將我的夢koh生湠落去。

Tú仔講的，咱為著一sián五lî，佮kui個生態體系puah。咱輸袂起，咱真正輸袂起。Kiám-tshái咱lián tiòh眼前的一sián五lî，而且生態體系也無發出抗議。但是，伊kám恬恬無聲任咱欲thâi欲刮，伊kám kham咱恬恬剝削。Kiám-tshái咱贏佇一時，若是kā時間khiú長來看，輸的kiám-tshái毋是puah-kiáu的咱，毋kú輸的卻是佮咱全款是人類的囝孫。佮環境的賭局，咱袂kham tsit輸，嘛輸袂起。咱若輸，恐驚咱的囝孫連做夢的機會都無。

──選自A-HI（陳廷宣）《葡萄雨》，台南：開朗雜誌，2005年

陳廷宣

真理大學台文系。淡根母語文刊主編。曾獲海翁台語文學獎小說、散文正獎、竹塹文學獎小說獎、阿卻賞小說獎等。著有台語植物散文《葡萄雨》

鬱卒的紅樹林

蔣為文

汝捌（bat）一個人夜訪母親的河——淡水河否（bòo）？
置（tī）月娘的作伴下，汝會凍（ē-tàng）聽流水傾訴伊對土地的感情，
聽紅樹林置大地頂懸（kuân）恬靜的喘喟（khùi）聲，
聽土蚓置遐（hia）嚶嚶（iⁿ-iⁿ）oa̍ihⁿ-oa̍ihⁿ, siⁿ-siⁿ-soa̍ihⁿ-soa̍ihⁿ……。

汝捌（bat）一個人夜訪母親的河——淡水河否（bòo）？置（tī）月娘的作伴下，汝會凍（ē-tàng）聽流水傾訴伊對土地的感情，聽紅樹林置大地頂懸（kuân）恬靜的喘唭（khùi）聲，聽土蚓置遐（hia）嚶嚶（iⁿ-iⁿ）oa̍ih̍ⁿ-oa̍ih̍ⁿ, si̍ⁿ-si̍ⁿ-soa̍ih̍ⁿ-soa̍ih̍ⁿ……。

匿（bih）蹛（tuā）紅樹林的鳥隻上會凍感受性命的活力。天才略略仔拍潽（phù）光（kng），叨（tō）引起歇（hioh）置「水筆仔」頂頭的鳥隻一陣騷動，當日頭親像痀仔子（thiāu-á-tsí）夆（hông）位（uì）山的中央擠出來，規（kui）陣的鳥隻昧輸飲（lim）著生命的活水，做一下位樹仔底挹（iā）出來，開始無冗（îng）（閒）慁（in）的穡（sit）頭。

「水筆仔」是屬於熱帶地區的特有植物，台灣竹紅樹林拄好是伊上北爿的分佈區域。人講，好運的著時鐘，台灣嘛（mā）正是海洋的子孫——南島語系民族的上北分佈，莫怪台灣呇若像番（hān）薯（tsî），攏較成（sîng）一隻大海翁（ang）。這（tsit）隻大海翁當塊（teh）載咱行向世界的新航路，咱欲用檳榔宴請所有的人客，向慁宣示台灣是海洋民族，咱們按照海洋民族的傳統精神佮世界人民友好鬥陣！

淡水，一個迭（tiāⁿ）透大風攔落著屑屑（sap）仔雨的庄頭。恰（kà）意的人會凍徛（khiā）蹛淡江大學商管大樓的電梯內底，看外口儕（tsê）甲若蚼蟻的學生，互風創治甲強欲倒倒去。當電梯爬（peh）懸了，汝攔會發現罩著珠淚的玻璃後面，是罩著白衣的觀音媽塊給（kā）汝宊（tìm）頭，親像欲給汝講：囡仔，真歡喜汝會凍感受茲（tsia）的風佮雨。原來，觀音媽（má）守置茲已經有幾落千年以上，自Ketakalan踮（tiàm）干豆平原走跳，馬偕（kai）替慁挽嘴齒，到紅樓、白樓的落成佮（kah）沒落。觀音媽攏恬恬看，看西班牙將紅毛城砌（khí）起來，看「摃（kòng）面桶」續（suà）荷蘭、鄭氏、滿清、

日本佮英國後尾攔將「車輪旗」升起來。觀音媽吥是吥作聲，伊是愛咱先喝（huah）聲！伊講，咱若無表示，做仙嘛歹保庇！

淡水，雖然透風攔落雨，嘛是有好天的時陣。「麥當勞」、渡船頭四界攔是提著「可樂」佮蝦捲的人潮，一寡人會去紅毛城抑（iah）是沙崙行行咧，攔較少的人會去清水祖師廟看烏面祖師安怎會掉（lak）鼻，干單天頂彼兩隻鵝鴿（la hioh）一直塊揣，揣一個所在，會凍實現您的理想……。

「滬尾」，是淡水的舊名，號做Ho-bue。伊的來源相傳有兩種：第一是「雨」的「尾溜」的意思，算講「基隆雨」落到茲叨會停矣（a）。第二是「ho」的「東爿尾」的意思；「ho」是一種掠魚的設計，當初漁民置沙崙海邊利用地形設計真儕滬（ho），當海水溢（ik）起來的時，魚蝦水卒叨會綴（tuè）海水淹入來，退潮的時著會留置內底走昧出去，漁民才順勢給滬起來，淡水拄（tú）好置沙崙的東爿尾，所以號做滬尾。最近嘛攔有人懷疑，Ho-bue是吥是佮Kan-tau（干豆）、Bang-kah（艋舺）全款，是平埔族Ketakalan的用語？

日頭欲落海的時陣，我上愛騎我彼台野狼仔，綴「野性的呼喚」來河邊踅（seh）踅lau-lau咧。規排的舢舨船蹛金黃色的海面毿（sìm）一下、毿一下，當渡船經過的時，海面叨會夆（hông）切做兩夬（kuéh）。紅攔大圈（khian）的日頭下面，親像有獅、虎、豹、鱉、猴、象、鹿佮非洲「土人」塊走跳，節奏輕快猛掠（mé liah）的非洲音樂匈（hiông）匈位心肝內走出來。真想欲造一隻竹排仔，位淡水河口鑽（tsǹg）入去紅樹林，順著輕快的me-no-lih，走揣（tshuê）彼個坐bang-kah（獨木舟）的Ketakalan人，走揣彼種原始的生命的活力。

烏夜，逗逗仔罩落來，罩置彼個坐bang-kah的人身上，嘛罩置我的身軀頂。置星跋（puah）落來的天下面，淡水河恬恬仔斡（uat）過紅樹

林，驚攪（kiáu）擾（jiàu）著水筆仔美麗的暗暝……。

——原載於《茄苳台文月刊》第12期，1996年5月1日

——選自《台語散文一紀年》，台北：前衛出版社，1998年

蔣為文

高雄人。美國德州大學語言學博士，現任國立成功大學台灣文學系副教授、台灣語文測驗中心主任、台越文化協會理事長及台灣羅馬字協會榮譽理事長。自大學時代即組台語文社參與本土化運動。著作有《海翁台語文集》、《海洋台灣：歷史與語言》、《語言、認同與去殖民》、《牽手學台語‧越南語》、《台灣元氣寶典》、《語言、文學kap台灣國家再想像》、《民族、母語kap音素文字》等。

林金波攝影／「我的母土・風情萬種」攝影比賽入選

行過金仔城
九份紀遊

林央敏

置下山的半途，我想：
後回一定欲載較長的時間來，
而且浸到山城的盈時，半暝，
我欲親手掀開這個「小上海」的夜色。

位台灣東北角幹入這條生份的山路，才箍過三個小山崙，車叨塞稠咧，無嗒久，兩爿路邊各式的「嗨驛」（轎車）停甲滿滿滿，我感覺真怪奇，這是佗一逕？是安怎這個歇睏日茲濟人來到這個偏僻的山區？

我若駛若斟酌看有地名的標誌否？當我看著一塊有箭頭的柴牌仔指示「九份國民小學」的時陣，才知影茲叨是最近互「玻瑯」（Brown）咖啡翕去做電視廣告片的九份古鎮。

這個捌互人放昧記得的金仔城，聽講自從兩年前彼片抑呣敢反映「二二八」真相的電影《悲情城市》踮茲拍片以來，九份叨開始復活，尤其電視底彼個愛飲咖啡的玻瑯先仔，來茲歕鼓吹、耍風景、巡古情了後，九份的名聲不但趖到台北京城，而且頂港趖下港，比地理課本所記載的金仔礦主角金瓜石擱較興、擱較旺，所以我決定停車落來吮一下仔山城的古早味，雖然日頭已經過半晡。

瑞芳地帶的金瓜石、九份、牡丹坑（武丹山）是台灣上大條的黃金地脈，我知影在地人的祖先是為著黃金夢而來，阿若當今的遊客，也有一部分是想欲鼻一下仔黃金穴道的氣味，嘛過了解此地採金歷史的人真少，連在地的少年囡仔恐驚嘛漸漸昧記得祖先踏過的跤印。

有一寡研究台灣採金史的人講：這逕的金沙是大清國光緒16年（1890年）的時陣，互劉銘傳招來砌鐵枝仔路的工人置基隆溪底所發現兮，此後來茲洘金挖礦的人逗逗濟，於是呢，才造出這座九份金仔城。但是在我所讀著的文人記事內底，基隆山三貂嶺的原住民才是台灣金仔的「先覺者」，比劉銘傳的手下抑較早兩百年以上，康熙23年（1685年），嘉義縣長（諸羅知縣）季麒光的《台灣雜記》叨已經有寫著基隆山金仔土的代誌，「金山，在雞籠山三朝溪後山，土產金，有大如拳者、有長如尺者、有圓扁如石子者，蕃人拾金，在手則雷鳴於上，棄之則止，小者亦有取出，山下水中沙金碎如屑，其水甚冷，蕃人從高

望之，見有金，捧沙疾行，稍遲寒凍欲死矣」，茲尼怪奇的金石使迷信的土蕃呔敢挖礦，特加千單敢淘洗溪沙內的金幼仔爾，所以十幾年後（1697年），來台灣開採硫礦的宦遊詩人郁永河置伊的名作《裨海紀遊》這本冊內底所寫的一篇文章《番境補遺》才會擱提著番仔興展金條的代誌，伊講：「哆囉滿產金，淘沙出之，與雲南瓜子金相似；番人鎔成條，藏巨甓中，客至，每開甓自炫，然不知所用。近歲始有攜至雞籠、淡水易布者」，這個「哆囉滿」地諒必就是今仔的「九番」（九份）一帶。

來茲蹉跎、或是滯踮茲，若全然呔知此地的早前事略佮關係此地的文學作品，欲安怎摸會著九份的深度？這是我的遺憾，亦是今仔日匆徬到茲所無法度窺探兮。

雖然九份置我的記智內是完全生疏的所在，行這綴路並無想著金仔，亦無啥麼目的，但是當我駛入這個庄頭的第一目，叫互伊的景緻吸引去，若呔是茲濟會徙震動的人佮車，置茲躦橫躦直或𬦋上𬦋落，使我抑會記得這是地球頂的一簇實樹真厝的山莊，我感覺：九份是一幅「畫中有詩」的風景圖，亦是一首「詩中有畫」的山水詩。

位山跤看起哩，整箇山城親像掛置一堵西北向的岩壁頂，壁堵真崎，所以每一間古老斯古的低厝仔若准互人釘踮壁，恰若接規排的番仔火殼，一層一層沿著斜岩的勢面塔對懸懸的山頂彼爿去，遠遠看起來，欲似一座隨時會崩去的「危城」，因為山陂崎崎，厝身的地基攔細塊，使人懷疑這款寄踮山壁的厝咁樗會稠地？因為山勢峭，所以若無入去城內看眛，根本想眛著城裡抑開著兩條正丈闊的巷路。除了這兩道細條巷仔佮山跤這條連絡外地的汽車路以外，這個「石壁城」的交通差不多攏靠石梯，石梯親像腸仔肚彎來彎去，通對家家戶戶的門口厝角，茲的石梯是觀光客愛行嘛必行的遊程，其中一條上長上闊的梯道名叫「豎崎

191

每一口灶的窗仔門攏參海神的目睭相通，遠遠是八斗仔
漁港，攏較遠去，置罩煙氳的海面，浮出一粒親像白居
易《長恨歌》所吟唱的「忽聞海上有仙山，山在虛無縹
緲中」，我想這粒島應該就是郁永河位淡水來到台灣東
北角，跨跕基隆山頂所看著的「雞籠嶼」。
利宜庭攝影／「我的母土・風情萬種」攝影比賽入選

路」，路闊一米半，縱貫九份的中心，是山城的活脈，隊九份城跤，一坎一坎直直塔對九份城頭，嘛塔出九份的精神。兩爿厝店所發出來的氣色，特別會托動現代人的懷古幽情，引誘人無惜跤痠嘛欲給𬦠一綴，啊！若是霜雪霏霏的時陣，踏在這條豎崎路，會互人生出寒天暖情的感覺，我若行若想著兩百年前高拱乾描寫基隆落雪的詩句：「北去二千里，寒峰天外橫……丹爐和百煉，漫擬玉梯行」，雖然全詩已經記昧清，但是我感覺這位宛然古早的雞籠城。

九份拄好偎山靠海，嘤！不只偎山，規片城根本叨是俍置山壁上，左右攏有一道山脈，親像石壁城的雙手，向前伸到北海岸邊，硬助一角海捀來囥踮城跤，送互村民日夜觀看，無錯，每一口灶的窗仔門攏參海神的目睭相通，遠遠是八斗仔漁港，擱較遠去，置罩煙氛的海面，浮出一粒親像白居易《長恨歌》所吟唱的「忽聞海上有仙山，山在虛無縹緲中」，我想這粒島應該就是郁永河位淡水來到台灣東北角，蹸踮基隆山頂所看著的「雞籠嶼」──「小山圓銳，去水面十里，孤懸海中；以雞籠名者，肖其形也」。我知影基隆島後壁有一條海路，是往來基隆港的船隻出帆入港的航道，可惜天色潸潸，已經看昧明，相信暗時，燦爛的山城和閃爍的海船會用燈火對看，這種夜景一定迷山迷海也迷人，我想。

　　山陂、海灣、採金史。
　　老厝、古董、石梯道。
　　一種懶懶的時間。
　　一款冗冗的心情。

茲的物件濫做夥叨是九份山城的精神。另外九份抑有一味，是當

今的台灣人已經真奧吽著的人文特色，叨是純正的台語文「看板」，這項上蓋有台灣味的特色，是我所行過的地頭第一遍看著，我料想：到現步為止，九份可能是全國的唯一。有幾間專門展賣九份民俗藝品兼互遊客開講泡茶米茶、休息看風景的店仔，是用台語來寫您的招牌、告示。「呷燒茶・配風景・談天說地」、「飲咖啡・找彼份古早的緣」、「輕輕敲門・帶你行入九份神祕的世界」、「轟動武林・驚動萬教」……，抑有一間店號「悲情城市」的茶館，除了短短的台語匾仔以外，您所貼出來的廣告，比如反黃的烏白相片、放大的彩色海報，嘛是用台文來記述相片內底的人物故事，我跼踱店口恬恬仔讀：「這張相片是阮阿公佮阮阿媽……」。雖然有一寡仔台文漢字是借用中文漢字的意思，但是我攏看諳，我發覺位台語所吸著的九份才是這個古城真正的滋味。

啊！誠可惜，今仔日只是順路，臨時蹔來這座沒落的金仔城，時間短短，使得山城雖細，也行無夠一半，嘛無深入人家店頭慢慢仔看。我拄想欲歇困一搭久仔才攏繼續爬梯爾，基隆山頂的日頭光叨來消失去，暗，連鞭會罩落山城。置我身邊的這兩個幼子可能嘛腹肚枵矣，所以只好佮山城告別。

置下山的半途，我想：後回一定欲載較長的時間來，而且浸到山城的盈時，半暝，我欲親手掀開這個「小上海」的夜色。

再會！九份，我會揣一個較無遊客的日子擱再來，但願彼時，石壁城的地肉抑未被一種身軀捐金仔鍊的大隻金牛犁過。

——原載於《自立晚報》副刊，1993年2月20日

——選自林央敏《林央敏台語文選集》，台南：真平企業，2001年

林央敏

1955年生，台灣嘉義人。輔仁大學中文系畢業。現任《台文戰線》發行人。著有《睡地圖的人》、《胭脂淚》、《第一封信》、《蝶之生》、《惜別的海岸》、《大統領千秋》、《台語文學運動史論》、《林央敏台語文學選》、《台語詩一世紀》、《菩提相思經》等30餘種。

頂山仔跤記

吳鉤

大廟是庄內的人下神托佛的所在，
阮頂山仔跤的廟，古早號做公厝，公厝雖然無大頂，
但是，王爺公嘛真興，聽咧講廣德尊王（郭聖王）是囝仔神，
中壇元帥太子爺也是囝仔神，這兩仙神是阮遐的主神，
每一年的十一月十一是廟裡的鬧熱日，在鬧熱的前一工，
神明一定會採乩指示全庄眾弟子，講起來真神奇，郭聖王的乩是滯置庄西，
太子爺的乩是滯置庄東，但是，每一滿若發出來廟埕，攏是同齊夠，
太子爺跤踏風火輪；郭聖王跤拄拐鼓，
兩仙神攏用一隻跤大展神威、操劍、踏七星、行八卦，庄內的人攏出來看。

阮的故鄉——頂山仔跤，是一個偏僻的庄頭。

庄北是將軍溪的出口，這個出口，因為雨水的關係，溪流不斷噉
（kann）著沙仔，才會漸漸笨起來，所以，這塊沙埔愈笨愈大，後來遂
變成一片曠闊的新生地。

會記得細漢的時陣，每一滿海水若退，阮就招厝邊頭尾仔的囝仔，
逐家做伙來茲耍水佮逐毛蜞仔，有時透早著來茲蹌跎甲半中晝，有時也
置中晝蹌跎甲黃昏日落時才倒轉去，逐家膏甲規身軀攏是土，和面嘛舞
甲烏趖趖，若親像鬼仔足歹看。但是，一寡生毛囝仔，耍了一下爽，汝
指我，我指汝，逐家噓噓哈哈相笑作伙，喝一下走，一困走到厝，這款
的代誌，現在阮若想起來著感覺有夠心適的。

庄南是一片青凌凌的田園，園裡大部分攏種粟仔，甘蔗或者是番
薯，阮上蓋恰意種甘蔗佮種番薯，因為彼種甘蔗，在採收的時陣，阮就
會凍來甘蔗田仔耍，親像剖甘蔗著愛看刀路；匡甘蔗著愛賭目色，這款
的耍法，呒若愛有工夫，又擱愛用頭殼，足趣味的。種番薯，阮抑擱較歡
喜，踏番籤絞仔，一跤夯懸一腳踏低，頂頂下下拍抃踏，踏甲大汗小汗
流，汝看咧，番薯籤一排續一排壹直射出來，白皙（siak）皙若親像咧落
番籤雨，若親像咧射箭，有夠好看。另外抑擱較趣味的，就是來番薯園
炕（khòng）窯（iô）仔，逐家著合作，有人去抾（khioh）土丸仔；有人
去抾柴；有人去挖（óo）番薯；有人去開土窯，有外儕人著炕外濟窯。乃
（nai）戴（dai）酷（khok）！乃戴酷！哈哈！窯仔火炎颯颯（sa），窯仔柴
劈哼（pok）叫，窯仔土紅噴噴！哈呂（lu）娃！哈呂娃！伊也啦呂娃！
逐家攏無冗，手咧無冗，喙嘛咧無冗，若親像厝角鳥仔踮置厝頂尾咧講
古，咧唱歌，咧拍笑詼（khue）。

阮厝的頭前，有一個大窟埤誠有路用，牛，會凍搞（kō）浴
（ik）、人，會凍洗衫。春天若到，雨水足，鯽仔魚贅（qâu）大尾又擱

肥，逐家做伙起來煮配飯，營養又攏好食。若是熱人的時，茲，遂攏變成囝仔的游泳池，庄內附近的囝仔，無論是查甫（poo）的、抑是查某的，攏赤身露體裼褲膦（lān），挨挨陣陣攏剷（tsiâu）來耍水，藏水沕（bih）、攏再展徛沤，十八盤的武藝舞透透，一個窟仔內親像鴨母市場──鬧熱滾滾。

庄內的大廟正北爿，有兩欉大榕（tshîng），聽人咧講，這兩欉大榕，有頂山仔跤就有恁（in），大約差不多有三、四百冬啦！樹仔頭有幾外人攬遐尼大，樹仔葉發甲烏毧毧（sìm）、目睭看昧著天，到底有外懸無人知，聽老勻仔咧講，這兩欉古榕，出海去討掠的人，和去到澎湖遐尼遠，亦攏有看著，可見伊有外尼大外尼懸。樹枝誠長，四面生淡，發甲密密密（ba̍t），大枝的像大人的身軀遐粗，其中有一枝旋做伙，若親像尪仔某牽手徛置茲咧看海，也若親像兄弟仔相攃（mua）。樹仔跤樹蔭誠大片（phiàn），誠陰冷，是庄內的人夏天時仔歇熱的好所在。囝仔攏來娭（ī）走公柱仔，匿相揣，大人也來挨弦仔唱曲兼講天說皇帝。總講一句，這個所在是庄裡的康樂台，庄裡的M.T.V。

大廟是庄內的人下神托佛的所在，阮頂山仔跤的廟，古早號做公厝，公厝雖然無大頂，但是，王爺公嘛真興，聽咧講廣德尊王（郭聖王）是囝仔神，中壇元帥太子爺也是囝仔神，這兩仙神是阮遐的主神，每一年的十一月十一是廟裡的鬧熱日，在鬧熱的前一工，神明一定會採乩指示全庄眾弟子，講起來真神奇，郭聖王的乩是滯置庄西，太子爺的乩是滯置庄東，但是，每一滿若發出來廟埕，攏是同齊夠，太子爺跤踏風火輪；郭聖王跤拄拐鼓，兩仙神攏用一隻跤大展神威、操劍、踏七星、行八卦，庄內的人攏出來看。紅頭仔法師跤踏禹步，正手搖靈鐘，倒手歇角鼓三拜請，嘴內順紲（sùa）唸：「東營兵！西營將！東營兵馬共萬千，飛雲走馬到壇前！」乩童加法師又攏咧踏四門，踏八卦鬥神通

啦！這個時陣，庄內的人齊聲喊（hán）喝，寶劍直直操，捷捷剖，五營旗一直颺，有夠好看！有夠好看。

阮細漢著出去他鄉外里讀冊，到了大漢跍置都市趁吃，在這個現代的工商社會，逐項代誌攏講現實，足無人情味的！不比在庄腳，庄仔內的人，呒是內面仔人，就是厝邊兜，逐日攏咧見面，足親切的！阮的年歲若大若數念阮的故鄉，講實在的，頂山仔跤的故事，三暝三日講昧了，阮的心肝仔內每一日卡想的，嘛是阮彼個可愛的頂山仔跤。

——原載於「番薯詩刊」第2集《若到故鄉的春天》，1992年4月

——選自《台語散文一紀年》，台北：前衛出版社，1998年

吳鉤

本名吳麒紳。台南人。自幼土生土長tī草地，至晚年未曾遠離故鄉一腳步，所以能說、能寫、能讀原音的漢文詩詞。平生喜歡藝術，休閒時以觀賞、創作為樂，至於「台語」寫作，因為我bē hinág使用「電腦」而不得不封筆，亦一憾事也，惜哉。

北嶼江濱是我家

涂順從

吳德亮＝攝影

徛（khiā）佇永隆橋頭，遠遠看即條以前曾經是台南縣唯一海港兮「北門溝」。
即個時陣，日落黃昏時，天邊兮彩霞誠水，
照著溪邊兮竹排仔，竹排仔頂有兩位穿短褲兮囡仔，
爬佇遐（hia）咧（leh）爽（sńg）水。

《台灣通史》兮作者連雅堂兮父親，有一日撍（thèh）一本《台灣府誌》互雅堂，共伊講：「身為台灣儂，袂（bē）使唔（m̄）知台灣兮歷史」，即（tsit）句話深深印佇雅堂兮心肝底，自迄陣開始，伊就下決心，卜好好蒐（soo）集資料，編寫《台灣通史》，希望會當補充舊誌兮缺失。每一擺我若（nā）看著即件記事，感慨萬千，唯上簡單兮「族譜」講起，有幾個（ê）真真正正去瞭解，何況是整個兮台灣歷史。儂是「思考性」兮動物，但是濟濟兮儂清（tshin）清采采，將即種「與（ú）生俱（kū）來」兮思考力，共伊廢掉，互頭殼暫時空白，回歸寂（tsi̍k）靜，而且追求「多一事不如少一事」兮矛盾心態，誠濟應該愛「緊手寬辦」兮急事，著安爾被耽誤落來；或者有滿腹兮計畫，結局互一寡lok-ko sok-ko兮俗事纏（tǐ）稠（tiâu）咧（leh），千結萬結（thàu）袂開，計畫（i̍k）歸計畫，無做嘛是空，實在有夠可惜！

我身為北門儂，就應該瞭解北門即塊土地兮來龍去脈（bе̍k），安爾恰袂對不起阮兮祖先。北門即塊土地確實有夠鹹，但是遮兮一磚一瓦，一草一木卻互儂數（siàu）念，甜佇心肝頭。如果參「南鯤鯓廟」kâ"作伙，濟濟兮美麗、聽攏無厭（ià"）兮鄉土傳奇，一塊一塊流傳佇（tī）即塊小小兮「北門嶼（sū）」當然這（tse）需要有心人士去開採、發覺佮編織（tsit）。

囡仔時代，定定聽大儂講：遮（tsia）以前是地理上所謂（uī）兮「浮水金獅活穴（hia̍t）」，島嶼（sū）上平原曠（khòng）闊，氣候溫和，溪水貫流，人才輩出。過了無偌（luā）久，煞去互一位破戒兮和尚，偷走指揮急水溪盲龍出海兮「白桃榔心」、荷蘭儂佫偷走淡水水源兮「烏心石」，佮阻擋海湧（íng）侵襲（si̍p）兮「白馬鞍（ua"）籐頭」，致使北門嶼兮風水被破害，外海兮南鯤鯓沉入去海中，北門兮港口坌（pūn）起來，大隻船無法度入港。遮（tsia）兮儂無所在通趁

（thàn）食，為著顧三頓，少年家仔只好離鄉背井，來夠繁華兮都市走揣佝兮天地，認真拍拚，希望有一日成功回鄉里，致蔭（ìm）父母。老一勻（ûn）兮，無願意放棄即塊陪佝行過規半世儂兮土地，留落來繼續參海風、鹽堆做伴，雖然趁無食，因為遮儂親，塗猶佫恰親。

　　徛（khiā）佇永隆橋頭，遠遠看即條以前曾經是台南縣唯一海港兮「北門溝」。即個時陣，日落黃昏時，天邊兮彩霞誠水，照著溪邊兮竹排仔，竹排仔頂有兩位穿短褲兮囝仔，爬佇遐（hia）咧（leh）爽（sńg）水。我看誠久，亦（ah）想誠久，安怎想道想袂出，當年北門港兮模樣，以及帆影點點駛入北門港兮壯觀，妻兒佇港邊等候良人豐收回家兮溫暖畫面。地理變，但遮兮儂永遠無變，佝照常是：淳（sûn）樸、戇（gōng）直、勤儉、恪（khok）守工作崗位、繼續耕種祖先所留落來兮基業。我愛即個所在！因為「北（pàng）嶼江濱是我（ngóo）家」。

　　——選自涂順從《涂順從台語散文集》，台南：台南縣立文化中心，1995年

涂順從

台南人，曾任高職、國小教師，1991年在黃文博、黃勁連二位好友的牽引下，踏入台語文寫作和田調行列，先後完成《涂順從台語散文集》、《鹹魚出頭天》、《南瀛公廨誌》、《南瀛鴿笭誌》等三十餘本文史著作。

林良文攝影／「我的母土・風情萬種」攝影比賽入選

我是佳里儂

黃勁連

做一個（ê）鹽分地帶兮少年儂，
我有誠大兮驕傲。唔（m̄）是阮迄（hit）個（ê）所在山明水（suí）秀；
高山青，澗（kàn）水藍（lâm）

一種原始（sí）對土地兮（ê）感情，散布佇（tī）我兮身
（sing）軀（khu），我兮四（sì）肢（ki），深深埋（bâi）藏
（tshàng）佇（tī）我兮（ê）血脈（méh）；隨（suî）著（tióh）
年歲兮增加咧（leh）增加，愈（lú）來愈（lú）強烈，愈來愈無法
度來抵抗（khòng）。十五、六歲兮（ê）時亦（áh）捌（buat）跋
（puat）山涉（siáp）水（suí），唯（uì）佳里、學甲、新營，彎來
斡（uat）去，盤（puânn）車來夠諸（tsu）羅（lô）古城；在諸羅古
城兮歷歷晴晴（tsîng）川、萋（tshe）萋芳草、郁（hiok）郁花木，
道亦䠡（bē）安（án）怎數（siàu）念（liām）佳里兮故鄉；一、兩
個（kò）月坐車轉去一嘬（tsuā）是足（tsiok）平常兮。後來，將教
鞭揕（tìm）掉，揮（hui）別教冊兮牛津；負（hū）笈（kip）北上，
在陽明山兮花開、鳥叫，在華岡兮斜（tshiâ）風細雨，在琴聲、詩
韻（ūn）兮唱和（hó），有東時仔（á）「吟（gîm）詩夠天光」，
會使（siá）講是「此地樂也！」，誠（tsiân）少會（ē）想去故鄉兮
面容。若唔（m̄）是故鄉咧迎（ngiâ）鬧熱，廟裡（lin）大拜拜；
大概攏佇寒（hân）暑（sú）假，則（tsiah）（才）打扮（pān）一
軀（su）大學生兮模（bôo）樣，搖搖擺（pái）擺轉去。但是，迄
（hit）一年十個（kò）月做兵（其實是做預備軍官），萬里赴（hú）
戎（jiông）機，飛（hui）渡關山；飛（hui）渡大海洋兮波浪；在滾
滾兮風砂，在動盪（tōng）兮戎（jiông）車，在金門古城兮落（lók）
日樓（liô）頭（thiô），庶（sù）常目箍（khoo）紅紅，看料羅
（lô）灣茫茫兮海水，心中唸著故鄉兮名字。

如今，命運兮鎖鍊，又佫（koh）將我參軟（luán）紅（hông）
十丈（tiōng）兮台北肖（sio）牽連；時常落雨，塗跤（kha）濕濕兮
台北，出門愛紮（tsah）雨傘、鎖（só）匙（sî）兮台北，天公頂不

時烏陰、臭臭兮台北，青紅燈照著冷落（lȯh）街路兮台北，不時舉（giȧh）頭看天頂星咧（leh）閃（siám）晰（sih），心頭無限兮稀（hi）微（bî）；我不時徘（pâi）徊（huê）燈火暗淡兮街路邊，有東時仔店路邊攤（tànn）仔食一碗外省麵，……想起故鄉兮兄弟，目屎滴落碗墘（kînn）……三更半冥（mî），我時常有一款衝動，想卜（beh）坐野雞仔車，透冥拚轉去故鄉佳里興潭仔墘（kînn）。

異鄉兮（ê）花開花落，異鄉兮星光月暗，時間那（ná）流水咧（leh），年歲一直咧（leh）增加；故鄉兮形影，故鄉兮面容，在我兮心肝底飄（phiau）搖（iâu）。日落黃昏時，我時常來面對異鄉兮鳥啼（thî），在風微微吹兮窗邊，彈著流浪兮吉他，唱一曲〈黃昏兮故鄉〉，唱甲目屎（sái）流目屎滴（tih）。時常佇（tī）落雨兮暗冥，攬（lám）白色兮被單，睏繪（bē）去；距（peh）起來啉（lim）酒，一面唱家己寫兮歌詩：「台北市兮燈火閃閃晰晰，離開故鄉兩三年，頭路繪（bē）順序（sī）。唔（m̄）知何時出頭天？快樂轉去鄉里；店都市流浪過日，心情真稀微！啊，唔知何時出頭天!？」一擺佫（koh）一擺，唱甲目屎四漣（liân）垂（suî）。

異鄉兮花開、花落；年輕兮日子，一下仔那（ná）薰（hun）煙，那（ná）流水，一下仔走甲無（bû）影（íng）無蹤；目珠（tsiu）一下nih，曾（tsîng）經年輕兮我，已經無（bô）年輕，所謂「青春年少（siàu）」其實是「而視茫茫，而髮蒼（tshong）蒼」，頭殼頂開始咧（leh）落霜，鬢（pìn）角咧（leh）落雪。照道理講愛「老（lóoⁿ）成持重（tiōng）」，愛恰（khah）老步定咧（leh）。但是，我猶（iû）原囝（gín）仔性，我猶（iû）原無法度控制家己（kī）；日落黃昏夜色若（nā）來，我道無法度老神在在來看一點仔冊，或（ȧh）是寫一篇文章、一首詩；想起故鄉兮朋友，可能已

經下晡（poo）時在小山崙（lûn）炕（khòng）窯（iô）仔，窯仔（á）火嗶（pit）嗶、剝（pok）剝照著（tio̍h）個兮面，停一下仔（á）麥仔酒捾（kuānn）來開，松仔跤（kha）土地公廟仔（á）兮「春山酒會」道卜（beh）開始……，我兮心肝開始彈琵（pî）琶（pê），我兮心肝開始振（tín）動，我無法度像孟子迄（hit）款兮工夫「動心忍性」。甚（sím）乜（mih）生理啦（lah），甚乜錢票啦，甚乜下晡（poo）三點半啦（lah）……，我一下仔攏共（kā）伊搝（tìm）落江洋大海，「插（tshap）甲赫（hiah）濟（tsē）!?」我心肝底安（án）爾（ní）講；手插（tsah）口袋仔，喙（tshuì）呼（khoo）絲（si）仔，嘛（mā）無捾（kuāⁿ）行李，我道拚去坐遊覽車。迄（hit）時，夜涼如水，隨來隨開兮柴油野雞車，在高速公路奔（phun）跑，近鄉情怯（khiap）兮目珠（tsiu），看著車窗外兩爿（pîng）紛紛向後倒退，月光照落兮山河，喙（tshuì）吟唱陶（tô）淵（ian）明（bîng）兮「田（tiân）園（uân）將蕪（bû）胡（hôo）不歸」，抑（iah）是馮（pâng）諼（huan）兮「長（tiông）鋏（kiap）歸來乎（hoo）？」心肝底有淡薄（po̍h）仔金聖嘆（thàn）

北門郡兮鹽分地帶，參台灣任何所在攏是美麗兮島嶼（sū），充滿著鄉土兮風味，牧（bok）歌兮情調。但是比較恰（khah）特殊（sû），參儂無肖（sio）仝（kâng）兮，是抱著鹽分地帶兮大海，日月浮沉、水連天、天連水，疼惜咱兮土地兮大海。
林佛兒＝攝影

式兮「不亦快哉（tsai）」啊！我接（tsih）載（tsài）儠稠（tiâu）想卜（beh）來阿（o）老（ló）現代加速度進步兮工業文明，卜（beh）來襃（po）獎高速公路高速兮超越，互原來八點鐘，有日頭坐甲無日頭兮遙（iâu）遠路途，一下仔縮（siok）短甲四點鐘，互我在風馳（tî）電掣（tshiat）兮節奏裡（lin），一時仔道互我看著魂牽（khian）夢繫（kì）兮故鄉。

做一個（ê）現代兮佳里儂（lâng），受著現代工業文明兮福祉（tsí），咱（lán）是無鄉愁兮！咱卜（beh）故鄉，故鄉就來；干（kan）礁（ta）四點鐘兮旅途，咱道看會（ē）著故鄉兮田園，故鄉兮一草一木。唔（m̄）免像杜甫迄（hit）一年聽著（tioh）「官軍收河南河北」，唯（uì）巴峽（kiap）穿巫（bû）峽，下襄（siong）陽（iông）向洛lok8陽（iông）；雖然白日放歌，佫（koh）青春作（tsok）伴（phuān）；但是「還鄉」即（tsit）兩（nn̄g）字是誠（tsiâ"）僫（oh）談起兮，愛費偌（luā）濟（tsē）心情（tsiâ"），同時彎來斡（uat）去，愛盤山過嶺，餐（tsan）風宿（siok）露（lōo），受盡風霜啊。

做一個（ê）鹽分地帶兮少年儂，我有誠大兮驕傲。唔（m̄）是阮迄（hit）個（ê）所在山明水（suí）秀；高山青，澗（kàn）水藍（lâm），老實講：阮迄（hit）個（ê）所在無山，干礁（ta）有小山崙（lûn）；阮迄（hit）個所在只不過是嘉南平原兮小庄（tsng）頭，目珠（tsiu）所看兮只是一片兮平埔（poo）曠（khǹg）洋（iôo"）；雖然有東時仔（á）佇（tī）透早拍（phah）殕（phú）光〈貓（bâ）霧光〉兮時，有東時仔佇（tī）田園作（tsoh）穡（sit）兮時，頭舉（giáh）起（khi）來（lai），也會（ē）看著（tioh）東邊一片平坦（thá"）坦兮盡磅（pōng），是連綿（biân）不斷佇（tī）雲霧裡

（lin）若（jiȯk）隱若現兮山脈（meh）。（夠目前，無地理觀念兮我，猶（iáu）分艙（bē）清楚奚（he）是甚乜（mih）地頭兮山脈，唔（m̄）知是唔（m̄）是中央山脈？）北門郡兮鹽分地帶，參台灣任何所在攏是美麗兮島嶼（sū），充滿著鄉土兮風味，牧（bȯk）歌兮情調。但是比較恰（khah）特殊（sû），參儂無肖（sio）仝（kâng）兮，是抱著鹽分地帶兮大海，日月浮沉、水連天、天連水，疼惜咱兮土地兮大海。平常兮所在有了大海，道親像平常兮窗仔口，有栽梅花迄（hit）一樣，無肖（sio）仝（kâng）道是無肖（sio）仝（kâng）。千里遠兮海岸線，白色兮沙（sa）灘（than），佇（tī）沙灘走來走去兮毛蟹（hē）仔，在海上飛起飛落兮海鳥，出帆（phâng）兮漁水點點，討海儂嘹（liâu）亮兮歌聲，以及排規排四正（tsàⁿ）四正兮鹽埕（tiâⁿ），一堆一堆閃光兮鹽堆，風中唱著荷蘭風情兮風車，……遮（tsia）一切兮一切建築兮沙洲風景，是鹽分地帶特殊（sû）兮自然景觀。

但是咱（lán）驕傲兮，不止仔（á）是天然兮（ê）風景畫；是建築（tiȯk）在即（tsit）個（ê）天然風物上兮人文景觀——真正唯（uî）鄉土出發，關心逐（tȧk）家兮身苦病疼、有血有八屎兮鹽分地帶兮文學。咱兮土地浸（tsìm）佇鹽分裡（lin），想卜（beh）店竭（kiȧt）地種作五穀（kok），想卜淹（im）水、掖（iā）肥、搓（so）草，將竭（kiȧt）地變作富（pù）地，本來道是「知其不可而為（uî）之（tsi）」兮精神；而且想卜在不毛（môo）之地，在一片洪流（hong）兮文學土也，披荊（king）斬棘（kik），開闢（phik）草（tshó）萊（lâi）；在自己兮土地，擂（luî）家己（kī）兮鼓，拍（phah）家己兮鑼仔，舞出台灣新文學兮大旗，嘛（mā）也使（sái）講是一派兮天真。唯（uî）無夠有，迄（hit）是一條白

鹽鋪路，非常鹹（kiâm）澀（siap）兮旅途；咱兮老前輩郭水潭、吳新榮、林芳年、王登山、徐清吉、莊培初、林清文，無閒（îng）咧（leh）播（pòo）種，掖（iā）秧仔，無閒咧（leh）駛（sái）牛犁；無閒咧（leh）向土地下（hē）願，向大海宣誓（sè），無閒咧招軍買馬，組織「青風會」「台灣文藝聯盟佳里支部」，無閒（îng）咧（leh）服膺（ing）健康兮寫實主義，創作土地兮文學。遮（tsia）咱敬愛兮文學前輩，唯（uì）1932年起，互鹽分地帶，帶來四十外冬兮春天。迄個時陣，鹽分地帶鹽分文學，名聞遐（hâ）邇（ní），會使（sái）講是頂港有名聲，下港有出名。南來北往，台灣文學界兮朋友，甚乜（mih）儂無想卜來鹽分地帶行行踏踏咧（leh），鼻一下仔鹽味兮文學！？台灣兮（ê）善男信女，無來南鯤鯓朝（tiâu）拜兮可能誠少；共（kāng）款兮、台灣兮文人，無來拜訪鹽分地帶即（tsit）塊土地兮，可能亦（a̍h）真少。聽老勻（ûn）兮咧（leh）講，鹽分地帶兮龍頭吳新榮先生厝裡（lin）不時有儂客，套一句漢文，會使（sái）講是「座（tsō）上客（khek）常滿（buán），樽（tsun）中酒不空（khong）」。佫（koh）恰（khah）趣味是：吳新榮先講醫學是伊兮某，文學則（tsiah）是伊兮搭（tah）心兮；所以若（nā）有文學界兮朋友來揣（tshuē）伊（i），伊道魂不守舍（sià），無精神來看病儂啦……，這（tse）道是文學兮迷儂啊。

　　囡（gín）仔時代，迎（gîng）接微（bî）微吹來兮海風，跤（hka）踏佳里興暗頭仔夜色卜（beh）來兮牛車路，懵（bóng）懵懂（tóng）懂，當然唔（m̄）知即（tsit）塊土地曾經有兮文采風流。暗時仔，佇（tī）佳里興廟埕（tiâⁿ）手摸（bong）廟門兮兩隻石獅，目珠（tsiu）金金看「五洲園」咧（leh）演布袋戲「紅巾、烏巾」，當然迄（hit）陣小鹿仔兮年紀，是唔（m̄）知即（tshui）塊土地「不

平凡」兮身世。實在太細漢，唔知三、唔知兩（nňg），喙（tshuì）裡唸「來來來，來上學」兮路裡（lin），實在唔知影跤（kha）踏兮是台灣文學兮重鎮「鹽分地帶」——一直夠讀嘉義師範三年，因為佇（tī）《笠詩刊》發表一首〈三月〉兮現代詩，參前輩詩人桓夫（陳千武）先生通批，則（tsiah）（才）讀著「鹽分地帶」兮名字，則（tsiah）（才）知影我來自鹽分地帶，是諸（tsu）羅（ló）縣治（tī）兮文化地。

師範畢業迄（hit）一年，來府城參詩人林宗源熟（sik）似（sāi）；有一擺（pái）鬥陣去拜訪詩人白萩（tshiu）。白萩問我佗（tó）跡（jiah）儂，我答講「佳里儂」，白萩隨共（kā）我講：「噢（òo）！佳里儂，佳里自古道滾一個岫（siū）！」啊，甚乜（mih）岫，當然是文人兮岫（suī）。嘻（hi）嘻，即款兮言語，怎樣𣍐（bē）互我暢（thiòng）甲、爽甲、歡喜甲強卜（beh）擋𣍐稠（tiâu）！即（tsit）個岫（suī），戰前有出過吳新榮、郭水潭、徐清吉、王登山、莊培初、林芳年、林清文諸（tsu）位前輩，戰後即（tsit）個岫嘛（mā）是人才輩出，有出林佛兒（林清文先兮公子）、楊青矗（thiok）、鄭烱（kíng）明、黃勁（kìng）連、羊子喬、小赫（hek）、陳益裕、吳鈞（kau）、林仙龍、周梅春、蕭郎、涂順從、黃文博……，鹽分地帶兮文學親像香（hioo^n）煙連綿（biân）不斷，親像番薯落塗（thôo），枝葉代代澶（thuà^n）！

在台灣土地兮頂面，鹽分地帶真正是一個奇跡（zik），汝（lí）看；在鹽分兮竭（kiat）地卜（beh）參鹽分對抗，來種甘蔗；甘蔗雙頭甜（ti^n），甘蔗花白文文；蕭壠會社兮煙筒徛（khiā）佇（tī）咱兮土地，不時放出來甜（ti^n）甜甘甘兮糖味；火車交甘蔗，喘phè^n-phè^n駛（sái）過鹽分地帶，將風中兮糖味拋（pha）送互吾鄉兮子民；

這（tse）唔是異數？這（tse）唔（m̄）是奇跡!?1930年左右，一岫（siū）天真兮靈魂，滿腹（pak）兮熱情，裼（thǹg）腹（pak）裼（theh），佇（tī）日頭光裡（lin）開闢草萊；放速（sak）舊文學，以新兮覺醒新兮觀點，來創造新詩、創造新文學；在咱（lán）兮土地咱兮田園，種作（tsoh）台灣新文學兮早春；竟然五穀豐收，詩、散文、小說一篇一篇來出世（sì），豐富台灣兮文學。小小兮鄉鎮，竟然出產迹（ziah）爾（nī）濟（tsē）文人，捌（bat）讀過文學史兮我，馬上道想起清朝兮「桐城」、「陽湖」；我實在是不止仔（á）驕傲啊！子良廟兮文人林芳年先定定共（kā）我講：「我是靠驕傲咧（leh）生活兮！」是啊！我來自鹽分地帶，我兮五臟流著鹽分地帶兮血，我兮六（liȯk）腑會（ē）聽著大海兮潮音；做一位新生代鹽分地帶兮作家，怎樣膾（bē）驕傲？想卜（beh）將咱兮驕傲傳落（lȯh）去（khi），快馬加鞭（pian），向前衝，衝出一段轟轟烈烈兮旅程？

　　來自田（tshân）塗（thôo），一定回歸田塗；來自鄉土（thóo），一定回歸鄉土；汝（lí）看半空中兮樹葉總是叫著土地兮名字，想卜「葉落歸根」轉（tńg）去伊兮母土。徐（tshî）志摩（môo）講：「健康兮是離膾（bē）開母親撫（bú）育兮囡（gín）仔」，我是深深相信兮；母親佮（kah）故鄉兮概念是結肖（sio）連兮，我嘛（mā）會使（sái）講：「幸福兮是離膾（bē）開故鄉兮囡（gín）仔。」咱想看覓（māi）咧（leh），即（tsit）個世界有幾個儂會（ē）當驕傲兮來講——阮無鄉愁！？離鄉背井，唱「黃昏兮故鄉」唱甲目屎流目屎滴，怎樣會（ē）無鄉愁？我真正幸福，我來自佳里，來自鹽分地帶兮第一大都市，我無鄉愁；假使若（nā）有兮話，干礁（ta）四點鐘兮遊覽車旅途，我道有法度來治療我兮鄉愁。

在即（tsit）個時常落雨，時常愛帶雨傘兮都市，在即（tsit）個隨時愛關門愛鎖門，帶鎖（só）匙（sî）出門兮都市，即（tsit）個薰（hun）味、酒味、粉味滿滿是、互我墜（tuī）落兮都市，烏煙毒氣滿滿疑，互我三更半冥猶（iáu）是睏䖙（bē）去，互我偓（ak）促（tsak）兮都市，我真嬗（sāin）！我兮心不時咧（leh）唱陶（tô）淵（ian）明兮「不如歸去」！是啦（lah），我是佳里儂，我隨時卜（beh）轉去佳里，參鹽分地帶兮朋友鬥陣。我上蓋討厭迄（hit）種唯（uì）城市來兮觀光客──誠聳（sàng）勢行過鹽分地帶兮風景線食海產，啉（lim）虱（sat）目魚湯，一下（ē）仔喙（tshuì）拭（tshit）拭咧（leh），趕倒轉都市；來也匆（tshong）匆，去也匆匆。我即（tsit）次轉來，一定嚴格要求家己（kī）變成一叢苦楝（līng），深深釘（tìng）根店咱兮土地，唔（m̄）佫（koh）離開。

——1975年5月23日寫佇將軍漚江，後來發表佇《自立晚報》副刊；
1985年3月20日，水潭先生出山兮日子，以台文重寫。
——選自黃勁連《潭仔墘手記》，台北：台江出版社，1996年

黃勁連

台南人。成功大學台文所畢業。現任《海翁台語文學》總編輯、金安台文研究室主任，曾獲南瀛文學獎、榮後台灣詩人獎等。著有《潭仔墘札記》、《雄雞若啼》、《潭仔墘手記》、《黃勁連台語文學選》、《台灣鄉土傳奇》《天送伯也》等。

吳僕射＝攝影

發現北汕尾

黃徙

四草湖，沙中海，溪流運土，翻沙沉埋；
北汕——鐵板交橫，南汕——七珠列彩，
港嘴闊欱欱（hai）。

台江風雲

炮聲響起北汕（suàⁿ）尾！台江風雲倡倡滾！鄭成功的一小步、台灣歷史的一大步——對鹿耳門踏出來！白鴿鶯伊有看著、亦有聽著，置三百三十五冬前。

1661年4月30，鄭王佮（kah）荷蘭的大決戰，是改變咱台灣歷史、改變咱台灣人命運的一個轉（tsuán）捩（lit）點。這是西方列強，第一擺置東方國家的大失敗！亦是咱台灣第一擺戰贏外來政權的史實！

而彼段歷史故事呢？看鹿耳門的溪水恬恬咧流……問風有聽過、問雲有看過。而彼個古戰場呢？看菅芒翻身過、看番薯開花過、看林投、紅樹、客鳥……攏總有輸贏過！一個所在叫作北汕尾。

北汕尾是古早台江內海的一個大島嶼（sū），亦是目前台南市安南區四草里到媽祖宮，這個所在主要置四草大眾廟後到天后宮古廟址一帶。

置茲（tsia），古戰場的海堡崩過、荷蘭兵將的紅毛骨頭埋過、竹排港流過、先民的血汗水流過！

血汗水流過紅樹林、流過鰲金局、白鴿鶯林、流迴鹽田、漁塭仔，到廟埕，流入去鹿耳門溪、流入去台江海翁堀。置溪底、置江中、置海面，攏總有浮盪（tīng）起這段故事佮歷史，白鴿鶯有看著、伊亦有聽著，置三百三十五冬前到現在。

茲一切的一切，對咱細漢囝仔佮學生講起，宛然一種新發現，親像一條誠生疏的校歌，甚至，無人攔再唱起！干單有白鴿鶯開嘴咬譜，期待台江風雲再起。

被遺誤的島嶼

郡王，自汝離開了後，台江風雲漸漸散、鹿耳春潮漸漸退，連帆（phâng）過盡，無人擱再看起江中的大海翁結伴游來游去，無人知影為什麼自漚汪、馬沙溝到二仁溪的台江內海，盍（khah）啊干單偆一個四草湖安呢爾爾（niā）？

郡王，自汝離開了後，阮循（sûn）著汝的跤跡，沿鹿耳門溪、台江畔，來到赤崁樓、安平古堡，來到汝的祠堂，攏總走揣（tshûe）無答案：是安怎荷蘭遺誤了北汕尾島，而汝也佔無幾年擱將伊放棄昧記咧？

而且，日後施琅、朱一貴、藍廷珍、蔡牽等等，無論是英雄豪傑（kiàt）抑是海賊，攏總全款——來去也北汕尾、勝敗也北汕尾、愛恨也北汕尾，這真正是一個被遺誤的島嶼！

1627年，荷蘭的第三任總督認為伊的主要城堡熱蘭遮，起建在大員島本土上是錯誤的選擇，所以開始置北汕尾島起建熱勿律非海堡，用意在北控府城天險的鹿耳門港、南制大（tāi）員（uân）港、西防烏水溝大海、東守整箇大台江！可惜熱勿律非堡置1631年完成了後就被風颱大水沖倒，造成三十年後鄭成功的登陸、佔領佮戰贏。

1840年，姚瑩記得了歷史的教訓，趕緊起建規模真大的炮台，一方面防制當時鴉片戰爭的英國海軍，一方面守護台灣府城的安全。這個炮台就是目前的二級古蹟「鎮海城砲台」，如今，雖然上上下下載滿了一帆一帆的百年老榕樹，但是擱親像規排永遠不沉的戰艦，老神在在守置北汕尾。

阮四草鄉親細漢作學生時，為了欲走空襲，就是時常攢（nǹg）入去砲台涵（ām）孔匿（bih）起來。彼時，砲台外爿（pîng）是

「草山仔」墓仔坡，墓仔坡全是林投、竹刺、紅樹……，算昧（bē）了的野花野草佮野鳥。

彼當時，「草山仔」的野生動植物種類誠（tsiãⁿ）是有夠儕，四箍輪轉團團圍著大眾廟。上出名就是「四草」名稱由來之一的草海桐，蓋特殊的當然是紅樹林，上蓋懸大的樹木是「客鳥」喜鵲作岫（sīu）的（木）麻黃，上蓋會匿紅冠雞、紅跤、青足、黃腿……百色百樣的野鳥佮水鴨，就是數量誠儕的喬木、灌木佮草本植物，親像：台灣海桐、林投樹、粿仔樹、馬纓丹、鯽魚膽……龍葵、鬼針、雞母珠，狗牙根、牛根草、鼠尾草、魚藤仔……永遠剷（tshan）除昧了、死昧了的海口茅（hm）仔草——菅芒佮苦針仔。

這款清清的野生草木互人思想起古早，府城人教訓查某子（kiãⁿ）時所講：「吓好好做，給汝嫁去菅芒海埔」！

可見無論是四草北汕尾、抑是安南十六寮內，海埔草地所在，先民的生活真正是艱苦歹忍耐！一個被遺誤、放棄昧記得的島嶼——客鳥想欲作岫、紅樹林吓敢作主的故鄉！

四草湖之美

四草湖，沙中海，溪流運土，翻沙沉埋；北汕——鐵板交橫，南汕——七珠列彩，港嘴闊欬欬（hai）。

1823年台灣風颱大水，曾文溪、蔦松溪、許縣溪將山洪暴發的沙土沖積落來台江內海，造成台南縣市將軍、七股、安南、西區、南區一線的台江水域陸浮成洲。

四草湖就是台江陸浮之後，所留落來的一個大潟（sik）湖，自大眾廟前到鹽水溪口，伊的港嘴置現在的四草大橋下，古早叫作大員港。

四草湖，鏡中海，鎮海城邊浮沙沉埋。四草湖亦是老幼鄉親共同期待的一個故鄉海，所以四草人攏擱叫伊是內海仔。

置這個故鄉海，海鳥、紅樹、遊客，不時徘徊，帆船、煙花、漁火，點點天涯，自古以來攏原在。

古早，鎮海城邊是草山仔，草山仔外邊有紅樹林，紅樹林外面擱有紅樹林，上蓋遠的四草湖內底，原在是紅樹林——無人知影到底是四草湖較大？抑是紅樹林較大？

紅樹林置世界目前有55種，置台灣有四種，置大眾廟、四草湖茲有三種——海茄苳、欖李、五梨跤，當然北汕尾島現在已經復育成功水筆仔、紅茄苳佮細蕊紅樹，因為北汕尾島原本就是紅樹林的部落、原本就是海上的公園。

紅樹林是啥麼？伊是發置海水浸（tsìm）昧死、生置鹽地上好勢的大樹木，是風吹日曝、食鹹、食苦攏吓驚——海口所在上蓋倔（khut）強的生命，親像阮四草討海人！

四草討海人，自古以來就是牽罟（kau）掠魚、掠虱目仔栽、鰻仔栽、飼蚵飼蝦，手起網仔落，網起生活的映（ǹg）望、網起世世代代的眠夢。

八（bat）音吹過土塪（pat）厝、八音吹過蕃（hān）薯（tsî）田、吹過塭仔溝、吹過樹尾飄落海底。這吓是安平追想曲的悲情，是四草湖之歌的真景！日頭落海、日頭上山，對湖面，向鹽埕、向府城，白鴒鷥攏總有看著、亦有聽著。

轉來北汕尾

如今，作塭仔、曝鹽、望天、看海的鄉親，目睭金金看，沿海公路的車流一波擱一波，喇叭聲一陣擱一陣，親像台江風雲再起。

台南科技工業區宛然一隻地牛咧翻身，阮的土地一斤一斤秤（tshîn），原來的鹹水變黃金，古早勤儉討趁的鄉親，歡喜心情有淀無淀迭見面。

四草野生動物保護區，希望水鴨、水鳥、紅樹佮遊客，攏總一見如故、互相照顧，因為萬物眾生原本就是一個生命共同體，咱攏是台江的子弟！

雖然講茲是客鳥的故鄉、是紅樹林的部落，但是，轉來到北汕尾，大（ta̍t）家（ke）呀（m̄）是人客是家（ka）己（ti）！親像白翎鷥咧飛、咧看、咧聽、咧歇（hioh）、咧淌（thuâⁿ）、咧呼喚！呼喚咱轉來……。

轉來北汕尾！轉來台灣人心靈的故鄉！這是咱的夢想。

──原載於「蕃薯詩刊」第7集《台灣詩神》，1996年6月

──選自《台語散文一紀年》，台北：前衛出版社，1998年

黃徙

台南人，台江文史工作室負責人。紅樹林生態社會研究者、著有《海翁的故鄉》。

走揣惡地山河

吳正任　文／圖片提供

二贊行溪百轉千回，盤踅惡地山脈，
生成天險，鹹水埔、田仔垅、疊浪崎、戶碇嶺……迵（thàng）
羅漢門、龍崎、關廟……。

我定定紮一頁COPY本，百外冬前的古地圖，揹一台相機，有時駛車，有時騎oo-too-bai，轉去「惡（bái）地」（BAD-LAND），走揣夢中的故鄉。

故鄉的面腔，遐的山頭地角，生相無啥發草，誠濟所在光焱焱，有的所在，就親像禿（thut）頭鬃的頭殼皮，有的所在，敢若臭頭爛耳，一lui一lui，一khiah一khiah，有影歹看頭，嘛發袂出啥物經濟價值較懸的農作物。

Kiám-tshái，你足好玄問我：「彼款所在，有啥物好thok頭？想欲去行踏……？」我毋知欲按怎講起？對「惡（bái）地」的感情，因為遐是我埋藏胎衣（ui）的所在，有規年透冬，落園上山，骨力作穡的鄉親，佮細漢盤山過嶺，做伙讀冊，做伙迌迌的囡仔伴。遐的山崙，遐的溪水，照佇門口埕的日頭花，恬靜的暗暝，披落山崙的月光……一枝草，一欉樹仔……無所不至，無論　bái，無論歡喜抑傷悲，早就佮我身軀內底的魂魄，kap-kap做一伙，時時刻刻，魂牽（khian）夢繫……一切的掛吊，一切的葛纏，按怎pak都pak袂開……啥講遮號做「惡（bái）地」？世間上媠的風景，我想是一雙看啥物攏媠的目睭；尤其是咱出世成長的所在……。

這張地圖，是kap佇「大崗山地區古契約文書」內底，伊有標示台灣番界，清代里名，新港社，水雞潭社，佮尖山社分布地，主要範圍，包括：西爿uì大崗山起，東爿到中寮山脈〈外烏山山脈〉，南爿到燕巢雞冠山，番仔田；北爿到羅漢門，龍崎鄉，關廟，猴〈龜〉洞；攏標示古早地號名；làng一兩百冬後，伊佮這馬的地號名，完全攏無倩（siâng）款啦！我一直想欲瞭解，祖先辛苦拓墾生活的土地，數百冬來的變遷，閣看著冊內底按呢描述：「……約有80％面積，屬惡地形，土壤泥岩裸露……以栽植龍眼，綠竹，佮檳榔雜樹分布，徛佇山脊崙頂，

也難以辨認，隱藏佇山野的部落，佇台灣早期歷史記錄裡，經常是盜匪抑反亂勢力的聚集地⋯⋯」，遮的描述，並袂減損我對故鄉的依戀，顛倒加添我對故鄉「惡（bái）地」人文歷史愈厚的好玄，想欲轉去走揣探訪行踏的衝動⋯⋯。

我行進佇高14縣道，uì西向東，盤過大崗山，來到後山，路邊無明顯地標，干焦是路邊的電火柱，鐵牌仔標記「三和高分58」邊仔，一條約五米闊，幼石仔路起去山頂；這是採石運送小路，差不多成公里遠，就來到嘉新水泥挖礦的礦區，這馬遮已經予水泥公司挖成一跡大峽谷，嘉新水泥共大崗山開腸破肚，數十冬來，磅（pōng）石仔，採礦，山已經破相，中央留落一bok深ong-ong，闊茫茫的大坑谷，山跤四箍圍仔，水源已經枯竭（kiat），看著予人心疼痛；徛佇山尾溜，看uì東爿面，目睭飛過一層閣一層山脈，啊！誰講遐是惡地？我干焦想欲展（thián）開雙手，攬抱夢裡的山河，故鄉部落到底是覕（bih）佇佗一扇山脈後壁？細漢徛過的庄社，到底是罩（tà）佇佗一蕊雲下（ē）跤？

古地圖，干焦印向（hiàng）時部落的名，彼陣的路草，無可能像這馬tám-á膠，若有是牛車會駛得，人伐（huah）一大步遐闊的爛塗糜niâ-niâ。每一條小路嘛無號啥物路名⋯⋯我另外閣紮一張現此時南台灣路網圖對照，我行佇縣道高14，大崗山東爿山跤，uì「牛稠埔高分11」電火柱對面小路，落去30公尺，有一個細部落，號做「柑宅仔（kam-thé-á）」，古早遮規年透冬，水淹淹流，有人播雙冬，這馬，已經焦涸涸矣！「柑宅仔」徛無幾戶厝，差不多攏姓劉，我問一個歐吉桑，祖先uì佗搬來，伊講：uì「崙尾仔」搬來，以掘崗山坪，收農作物維生；有幾戶蜂農，飼蜂飼幾若十冬，攏變富額人矣；有影都著，遮起幾若抱樓仔厝，厝邊隔壁，龍眼結甲纍～纍～纍，莫怪大崗山的龍眼蜜，有遐好的風評；對遮的地名，我誠趣味，哪會號做「柑宅仔」？歐吉桑講：

向陣這個所在，有種柑仔。我心內暗暗咧想，遮的塗壤，氣候敢會合（haʰ）？敢會古早有一戶姓「甘」的徛佇遮？箍回高14，來到一條叉路，向北彼條是鄉道37；來到「後山高分101」電火柱邊仔，有一間地基主廟，遮古早號做「水哮仔」，路頂伐30外步，原本有一礴天然大硞砧的磨仔座，山頂水沖落來，通過磨仔心，閣跮落2～30公尺深潭，水聲傳數里，soo-pai號做「水哮〈吼〉仔」；進前無偌遠，「山豬氤」就覕（bih）佇正手爿山澳，uì「後山高分86」電火柱向東，落一個細崎，就是陳柏枝老先生的厝宅，伊保存有160外張古文書，其中有11張「新港文書」，年閣上久的彼張，是270冬前的「番漢契」〈新港文書〉。

陳老先生已經佇舊年初過身，我去「山豬氤」探訪彼工，陳家誠無閒，宗親叔孫仔，一大群，攏轉來佇舊厝大廳，出出入入；陳老先生的牽手〈劉女士〉，將近欲80歲矣！伊講：自嫁入作大稫的陳家了後，稫頭濟甲做袂離，soo-pai，人看起來較臭老，閣拄著這馬KMT政府刁難——國有財產局，來公文，欲迫in愛提出歷代祖先土地開墾，抑租pak，轉手過程的證據，閣做書面說明；劉女士講，真正拄著難題，開基祖佇遮徛起兩、三百冬矣！經過清朝佮日據時代，清庄過程，捌有一代，賭一丁活口，香火才閣傳落來，皇民化（神明升天）運動，日本人下令，祖先神主牌，愛繳出來燒掉；伊祖先偷偷共神主牌提去藏佇離厝無偌遠的一欉老橪仔橪樹頭空，無疑悟，有一擺熱天，風颱雨兼雷公爍爁（sih-nah），註死拍踮彼欉橪仔橪，出火，規欉樹仔煞燒甲斷半滴；神主牌仔攏變做火烌（hué-hu）！無當討天；彼工陳家出外的叔孫仔攏轉來，就是欲跮梧，問祖先，敢欲允准後代囝孫，共祀（tshāi）佇尪架桌頂的神主牌，予in拍開，抄錄生辰日月；劉女士怨嘆講：這聲今（tann）著火矣！愛寫一phō祖先開發史矣！

趄uì朝元寺後面小路跬起去，會當通石母乳，一線天，天然岩洞；

「……約有80％面積，屬惡地形，土壤泥岩裸露……以栽植龍眼，綠竹，佮檳榔雜樹分布，徛竹山脊崙頂，也難以辨認，隱藏佇山野的部落，佇台灣早期歷史記錄裡，經常是盜匪抑反亂勢力的聚集地……」

大片崁崖，遮罩茂茂（ām）的樹藤，有猴群，uì一欉樹仔幌過另外一欉樹仔，大山崖，攏是鐘乳石；落來原37號鄉道，向北無偌遠，正手爿路邊，「埔頂高分1」，路足細條，落一個大崎〈約500公尺〉，近牛稠埔溪邊，出現一口足闊的大埤，埤內底飼欲數千隻的鴨仔咧泅水，一個老歲人，佇邊仔款飼料，我共請問：「毛柿腳」是佇佗位？歐吉桑應講：遮就是「毛柿腳」矣！我有疑問，閣共問：是「毛蟹腳」抑是「毛柿腳」，抑是「蜈蚣腳」？遮三個名，台語音足接近；歐吉桑講：古早，大崗山四箍圍仔，水泉豐沛，你看路邊一港水泉，我共拊入水埤仔內，澹濕的山溝，四界攏嘛有細隻毛蟹，我想是「毛蟹腳」較著喔！M̄-koh，這張圖頂面印「毛柿腳」，敢是這個所在，古早有規片（phiàn）「毛柿樹」？這款樹仔，敢是台灣本地樹種？這馬附近，奈〈哪會〉攏無看半欉？我心內浮出另外一個答案，既然規年透冬澹濕，上勢生蜈蚣，應該號做「蜈蚣腳」才著喔！

　　抑「頭水仔」，位佇這馬「田寮國中」下跤，有可能是熱天，大雨來的時，山溝雨水佇遮匯聚，成做澎湃水頭，流入二贊〈層〉行溪，溪埔到遮，闊lóng-lóng；秋天的時，規個溪埔，蘆竹花開甲一大片，白茫茫，親像天頂的雲。

　　清，台灣縣舉人陳輝，春天的時陣，uì「二贊〈層〉行溪」經過，就寫了一首詩〈用台語吟唸〉：

　　　竹橋平野路／春水漲清溪
　　　風靜寒沙闊／煙濃遠樹低（te）
　　　青蕪喧海燕／碧岸叫村雞
　　　為語南遊客／應知慎馬蹄

春天的雨水，共溪流漲申滿～滿～滿，風若較平靜的時陣，會當看著規片冷冷寒沙，非常曠闊……。青凜凜的溪岸邊，嘛有聽著庄仔內，雞仔咧啼的聲音……咱會當想像，兩百外冬前，遮附近庄跤人，生活清閒的心境。

徛佇「頭水仔」看去，溪對面彼爿是「瓊仔埔」，田草崙，「南二高」跨過二贊行溪沿「山蟉岫」，大崎頭，鹹水溝（因為沿路兩爿，攏是海銀塗，有鹹分），田寮庄，水雞潭社，南勢湖（澳），nǹg過1858公尺長的「中寮」磅空，出嶺口……。

我翻頭，沿挓才來（後山）的路khau倒轉，向南，三公里長的「崗南路」（電火柱標記「後山高分」uì 1號到116號）；佇太平洋戰爭進前，日本人倩台灣人民工，佇「後山」這馬崗南路電火柱，第35到55高分，這節硞硞石山壁，挖20～30口磅空（戰時覕掃射的防空壕），這馬有的已經塌陷，有的猶閣好好，軍方有佇磅空口，用鉛線網圍起來。

沿高14縣道，向東成公里，就到「牛稠埔」，向時，這個所在，飼足濟牛，透早規庄的牛，攏趕去草埔食草，規條路kheh-kheh-kheh攏是牛陣；閣進前到「牛屎崎」，頭條崙，路愈來愈uan-uan-uat-uat；兩爿攏是海銀塗，正手爿是百外冬的竹林，竹椏密䀿（tsiuh）䀿，有的閣橫倒佇遐，葉仔焦lian；倒手爿是懸lòng聳，閣直bùn-bùn的百年胭脂欑（柚木），soo-pai，這節路段，號做「胭脂崎」，（古早庄跤，見若起瓦厝，塗墼厝，抑草厝，攏剉胭脂欑做樑柱，足好勢！）閣入去，二（jī）條崙、三條崙……路親像七～八個S形相接，幹（uat）過來幹（uat）過去，遮號做「牛路彎」；早年客運咧走，一工三～四逝（tsuā），攏載山裡通勤的學生，這馬，山內貼（tah）底的少年人，攏搬去市內，賰老歲人守（tsiú）佇山裡，顧山坪，拄著歇睏，晚輩才會uì都市轉來，看序大人，阿公、阿媽；客運一逝載無幾個人，閣攏是免

費優待的老歲人，我共看迌（tshāi）佇路邊的客運車牌頂懸，貼一張告示：「本路段由縣府補貼」，若無按呢，車幫定làu空逝，客運了錢穩當停駛。拄著山內老歲人欲出門欲按怎？

「牛路彎」，鹹水溝、田寮、崙尾仔、田草崙，遮部落之間，有一個闊long-long的大峽谷，是千萬冬來，風雨侵蝕作用，自然生成，四籬圍仔，介成一tè拍破去，缺（khih）角的大碗公，古契文書頂頭出現「拍破碗」地名應該就是這個所在。

經過「埤仔尾」，遮有叉路迵「田草埔」、「朝天嶺」，這馬，遮號做「太陽谷」，山脈尖塍塍，利劍劍，親像「月世界」；這條小路會當上（tsiū）「中寮山」通溪州、旗山；前人過「朝天嶺」有留落詩作：

　　不識朝天路／天門半面遮

　　出谷飛煙薄／穿林度日斜

　　崖崩迂客路／木落見人家

（可見「朝天嶺」比「月世界」、「羅漢門」、「尪仔上天」惡地山脈，閣較絕險。）

我順高14道路，經水雞潭（田寮七星村）社，原本路邊的下瓦厝，起幾若抱樓仔厝矣！路邊原本有一抱70～80冬的日本警察宿舍，狹閣長，暗sàm的下巷，有我佮囡仔伴，耍覕孤揣的記持……眼前所見，老一輩的鄉親，老的老，過去的過去矣……少年輩，生份的生份……講袂出的滋味……過田寮，大崎頭，彎向西，到「山蚵（hô）岫」，遮有叉路，正手爿迵（thàng）「內冬獦蚋」（原平埔族語，音譯），倒手爿，迵「外冬獦蚋」，茄苳湖，通古亭；日據時代，田寮庄役場，衙門，就

是設佇「外冬獦蚋」；我「多桑」佇庄役場食頭路，毋管透風落雨，攏愛用步輦（lián），行佇惡（bái）地山崚，兩爿攏是溪崁險路，一工兩擺，一逝愛行咧點外鐘才會到。

斡（uat）向西，經大崎頭「山蟓（大田鼠）岫」，過崗安橋，上（tsiūⁿ）崎就接鄉道37，接崗山頭，到遮，我已經共古地圖二贊行溪南爿踅一liàn；這馬，咱行縣道184，西爿uì台南通阿蓮、崗山頭、狗氳氳、月世界、古亭、拍獵埔（鹿埔）、百貳崁（這個所在古早號做「藺坡嶺」（割卵葩嶺《鳳山縣采訪冊》），uì「拍獵捕」跮（peh）過重重thah-thah惡地山嶺到「銀錠山」這節崁坪小路仔），前人經過這個所在，嘛有詩詞留落來：

> 踯蠋藺坡嶺／獨行無我群
> 雞鳴茅店月／人步碧宵雲
> 野樹蒼煙斷／殘更古戍聞
> 斜岐鹿跡痕／曉色馬頭分

這節險嶺，本底就無啥人煙所到，因為經過「拍獵捕」（這馬地名號做「鹿埔」），soo-pai有發現鹿仔的跤蹄痕，抑若□上「百貳崁」（割卵葩嶺），就到「銀錠山」（山形像一錠元寶，閣愈成馬頭，今名「馬頭山」），遮會當通羅漢門（內門）佮番薯寮（旗山）。

到遮，踅翻頭184道，古亭坑（古亭）段北爿，落溪崁是「甕菜壠」，遐四界攏是百年竹林，蓊sà-sà，幾若條叉路通四界，西北爿有大片竹林，茅草山，二贊行溪百轉千回，盤踅惡地山脈，生成天險，鹹水埔、田仔墘、疊浪崎、戶碇嶺……迵（thàng）羅漢門、龍崎、關廟……；我定咧想，當年朱一貴民變，民兵無定（tiāⁿ）是行這條暗路，出

184箍uì後山（大崗山東爿37鄉道），沿山跤，高14縣道，潛（tsiâⁿ）過前山，攻崗山汛，搶軍械，才閣轉北攻府城。

翻頭轉來到「三層崎」，（南二高田寮交流道東爿）幹向北，經新路仔、埔仔尾，迵「松仔腳」，湖（澳）里，出龜（猴）洞迵關廟；松仔腳佮澳裡，這兩個部落，猶屬田寮鄉西德村13鄰，是田寮鄉境內，上落尾漢化的平埔族；因為南二高經過，這兩個部落，規村徙（suá）遷過溪北田中村（屬關廟鄉）；佇彼個所在，路邊猶閣看會著平埔族（西拉雅）公廨。若有人欲去松仔腳、澳裡，愛uì「田中央」（田中村）田大路入去較近，田大路兩爿民家，這馬已經是番漢混居，m̄-koh，uì面路仔皮膚目睭仁特徵，咱猶原看會出來，是SIRAYA的後代。這幾冬，平埔族正名運動，毋知有共in𤆬記得無？上驚的是in本身，明明就知影家己是平埔族群，m̄-koh，佇社會經濟佮時代的變遷之下，為著生存競爭，無ta-uâ，煞來隱藏家己的母語，綴（tuè）人講北京話，袂記得祖先予人改姓換名，失去原來名佮姓的族群，彼款無奈佮心酸，使人感慨佮同情。

一張古地圖，美麗的山河，是我夢中的故鄉！遐的一切，不時佇我的頭殼內盤踅；對於乳育我世世代代性命的母土，我永遠珍惜，感恩；畢竟，「家園」是咱性命的根源，毋管大抑細；狹抑闊；嘛毋管富裕抑散赤！

目一瞌（nih），搬徙來這馬徛起的所在，嘛欲30冬矣！m̄-koh，心肝穎嘛閣無法度土斷，「……彼爿山，彼條溪水，永遠抱著咱的夢……」（黃昏的故鄉）；逐擺，若聽著這條流行歌，心肝頭從而滾絞起來，嚨喉頭親像去予啥物物件窒（that）牢咧，講袂出喙的礙虐，全彼時陣，歌詞卻清清楚楚，堪袂牢，綴咧哼……「彼爿山～～彼條溪水～～永遠抱著咱的夢～～～」煞尾彼句「Heh～～e～～親像咧叫～我～～

啊～～e～～」，熟似的旋律，一擺閣一擺，若曲盤轉（tńg）袂過，佇頭殼內盤踅……。

　　回過神，才清醒，原來猶原身佇異鄉的都市……心內的稀微，若像無邊無岸的寂寞，uì四邊共我包圍……。

——選自《流·土地·戀——2009台語文選集》，

台南：開朗雜誌，2010年

吳正任

高雄人。成功大學台文所研究生。從事國中、小台語教學。獲教育部101年傑出貢獻獎。著有華文散文多冊，台語現代詩文評論集《車過牛路彎》。

蔡文章＝攝影

我永遠的184

林文平

冬天的184公路是一首詩，一首真純的詩，伊的色調是霧霧的藍。
平常時山堆攏籠一沿青翠的十八羅漢山，這馬攏罩佇曖昧的藍下面，
一座一座像羅漢的山，綴（tuè）我的車咧移動，
一款長輩序大疼護序細的溫暖，佇公路生湠，
予這首屬於寒天的詩，加添淡薄仔溫情，
這種詩景寒天才有，嘛是184公路才有。

　　真濟人講台灣是寶島,因為伊四季如春,足適合人踮。毋過,我並無完全認同這款講法。台灣確實是寶島,但是若講四季如春,彼是真粗淺的講法。想看覓咧,若準講有一個所在,一年週天攏是和風陣陣,繁花如煙像霧,一點仔變化都無,長期生活佇這款環境,勿講美感,著連一屑屑仔趣味嘛無。其實我一向攏承認世上的萬事萬物,一分一秒攏是變化的。變化無佇伊的大細,是佇咱有用心去察覺無。轉來下港教冊了後,這款感受愈深,嘛愈堅定。

　　彼年的熱天,殘存的鳳凰花點佇樹尾,佇炎日下一閃一熾,伴著蟬仔熱情的叫聲,袂輸咧歡迎我這個教育界的新兵。184公路是一條長長

的大索，將故鄉佮旗山結做伙，嘛注定我這段時間的人生風景。

會記得上班的頭一工，我提早出門，機車浸佇184公路的打馬膠路頂，一港風對面sìm過來，一種加「est」的清爽，佇我的毛管孔鑽來鑽去。我相信這港風毋是楚王獨享的雄風，但是此時此刻，這港風確實是我「會員獨享」的清風。這是摻一點仔荖濃溪的水氣，搧佇十八羅漢山的山壁，回摳轉來的風，熱天才有，嘛是184公路才有。

差不多和我仝沿的人，細漢的時應該攏有和西北雨走相逐的經驗，彼是真刺激的一種人生經驗，一世人攏袂放袂記得。佇遮，下課的時嘛不時會拄著西北雨。每擺過晝若拄著烏天暗地，我心內著有譜仔。經過幾擺經驗，我顛倒期待西北雨，因為用機車佮西北雨走相逐，彼擱卡使人難忘。俗語講：「烏雲飛入山，棕蓑提來幔。」鐵齒我，明知山有烏雲，卻向烏雲行，而且毋免棕蓑，嘛毋免雨幔，因為經驗共我講，西北雨落袂過田岸。定定佇烏雲罩霧、雷公熾吶的下晡，我機車騎咧，衝入烏雲，佮西北雨作戰。一開始，雨針鑿佇溫溫仔的打馬膠路頂，喰出溫溫仔的燒氣，遠遠的山景變成一座虛幻的「海市蜃樓」。漸漸雨針愈來愈粗，擱加上機車的速度，鑿佇我的身軀頂，略略仔疼，擱略略仔痲，袂輸予人針灸仝款，歸身軀當咧行氣。無偌久，雨停矣，我歸身軀的血路嘛扑通矣，擱看著予雨水洗甲清氣澹澹的山色，一港心涼脾土開清爽，唯心肝頭流過，這款享受是熱天才有，嘛是184公路才有。

白露以後，第一批來過冬的伯勞仔，佇蓮霧園內「吱」落一片一片的樹葉；菅芒手牽手，用白色的溫柔，共荖濃溪水隔佇遠遠外的遠遠。公路、蓮霧園、溪水，一層一層，構成一道無仝深淺的茫茫霧霧，予雄雄闖來的白翎鷥牽挽椆咧，一時間，分袂清是菅芒抑是白翎鷥咧飛，一種流動的美感，壓佇我的目睭，歸個天地攏罩佇我的心肝頭，這種感受，秋天才有，嘛是184公路才有。

「嬰仔嬰嬰睏，一暝大一寸」，人無可能一暝大一寸，但是公路邊美濃人種的薰仔（煙草），講一暝大一寸，彼絕對毋是誦古。二作收成了後無偌久，捋力的美濃人著相紲將薰仔種落去。薰仔這種作物真神奇，會記得才看薰農共栽仔種落去爾，無偌久著看一欉一欉薰仔相拚誰大卡緊。植物的生命力，受秋風吹抹，記錄佇一工一工柔軟的日頭跤，像這款生命故事，秋天才有，嘛是184公路才有。

古早人講：「12月風吹──痟甲無尾。」佇高雄山內庄跤，12月若講欲放風吹，我毋知適合無？但是我逐工騎機車佇184公路來來去去，著親像是公路放出去的風吹全款，干單一領風衣，著佇公路上逍遙。定定佇冬天起霧早起，公路特殊的氣味，清冷但是袂鑽骨，逼使我油門一直催，鑽佇濛煙散霧中，佮寒天的霧攬相倚，這種趣味寒天才有，嘛是184公路才有。

冬天的184公路是一首詩，一首真純的詩，伊的色調是霧霧的藍。平常時山坉攏箍一沿青翠的十八羅漢山，這馬攏罩佇曖昧的藍下面，一座一座像羅漢的山，綴（tuè）我的車咧移動，一款長輩序大疼護序細的溫暖，佇公路生湠，予這首屬於寒天的詩，加添淡薄仔溫情，這種詩景寒天才有，嘛是184公路才有。

開春了後，捋力的客家農民，薰仔挂才收成，田無放咧閒，佇公路兩爿的田早著播好矣。機車行佇184公路，兩爿水田親像鏡，美濃的山佮農舍攏做伙播佇田裡，予人分袂清是真是假，日頭出來了後，日光印佇田中，一四界金燦燦，一種滿載希望的感覺，唯心肝頭溢出來，184公路的春天掀開一年度的向望，予人一款扑拚的力量，這款力量春天才有，嘛是184公路才有。

春天應該是花開的季節，但是毋通向望這條公路有百花齊開的盛景，因為遮的春天干單有一款色緻──青。伊的青真特別，色緻的深淺

綴（tuè）距離的遠近變化，愈遠色緻愈深，著親像青色的染料唯山頂鍍落來，到上近的田園，色水已經真淺矣。車咧行，色緻深淺一沿一沿綴咧徙位，順序攏無改變，我從來毋捌感受著全一種色彩，因為深淺無全，形成這呢特殊的媠，這種媠春天才有，嘛是184公路才有。

　　這是十冬前的經驗，184公路已經改做省道，部份路段嘛hùn闊矣，我的兩輪oo-too-bai（機車）嘛改換做四輪的汽車矣，但是這條連接故鄉佮外地的大路，我永遠都毋敢放袂記，毋管時代風湧按怎改變，伊攏是我永遠的184。

——選自《泅‧海翁‧舞——2008台語文選集》，

台南：開朗雜誌，2009年

林文平

嘉義人，輔仁大學中文系畢業，曾任台語社刊《掖種》主編，曾獲海翁文學獎、教育部文藝創作獎、教育部閩客文學獎及2011年教育部推展母語傑出貢獻獎，現任教職。近年來大力壯遊台灣，創作大量的地誌詩。著有詩集《黑松汽水》、《時間的芳味》、《用美濃寫的一首詩》，編有《台灣歇後語典》，部落格「下港的風‧詩響起」。

客語篇

攝影=翁翁

蘇佳美攝影／「我的母土‧風情萬種」攝影比賽入選

行寮社仔島

胡明華

我試著逐擺來這位騎腳踏車就盡鬆爽盡自在，
所有愁慮就豁淨淨了；
伸著目珠前青青个山、涼涼个風、定定个水……。

你做得欣賞觀音山、大屯山、紗帽山，落水天、出日頭時，烏陰天，無
共樣个時節有無共樣个美景，係有心情，乜做得停下來恬恬仔看等山，
做心靈上个交流。
潘桐錫攝影／「我的母土・風情萬種」攝影比賽入選

　　社仔地區係台北市士林區个一部分，因為有兩條河壩經過摎佢圍起
來，故所歸隻地區看起來就像一个半島，大家都喊佢「社仔島」。又因
為看起來像葫蘆，故所乜有人喊佢「葫蘆島」。

　　社仔島就單淨南片該角摎台北市土地相連，其他東片、北片摎西
片，總概合等河壩。西片該析係淡水河正手片，對岸就係新北市个五股
區、蘆洲區摎三重區；東片析係基隆河左手片，對面就係士林區个本體
摎北投區。淡水河摎基隆河兩條河壩在社仔島北片相合，跈等就流到大
海去了。係講你企到兩條河壩相合个地方，順等河壩看過去，就係關渡
咧，有名个關渡大橋就在頭前。

　　社仔島完全毋像台北市其他地區恁發達，顛倒較像山林壁壢角，可
以講係都市个「化外之地」。仰般講呢？原來，社仔島是台北盆地中開

發較少个地方，故所還保留當多老式个屋仔，歸隻社仔島个建築大部分也無幾高，尤其係喇礤脣頭，盡少看到大樓，摎台北市其他地區動啊著幾下十棧樓以上个情形，實在差盡多。毋過，這位有一棟兩棧樓个「三合院」，盡特別，摎一般个夥房屋無共樣，安到「李和興宅」，係其他地方看毋到个。

社仔島中央較鬧熱个地方，摎台灣其他各地个市鎮差毋多，平常有个街路啦、店仔啦、醫生館啦、廟啦，項項齊齊。這位个景色摎倕細時節戴个苗栗縣頭份鎮看起來有多少像，成下仔會分倕想到二、三十年前个生活。

聽講250年前清朝个時代，這位个住民係麻少翁社人。日治時代，日本人在西元1896年經過調查，這位正七戶人家，18男17女總共35位麻少翁社原住民。到1932年个時節，其中社仔庄附近總共正剩一戶三男一女个原住民，雖然無辦法確定該當時歸隻社仔島人口，毋過可以看出這位實在毋係麼个發展个所在。1950年以後雖然有兜仔工廠徙來社仔島，毋過，其中當多係違章建築。總講一句，社仔島在台北市裡背來講，實在無算現代化，乜無算鬧熱。這下个社仔島住民當多係台灣各地來个島內移民，也有兜仔在這戴下來以後，就將這片當作自己个故鄉了。

做麼个社仔島會恁無發展呢？有人團可能因為頭擺這位軋軋做大水。逐擺做風搓个時節，就會聽到社仔島浸水个新聞。聽講嚴重時，水會浸超過一樓恁深，大家愛走到樓頂正毋會分水浸到。吾朋友從細就戴社仔島，佢講「浸水」表示抓得到魚仔、蝦公，還做得搞竹排，講無人愛信，這種情景，係當多人還細時節盡好搞个事情！一直到西元2000年也就係十過年前，台北市政府在這位增加二十零隻抽水站摎臨時抽水機，還過起加好多石礤，浸水个問題正定定仔改善，又還有「員山仔分洪道」做好啟始使用，這下社仔島既經毋係頭擺个「水鄉澤國」咧！

這恁久放寮日，𠊎輒常騎腳踏車遶石𥕢肚个社仔島，歸路項看得著樹仔、田坵、菜園，還有一間一間个老屋摎工廠廠房，感覺像在庄下遶寮，又像來到沒落个工業細市鎮。除忒車仔、腳踏車摎遊客，看毋到幾儕人，係講到臨暗過後，該就還哪偏僻了。

以上講个，係社仔島石𥕢裡背个景象，這下大家知盡多个係社仔島石𥕢外背个景象。

2004年以後，台北市政府為到配合興建「河濱公園河岸腳踏車步道」，在社仔島做幾下種建設，2005年完成社仔島環島腳踏車路，續下來過一年「百齡橋腳踏車牽引道」完工通行，這種種个建設使得社仔島變成當有名个觀光勝地，尤其對好騎腳踏車个人來講，社仔島腳踏車環島遊覽算係時行个路線呢！

係講你有機會騎腳踏車搞寮，奉勸你一定愛記得社仔島環島腳踏車路。這條路總共17公里零，全部係在石𥕢頂，比一般平面个腳踏車路，看得到還較多个風景，做得同時看得到石𥕢裡背摎外背个風景。

你做得欣賞觀音山、大屯山、紗帽山，落水天、出日頭時，烏陰天，無共樣个時節有無共樣个美景，係有心情，乜做得停下來恬恬仔看等山，做心靈上个交流。

你做得歸路欣賞淡水河摎基隆河，毋管先淡水河再接基隆河，或者顛倒過來，在若旅程項，河壩總係摎你作伴。河壩水定定仔流，你，輕輕鬆鬆仔騎，所有个愁慮，毋多知仔就分流水帶走了！

你做得欣賞歸路个花、草、樹仔，這位有出名个「水筆仔」，還有當多當多靚靚个花，𠊎無辦法同你紹介，因為𠊎就知惜花，毋知花名。

你做得欣賞天頂飛來飛去个鳥仔，𠊎分毋清哪種鳥仔安到麼个名仔，毋過，𠊎看著佢兜靚靚个身影，心肝肚感覺這世界个偉大。講無一定，你乜有共樣个感覺。

一直到西元2000年也就係十過年前，台北市政府在這位增加
二十零隻抽水站擝臨時抽水機，還過起加好多石喇，浸水
个問題正定定仔改善，又還有「員山仔分洪道」做好啟始使
用，這下社仔島既經毋係頭擺个「水鄉澤國」咧！
黃敏毓攝影／「我的母土‧風情萬種」攝影比賽入選

胡明華／行寮社仔島

你也做得停下來，行兼河壩脣去寮，乜做得好好歇睏。路項有當
多景點，其中有一个你一定愛停下來寮个地方，就係社仔島「島頭公
園」。島頭公園就係淡水河擝基隆河兩條大河壩水相合个地方，係台北
市腳踏車路裡背唯一个河壩相合个景點，風景盡靚，有涼亭，有歸片青
幼幼仔个草坪，係臨暗時節，在這位看著天、看著河壩水，看著有幾下
隻愛轉竇个鳥仔飛過，實在盡鬆爽！

你乜做得看等該兜來來去去个騎腳踏車搞寮个人，希望你看得著
該兜人單儕人時个自在、戀愛男女兩人世界个滿足、屋下人共下時个和
樂，還有你自家个體會！

你乜做得欣賞無共樣時間个風景，日頭上山時，日頭落山時，逐種

景象都做得分人有無共樣个感受，做得豐富人生个回憶。

　　我試著逐擺來這位騎腳踏車就盡鬆爽盡自在，所有愁慮就豁淨淨了；伸著目珠前青青个山、涼涼个風、定定个水⋯⋯。

　　𠊎輒輒湊屋下人共下來這位行寮，乜希望逐儕都做得尋時間來這位騎腳踏車。你呢？你愛來去無？

胡明華

生於苗栗縣頭份鎮，東海大學法律學研究所碩士。2004年行政院客家委員會桐花祭「賞桐花、唱山歌」傳統山歌詞優選、臺北市客家文化競賽2010年「墨客・臺北」及2011年「百年・墨客」現代詩組優選。

橡棋林个故事

范文芳

來台祖，面對个係樹林、草埔、原住民、禽獸、蟲魚蛇蠍，
尋著可以耕作生息个土地，伐草、斬樹、割藤、挖地、作埠頭、開水圳……，
在裡種開墾冒險个年代，一等人定著係智、勇、壯三全个男人，
毋係讀四書、五經、尊師重道个書生，更加毋係包小腳、三從四德个女眷。

裡篇文字，係講一處客家莊，現下安做竹東，頭擺在地人喊佢橡棋林，地方誌書个記載，官方稱呼佢樹杞林。

橡棋林，在地客家人个發音，係siong-ki-na，其語意係當地生長當多个siong-ki樹个地點，講到愛樣形來用漢字書寫，並毋係在地民眾關心个事情，官方文獻想愛用漢字來記錄表述个時節，就由讀過四書、五經、三字經、千字文、百家姓、昔時賢文等等漢文个讀書人來記載，裡種讀書人，慣習用古文、漢字來了解語言，遇著民間方言，非漢語个原住民語，就容易發生當多誤解。

一般人受著中國文化个官方講法影響，過度簡單來認定，客家人係中國北方中原一帶个士人貴族，一再南遷。其實從人類歷史來看，遷徙个人口，無一定全係貴族，就算族群遷徙，也一定會同當地人通婚，生活習慣也會改變。

偃俚合理个推論，客家人在中國江南一帶，一定會受著當地百越民族，像苗、猺、畬、壯各族个影響，血緣上也有互相參同，語言上也有互相吸納。

因為歷史、地理个客觀條件，造成17世紀開始，有大量粵東一帶个客家族群，移民到台灣，尋求新个家園，建立家園之前，定著經過非常艱苦个開山打林過程。

偃自信，用合理个推論，可以講，當初來台个客家來台祖，無半途死亡，能夠開基創立家園个祖先，大體係性情勇敢，身體強壯，頭腦靈精个人，因為滿清个法令，又明文禁止粵民出海，還加不准攜帶女眷，可見400年前个大部分來台祖，絕對毋係典型个漢人，尤其毋係遵守儒家文化，文縐縐，讀四書五經个戇書生。

來台祖，面對个係樹林、草埔、原住民、禽獸、蟲魚蛇蠍，尋著可以耕作生息个土地，伐草、斬樹、割藤、挖地、作埠頭、開水圳……，

在裡種開墾冒險个年代，一等人定著係智、勇、壯三全个男人，毋係讀四書、五經、尊師重道个書生，更加毋係包小腳、三從四德个女眷。

講起17世紀當年，漢人移民來到北台灣，有一批來台祖，落腳到竹塹社，一步一步開墾到到卡斯平埔族个地盤，經過舊社、新社，順著豆仔埔坑、霄裡坑、鳳山坑、頭前坑拓墾到吧哩嘓、九芎林、頭重埔、二重埔、橡棋林，續等就直接踏入泰雅族个地盤，一條路前往內山个軟橋、上坪、十八兒，另外一條路向橫山、九欑頭、內灣、尖石，還有一條線路，經過大窩、面盆寮、北埔、南埔、番婆坑、月眉、褲襠埔到山豬湖。

講到橡棋林，大墾戶就算彭開耀，佢從九芎林來到橡棋林，當時頭前坑个河壩脣，植物有雞油樹、橡棋樹，人類就有泰雅族。

雞油樹，係講台灣欅木，樹葉仔有明顯个鋸齒，樹身暗紅色，又安做紅雞油。今日竹東火車頭面前一帶，還保存雞油林个老地名。

橡棋樹，講起來比較複雜。先從歸台灣个植物生態來講，從低海拔到中高海拔，殼斗科喬木係非常普遍又強勢个樹種，講著裡種樹仔，其名稱就非常多樣，中文學術名稱當然係根據拉丁學名翻譯過來，幾十種殼斗科樹仔，有青剛櫟、栓皮櫟、森氏櫟……福老人對裡種樹仔，稱做杜仔、厚栗、九欑，……，客家稱呼佢兜係柯仔樹，柯仔有盡多種，赤柯、狗欑、水柳柯……，因為粗樸个台灣人，有語言無漢字，結果青剛櫟就有多種寫法，交力、厚栗、九欑、狗力、九鑽、九讚、狗棘、校力……，語音接近gau-lat、gau-lit、geu-tsan，台灣人習慣用樹仔為家鄉安名，竹東就近个九芎林、赤柯坪、九讚頭、雞油林、柯仔壢，全係用樹名安地名。

客家莊个粗樸農家人，對滿片山林个柯仔樹，有盡深个感情，裡種樹仔，樹材強韌，係刀柄、钁頭柄、斧頭柄个上等樹材，同時也係種

香菇个樹材。對細人仔來講，其樹籽係細形个極樂仔，將極樂子加工打空，轉到當遽，就會發出hong-hong滾个聲音，竹東地區个孩童，稱呼佢響笐子。

橡棋樹籽，係硬殼个堅果，啄樹鳥、泡尾鼠都盡好食，日本民間也有拿來炒過，也係一級棒个栗仔。日本童謠どんぐりンろンろ所唱个內容摎竹東地區細人仔个童年經驗不謀而合。

客家人安佢橡棋樹，無安名極樂樹、響笐樹，毋知麼个原因，敢會係形狀像棋子？早期莊下人食飽特閒，有打棋子个娛樂，還有人用來賭繳，較文雅个人行象棋，較粗俗个人就打棋子——車馬炮，早期个棋子，用樹材做成圓形，直徑一寸个棋子。

橡棋，客家音siong-ki，福老音chiu-gi，用福老話來唸chiu-gi，可以寫成漢字樹杞、橡棋，官方文獻不論滿清、日本全用樹杞，故所官方地圖、文書慣用樹杞林，民間口語就保持橡棋林个地名。從生物學个角度來看，橡棋樹係殼斗科喬木，中文名青剛櫟，福老名九欑、柯仔，柯子樹籽，安做橡棋子，美洲人喊佢橡樹子，日本人稱佢棠栗、團栗，竹東細人仔喊佢響笐子。

樹杞，又係麼个樹呢？樹杞屬於紫金牛科，多生長於低海拔，也係當普遍个樹種，樹形多分枝，葉仔較像楠樹，其最大个特徵，係樹枝跌落以後，會留下圓形个疤痕，盡像圓形个棋子，其同科个灌木有春不老，現下當普遍種在路旁、公園圍籬，還有同科个九節木，客家人喊其山太多，另外一種近親係咖啡樹。

紫金牛科个樹種，其果子多醬果，鳥仔也當好食，除了咖啡經過加工研磨，其他紫金牛科个樹籽，比較毋好食。裡種樹籽，在粗樸个民間社會，比較無實用價值，形成地名个可能性較少。再往語言个方向思考，樹杞一詞，較像文人雅士个書面語詞，毋像民間通俗个詞彙，故

所，竹東个老地名，當地人喊佢橡棋林，官方文獻書寫樹杞林。

竹東，在新竹之東，早期民間自家所取个地名，係當多橡棋樹个園地。外來統治者，取名樹杞林，原係音誤，慢慢變成「管佢橡棋也樹杞，就係竹東个老地名」就好了。

范文芳

出世在新竹个竹東庄下，當時係日本紀元昭和十七年，文芳係日語Fumi Yoshi之漢字書寫。師大國文所畢業，曾任教中學、專科、學院等。

來去義民廟

黃仕毅

客家義軍為了保衛鄉土，並接受命令協助清軍，再過一擺出征。
這擺犧牲个義軍人數，也高達一百多人。
戰後，新埔士紳陳資雲等又將忠骸收集，
歸葬枋寮，增建附塚於總塚个左片。
今晡日大家在義民廟後山做得看到兩座墓塚，原因就在這位。

利用一個三月假期，到新竹新埔枋寮義民廟來行寮。

新竹縣个客家鄉親，係從廣東惠州府來个移民，佔客家移民總數个第一位。在今晡日个新竹縣竹東、湖口、新豐、新埔、關西、芎林、橫山、北埔、峨眉、寶山摎桃園縣个新屋、觀音、楊梅一帶最為集中。

二百五十多年前，恩个祖先因感於大陸原鄉生活困頓發展不易，違反清廷禁令，冒大海風浪吞噬个危險，先後渡海來台開墾。在早期个拓荒過程中，親族鄉黨自然群聚而居，大家集結人力，發揮團體个開發功能，受遍創業維艱个辛酸，建立自家个家園。由於時有盜匪摎未開化山胞侵犯，祖先為了長治久安，在庄頭四周築建河渠、種植蓁竹，做為防禦个工程；子弟壯丁愛勤練武術陣式，仿效原鄉團練个組織。這就係日後義民軍組成个武力基礎。

隨助清軍沿途追擊，進屯台中大甲，乾隆52年（西元1787年），清廷派陝甘總督福康安帶領十萬大軍登陸鹿港，會合義民軍，全力圍剿林爽文，決戰於崙仔嶺，再戰牛綢山諸役，幫助清軍作戰，功勞盡大。第二年一月，捉拿林爽文，二月，莊大田也捉到，戰事得到平息。

征戰中，犧牲成仁義軍先烈有兩百多人。林先坤公、王廷昌公等先賢，等到軍民回轉个時節，倩請牛車沿途收領忠義軍骸（有黑布為記），按算歸葬大窩口（今湖口鄉）。但係牛車經過鳳山溪後，牛仔竟然不受驅駛，經焚香禱告，並跌筊取決，悟解先烈靈感，再請名師勘驗，確認該隻坡地所在係風水當好个「雄牛睏地穴」。

故所徵得地主戴禮成、財成、拔成昆仲以其爸戴元玖公个名獻地，擇好日腳安葬合塚，這就係枋寮義民塚个由來。清乾隆皇帝知到義勇軍个忠勇衛士精神，特頒親筆「褒忠」懿旨，做為獎勵。

接旨後，林先坤公邀集地方領袖劉朝珍公、王廷昌公、黃宗旺公、吳立貴公等，倡議建廟崇祀，以慰先烈在天个靈。經多方奔走捐輸，在

乾隆53年（西元1788年）冬，奠基破土，到了55年（西元1790年）冬，完工落成，係為「褒忠廟」。到同治元年（西元1861年），彰化戴潮春個亂事，客家義軍為了保衛鄉土，並接受命令協助清軍，再過一擺出征。這擺犧牲個義軍人數，也高達一百多人。戰後，新埔士紳陳資雲等又將忠骸收集，歸葬枋寮，增建附塚於總塚個左片。今晡日大家在義民廟後山做得看到兩座墓塚，原因就在這位。

光緒21年（西元1895年），甲午戰爭，清廷戰敗台灣割讓分日本，到日治時代，日本政府在全省各地大量拆除宮廟。新埔褒忠義民廟本旦難保，但係客家人士一再陳詞，同時到東京請願，說明義民廟毋係迷信，係對祖先英烈事蹟個懷念摎敬仰，最後得到保存。當時個拓務大臣、台灣總督等，頒發獎牌褒揚，到這下，這兩塊牌區還掛在義民廟當中。同年，廟堂在戰爭兵戎浩劫之下，著火燒毀。光緒25年（西元1899年），張坤摎、徐景雲、傅萬福等人召集祭典區14大庄信徒，協議捐資重建，到光緒31年（西元1905年）完工。今晡日所看到個義民廟毋係光緒年間修建個原貌，因年久陳舊，在民國53年（西元1964年），興工修繕，面貌一新。

兩百零年來，新竹褒忠義民廟個祭祀範圍不斷擴大，每年農曆7月20日個中元祭典，輪值地區遍及桃竹兩縣，從道光年間個四大庄輪祭，到12庄，由12庄到14庄，一直到今晡日個15大庄，包含歸個新竹縣、市，桃園縣中壢市、觀音鄉、新屋鄉、楊梅鎮、龍潭鄉等19個鄉鎮市，參加個信徒來自全省各地，達到數十萬個人，場面盛大又感人。

枋寮褒忠亭義民廟，做得講係全台義民廟個總壇。廟內合祀三山國王、神農黃帝摎觀世音菩薩，每年農曆7月20日個義民節活動，當地15大庄輪值爐主祭祀，百年以來成為台灣客家人重大祭典摎信仰中心，平時香火鼎盛，堵到假日更加成千上萬個遊客前往祭拜、憑弔，還會到廟

後背花園郊遊行寮。香火鼎盛以後，義民廟藉等豐盛个廟產，義民廟也不斷地回饋社會，先係民國35年（西元1946年）在中壢創設義民中學，民國43年（西元1954年）遷校竹北，畢業學子已有數萬人；興學安邦，為國育才，貢獻當大。續下來發展觀光事業，提高古蹟个價值（民國76年（西元1987年）義民廟列為國家三級古蹟），也係義民廟近幾年來積極努力个目標。展望未來，祈求15大庄眾信摎義民中學校友，乃至於全國客家鄉親，愛本「義民精神」个崇高理念，共下為鄉土打拚奮鬥，團結致力於地方公益福祉，為客家古文化保存摎傳承，共下來進一步發揚光大，不負祖先開發耕耘个期望。

回程牽車該央時，看到路脣有人家曬柿餅，寒天來自大陸東北乾冷个空氣，配合溫暖个日頭，最適合製作柿餅，輒輒看到个有兩種，一種橘色外皮，一種白色外皮，有親像糖霜个結晶，兩種都好吃，這下來正係好時節。

講起來這係𠊎第二擺遊覽新埔義民廟，距離上一擺已經相隔20年。20年前，𠊎在台北上班，公司舉辦旅遊活動，前來新竹旅遊，義民廟係其中个一站。新竹人口以客家人居多，公司廠內員工異多客家人。記得當時遊覽這個地方，義民廟內，同事焚香虔誠敬拜義民爺，𠊎个心情有兜奇奇怪怪。當時後生，難免有所困惑。林爽文係閩南漳州人。林爽文起義，𠊎个同鄉想必也有不少死難者。20年後，再過一擺拜訪義民廟，心肚已無當年微妙个情結，𠊎虔誠个向義民爺頂禮致敬。二百多年前，閩客雙方都算係義軍，只係立場不同定定，無所謂著抑毋著个問題。人生个見聞愈來愈多，了解到面對土地个滄桑，愛互相體諒、同情摎理解，正做得化悲情為愛意，正毋會悲恨不停。這道理雖然真簡單，愛做到實在不簡單。

20年後，𠊎再度踏入義民廟時節，正清楚看到自家个成熟摎轉變。

黃仕毅

苗栗人。清雲科技大學國際企業管理系畢業。現任新北市客家協會執行秘書。

鄭光烽攝影／「我的母土‧風情萬種」攝影比賽入選

靈潭陂（北四縣腔）

徐貴榮

潭當闊，九曲橋行到尾，就係南天宮，
建築形式採用「閩南式」起个，
屋頂用紅瓦，屋棟用雙龍裝飾，屋簷較平有翹峨，
主神服祀關爺，二、三樓奉祀觀音菩薩、玉皇大帝，廟肚還有文昌爺、
三界爺、註生娘……恁多神明。
在廟坪前廣場還有一尊釋迦牟尼佛，迎賓山門脣也有一尊彌勒佛。

　　順等台三線，行入龍潭，安到北龍路，過再穿過市區，到同[1]神龍路交叉口，不管係直行向左片看，抑係[2]右轉神龍路向右片看，就看得著一口大陂塘，這就係人講个「靈潭陂」。係講[3]從關西來，遠遠在該「有妹仔莫嫁銅鑼圈，挷一擔水愛一晝邊[4]」个山頂看啊下，就看得著，在好天時，陂塘水搖搖激激[5]，金光唧爧[6]在該[7]歡迎您。

　　這「靈潭陂」就係龍潭地名个來源，因爭頭擺陂塘項[8]生到淰淰个羊角[9]，識安到[10]「菱潭陂」。聽講頭擺這隻大陂塘當深，南片有一隻噴泉，泉水空肚有一粒白石，逐擺陂塘个較淺[11]个時節，白石就會走出來，該時節，天頂就會落雨。故所到冬下無落雨个時期，潭水共樣做得保持一定个水量，絕對毋會燥戏。毋過，龍潭係高崗个所在，長透[12]會天旱，係講無水好食、無水好蒔田个時節，鄉民就會在這陂塘脣向天求雨，菱潭陂也大約怕係[13]聽得著鄉民个要求同內心个逼切，差毋多就係有求必應，無兩日仔就會落雨，故所，百姓試著[14]這「菱潭陂」當靈，慢慢就分人改到「靈潭陂」吔。

[1] 同：和、與。
[2] 抑係：還是，音ia he。
[3] 係講：如果、假使。
[4] 有妹仔莫嫁銅鑼圈，打一擔水愛一晝邊：「有女兒不要嫁到銅鑼圈，挑一擔水要半天」。因為地處高處黃泥台地，取水不易，固有此一諺語。
[5] 搖搖激激：遙遙蕩蕩。激，音gieb。
[6] 金光唧爧：金光閃閃。唧爧，音jid`lang。
[7] 該：那。
[8] 陂塘項：池塘裡。
[9] 羊角：菱角，因其形狀類似羊角。
[10] 識安道：曾經叫做。
[11] 較淺：水量較低。淺，音liam`。
[12] 長透：經常。
[13] 怕係：可能是。
[14] 試著：覺得。試，音cii。

聽老人家講，在恁多擺个求雨經驗發現，係講在陂塘南片入水口个大石頭係露出水面又無落雨，該今年就會大天旱。有一年，龍潭大天旱，旱當久無落雨，田裂泥必[15]，無水好食，鄉民無奈何，決定選一日黃道吉日，齋戒禮請法師在潭脣橋邊，登台祭天求雨來解天旱。在祭典个時節，鄉民又選一個清白、有力个後生仔，著麻戴孝去入水口該搭仔，同白石搖三下，希望搖醒這粒有靈性个石頭。講就無人愛信，有幾靈就有幾靈，第二日天時就烏陰起來，細雨就落等下，等到第三日，斷真落到浩洪斗雨[16]，天旱完全解除吔，大家歡喜瀝天[17]，實在感謝「靈潭陂」个保佑。故所，到今龍潭還流傳恁樣个一句俗諺：「靈潭深廣有白石，天燥地旱會出頭，披麻戴孝搖三下，事過三日降甘霖。」

過吔毋知幾久，又有一年，龍潭地區又堵著大天旱，這擺不管鄉民求幾下擺，就本本日日烈日，夜夜星光，雨就毋會落，禾仔曬到憔憔[18]，強強會燥忒去吔，大家急到像無鑊[19]肚个蟆公。「靈潭陂無靈咧！」「無水，仰格煞[20]？」再怨嘆乜無用，還係誠心求雨較要緊。經過鄉民、地方仕紳个討論，再擇一隻黃道吉日，大家齋戒三日，禮聘高僧來祭神祈雨。

講也奇怪，求雨該日，高僧法師个表彰上忒，鄉民个求雨聲，跈等香煙飄上天頂，毋知係人民个虔誠感動天公，抑係靈潭陂顯靈吔，好點點[21]一陣倒滾風[22]在潭中央滾起來，直上天頂，跈等烏雲慢慢仔在遠遠仔

---

[15] 泥必：泥土裂開。
[16] 浩洪斗雨：傾盆大雨。浩，音he´。
[17] 歡喜瀝天：高興得不得了。瀝，陰lag。
[18] 憔憔：缺乏水分而乾枯的樣子。憔，音ceu˅。
[19] 蟆鑊：燒燙之鍋，即熱鍋。無，音nad`。
[20] 仰格煞：怎麼辦，音ngiong gad`sad`。
[21] 好點點：突然間，點，音diam；又說「好恬恬」，恬，音diam´。

飄等過來，緊來緊烏，一色晴天無幾久仔嘎[23]變到天烏地暗，大家暢[24]到耐毋得。大聲喊：「天公聽著吼！會落雨囉！靈潭陂有靈了唷！」就在大家當暢樂个時節，又聽著潭項「轟」一聲，大家翻頭一看，看著潭肚竄出一條幾下丈長个黃龍，在潭裡肚緊滾，一時毋知係濛紗[25]，抑係烏雲，風越來越強，天也越來越暗，大家目金金仔看等這條黃龍慢慢仔飛上天頂，飛到濛紗烏雲肚項，跈等就落一陣大雨，解除天旱。過後，「靈潭陂」就分人安到「龍潭」呢！

龍潭鄉公所為著愛發展觀光，在民國60年个時節，就規畫水源灌溉同休閒个遊寮[26]區，逐年五月節在這辦划龍船比賽，人山人海，係一個當好个遊寮景點，也變成龍潭个地理指標。愛來龍潭大陂塘，做得從台三線刻有「觀光大池」个陂塘門牌區下行落去。盡先[27]看著个係一潭青綠个陂塘水，有當多人在該划船遊寮，有講有笑，自由自在。順等白色个九曲橋，行往入[28]過陂塘，係講企到橋頂，遠遠看得著西片析高高个奶姑山，南片个石門山；近近仔，陂塘脣菁菁[29]个樹林，高大莊嚴个南天宮，紅色个觀光吊橋[30]、望月橋、湖濱公園。

潭當闊，九曲橋行到尾，就係南天宮，建築形式採用「閩南式」起个，屋頂用紅瓦，屋棟用雙龍裝飾，屋簷較平有翹峨，主神服祀關爺，二、三樓奉祀觀音菩薩、玉皇大帝，廟肚還有文昌爺、三界爺、註生娘

---

[22] 倒滾風：龍捲風。

[23] 嘎：結果，音sa。

[24] 暢：高興，音tiong。

[25] 濛紗：霧，亦說「濛煙」。

[26] 遊撩：遊玩。撩，音liau。

[27] 盡先：首先。

[28] 行往入：往內走。往，音gong ˋ。

[29] 菁菁：青綠。菁，音jiang ˋ。

……恁多神明。在廟坪前廣場還有一尊釋迦牟尼佛，迎賓山門脣也有一尊彌勒佛。

從南天宮左手析，行過長長个紅色觀光線橋，就到湖濱公園。線橋兩片由六條紅色的纜索固定，企到線橋頂高，做得看著歸隻大陂塘个景致，臨暗頭，做得欣賞日頭落山時留伸个[31]光彩。湖濱公園經過龍潭鄉公所个規劃過[32]整治，這下變成休閒、娛樂合[33]觀光三大功能个旅遊景點。在陂塘脣還有中國古代無得志—屈原个藝術石刻像，也有毋管自家性命去救人个巫秀夫、音樂作家鄧雨賢个紀念館。

綠色遊寮行廊（休憩綠廊）較長條形，無幾闊，有划龍船比賽个時節，樹下做得分選手歇睏，陂塘脣就會坐到淰淰來看划龍船比賽个民眾。又還有分細人仔搞个[34]「兒童戲水區」，做得避免細人仔走到大陂塘搞水，發生危險，戲水池項還有放一個龍个形體，像生个樣仔，生活生趣[35]。

在陂塘个南片，有一座弧形个望月橋，造型當靚，紅色个橋身合[36]烏色个欄杆，看起來非常打眼[37]。望月橋毋會幾嶇[38]，做得分自行車抑係人行過去，係講愛欣賞歸隻陂塘景致，企到這座橋頂高，無定著還較適合。過再行落南片，還有一個「濕生植物池」，因為佢在內凹个水域肚項，三片又分竹圍包等，人較少去到，故所試著當恬靜、自然。

---

[30] 吊橋：苗栗說「線橋」。

[31] 留伸个：剩下來的。伸，音cun′。

[32] 過：以及。

[33] 合：兼，音gag`。

[34] 細人仔搞个：小孩玩的。

[35] 生活生趣：活潑有趣，音sang′vad sen′qi。

[36] 合：配，音gag`。

[37] 打眼：顯眼、醒目。

[38] 幾嶇：多陡。嶇，音ki′。

龍潭係一個客家庄，厥[39]人文景致同自然風光還當多，係講用這大陂塘做中心，做得騎自行車抑係駛車仔，遶遶四片析个客家農村文化，陂塘水圳，茶園風光這兜[40]。向北往埔心方向，一到「聖亭路」過行無兩百公尺，左手析就看得著客家人盡重視个字紙亭，安到「聖蹟亭」，這係上代客人燒化字紙个地方。這座三級古蹟「聖蹟亭」，三進空間，清光緒一年（1875年）起个，到今有兩甲子以上个歷史咧，從聖蹟亭頂个對聯題字，就知客家人特別重視文字、教育个觀念。客人過去毋係儕儕就有書好讀，字紙得來無恁該[41]，故所愛儉惜[42]字紙，客人相信字紙燒化過後，會「過化存神」，隻隻字都會飛到天頂去變神。

往南片順等神龍路，通過北二高橋下，接中正路，台3乙線，做得去十一份食「活魚」，抑係去石門水庫遊寮。石門水庫遠近出名，每到寮日，人客當多，一年四季，毋使管佢寅時卯時[43]，隨時就做得去。半路仔還做得幹落[44]三坑仔去，「三坑仔」去係有三條細坑仔合[45]共下得名个，聽講當年个大漢溪當深，船仔做得駛到三坑仔，三坑仔係客家族群貨品个集散中心，無論關西、竹東，抑係新埔、楊梅、瓤口个貨物都會運到這來出入。雖然這下沒落咧，毋過還有當多个客家人文資源同[46]田園景致，做得去該體驗頭百个客家文化。像老街兩片个店亭，信仰中心永福宮、黑白洗个洗衫溝、自行車道、石門大圳、百年石板步道、伯公

---

[39] 厥：他的。音gia´。
[40] 這兜：這些、等等。
[41] 無恁該：沒有這麼容易。
[42] 儉惜：節省愛惜。儉，音kiang。
[43] 寅時卯時：隨時，任何時候。
[44] 幹落：轉進。幹，音 vad`。
[45] 合：交會或聚集，音gab`。
[46] 同：和。

廟、青錢第、親水公園……就值得去寮，還有一座糯米橋，安到大平紅橋，有百過年个歷史呢！

　　係還有興趣，做得去中正路、中豐路、東龍路、大昌路、外環道這五條大路个交叉口，人講龍潭个怪屋—葉山樓遶遶啊咧！不管係從中壢中豐路來，抑係在大溪轉大昌路來，一入龍潭這五叉路口，左手析就看得著這棟特別个建築樣仔，所有經過个人，忍毋核[47]就會看佢一目。去過人講，行入葉山樓，滿哪仔就係頭擺个東西，三樓還有民俗文物展示，毋過樓梯彎彎靠壁無好扳，上到頂高看啊下，實在得人驚。這棟屋个主人葉發苞先生，佢自家一手設計、承包、監工，結合美感、繪畫、雕刻，用甚異[48]多錢，試著係建築最靚个藝術，實現佢細細仔个夢想。聽講起這棟屋个時節，一直遇著阻擋，無係土地禁建，就係錢毋罅[49]用，後來總算完成吔。葉山樓，一層一層仔做上去，做下[50]用樹仔，毋用鐵筋仔、紅毛泥[51]，有中國同歐洲个風格，毋過無麼个地理風水，屋頂用「艾菲爾鐵塔」个設計造型做收尾，看起來就怪怪。葉先生表示歡迎大家去參觀唷！有興趣个人做得去遶一下咧！

參考資料：

1. 龍潭鄉公所觀光旅遊網站：http://www.longtan.gov.tw/tw/tour1_1.aspx。
2. 耆老訪談。

---

[47] 忍毋核：忍不住。核，音hed。
[48] 異：很。
[49] 罅：夠，音la。
[50] 做下：全部。
[51] 鐵筋仔、紅毛泥：鋼筋、水泥。

徐貴榮

苗栗人。新竹教育大學臺灣語言與語文教育研究所博士。現任中央大學客家語文研究所、新生醫專兼任助理教授。專著《李商隱無題詩探究》、《臺灣饒平客話》，合著《臺灣客語概論》，主編《客家墾殖開發與信仰論輯》，合編《臺灣饒平客語補充教材》1～6冊、《客語能力認證基本詞彙－中級、中高級暨語料選粹》等書。

該日，
𠊎在山路項看著你

邱一帆

翁翁＝攝影

樹身頂高，一球一球个油桐花，在溫柔日光个照映之下，
就係世間自然生發、潔白無瑕个存在，
顯目个青同白，純真个色調，仰般打眼个景象，
分人仰般鬆爽个視覺享受。

267

該日[1]朝晨，𠊎[2]行上這條山路，路脣青溜溜仔个野草、開到鬧連連个野花，同[3]微微个涼風共下，跳起輕手輕腳个舞蹈。在這春天个時節，行在頭擺[4]行過个山路項，所有个景象，分人仰般[5]熟識个感覺，黏邊[6]映入吾个目前，腦海浮起頭擺个記憶！

記得這條山路，阿公太[7]同阿婆太[8]行過，阿公同阿婆行過，阿爸同阿姆行過，阿姊同𠊎行過……。這條山路，從莊項開始出發，經過山坑个大橋，橋下，有十過兩十隻个石枋，早在二、三十年以前，莊項个婦人家，輒常[9]在朝晨抑係臨暗，扐著[10]歸大盆个衫褲，來到這位，茶箍粉[11]一掞[12]，水一攪，就攪出歸大盆个茶箍泡，婦人家在石枋脣挼挼趒趒[13]、洗洗湯湯歸點鐘無停。該央時[14]，十空歲个𠊎毋曉得[15]洗衫褲，總知[16]在脣頭[17]，摸螺挖蟹，打水漂仔。

大橋過忒，就係一段山崎，山崎係一垤一垤[18]个石枋鋪排、疊成

---

1 該日：音 ge ngidˋ，那天。
2 𠊎：音 ngai˅，我。
3 同：音 tung˅，與。
4 頭擺：音 teu˅baiˋ，從前。
5 仰般：音 ngiong`ban´，何等。
6 黏邊：音 ngiam˅bien´，馬上。
7 阿公太：音 a´gung´tai，曾祖父。
8 阿婆太：音 a´po˅tai，曾祖母。
9 輒常：音 jiab song˅，時常。
10 扐著：音 led den`，抱著。
11 茶箍粉：音 ca˅gu´fun`，洗衣粉。
12 一掞：音 id`iam，一撒。
13 挼挼趒趒：音 no˅no˅qio qio，揉揉搓搓。
14 該央時：音 ge iong´sii˅，那當時。
15 毋曉得：音 m˅hiau`ded`，不知道。
16 總知：音 zung`di´，只知道。
17 脣頭：音 sun˅teu˅，旁邊。
18 一垤：音 id`de，一塊。

个，𠊎識[19]問過阿公，這兜石枋个來歷，佢講，該係莊項人在大河壩尋著，人力扛轉來个大石，再用人工一塊一塊打造出來个。久無人行个石排[20]，生滿溜苔，落雨過後，還較滑溜溜仔，一無細義[21]，就會跌到四腳惹天，嚴重還會跌到頭疤面疤，腦震盪呢！

跈著[22]山排行上去，轉隻彎，看著鋪坪白雪雪个油桐花，一蕊一蕊，有个完整，有个一皮一皮散落，在草坪頂，青青个野草頂高，鋪上一層一層个雪白；假使頭臥臥仔[23]看上樹身頂高，一球一球个油桐花，在溫柔日光个照映之下，就係世間自然生發、潔白無瑕个存在，顯目个青同白，純真个色調，仰般打眼个景象，分人仰般鬆爽个視覺享受，該係親目看著个人，正會有个感受。這位有童年時節，無法度感受著詩意，在草坪項散放出來，也有樹頂高个桐花，在日頭花个晟[24]照下，和著涼風輕柔个節奏，跳起快樂个舞蹈。

童年時節，毋知仰般[25]去欣賞，這種油桐花白个美景。二、三十年前个𠊎，總知在油桐花謝忒个時節，頭臥臥仔看上油桐樹頂，用目光追尋，摘摘吊吊个油桐子；無就頭磬磬仔[26]翻揙草叢，去尋跌到滿地泥烏黃色个油桐子，單淨為著買零嗒，無就幫忙兜仔屋家个所費。還記得有一擺，為著拈油桐子，走到當遠个地方去，拈著歸布袋，臨暗仔肚屎枵到變背囊，手軟腳犁毋得轉，該央時，當想同油桐子挑忒來轉，毋過想

---

[19] 識：音siid`，曾經。
[20] 石排：音sag pai ˇ，石階。
[21] 細義：音sengi，小心。
[22] 跈著：音ten ˇ den`，跟著。
[23] 頭臥臥仔：音teu ˇ ngo ngo e`，仰首探望。
[24] 晟：音cang ˇ，映照。
[25] 仰般：音ngiong`ban`，如何。
[26] 磬磬仔：音teu ˇ qin`qin`e ˇ，頭低低的。

著做得換錢，還係刻耐仔[27]，同佢拖轉來……。

拈轉來个油桐子，還愛拿扁鑽無就長鐵釘仔，挖出园在果殼裡肚个四、五隻仁，有成時無戴手落仔，一無注意，還會分佢刺著，黏邊，痛到夭壽，緊喊阿姆哀哩！挖好个油桐子仁，鋪到禾埕分日頭曬燥，就做得賣分雜貨店个頭家，換兜零錢、零嗒；桐子殼係曬燥，還做得攏到灶空肚，準樵燒，因爭油桐殼有油，故所緊燒緊猛火，拿來暖水洗身，實在係當好个樵火喔！

行到石排路面，再上去就係上坪，上坪邊脣有一條圳溝路，這條圳溝，係南庄田尾淨水廠，穿過水龍，經過四灣仔、南埔、屯營，引水到永和山水庫个路。涵管連接、紅毛泥鋪面个水路，看毋著鮮鮮个圳溝水，只聽著唏哩嘩啦个流水聲，在腳底下蹤出來。聽講永和山水庫个水，提供分頭份、竹南做民生用水，還有新竹个科學園區使用呢！

行在圳溝路面，無幾遠个所在，就看著一間伯公廟，廟背，還看得著生滿雜草个茶園，記得佢同阿姊，還有共伴个隔壁鄰舍，在茶花結子个時節，輒常帶著家濟仔[28]，去到人家个茶園，在茶園个行間，竄上竄下，搧尋茶樹項个茶子。二、三十年前，茶子，乜係柑仔店愛收个東西，當然，做得賣分頭家，換兜仔錢銀同零嗒。一擺，行到毋肯人去摘茶子个茶園，主人逐著來，佢兜走到尾瀉屎[29]……。

離開伯公下，再行一段山路，頭前一座清水磚同紅毛泥起个建築，有三個非常顯目个六角窗，該就係南埔莊人，當熟識个茶亭。二十零年前，南埔莊人愛去石灰崎、大陂塘、十股較深山耕種絡食[30]，會在這茶

---

[27] 刻耐仔：音kad`ngaie`，勉力而為。

[28] 家濟仔：音ga´jie`，袋子。

[29] 走到尾瀉屎：音zeu`domi´xiasii`，落荒而逃。

[30] 絡食：音log`siid，覓食、討生活。

跈著山排行上去，轉隻彎，看著鋪坪白雪雪个油桐花，
一蕊一蕊，有个完整，有个一皮一皮散落，在草坪頂，
青青个野草頂高，鋪上一層一層个雪白。
攝影＝翁翁

亭下歇睏、休息；好心个人家，還會準備一大茶罐个茶，幾隻杯仔，來分上上下下路過个人食。今這下，在涼亭出出入入个人，毋係來看土地做買賣个，就係來遶山花看風景个，已經當少

人靠這附近个山、田耕種、絡食哩囉！

坐在涼亭个石凳項，思愐二、三十年前，在這條山路項，行過个人，有當多既經離開吔世間，行入吔北片析个風水塜埔；也有當多人，離開南埔莊，搬入吔都市，隱身在泥水叢林裡肚；還有兜人，雖然還戴在南埔莊下，毋過，也毋識聽講過，再行入茶亭這位來哩。

二、三十年前，在山肚拈油桐子、摘茶子个童年，早就變做中年人

个回憶，今這下莊下个童年，共樣在電視肚、在電腦肚、在遊樂場……
上演，這同都市个童年，差毋多共樣共樣，毋知，這係一種進步抑係麼
个，總係感覺有麼个失落樣仔，一時間，毋知愛仰般講起事[31]？

　　恬起來，社會變遷个速度實在當遽，不管仰般，𠊎還係歡喜行在這
條山路，認識路脣个花草，看看仔路項个風景，回想頭擺个童年故事，
坐在涼亭下，欣賞對面山个油桐花，一陣涼風吹來，仰般鬆爽、自在
……。

　　就在該日，𠊎在山路項看著你。

---

[31] 講起事：音gong`hi`sii，開始講起。

邱一帆

苗栗人，新竹師院台灣語文碩士。合力創
刊《文學客家》。著有詩集《有影》、
《田螺》、《油桐花下个思念》、《山肚
个暗夜》等書。論述《客語詩歌文學論
集》、《客籍作家吳濁流的詩歌表現》兩
冊。煞猛追求客語个文學化、藝術化。

吳德亮＝攝影

石牯情緣

邱湘雲

除了鹿港老街个天后宮，龍山寺以外，
還有定光古佛這種台灣盡少見个客家古廟。
另外開化寺當中還侍奉待全台唯一，從清朝首就傳下來个痘公痘婆，
聽講這兩尊神明專門醫發水痘摎發脹疢仔，
老頭擺个信仰還留存下來，實在還難得。

時間過還遽，埋頭佇研究室打電腦，無感覺到，一日又會過忒咧。探頭看向窗門外背，日頭偏西，王椰樹搖啊搖，像同捱撢手，喊捱毋好恁拼，好放下手頭任做都做毋忒个工作，出去外背行行啊仔。乜好，恁久無運動咧，這幾日都落水，落到人、鳥仔摎蟲仔通棚都囥窿孔樣少行出來，趁今晡日下晝天時恁好，來出去曬一下日頭，行行仔乜好。

學校後山有一條路做得直直蹶到八卦山山頂，一路係上崎，一路係梯碴，爬到山崠頂，沒汗流脈落，也乜氣賒激激。毋過來到崗頂，鼻到花香草香，看到山下一大片恁闊个風景，先先个腳軟身痠也無算麼介咧。

來到飛機公園，一台老飛行機像雞嫲孵卵樣跍佇草坪頂，仰頭看向天頂，堵好兩台訓練用个現代飛行機飛等過，這隻「老雞嫲」也像緬懷當年樣仔，還想做過一飆沖天，飛到高高个雲頂看遍世界，毋過這下煞分大索絢核核鎖到地泥頂，樣般想飛也飛毋起來咧。

下晝來運動个人較少兜仔，倕坐佇榕樹下个石凳頂寮涼，一陣風吹過來，還涼，還好哦，黃樹葉仔一皮一皮摼下來，樹頂毋知麼介鳥仔佇該咕咕滾，大榕樹个長鬚吊晃槓樣仔，佇輕風當中流流飄飄。忽然間看到樹下个大石牯頂背，一條細細个黃褐色个弄毛蟲慢慢趖等過，倕挑挑拿枝樹椏仔，像細人仔時節做搞樣堵等佢愛去个路，斯看到這條弄毛蟲廿廿趖啊趖，見堵到無路就轉彎，山不轉路轉，路不轉自家轉，包尾總會尋到自家个路，汝講是無？

行到路脣，看到頭前樹下有人佇卵石鋪个健康步道頂行過，打赤腳行尖尖个石頭頂，一點都無驚痛，還慶哦。記得上擺朝晨來時，看到一群老人家佇這水泥坪頂打一種當奇怪个球仔，看起來像羽毛球，不過煞係乒乓个打法，啊——，敢毋係佇電視頂看到个，日本時代流行个板球？敢說佇這彰化還保留這種老式个運動？來彰化五年咧，常透試到

彰化實在係一隻古老個所在，街路項還看得到黃泥竹篾做個老屋仔，看得到著等黃卡其衫，藍色吊帶裙，戴等黃圓帽仔個小學生仔，也食一到古早味個肉圓摻雞卵糕。除了鹿港老街個天后宮，龍山寺以外，還有定光古佛這種台灣盡少見個客家古廟。另外開化寺當中還奉侍全台唯一，從清朝首就傳下來個痘公痘婆，聽講這兩尊神明專門醫發水痘摻發脹疣仔，老頭擺個信仰還留存下來，實在還難得。

今晡日行過1895保台紀念公園，沒行落去；行過大佛個山門——也無打算行落去拜一下，今晡愛來去一駁仔無去個石雕公園看一下生趣個人公仔。

無看地圖，也毋記得上擺樣般會行到這位，遠遠看到地泥頂狼里狼犁放等恁多個大石牯，旵行前，心中還唸等講：樣會恁多石牯放佇該徑权人？行近兜一看——目珠煞晶起來——啊，毋係普通個石牯呢，高高低低，隻隻都刻有面相，還有刻等「洪米花」三隻字，像形係作者個名仔呢。一隻一隻石牯看下去：有拿等奶盎仔吮奶介大碴伢，有頭林頂生草，像留長毛無剪個鬍鬚哥：有面凹凹個老阿婆，也有額頭凸出嘴巤巤個長壽伯。佇這做得看到又嗷又笑的人生百態，逐隻面容都沒共樣：企等看，跍著看、側旁看、遠遠看，轉個角度，所看到個又無共樣。汝會影到揹等抑係揙等細碴仔個辛苦阿姆，大人下有細人仔，石中有石。一轉身，這兜細人仔又變作走佇頭前分阿姆追個綻剁頭，實在還生趣。這隻石頭面臭臭，淚漣漣，毋知為了麼介事情恁傷心？該隻石頭目絲絲，笑揶揶，也毋知佇該偷笑麼介，暢樂樂笑到牙哂哂，笑到目珠像一付聖筊樣仔。又有一隻手托等面腮側頭佇該發琢愕，當想跍下來問佢一下：「汝到底佇該想麼介呢？」

還看到有兜刻等慈悲個觀音面摻鬍鬚個土地公，這分俚聯想起偓俚客家庄常透會看到個石頭伯公。客家人像形相信萬物都有神靈，連一

坚硬確確个石牯都會看做係守護土地个后土伯公。頭擺逐朝晨，天正洰洰光，屋家个老人家疏床後第一件事就係去伯公下燒香斟神茶，一爐清香，虔心摎伯公祈求保佑一家大細平平安安，屋家大項、細項个事情乜都做得摎伯公講，石頭伯公總係笑瞇瞇，坐等佇該恬恬聽。

行沒兩步，看到另外一種沒共樣个畫面——有攬等肩頭相唉个有情人，有憑等膚身坐共下个兩公婆；一隻福相个國王摎頭戴花環个王后相約花樹下；一隻有頭有面个員外後背跈等驚人笑个大目新娘：還有嘴圓圓个噥噥公，摎頭犁犁个摸梭阿婆。這兜石頭像形摎人講：兩人世界裡肚，愛相愛到白頭到老實在無恁簡單呢。又想起庄肚本來佇坑底，識分大水沖散个石爺石娘，這下又做得結合，分庄人放共下，變做保佑大細个石頭神明。記得書頂試讀過：「天荒地老，海枯石爛」个句仔，原來堅貞个愛情就像石牯恁樣堅持到幾世人都毋會變心啊。頭擺清朝時代个有一本小說安到《紅樓夢》，佢還有一隻名仔安到《石頭記》，講个係一坯沒用到个頑石化做人形，來到人間經歷有情世界悲歡離合个故事。麼儕講石牯無情？佇這位，你做得看到每隻石牯都有自家个情感面貌；現下路上當多人來來往往，為了生活來打拼，做盡係面無表情較多，當多人對世事變做痲痺無感覺，無想到這兜石牯个表情比真人還較多樣。

除了雕刻人像，作者還刻了已多个動物：本旦佇水兜肚泅个魚仔煞企佇脣角，像上了河壩煞轉不去該種哀怨个表情。有盒盒覆頭林沒入水兜肚个烏龜仔，也有坑壢都燥忒還盡命牯泅向上个細魚仔，浮浮胖胖，隻隻都恁古拙，恁有生命力。本旦走遽遽个兔仔，腳煞黏到地泥頂走毋忒：本旦毛穠穠、惡桀桀仔个獅仔也行動毋得。想走个走毋遽，想追个追毋到，像分法術制到共樣，分仙人變做石頭以後就無辦法震動，定格停佇該位，該隻毋會行个石頭時鐘說明：佇石頭世界底肚，天地个時間就恁樣永久凝凍咧，所以這兜石牯斯做得企佇原來个地方，分日頭曬，

分大水涿，樣般也震動毋得咧。

再過行前，又有一排石牯圍等草坪邊唇，大大細細个石牯，男男女女都有，十過儕排排坐等看向頭前，分人聯想起電視頂識看過个，南美洲復活島該位个石牯人像群。有人講該係紀念祖先所刻个石頭像，這兜大石牯變作祖先，隻隻企佇海唇，頭臥臥看向遠方，像望向遠遠个故鄉，又像係世世代代愛來守護後代个子孫个神明祖靈。佇𠊎眼前這群半身高个石頭人隻隻乜係頭臥臥，係佇該唱歌仔？係佇該等巴士？抑係佇該看大戲哩？一隻像阿不倒个石牯企毋忒，會橫會橫樣，汝係腳軟了係無？一隻左眼一片烏，像人流目汁樣仔，汝係看戲看到傷感動咧係無？啊——𠊎俚看汝兜像看戲，不過𠊎看汝，汝也看𠊎，毋知係汝做石頭戲分𠊎兜看？抑係𠊎兜做人戲分汝兜看哩？想到這兜石頭從頭擺頭擺洪荒時代做原石開始，就佇毋知那粒山頭溜下來，經過溪水个打擊，經過浩洪大雨个沖刷，看過大風大浪，也看遍水邊生生世世个人事變遷，愛耐得起山崩地裂，耐得荷千踩萬踏，這兜石牯所經過个滄桑歷程難講會比偃俚人類還較少？想到這就分人感覺到：一隻石牯就係一頁歷史，一隻世界，一粒恁簡單，恁樸實个石頭，內肚竟然包含恁深个道理。

看到石牯又想起阿公時代流傳下來个故事：頭擺頭擺，有一日，天頂煞爛隻空，看等天就會落下來，災難就會到來，大家都驚到激激惇，毋知仰葛煞正好。造人个女媧為了解救大家，就煉成五彩石來補天。無日無日个工作，好得天總算補起來咧，偃俚人類正做得一代一代開枝散葉到今晡日。到今偃俚客家人還將正月二十定做「天穿日」來紀念女媧用石牯補天个辛勞，同時乜教人愛有敬天、惜地个精神，恁樣正毋會招來災禍連連。

實在講，石頭摎偃俚客家人个生活當有關係，偃俚戴石磚屋，圍石圍牆，過石牯橋去河壩尋坉平石來洗衫。下石梯碬，行過滿那都係石頭

个山路去做事。阿爸阿姆荷卵石來結石駁，阿公阿婆拜石頭伯公，對過身先人个懷念也刻到碑石頂高。細阿妹仔粉家啦用細石仔假做飯，搞跳格仔、打球仔都用盡採拈來个石牯畫線。細阿哥仔搞瘝就佇河壩脣个大石牯頂背啄下目睡。連學校寫字用來搵墨个墨盤也係石牯做个。歡喜个時節做得拿粒細石頭佇地泥頂盡採畫：發閼个時節對人鏗石牯就會感覺較鬆爽。摎同學佇河壩脣打水漂仔，無話講个時節就拈石牯擲到水潭肚比一下麼人擲較遠。大大細細，恁多个石牯园等恁多童年个記憶摎長大成人个腳跡，難怪客家人講石頭安到「石牯」，喊「石牯」就像喊「牛牯」樣，佇偲俚心肝底肚，石牯早就分人看做有生命、性格个人共樣咧。

恁邊，會斷烏咧，愛來轉咧，無像這粒石牯裡背个細妹仔，搵地泥橫佇該就不想跍起來。手摸等這兜粗粗个石牯，想到佢兜底背肚园等个生命痕跡毋知還有幾多。正剪過个大樹椏像形伸等手愛拉轉日時頭个光彩，惦肅肅个樹林裡背，偃斯就該條白貓嫲仔──輕輕行等過。

邱湘雲

新竹人，高雄師範大學國文系博士，現任彰化師範大學台文所暨國文系副教授。研究興趣為：語言表達、台灣語言、客家語言文學與文化以及中國文學等。著有《文學的鏡象:語言文學／文學語言》、《海陸客家話語彙研究》等。

巫品雨＝攝影

轉屋

江昀

吾屋家在台中霧峰山頂，
大路幹啊入來就係「921地動博物館」，該本旦係「光復國中」，
大地動過後就留下來做地動教育館。

中台灣个天時，總係燒暖又好天，選在這个季節轉屋試著當讚，心情輕鬆自在。

吾屋家在台中霧峰山頂，大路幹啊入來就係「921地動博物館」，該本旦係「光復國中」，大地動過後就留下來做地動教育館。一路順等歸排个路樹彎彎幹幹緊上山，路脣有一頭當大頭个老苦楝樹又高又大筒，逐年春天，吊菜白个花色開到樹尾波嫲濟杈。這條路項有檨仔樹、烏枋樹、小葉欖仁，乜雜有樟樹、牛眼樹在肚項，單純又自然个青色長廊線條盡靚，係一首輕鬆快樂个小調，一路唱等阿姆識教過倕个歌仔，越兼屋越生份个心情緊行緊跌到一地泥。還記得倕盡合意在廳下啉茶、打嘴古，笑聲留到歸屋間、歸粒山頭捵捵轉。該隻老貓頭鳥，係聽著你行過厥脣邊，逐擺就會摻你「咕嚕咕嚕」相借問，佢係倕一等親切个朋友。

今晡日轉屋个時節，堵堵好係「牡丹蓮」盛開个季節，屋面前禾埕項个仙丹花歸樹火紅，玉芙蓉桃紅色个花合（gag`）等銀色又有一息賣度个葉仔，感覺特別篤實得人惜，看著滿庭花草生到榮榮榮，分人試著當燒暖。朝晨亢床，看著昨暗晡含苞个蓮花，開到變成一座紅色蓮台，多重瓣个蓮花，一蕊有四十垤花瓣，脣項舊年種个另外一頭白色蓮花乜有八十垤花瓣恁多恁大蕊，在台南白河品種盡多个名花肚項，還吂曾看過大到像佛前金鐘恁大个蓮花，花瓣一層一層疊起來，適中央係一盞淺黃色个蓮台，台脣金黃色个花芯（sim´）就像係萬丈光芒个佛光。昨暗晡，本旦話著佢係一蕊普通个蓮花苞，無想著隔一夜定定，嘎打扮到分人想毋著个靚，正經做得摻花中之王「牡丹」比靚，故所，自家摻佢安名做「牡丹蓮」，「牡丹蓮」係大哥專程對朋友該片帶轉來个新品種，逐年花開總會翕兜相片傳到電腦肚，分出門在外个屋家人分享，無想著親眼看著正知有影還靚。壁角个睡蓮比倕較早亢，恬恬仔展現佢浸青个

華蓋，柑仔色、水紅色、吊菜色个蓮花企到蹬蹬，在水竇肚自家照鏡欣賞自家个丰采。

　　俚盡合意二樓个觀景台，五點左右日頭定定仔對「九九峯」暴出來，日出時節雲霞通紅，像孵金卵樣仔，對雲縫肚項孵出日頭來，分人有一種新生命出世个歡喜，一下仔就光華華又晟眼。高高低低有近有遠个萬重山，就做得分俚坐佇該位歸日仔，毋知饑寒。燕仔歸群仔飛去飛轉當鬧熱，兩隻阿啾箭停佇燥黃个南洋杉樹頂看東看西，總係陪等俚過日仔。峰峰相連个大山頂，林相豐湧千姿百態，看毋會懶。

　　右片析，就係這恁久盡時行个偶像劇肚項輒輒出現个「圓滿教堂」，對這片看出去就看得著全景，這係一間當靚个建築物。九九峯大大細細个山峯有瘦有肥丰采萬千，跈等朝晨暗晡無共樣个光影，佢就有千變萬化个身妝。山頂有一隻鷂婆，像滑翔翼樣仔緊盤緊高，飛到比山高出兩倍，正經還慶（kiang）。圓滿教堂這片乜有兩隻鷂婆低空飛過，一下仔飛起來、一下仔衝下去絡食，無閒直掣，俚胚想有兩隻共下飛，怕係在該畜鷂婆子个款。俚又發現屋簷鳥个翼胛，負擔毋起佢自家肥嘟嘟个圓身，飛無麼个起來，當生趣。逐擺到臨暗時節，西片天就會出現滿天紅霞，又靚又闊，日落西山个景象，逐日就無共樣，分人看乜還想過看，俚摎目珠準翕相機，將圖像留佇心肝肚，偷偷仔典藏。今年轉來，鳳凰花共樣開到當榮當鬧熱，遠遠看去就像一群紅蝶仔企佇青色个鳳凰樹頂，啾紅又鬧熱。

　　對面个阿森叔屋家再過上去就係山頂矣，山頂一大片無邊無際个青天，這一蕊、該一蕊雪白个雲歸團仔，清爽淨利。中台灣个天時就係恁樣，就像邸佇這位个人共樣天生開朗，逐儕人都親謔謔矣。

　　山肚盡多天然林相，樟樹、相思樹、血桐，其中个笑竹係霧峰特產，因爭逐隻目都係彎往上，就像人个笑面樣仔正會有這隻名仔；等你

行入去竹林，試想看哪，有千萬隻笑容摎你迎接，你會有幾歡喜正得！
這搭位麼个樹種都有，大概牛眼摎荔枝、芎蕉這兜農作物佔一半較加，
這个時節娘花乜開到滿山白頭，在千山青綠个森林，風一來就像千萬支
手緊撽你樣仔，分山變到當有生命力，脫體有詩意。

　　阿森叔極愛園藝，左片析多葉个欖仁樹下，單淨看著阿森叔个阿
姆，坐在蔭涼个矮凳項，手項拿等一支椰子扇在該撥涼。阿森叔屋前个
山排地種一大圍櫻花樹，裡肚乜種異多名貴个梢楠，細路脣整齊个梢楠
摎五葉松青油油仔發出油光，松樹葉个清香隨風飄送，分人試著神清氣
爽。一排羅漢松像警衛仔樣企到蹬蹬守護家園，其他較高大个仙桃摎桃
仔樹係原旦留下來个，吊菜紅个雞卵花，迎賓樣仔開在梯排脣，to-kied-
so搭起來个藤架下，有兩个細朋友在該行棋子，當晝个時節麥麥風分倕
發現to-kied-so个花一蕊、兩蕊、三蕊定定仔綻開，無幾久歸棚个青葉肚
開淰白色个時鐘花，正經還神！屋後該頭毋知係毋仔抑係酪梨，生到比
屋頂較高，相信乜有好多歲哩！

　　逐年櫻花開个季節，大哥、大嫂就會寄帖仔，邀請親戚朋友，甚
至詩人、畫家、書法家、太極拳个朋友來賞花。倕兜單淨坐在燒暖个廳
下，講古講笑、　咖啡、食茶、食點心果子，對透光个落地窗門看出
去，歸山排啾紅个山櫻琳琅滿目，分人看到心花開開開，下晝再來一息
小酒助興，詩人臨時作詩吟唱，畫家、攝影家隨手捉出自家中意个風
景。下把仔一陣山風吹來，落櫻繽紛个花雨，分所有賞花人，都放忒手
項个杯盤，目珠擘到大嫲蕊，看到目珠毋盼得sab丶，暢到喔喔喊。

　　园佇草寶肚个竹雞仔，係倕兜做細人仔時親切个守護神，在下課个
山排一路陪倕轉屋，再聽著「吉各乖、吉各乖」个叫聲，就像係轉到頭擺
做得分倕安心个一種聲，如今聽來更係充滿感恩情懷。係看著一隻膨尾
鼠爬上樹頂，倕兜都目珠擘大大歸路仔喔喔喊緊跈緊逐。倕乜有發現該

兜鳥仔各有地盤，比將講阿啾箭總愛企佇後院个杉仔樹枝頂兩粒目珠看遠遠，一對畫眉仔對朝晨到臨暗，雙雙對對出出入入分人欣羨。五色鳥同畫眉仔盡好停在電線頂歇睏，有時風一來，佢兜乜毋會飛走，任由風向自然律動隨風搖擺，自在到像一尊生生个達摩祖師葦渡樣仔，又像禪定个細和尚共樣隨緣入定，在電線頂修行个樣仔，分人領悟著盡多生命靈動个層次感。大暑个蟬仔聲，極像客家人个八音團，佢兜用無共樣品種个叫聲，唱等潛藏在地泥下修行了17年个功力，用短短有限个生命，一口氣唱到性命結束，恁樣來講夏蟬係拗蠻勇敢又盡有責任感个韌性生命啊！在有限个舞台項，煞猛上演佢兜一等精彩又分人懷念个創作，佢兜个生命態度確實分人感動。

當晝，圓滿教堂个紙炮聲響起，幾台禮車定定仔駛入教堂，等鐘聲響起時，又成就一對美滿姻緣，這係人生肚當重大个決定，更係盡值得祝福个終身大事！山下就係「亞洲大學」，這間大學當靚，故所乜變成中部个觀光景點。

細陂塘肚有嫩青个水草摎睡蓮，魚塘肚畜有烏色个鯉嫲同紅色个如意，有幾尾無異大尾个金魚還有一群細細尾个大肚魚，餵飼料个時節，大魚搶食，一口就食忒一大粒飼料，較細尾个如意摎金魚，嘴無罅大，嗄像海豚捶（dung丶）球仔表演樣仔摎飼料捶起來，又食毋著，看起來還生趣哪。意外發現幾隻蝦公在睡蓮葉下鼻著香味走走出來，又煞又遽對準獵物，用前腳扐去一粒水紅色球仔型个飼料，像係籃球高手得似，扐走一粒籃球就走到尾瀉屎樣仔潛入蓮葉下享受厥大餐，當得人惜。

噴水時个噴泉，係陂塘肚个活水源頭，淨利个有氧活水對較高个所在流下來，有細型个高山流水氣勢，就像係人類个精氣神總開關，分人奮發圖強，堵著困難个時節，心肝肚有一股生力軍，做得面對種種挑戰，過較有勇氣衝出重圍出頭天，接受一個嶄新个生活摎自我成長个養

份來源。

　　逐擺轉屋，都有無共樣个感受同收獲，轉屋个路雖然異遠，毋過，逐擺轉來總會分佢裝淰（nam´）活力充滿電，揹等歸包袱个燒暖摎笑聲下山。山項个屋，春有百花夏有荷，秋有楓紅冬有櫻，四季花香遍野，親像人間仙境。

　　屋家，係安全个港灣，分人留戀，對遊蕩在都市塵海个佢來講，山就係穩重个靠山，還有一間山頂个屋好轉，分人有一種講毋出个歸屬感。

　　　　　　　　　　　　　　　　　2011年7月28日在阿罩霧山頂

江秀鳳

苗栗銅鑼灣人。現為美術團體聯合會秘書，台灣兒童文學協會、台灣現代詩人協會理事等。曾獲府城文學獎、南瀛文學獎、李江卻台文小說獎等。
著有華語詩集《逗點》及台語散文集《薰衣草姑娘》。

簡金堆攝影／「我的母土‧風情萬種」攝影比賽優選

跈倨去南投縣
「日月潭」
遶山花遊湖（海陸腔）

姜鳳珠

朝晨頭，湖面像著等一領薄紗衫共樣，飄漾等朦朧个靚；
等日頭對山後蹴起來个時節，本來朦朧个湖影，定定仔現出靚膩膩个景色，
山形樹影倒映在湖面，聽著蟲仔叫、蜐仔叫、鳥仔唱歌仔，
就像係特別為「日月潭」辦一場音樂會共樣，好聽又生趣。

南投縣係台灣唯一無偎海个縣，係好山好水个好地理，風景做得講係全台灣盡靚个所在。南投縣對外个交通乜盡方便，有國道三號直透草屯鎮、南投市、名間鄉、竹山鎮……等鄉鎮。另外有國道六號接草屯鎮直透國姓鄉、埔里鎮。

本縣个地理環境西片係南投市、中寮鄉、草屯鎮、名間鄉等。草屯鎮有「九九峰」，南投市有「猴探井」，中寮鄉个「龍鳳瀑布」風景乜當靚；名間鄉个隔壁係集集鎮有「青色个傍龍、細火車」等；南片係信義鄉有「風櫃斗」做得賞梅；西南片个竹山鎮有「天梯」，還有鹿谷鄉个「杉林溪、溪頭、鳳凰瀑布還有鳥園」……等；另外北片係國姓鄉，大體仔係客家人戴个所在。南片係信義鄉有「玉山國家公園、風櫃斗梅園」等；東北片係仁愛鄉有「奧萬大」做得賞楓。還有中央係水里鄉、埔里鎮、魚池鄉等，水里鄉摎埔里鎮客家人乜盡多，埔里鎮有「鯉魚潭」，魚池鄉有「九族文化村、日月潭國家公園」。其中个「日月潭國家公園」係在水里鄉、國姓鄉、埔里鎮个隔壁，係台灣盡有名个觀光地區。

「日月潭」个位所在南投縣个魚池鄉，也就係講在台灣島个中央。在台灣中央山脈西片个所在，座在山地摎西部平原之間，潭西係平地，潭東係高山層層疊疊。以地圖來講係在東經120度55分，北緯23度52分，東北片係仁愛鄉，東南片係信義鄉，戴原住民較多。另外北片接埔里鎮，西南片接水里鄉，西北片連國姓鄉，這幾鄉鎮大部分係戴客家人較多，也有多少仔福佬人。

「日月潭」係台灣第一大淡水湖，也係盡靚个高山湖。湖面以拉魯島為分界，東片个形像日頭圓圓，西片个樣像月光彎彎，所以名仔安到「日月潭」。佢个靚係山摎水共下交融做出來；748.48公尺个中高度海拔，「日月潭」就像一幅山水圖畫，水氣含涳摎層層分明个山景變化，

做得講天頂正有个仙境，儕儕就會分佢迷醉忒。

「日月潭」个名在清領時代道光元年（1821年）北路理番同知鄧傳安个《蠡測彙抄》一書中在〈遊水裡社〉文章中有記錄講：「其水不知何來，瀦而為潭，長幾十里，闊三之一，水分丹碧二色，故名為日月潭」。以後因為漢人搬徙開墾水沙連，擳從前各代政府个治理，又有文人、雅士个安名，日月潭變到有當多个喊法，有水社大湖、水裡湖、水裡社潭、水社海仔、竹湖、龍潭、龍湖……等，包尾還係用「日月潭」。

「日月潭」中央有一隻細島，係邵族人个祖先戴个所在，也係邵族人埋葬最高祖靈个位所。清領時代安到珠仔山、珠嶼、珠仔嶼、珠山、珠潭浮嶼等，清光緒年間來這个洋人，喊細島安到（珍珠島），日治時代安到玉島、水中島，台灣光復以後國民政府擳佢安到（光華島）。受著本土文化意識个擎頭覺醒影響，民間擳政府个重視，在民國88年九二一大地動以後，南投縣政府擳光華島正名為「拉魯島（lalu）」。毋管係回歸本土也好，也係政府表示對邵族人个尊重也好，在民國89年10月交由觀光局「日月潭國家風景區」管理處規畫做邵族个祖靈島，「拉魯島（lalu）」無對外開放啊。

潭面个靚，對朝晨頭到臨暗頭，四季个熱天時到冷天時，無管係好天時也係落水毛仔，全係盤桓徘迴著靚膩膩个風采，潭水清清，群山圍攝，山水相照，風景山明水秀就像天頂个仙境樣，分人看到發琢愕。還有盡特別个人文資源，係台灣地區最有名也係最有發展潛力个國家風景區，在國內國外名聲盡大。

朝晨頭，湖面像著等一領薄紗衫共樣，飄漾等朦朧个靚：等日頭對山後蹶起來个時節，本來朦朧个湖影，定定仔現出靚膩膩个景色，山形樹影倒映在湖面，聽著蟲仔叫、跙仔叫、鳥仔唱歌仔，就像係特別為

「日月潭」辦一場音樂會共樣，好聽又生趣；臨暗頭个時節，湖水分日頭花染到變黃色陣陣皓光，就像西方阿彌陀佛个淨土世界共樣，恁清淨、和接；等到暗晡頭，電火倒影映到潭面，水波停動該下，暗昏仔个涼風吹啊過來，就像仙佛加持撥扇仔萎香粉共樣，分人感覺當清淨、安心、自在，心情也當滿足、歡喜!

想愛一探「日月潭」个多項風貌，做得行路在湖脣遶遶仔，享受日湖摓月湖个薰洗，體驗盡真實、盡好个心靈感動；也做得騎自行車跉等湖脣个大路遶一轉，感覺著「日月潭」个恬靜、安祥摓自然个瞪線；還也係坐遊艇，迎風追浪，山光水景全收到目珠裡肚；還做得自家撐船，遊遊遶遶欣賞迷人个湖光山景。遊湖遶透个時節要記得戴下來坐空中流籠去「九族文化村」參觀原住民个文化，欣賞無共樣个風景無共樣个靚。

「日月潭」東高西低，地形係綿延个山脈、高低个山丘、彎彎个河溪摓平平个盆地合起來鬥成个，其中个盆地係算「埔里盆地」个一部分，日月潭也係埔里盆地群裡肚，唯一保留有水漾湖盆形个高山湖。老古人言：「有山則仙，有水則靈」。所以埔里盆地係一隻地靈人傑个好地理，高僧大德修行人盡愛來這起廟長久戴下來，尤其係日月潭脣莊嚴个寺廟盡多，有玄奘寺、慈化寺、玄光寺、文武廟……等。另外還有蔣介石先生為著紀念佢該阿姆，乜在這位所起一間「慈恩塔」為著表示佢對佢該阿姆个一片孝心，毋單淨恁樣自家乜起一間行館名安到「涵碧樓」。對這兜个建築樓摓莊嚴个廟宇看起來實在做得講係應驗老古人言：「有山則仙，有水則靈」个最好證明。

做得戴到南投縣這位好山好水、好地理个人，實在係當有福氣，尤其戴「日月潭」這就近个位所還較好，滿哪仔毋係山就係水，毋單淨空氣清爽，天時也好，四季像春天時。自古以來客家人就係戴山林壁角較

多，南投縣个客家人大體仔就係戴中寮鄉、國姓鄉、水里鄉、埔里鎮這幾隻鄉鎮，有山有水个好地理。其中个國姓鄉、水里鄉、埔里鎮就係在「日月潭」脣項；中寮鄉个風景也盡靚，乜有「龍鳳瀑布」，戴南投縣个客家人平常時个生活可能過著較簡單清苦，毋過心靈可能比外位个人較真實、知足。老古人講：「千金難買好鄰舍」，𠊎感覺著「千金乜難買著好地理，萬金難買清空氣」！

參考資料：

1. 《台灣省縣市、鄉鎮地圖集》，台北：大輿出版社，1995年。
2. 日月潭國家風景區網站 http://www.sunmoonlake.gov.tw/welcome.aspx。

姜鳳珠

桃園人。就讀台灣師範大學台灣語言及文學所碩士生。客家語言中高認證合格，閩南語中高認證合格。客家語言類及歌謠類薪傳師，客家語言認證合格教師，閩南語言認證合格教師。台灣母與教育學會理事，曾任南投縣母語教育文化學會第一屆理事長。

新客家文化園區

吳聲淼　文／圖片提供

新客家文化園區，大夥房客家文物館係客家重鎮之一，
也係都市客家精神保壘，夥房肚多樣个客家文物，
淰淰个先民煞忙、勤儉精神傳承等，
夥房肚包容盡多个鑼鼓響、山歌揚、歡樂笑聲、重要討論摎決策，
客家人夥房肚山歌傳唱，樹下鑼鼓響，挨弦聲聲催，愛呈現最好的一面，
無打爽忒分分秒秒，為著三不二時个拼場，園區早就摎都會區客家共根共生。

　　帶有寒意个早春，毋多知行到文物館脣，平常無去注意著脣口炮仔樹開始打黃花，日頭照來金燦燦，就像黃金花一蕊一蕊掛佇樹頂，恬起頭擺阿伯講起，這炮仔樹係佢後生時節種个，這下也已高大仔。

　　人來人往無人會去注意生來毋係已出眾、餳人个炮仔樹，客家人種个樹，都市中已難看著炮仔樹，無幾多人知這樹仔仰般來，無人會注意，客家人有幾多人喊出佢係炮仔樹、粄仔樹，人有忒多个理想往往無去注意屋脣个一花一樹，實在打爽。

　　想起頭擺還細時節，庄下屋脣乜有一頭炮仔樹，還細時節樹下份家啦，跌落个炮仔花拿來炒菜，環境改變，炮仔樹早就無吔，已難得都市中有兩頭久無看个炮仔樹，都市客家人已成隱形人，台灣原生種炮仔樹也隱形起來，都市客家細人仔這下無拿炮仔樹葉蒸粄粉家啦粉家啦，後生人越難了解炮仔樹摎客家个關係，就像後生人少用客家話打嘴鼓，甚至毋講，有一日就像炮仔樹，客家人隱形佇人群裡肚。

　　踏等朝晨頭弱弱个日頭來到新客家文化園區，看著含苞待放个桐花，心肝肚歡喜湧起，毋知那日桐花樹頂掛雪白含苞桐花，仰般想呀想毋著高雄市中心个桐花開吔，無人會相信有一日新客家文化園區停車場脣个桐花樹正經來開花，拿起隨身翕相機緊翕，為高雄市區第一擺桐花開做紀錄。逐擺來到園區定著行去看桐花開到仰般，桐花樹苗種在泥肉毋係已好个所在，有兜種毋起來，有生个也生著已夭又矮，毋過有一頭乜開吔四、五葩，就像百年前客家人來「打狗」開墾，經歷艱苦環境、煞忙打拚，總算有港都客家个立足之地樣仔。

　　在這三月份个日仔，早開个桐花，毋係開著盡多花个桐花樹，對佢來講續得著高雄市區肚第一頭開花个桐花樹，桐花開在園區个消息傳開來，因爭孤木不成林，正一頭桐花樹開餳無十個人來看，一般人發夢乜發毋著園區會開桐花，逐日看佢一蕊一蕊開，過吔幾日看佢一蕊一蕊跌

落樹下成塚，看桐花花開花落，這頭生有二公尺高个桐花，在風中跳起舞來，沉醉微風肚裡，毋多知變做自家一儕獨自享受觀賞，今年毋使上上背看桐花，續比上背提早賞桐花。

利用寮日，在這泥肉毋係已好个所在逐頭去看還有論十頭還生个桐花樹，分人歡喜帶等萬望，雖有第二頭桐花開，打賞个係開無第一頭个靚。年頭高雄氣候較冷一息，冷个時間乜較長，變做南部也會桐花開，無人知㖏年毋知會再開無？定定仔行過桐花脣，對佢再看一下，花落樹下成塚个印象再一擺呈現眼前，日落臨暗彩霞陪襯凋零桐花，共樣桐花樹樂線㑐微風中弄舞姿。

愛河中游像玉帶樣仔對園區彎彎幹幹流過，南片看新客家文化園區，無緊無慢定定仔欣賞河壩南片園區个花草樹林，白頭公啾啾滾，斑鳩仔雙雙對對來絡食，一大陣屋簷鳥毋知天幾高，一下仔飛上，一下仔飛下，地泥下打孔翹，嘰嘰喳喳像暢愛放暑假个細人仔，搞到毋知好歸；北片看客家聚落龍子里，等待都市計畫所在顛倒保存唯一都市肚有傳統庄頭，彎彎幹幹2133巷早就感受分大樓包圍个壓迫感，好在南片有愛河摎園區，聽得著客家山歌遠遠趷等南風傳送過來，客家人个細庄頭心肝肚也呈現不安定感，愛拆忒起大樓、維持原狀呈現摎大樓个對比，抑係變做有客家特色个商店街，老人家心肝肚對客家个堅持，有時節不得不面對現實社會，有所堅持有所改變，矛盾在心頭。

兩排雨豆樹比比企，企吔幾十年，關心客家成長，看客家成長、改變摎硬頸，微風來到園區，雨豆樹捼下青黃細樹葉，來歡迎微風來到，燈籠花早就準備好紅燈籠，掛佇樹枝項，跳舞樣仔就像細人仔一息就停毋下來，感受人客微風个來到，乜像啉酒醉醉到面紅紅搖來搖去；雨豆樹下最有文學雅風，微風吹，細葉落下葉葉成書頁，就像字字成句，句句成詩篇，頁項記載客家詩人筆下个文學；阿啾箭像細人樣仔，著等阿

兩排雨豆樹比比企，企咄幾十年，關心客家成長，
看客家成長、改變撋硬頸，微風來到園區，雨豆樹
挼下青黃細樹葉，來歡迎微風來到。

爸个衫褲，尾拖長長佇該飛等走相逐，膨尾鼠樹頂跳來跳去拍手看鬧
熱，多樣个生態充滿園區，帶來風情萬種。

　　新客家文化園區，大夥房客家文物館係客家重鎮之一，也係都市客
家精神保壘，夥房肚多樣个客家文物，湳湳个先民煞忙、勤儉精神傳承
等，夥房肚包容盡多个鑼鼓響、山歌揚、歡樂笑聲、重要討論撨決策，
客家人夥房肚山歌傳唱，樹下鑼鼓響，挨弦聲聲催，愛呈現最好的一
面，無打爽忒分分秒秒，為著三不二時个拼場，園區早就撨都會區客家
共根共生。全台第一座圓樓餐廳，香味早就傳開來隨風飄，光之塔指引
方向，餳咄盡多好食客家美食个人客，傳統个鹹、香、肥撨改良口味，

分人口涎緊吞食到會尋尾；有夢想个文創產業、手工藝品呈現客家無共樣的風格、樣式。

園區有客家味的建築餳吔盡多拍婚紗个新人留下鑽石樣幸福相片，著等新娘衫个新娘摎新娘公歡歡喜喜排出各種甜蜜个姿勢，摯等象徵幸福圓滿、多子多孫紙遮仔，像客家夥房主人个妹仔愛行嫁，行入人生另外一階段；夜合花像勞動婦女層層包等，為著屋下怙怙付出，毋肯離開園區，桂花傳送清香，高貴不野，乜寮到毋想轉。

日頭定定仔行過園區過山頭到海該片，愛河潺潺水流轉彎入海港，臨暗涼風共樣微微吹，鳥仔雙雙歸，雨豆樹葉洗好手腳合起來，迎接暗夜月光摎星仔來照光，生態池火焰蟲一曘一曘，指引方向照路，蛤蟆、蜗仔摎細蟲仔輪等唱出歡喜个雅歌，襯托出暗夜鬧熱不夜城。

吳聲淼

新竹關西人。高雄市立空中大學大眾傳播系畢業。現任高雄市客家海陸協會榮譽理事長、台灣客家筆會理事、社區大學講師、語言及文學薪傳師。著有《細文一列文》、《大將無漿》、《生活客語教材》等書。

大武山下

李得福

從細就知得屋家个東片有一座大山，日頭每日都對山頂出來，
夏秋風搓警報時，阿爸會講：
對台東、花蓮吹來个風搓會分大武山擋忒，毋使驚！
一擺兩擺𠊎就聽知大山个名仔安做大武山。

　　從細就知得屋家个東片有一座大山，日頭每日都對山頂出來，夏秋風搓警報時，阿爸會講：對台東、花蓮吹來个風搓會分大武山擋䢢，毋使驚！一擺兩擺佢就聽知大山个名仔安做大武山。

　　來台主對清朝時代一直戴大武山下萬巒庄五溝水，阿爸在1948年徙內埔庄早仔角林歇，做佃農瞨田耕；細人仔時節，坐在腳踏車前鐵製車架項，跈阿爸去萬金庄看平埔族跳戲，該種咿咿哦哦傷心个曲調，一生人都在心肝肚哋，使佢感受到分別族統治个民族，分占領者準牛駛个無奈，利用祭典向祖靈同神明伸冤，但望神明同祖靈庇祐佢等生活較好一息。當晝分師公潘烏跳中醫師請，第一擺食到芋乾煮豬肉湯，用石板烤山豬肉……湯汁同肉香到今還口齒留香。今下萬金庄跳戲停辦咧，因為村民信奉天主教教徒較多，每年正辦迎（jien vo）聖母遊庄，一年一年越來越鬧熱。

　　雖然歇在內埔仔，還細不時會轉去老屋家寮，聽阿伯講老祖先个老故事，來台祖單身過台灣，討一位蓋靚个平埔族潘姓細妹仔做姐仔，佢等有平埔族血統；祖先驚潘祖婆無人奉侍，割幾下甲土地在祠堂成立潘祖會嘗，收到个租穀分潘祖婆做所費，過身後當做每年个祭祀費用。讀書个時節舊曆正月15日，佢等兄弟會騎腳踏車，歸去五溝水新庄仔看尖砲城，十六、七歲就會誺擲紙炮仔練膽量，從細到大無一擺尖入炮城。最近幾年尖炮城个活動分政府接手舉辦，徙在客家文化園區變成攻炮城，報名參加个人蓋多四處人山人海，但係想看原來个尖炮城，每年都在五溝水東柵伯公前舉辦。五溝國小斜對面个劉屋祠堂、關海山房伙房、重光樓、慈雲堂、齋堂這兜今下稱作古蹟个地方，係佢等細人仔搞寮个所在，想起童年事，蓋像在昨晡日。

十過年來，昌黎祠分政府部門拿來做樣板炒到蓋紅，每年
个祭典辦到蓋膨湃又鬧熱，打鑼打鼓唱式山歌又念經文。
宋茂生＝攝影

　　內埔庄西柵龍頸溪脣，有一棟八十零年歷史，巴洛克式建築个李屋
祠堂，1960、1970年代，每年舊曆正月15日上元節起福，李屋祖嘗會結
算，會劏刀豬羊祭祖公，當晝辦桌請李家子孫食平安福，𠊎等細人會去
唱喏，求祖先保護乖乖長大，食飽晝正轉屋家。今下毋知麼个原因，蓋
久無辦桌請子孫咧，害𠊎每日洗兩擺嘴，牙齒搓到蓬白無食祿。

　　媽祖宮同昌黎祠在龍頸溪脣，係內埔庄最鬧熱个所在，想起頭擺佢
同福佬人相拚，六堆客家13大庄，64小庄組成義勇軍，客家義勇軍總理
在這開會決策，終於將朱一貴个兵仔打敗在屏東、萬丹下淡水河脣。十
過年來，昌黎祠分政府部門拿來做樣板炒到蓋紅，每年个祭典辦到蓋膨
湃又鬧熱，打鑼打鼓唱式山歌又念經文；廟宇係有官方祭祀，神明就較

李得福／大武山下

有好食，網路同媒體宣傳，使韓文公神威顯赫，其他个紹介在這就無詳細說明啊。

老東勢庄開基伯公有三百零年歷史，在一百七十零年前，愛做伯公壇个時節，挖地基挖到一竇白花仔番蒜柄（雨傘節），全部係幼蛇，只有三尾有開目（眼），地理先生講：「開目个係代表該時節个好額人」。故所老東勢出吒三位大頭家，李家、黃家、鍾家，富豪嫁妹仔，扛嫁妝个壯丁幾百人迌扛打陣，名留六堆歷史。

每年四月份到九月份，係屏東檳榔个出產期，農家都蓋無閒愛割菁仔，摘菁仔，這項產業大部分種在客家六堆地區，也係客家農民30年來收入較好个農產品，用檳榔錢做蓋多檳榔屋，賣菁仔錢繳出蓋多碩士、博士。可惜好景毋長，政府對1994年開始打壓檳榔，電視項用口腔癌患者恐怖个相片恐嚇紅唇族，又有企業主發表「檳榔亡國論」，以畜養个醫師群，在電視同報紙發表檳榔致癌論，十過年來，致檳榔價市蹦盤，使客家農民目汁流上上，愛嗷毋得嘴扁。企業主將汞污泥四處亂倒分老百姓改變田坵土質，厥个工廠每日排骯髒氣分人民補氣管……種種个做法，毋會自我檢討；還有面子講種檳榔會亡國，頭擺吒人講：有錢能使鬼挷磨，今下有錢講話就有理，官員還會喊你伯公。

以前吳振瑞將台灣弓蕉賣日本價市好，就係政府人謀不臧出問題，使弓蕉賣毋出去，害台灣農民吮手指；弓蕉、檳榔兩項會賺錢个農作物都受政策影響，使老百姓農產品賣無錢。田坵个種作不時換樣，管理就較困難，農民个生產成本就較重，椰仔、蓮霧、檸檬……種種作物都無三年好光景。番仔埔（興南庄）頭擺吒係平埔族馬卡道族个聚落，康熙、乾隆年間客家人來這開墾，開基伯公有四百年左右个歷史，係客家墓塚式个伯公壇，後背有一頭同伯公壇平多歲个大葉楠樹，留分後代蓋多開庄个歷史想像。

讀書个時節舊曆正月15日，偓等兄弟會騎腳踏車，歸去五溝水新庄仔看尖砲城，十六、七歲就會詵擲紙炮仔練膽量，從細到大無一擺尖入炮城。最近幾年尖炮城个活動分政府接手舉辦，徙在客家文化園區變成攻炮城，報名參加个人蓋多四處人山人海，
宋茂生＝攝影

　　行屏鵝公路車仔來到運動公園脣，頭擺吔這跡位係隘寮溪河路，山豬門崩河頭，大水打到這咆花做浪；後來水門昌基堤防做好咧，大水向鹽埔、里港流，麟洛河水變細咧，日治時代十眼橋做好後，第一擺通公車，日本製燒草結个老爺車，對河霸底爬十眼橋，砂石路跋毋上，坐車仔个人客愛下車揙手挷車仔。

　　想起麟洛徐屋老姑婆，嫁分九如庄三山國王廟大王爺做婦娘个故事，人神聯姻使兩鄉信徒以親家相稱，王爺同娘娘每年正月15日會轉妹家，同行个福老庄親家挷著神轎，文武陣頭表演，大鑼大鼓鬧鬧熱熱陪王爺、娘娘轉妹家。客家親家由鄉長帶隊迎接，遊行麟洛庄為鄉民祈福。

　　來到長治火燒庄看到抗日紀念碑，就恓起1895年客家義勇軍，用竹

篙鬥菜刀，揹老刀嫲、拿禾鐮仔同日本兵个步槍、機關槍、大炮相拚，無打贏連屋仔都分日本人燒淨淨。老實个農民部隊，出堆對付本島土匪作亂，每擺都打贏，還受清廷封褒忠義民，這擺打外國兵，毋知別國武器進步遠遠就會傷人，用頭擺吔大陸義和團打拳頭賣膏藥个方式，變成輸到無屋無舍，老命差一息保毋核。

對水門過隘寮溪係三地門、霧台等兩鄉下山个出口，跈著山胲下向東北行就到大路關，再往北係高樹鄉、美濃鎮。大路關个菁仔較嫩身，二十零年來缺貨个時節，偓會來這買菁仔，對廣福、廣興兩村三隻大石獅仔个故事，知得一息來龍去脈，鎮煞又會保護村民。吾阿婆係美濃中壇劉屋伙房人，頭擺吔對五溝水轉妹家，行路到隘寮溪愛過水，衫褲用陽巾捆好縳在背囊項，手項摘細人仔過河壩。吾婆講：想爺哀轉外家，愛博命過三條大河壩（東港溪、隘寮溪、荖濃溪），只能利用冬下天水較細時，三、五年正轉去一擺。

日頭還係每日對大武山頂出來，使大武山下个故事蓋精采，永遠都寫毋忒。

李得福

屏東人，國防管理學校專修班畢業，陸軍上尉退伍後經商，業餘從事客語傳承。客家文學薪傳師、客語薪傳班訪視員、台灣客庄數位典藏拼音編輯委員。著有客語鄉土文學《錢有角》一書。

劉孟玲＝攝影

竹田驛站

陳志寧

放寮祭日，學校毋使讀書，
在竹田火車頭个月台項，等到火車來吔，看等駛火車个人，
同車仔項个信號圈仔掉（tiau`）下來，再接過新个。
下南、上北，上車、下車，人客來來去去。還細个心肚仔，
哪知得自家有一日，乜會對這仔，上車、下車，同屋家人分開又團圓。

交春正過,該大葉欖仔樹个樹椏項,一細枝、一細枝咃爆出芽,嫩嫩个新椏仔蓋像同人講啊,一年又過咃,新个年頭跈等新个樹椏又來咃。

行入日本時代安著「頓物公學校」个竹田國小,青油油个大細頭樹仔,同學校打扮到就像一個十七、八歲个後生條仔樣仔。毋過,係同人講起佢頭擺仔在日本時代,學校个地有一半係細人仔讀書用,另外一半係用來做陸軍个野戰醫院,偲相信,應該無幾多人會相信。

40年前,一行入竹田國校,正對等校門个司令台,台下个兩脣各有一個門。門打開來,裡背就係一個大大个防空洞。司令台再過去个右手析,兩頭將近百年个鳳凰木,每年準時同歸頭樹仔打到滿滿个紅花,蓋像係同細朋友祝福畢業。在該樹底下,係一條彎彎幹幹个防空壕。無相戰个年代,這兜防空洞、防空壕就做得分細人仔跳上跌落,搞到喊毋敢。

學校个建築除核教室係傳統日本式个屋舍,就算厥辦公室係最靚个,該兩層樓个巴洛克式建築,實在登珍。行過校舍,來到南片,風格就無共樣咃!闊闊个校地,講係分細人仔來搞寮,該又乜㧡打爽。該跡位,在日本時代係用來做陸軍个野戰醫院个。講佢係部隊个野戰醫院,無過分。對竹田个百姓來講,佢實在比較像一間普通个醫院,因為係有多出來个時間,軍醫官又乜會同百姓來看病。

日本人在這安著「頓物」个所在起學校,做野戰醫院,後來同這個所在改名安著「竹田」,無定著佢等係為了自家內地个軍事同經濟利益,一開始講毋上嘛个對百姓个好處。共樣个道理,離學校大約事一公里遠个所在,日本人做咃一條鐵路,也在「頓物」設一個站。從此以後,一點鐘大概一班个火車就變成竹田人生活个一部份。早期大怪物樣仔、烏烏噴等得人驚个大烏煙,一路瀉來又搭久久咃會「鬼叫」个樣

仔，實在有得人驚。

　　佢等在做細人仔該下，一般時間總係在學校讀書。下課个十分鐘，司令台下个防空洞、鳳凰樹底下个防空壕，係細人仔搞揞目睛窟最好个所在。就係細妹仔人，也做得在脣口吊起晃槓。無知得有幾多个人，總係在這讀書，過後大吔對竹田火車頭坐該「大烏鬼」出去打拚，為著生活去勞碌。

　　放寮祭日，學校毋使讀書，在竹田火車頭个月台項，等到火車來吔，看等駛火車个人，同車仔項个信號圈仔掉（tiau`）下來，再接過新个。下南、上北，上車、下車，人客來來去去。還細个心肚仔，哪知得自家有一日，乜會對這仔，上車、下車，同屋家人分開又團圓。

　　放寮日，佢盡好在這火車頭看火車。對烏烏个燒石碳个火車時代，看到今下㧯柴油个。時代進步有遽，再過幾年等高架化以後，聽政府講火車就換做食電个。毋管佢燒石碳也係食電个，這竹田火車頭總係對佢開始有火車該日仔開始，就註定吔會不時演出悲歡離合个戲齣。

　　佢後生時節，出外讀書、打拚人生。愛離開个時節，戀愛著个細阿妹仔，總係毋盼得个在月台項送佢，透過火車廂个玻璃，佢等兩个人練習到一等會寫「反字」，站長吹等嗶嗶仔、火車愛行前，佢總係會在車廂个玻璃項寫「慰記」，佢在車廂肚看著个字就變做「想佢」。幾多年个「想佢」，到尾下同盡多故事共樣，結果都係空想。

　　年年都有人在這火車頭演出佢等个後生故事，100年前在日本出歲个池上一郎博士乜共樣。東京帝國大學醫學部畢業，32歲時節，佢已經升做「少佐」恁高个軍官階級，做醫生个佢嗄分日本政府派來這國境之南个台灣屏東竹田。這年輕个日本軍醫官，分竹田人一等說得。佢毋搭（dab`）執行厥本份事頭，用心來醫治後送來个日本軍人，係有需要，佢共樣同庄項人來看病。對佢來講，內地个日本係自家个國家，這恁遠

个國境之南个所在，做得係厥第二个故鄉。

　　佢有用心在這，「頓物公學校」南片析个野戰醫院係佢上班表現厥能力个所在，離開這，就像佢老吔在日本同人講吔樣仔，竹田庄係厥故鄉。故所佢同厥收集个文史書籍捐分竹田，竹田人得著寶樣仔，同這兜難得个資料保存在火車頭脣口，做一間日本式屋舍个文庫來分大家人使用。對佢來講，毋管竹田野戰醫院，也係竹田火車頭，總係有厥後生个故事。

劉孟玲＝攝影

大家人都係對竹田國校畢業，經過竹田火車頭出去打拚。池上一郎博士升做「少佐」該年，一个安著水谷政美，22歲个日本後生，佢對竹田火車頭下車來在竹田想愛盡厥職務。該年仔，這後生仔係分日本政府徵召來台灣做兵，佢正降著頭胎个妹仔，牽手肚笥還攬等人。佢離開日本來到竹田，從此以後無再歸去日本。厥牽手在日本等佢轉屋家團圓，等吔24年，結果同盡多人个故事共樣，尾下係空等一場。

一開始厥牽手還恓啊，水谷政美先生係在台灣有討過姐仔，最起碼有人照顧，日仔過起來毋會恁清苦，下後透過二次大戰个戰友講起，再經過厥細郎來台灣尋人。尾下正確定水谷政美先生在戰爭末期，在竹田過身。水谷政美先生个牽手—雪阿婆，等吔一生人，等著个係懷念。

想愛祭拜厥先生个雪阿婆，坐火車到竹田。一開始佢看到這火車頭就同佢等日本內地个共樣，等到再入到竹田國校，佢一下看到學校肚大頭个鳳凰木，青油油个樣仔，就算係經過本地人个解釋，佢仰仔也恓毋著，這恁靚个學校，仰仔係陸軍野戰醫院？無法度个係佢恓無著个一概都係事實，就像該戰爭个無情，拆散世間幾多有情人，共樣乜拆核厥人生共樣。

無機會尋吔著水谷政美先生个金身，雪阿婆只好同學校偎南片析个泥耙一些歸去做紀念。看等竹田人个親切，佢恓厥先生還在該下定著受著竹田人个相惜，定著有人照顧等厥先生。恁吔恓來，竹田係厥先生人生最尾落腳个所在，算起來也係厥故鄉。

兩個日本人，在日本無共樣个背景，也無共樣个命運。毋過，佢等共樣來到竹田。來到這過後，佢等就像在地人樣仔，乜在這演出人生个悲歡離合。乜同這跡位个人共樣，將把竹田當做係故鄉。分人毋盼得个係，有吔人尾下享受天年。但係世間項，總會有吔人會留著分人道嘆个故事。

火車共樣，大約事一點鐘一班經過竹田。池上一郎博士同水谷政美先先个時代个車頭也還在，毋過今下安著「竹田驛站」係分人來觀光看寮个所在，無共樣个係世間事在今下單純多吧；「頓物公學校」本本恁靚，毋過佢改名做「竹田國小」。野戰醫院時代个防空壕同防空洞早就屯核，毋知哪去吧！學校肚也已經改造到看毋出有日本時代个味緒。

　　無定著恁仔也好，有時節聽著火車行過个聲，愐著這兜過去个事，真識，無定著恁仔也好。

陳志寧

屏東人。成功大學航太研究所博士。現任
屏東縣泰武鄉萬安國小教師、兼任屏東縣
本土語言指導員。曾獲文建會兒童文學獎
佳作、教育部母語文學創作客家語小說教
師組第一名，撰有101年全國語文競賽朗
讀稿、著有《燈籠花—客家語小品文》。

吳德亮＝攝影

從馬里勿到鳳林
縱谷大客庄

黃永達

在花東縱谷个北段，從花蓮市順等台九線向南行約25公里，
過知亞干溪就落鳳林鎮，要過萬里橋溪、馬太鞍溪才出鎮，
因為係河灞帶泥油沖出來个細崎地形，
泰雅話喊做「馬里勿」（Marimu），就係「上崎」个意思。

在花東縱谷个北段，從花蓮市順等台九線向南行約25公里，過知亞干溪就落鳳林鎮，要過萬里橋溪、馬太鞍溪才出鎮，因為係河灞帶泥油沖出來个細崎地形，泰雅話喊做「馬里勿」（Marimu），就係「上崎」个意思。客家人來到這開墾个時節，看到歸大片塞塞个樹林，一種喊做「木蘭」个藤仔纏等樹杈，木蘭花个樣仔儘像鳳凰開翅，就喊這所在安著「鳳林」。

鳳林西邊係西鳳林山接中央大山，東邊係海岸山脈，大家喊做對門山，平陽地原本係泰雅族摻阿美族部落所在。1887年（清光緒13年）到1909年（日本明治42年）之間，頭尾有客家人葉姓、張姓、許姓等入墾六階鼻（今山興里），再過汌入落到今晡日个鳳林街庄所在。1908年有頭份人饒永昌摻吳坤直接入墾鳳林。饒永昌經營樟腦，生理做到儘大，佢个總管安著鄧阿秀也係頭份人，在「轉山前」看親戚、拜阿公婆个時節，常透招募儘多頭份鄉親來鳳林做倒樟焗腦个工作，大部分人就恁樣邸下來，像鄧阿秀个外甥仔徐秀春（頭份人）摻老妹婿陳德旺（峨眉人），徐、陳兩屋人背尾還係「車路背」（今鳳義里）建庄个大姓人。這兜四縣客个拓墾力量，使得鳳林所在分人喊做「小頭份」，後背雖然講有新竹海陸客、福佬人徙入來，再加泰雅人摻阿美人，但係街路市場所在，四縣客語還係儘強勢个語言，一直到這下。

日本時代中期（大約1915～1935年），日本人移民來花蓮大約有25,000儕，建立三大移民村，其中之一在鳳林街庄邊唇喊做金田村，佢等頭尾成立了官廳、民間、官民合股个產業團體，進行農工礦、開港、鐵路等開發，用五年免租稅个獎勵方式招募了儘多桃竹苗方面个客家人入墾做佃農，鳳林就恁樣變做台東縱谷肚一个客家大鎮，也係縱谷北段一个農工商文教大鎮。

1935至1970年代，因為鳳林大圳及林田大圳的闢建，讓小鎮儼然成

為縱谷的一大穀倉，加上菸葉（產量僅次於美濃）、甘蔗、冬瓜西瓜，真可謂物阜而民豐，吸引了很多學有專精的專業人士遷入鳳林。到國府領台的1970年代，設籍人口曾經一度達到三萬人左右，係講加外地來鳳林做事、做生理个流動人口，大約有五萬人左右。

因為人數十分多，農工商市場儘鬧熱，帶動文教、曲藝、醫療衛生也發達起來。原在日本時代從新埔枋寮褒忠義民亭請過來个萬里橋義民廟（今長橋里），香火相當旺。北埔徙來个彭錦紹經營「金榮豐商行」，生理做到儘大，做到歸花蓮台東兩縣，包括鹽糖、麵粉、麵線、百貨、房地產。在1960年間，彭錦紹領導重建鳳林大廟──壽天宮，壽天宮个主神係關公爺，配神係城隍爺摎義民爺，逐年關爺飛昇日摎神明生、中元義民祭摎普渡之日，都有儘大棚个迎神鬧熱，樣式就像桃竹苗原鄉，其它還有孔子廟、佛祖廟、母娘廟、基督長老教堂、天主堂等，真經做得講儒、釋、道、耶穌、天主共下在這一小鎮呀！

早年就入基督長老教會，來自湖口上張屋个張七郎醫師創立鳳林農業學校，背尾改制鳳林中學（初中），在九年國教未起始之前，鳳林中學係光復、鳳林、壽豐三鄉鎮个最高學府。那个年代，一早一暗，鳳林車站前个中山路歸路係戴童軍帽、穿童軍卡其服个中學生，趕路去學校、通車轉屋，歸街係人。鳳林子弟僑僑就近讀鳳林初中，畢業了後，再到30公里遠个花蓮市讀高中職、師範學校，過加鳳林客庄个耕讀傳統摎文教風氣，故所到這下，出了一百多僑中小學校長，其他在各地做公職、醫生、教授、先生等知識工作者比例相當高。

該年代一个人口正三萬人个細鄉鎮就有兩間戲台，鳳林戲院在「上街」，大發戲院在「下街」（街尾），在該曲藝儘盛个年代，看戲、打曲、講戲係最常看到个藝文活動，逐日兩場（日戲、夜戲），採茶戲班、歌仔戲班輪等來鎮公演，真經係「採茶入庄，田地放荒」，過加伯

公戲、媽祖戲、收冬戲、平安戲，內台戲、野台戲，恁多戲看毋煞，特別係在逐日个暗晡時，鎮民食夜食飽一路喊鄰招戚，共下去戲台、廟埕看戲。散戲个時節，十點左右个深夜咧，又作伴轉屋，一路全客話談論戲文內容、演員表現，「咯噠，咯噠」个屐仔聲打破恬靜个街路摎縱谷个夜空，這種人文旺象个光景，是所有鳳林人永久美好个回憶。

壽天宮、鳳林戲台、鳳林國小、鳳林中學四者在「上街」形成文教曲藝个生活圈，有麼介文教曲藝个活動，這位就像一个水菠螺皺共樣，將把鎮民、學子吸收落來，過一段時間又放出來，逐日恁樣，逐个節日也恁樣。共樣，在「下街」，肉魚菜市場、病院、精米所、菜種畜種店、鐵店、被服百貨店一間接一間，生理相當鬧熱，相借問、交關生理全係客話，連邸較郊區个福佬人、阿美斯人摎泰雅人儘多滿嘴係滑溜个客話，毋過恁樣文教、經濟个旺象，因為人口外徙、農產比毋過工商，續來沒落忒去。

「下街」个仁壽醫院也係張七郎開个，用佢邸湖口老屋个阿爸張仁壽做院名，三个孻仔也係醫師，在1947年前，一屋四子爺在恁樣山壢壁角个客庄提供了現代醫療个服務，儘冤枉个係二二八事件受到牽連，三子爺受到殺害。有來自豐原个莊汝貴公醫，東京醫大卒業，1946年一轉來就到鳳林庄來開診所行醫，年零就學會客家話。他个掛號台單淨有掛號病歷，無記事簿仔，從來就無收麼介保證金，細孻仔自家來分先生看，講爺哀个名仔就做得咧，病人有賒事，佢從來就毋識去討。講到莊公醫个事情，50歲以上个鳳林人無一儕毋知，該掠時，歸花蓮台東兩縣來分佢看病手術个人儘多，鄉里講佢係鎮民康健个守顧神，政府也識頒分佢「偏遠地區醫療貢獻獎」，這係醫界一等大个光榮，十過年前，莊公醫已經退休轉豐原去咧。

出世馬太鞍（今光復），後生時節在鳳林、壽豐等鄉鎮唱客家山歌

个黃連添，背尾在竹東傳唱山歌曲藝，無論係採茶、小調、戲曲全綽得自家編、自家拉、自家唱，頭幾屆个全國山歌比賽都攬冠軍杯轉來，該掠時美樂唱片、遠東唱片、月球唱片邀請佢錄了總共五、六十張專輯，張張好聽，銷到全台灣客庄，客庄人家有電唱機就有佢唱个唱片，佢唱个山歌成為典範，一直流傳到這下。因為有這位「一代山歌王」黃連添，儘高比例个鳳林人從父祖上輩人到這輩人都好唱好聽喜愛九腔十八調。

鳳林，一個縱谷北段个小鎮，也係歸个花東縱谷个客家大鎮，「開花祖」一世、二世這兜客庄人，綜合了從桃竹苗帶來个客庄人文，在該農工商賈、文教曲藝旺象个年代，建立一種農工摎人文、物質摎精神並重个地方傳統，前輩先賢該輩人所建立个生命典範，一直存留在鳳林子弟个心中，無論佢兜在鄉抑係去到奈位。

先來認識這兜鳳林个史地文物，恩俚正來去看這个縱谷个客庄重鎮，定著會分佢深深感動著。曲藝文化儘難看到，戲台也早就無跡無蹤咧，從街路店面，新个、舊介建築光景，農產品个變化，恩俚多少做得看到這兜社會型態影響鄉村小鎮个痕跡。鳳林，摎這兜拓墾史、人文發展儘有密切關係个景點相當多，鎮內街路个「壽天宮」、「慈雲寺」、「孔子廟（鳳林國小內）」、「校長夢工廠」、「客家文物館」、金田村、一村个大阪式「菸樓」、「石爺廟」、「車路背」聚庄，郊區還有過花蓮溪个「箭瑛大橋」、西鳳林山下个「鳳凰谷森林樂園」、林榮个「森坂（もりさが）森林文化園區」、「萬里橋義民廟」這兜，規模無見奇幾大，其个地理人文故事卻都十分感動人。

黃永達

生於花蓮，紐約州立大學電機博士。曾獲
北美客家語文基金會小說獎、桐花文學散
文獎。著有《台灣客家讀本》、《戀戀客
家‧連連客庄》、《北迴線上──來去東
客庄》、《靚靚的台灣客庄》。

吳秋菊攝影／「我的母土‧風情萬種」攝影比賽入選

棋盤頂个飛翔

彭歲玲

向下看落去，棋盤式个田園風光、四周圍群山環繞，
美麗盡收眼底，
翱翔天際對飛行者來講，除了享受，
係一種自我个挑戰，乜係夢想个實現。

在省道台九充分線354.5km个地方拐彎[1]向較高个地形行上去，就係台東縣鹿野鄉龍田村，係一片平整个台地，再拐彎向還較高个地形行上去，就係有名个鹿野高台，係一片又高又平个台地；這位係非常特別个河階地形，鹿野高台係一階，龍田村又係一階，行在台九線又係一階，比台九線低个地方就係中央山脈流下來个鹿野溪，特殊个河階地形係千萬年來大自然力量个見證。

這位係花東縱谷个南端，企[2]在高台做得看到卑南大溪摻縱谷地形。卑南大溪个東片係海岸山脈，台地平原个西片係中央山脈。高台看下去歸大片平地就係龍田村，日治時期日本人將這個美麗村莊作為日本人个移民村，田園規劃到像「棋盤」樣仔整齊劃一，村內古樹參天，當多地方尋得到日本人个腳跡[3]。

高台係斷崖地形，像「崩崗」[4]樣仔，因為地形關係，高台成為飛行遮仔最好个地點，加上特別个好山好水、就成為國際級个比賽場地。四月到十月東南季風盛行期間，就會有當多飛行英雄來到這聚集造訪，這兩年還有熱氣球活動，餳[5]來當多觀光个人客，為這純樸後山增添當多鬧熱氣氛。

坐飛行遮仔，從高空欣賞鹿野个靚，一眼望去看到清清楚楚，一息就無跌忒[6]。有人技術好、膽量大做得自家一儕人[7]飛行，需要幫助个人乜做得請教練帶你飛上天，跈等教練飛行。係飛上去，在天空中就會

---

[1] 拐 guai 彎：轉彎。
[2] 企：站立。
[3] 腳跡：走過的腳印，此處意指日治留下的痕跡。
[4] 崩崗：懸崖。
[5] 餳：吸引。
[6] 一息就無跌忒：一點都沒有遺漏掉；此處意指美景一覽無遺。
[7] 一儕人：一個人。

像鳥仔樣仔自由自在，乘風飛翔，分[8]風唚[9]面頰、吹頭那毛，係仰般享受、仰般幸福啊！向下看落去，棋盤式个田園風光、四周圍群山環繞，美麗盡收眼底，翱翔天際對飛行者來講，除了享受，係一種自我个挑戰，乜係夢想个實現。

毋過，想愛飛翔在棋盤頂高絕對毋係一件簡單个事，風式大時，驚怕無法度降落，風式弱時，飛無幾分鐘就會自動降落，靠个係經驗摎技術，飛行者身上背等重重个裝備，用算毋清个線條拉等帆布，從高台起跳點向下衝，一般人淨用看定定[10]腳底都會打怵顫[11]，更何況係自家親身經歷，這兜愛好者个勇氣正經分人佩服，毋過，斷真[12]係愛有膽量个人正有福氣享受這棋盤頂个飛翔。

鹿野鄉頭擺係成群野鹿奔馳个地方，日治時期命名鹿野，日本人走忒[13]以後，縱谷地區个居民，從西部移民來到這，做山事耕田，盡有名个作物係王梨、茶米[14]，這地區个茶米安到[15]「福鹿茶」，茶米係重要个經濟來源，因為食茶[16]係百年來个傳統習慣。係來到鹿野做客，主人家必定會好禮奉茶，茶一食落嘴，滿係茶香，之後又有回甘甜味，口齒留香，這分人奉為上品个茶，原來就係在地新研發个「紅烏龍」。

這位因為係低海拔受到氣候个影響，茶品摎高海拔个烏龍口感無共樣，做茶方式適合重發酵个產出，故所，這幾年發展出鹿野特有个「紅

---

8 分：讓。
9 唚jim：親吻。
10 淨用看定定：只用看的而已。
11 打怵顫：發抖、打寒顫。
12 斷真：真的，表示果然是如此的判斷。
13 走忒：離開。
14 王梨、茶米：鳳梨、茶葉。
15 安到：稱為。
16 食茶：喝茶，客家人都說食茶。

烏龍」。而蜜香茶品則係因應了這位个氣候，經改良場輔導研發出來个茶品，這地區个天氣溫度高，茶葉較多蟲，毋過，茶葉經「小綠葉蟬」充分噏[17]食，由人工一心一葉採摘揉製，食茶時顛倒會有自然个蜜香，甘甜滋味分人陶醉，香味特別，大家食過就會來尋味[18]。最重要个係這種茶品係無毒个，因為係噴化學藥劑，「小綠葉蟬」就無法a度生存發揮功效咧。今這下在化學藥劑無孔不入个時代，「蜜香紅茶」算係盡珍貴个健康飲品。

這地區个茶樹忒老時，乜盡量改變換種耐旱而且毋使農藥个新品種，種个方式乜有當多已改用有機摎自然農法，一向就做自然農法个茶農朋友當有信心个講，未來全區都係無農藥个栽種係有可能个。在縱谷地區，人民生活免不了有傳統摎現代个衝擊，從農業耕種个方式來看，有當大个變動，無毒栽種、愛護土地係新个走向摎趨勢。

講到茶葉，就會想到在永安村个茶莊，乜有客家擂茶，住在這位个客家人並無多，在花東來講，這地區客家人个比率算少，毋過，客家特別个擂茶文化卻乜在這生根發揚。

高台地方算[19]係鹿野永安村，在永安村庄有一條「玉龍泉步道」，係高台地區通往永安个一條祕密通道，頭擺高台个細人仔愛到永安國小讀書，大人就開闢這條小路分細人仔方便行去學校讀書，後來交通發達，上學已經有寬寬个大路，大人用轎車、機車載送細人仔去學校，這條小路就漸漸荒蕪忒咧。後來，小路階梯規畫成生日步道，分小路有了新个生命；步道總共有365個階梯，每上一層就係一個日子，每個人都做得找到自家个生日階梯，做得在頂項簽名留念，行完階梯全程上頭就

---

[17] 噏zod：大口吸吮。
[18] 尋味：探索玩味。
[19] 算：屬於。

涼亭向下眺望，歸大片青油油，景色怡人。

寫等生日快樂，分遊寮个人心情盡暢快[20]。行上觀景平台係茗圃亭，涼亭向下眺望，歸大片青油油，景色怡人。玉龍泉个泉水出口還有靈驗个傳說故事，順等溪流乜有豐富个動植物生態，更增添人文生態个豐富樣貌。

另外，企在龍田平地眺望遠方，四面環山，東片看過去就係都蘭山，係海岸山脈南端，佢係原住民个聖山，兩千多年前卑南史前人類个

---

[20] 盡暢快：舒暢快樂。

石棺都面向佢，想到佢个崇高象徵心中就會多幾分敬意。龍田平地个西片看過去就係中央山脈，層層山脈雄邁高聳還較有神祕感覺。南片看過去係蘭栅尾山，該位有當有名个初鹿牧場，美景摎鮮乳共樣餳人。北片係連等个鹿野高台，係飛行英雄愛去棋盤頂飛翔个起跳點。這地區四周圍群山環繞，盡像世外桃源。

在龍田平地，有一條當靚个綠色長窿[21]，兩片茂密个大樹綠蔭，長窿渾然天成，行入其間，靚到分人毋盼得行遽，做深呼吸、雙手擎起[22]，世俗个疲勞煩惱會在「哇！」个讚嘆中一下仔就走淨淨無忒[23]吔，當多人會在故意安排个安全情形下，在馬路上橫等，體驗用無相同个角度看天空。橫下去時，世界係顛倒頭來看，天空凹落去變立體咧，像一片湖水，山頭像湖畔，係運氣好，堵好飛行遮仔一個一個飛翔其中，就會像一隻一隻美麗个船仔，在湖中搖來搖去。用無共樣个心情角度看四周，會有無共樣个感動；再將雙眼蓋起來，享受風聲，蟲鳴鳥仔叫摎樹葉講話个聲，享受摎大自然合而為一、融為一體个感受，另有一番情趣。

在這特別个河階地區，有一群推動生態保育个村民在復育揚蝶仔[24]，揚蝶仔花園像雨後春筍樣仔一家一家生出來，分美麗个揚蝶仔在土地項飛翔；在這美麗个棋盤田園項，乜有越來越多个耕種人，改用無農藥个方式保護大地。待在這片美麗土地項个人，擁有美麗个心，分這地區成為一個富含人文摎生態个地方。美麗將生生不息，毋單淨[25]飛行遮仔、毋單淨揚蝶仔，就連人乜做得欣喜个在大自然中飛翔。

---

[21] 窿：隧道。

[22] 擎起：舉起。

[23] 走淨淨無忒：比喻煩惱消失殆盡。

[24] 蝴蝶：揚蝶仔。

[25] 毋單淨：不僅。

彭歲玲

苗栗人。台東大學華語文學系台灣語文教育學碩士。現任國小教師,擔任台東縣本土語輔導團客家語輔導員。喜愛文學創作及旅遊,寫散文及現代詩,近年來努力學習以母語書寫,傳揚母語之美。

原住民漢語篇

攝影=翁翁

王煒昶＝攝影

八個男人陪我 睡

里慕伊・阿紀

外婆說紋面是一種肯定。
男人，要能驍勇善獵、穩重負責；女人，要能織布種植、打理家務，
經族裡長老觀察並肯定之後，才有資格紋面。
當時，沒有紋面的男女，在族裡是會被人瞧不起的。

　　黃昏，秋風輕起，暖暖的秋陽溫和的撒在身上，獨坐屋外院子裡的搖椅上，發呆。一直都好愛這樣的秋日黃昏，感覺上非常適合懷念任何一個故人。

　　每當此時，我總要懷念起我最親愛的、已經去世多年的、紋面的外婆。

　　「哎！現在的孩子，我真是不懂。」外婆對於她不以為然的現象，常常用看不懂來表示。

　　「有時候，只見過他們男女兩個手牽手在路上走。嘿？沒多久就聽說女孩的肚子大起來了。」有一次，就像這樣的一個秋日黃昏，外婆就坐在這個搖椅和我聊天，老人家忽然感嘆起來。

　　「像我們年輕的時候，跟那麼多理固依（男子）一起睡過覺，直到出嫁那天，還是清白之身呢！」外婆早年喪偶，守寡獨立撫養八個子女長大成人，眾所稱揚。可是……這話怎講……？

　　「您說什麼？」我驚訝得張大了嘴，差一點從板凳上跌下來。外婆看我嚇到的樣子，哈哈大笑：「我沒開玩笑！我們那時候真的有跟男生一起睡的習俗啊！」外婆看起來是很認真的。

　　「那時候，一個女子成年了，也就是紋面了之後，若有男子對她有意追求，就可以透過長輩的推介，安排他在女方或男方家裡與女子同睡一床。」外婆抽著竹削的煙斗，回憶起昔日種種，眼神閃著動人的光彩，那眼神讓我差點以為她變成了一位青春正美的女孩哩。

　　我用食指沿著外婆的臉頰劃下來，問她為什麼要紋面？外婆說紋面是一種肯定。男人，要能驍勇善獵、穩重負責；女人，要能織布種植、打理家務，經族裡長老觀察並肯定之後，才有資格紋面。當時，沒有紋面的男女，在族裡是會被人瞧不起的。

　　原來如此，我深深為自己的祖父母、外祖父母都是紋了面的好男好

女而感到與有榮焉。卻也慶幸這種習俗已然消失，否則像我這樣笨手笨腳，別說織布，連勾一條圍巾都會打結的女人，肯定是沒資格紋面，也就沒人要了。

雖然是和外婆談著紋面的種種，但心中實在放不下「睡覺」的事，逮到一個空檔，又將話題轉回來。

「外婆，你們一起睡覺——真的沒幹什麼嗎？」我問她。

「有呀！講話、聊天啊！」外婆似笑非笑的看著我，她知道我在想什麼。

「而且，通常一個好女孩是經常有許多男孩競相陪睡的。」外婆扳著指頭數著：「附近部落的、遠方親友的、翻山越嶺來的……我最多的紀錄是，一次有——八個男孩陪我睡。」酷呀！

「哇！八個？」我覺得自己的嘴，張得下巴快要掉下來了。

而外婆真是語不驚人死不休，她用手在身邊比著，「這裡兩個、這裡兩個、頭上方橫了兩個、腳下方也躺了兩個。」我聽說過外婆年輕時，是個極美的女人，部落裡人們形容她只要一出現，「就像一道閃亮的陽光」那樣美麗，這個形容我是一點都不會懷疑的。

我的外婆美到老死為止，她的智慧與氣質，給人的感覺可以用——生時麗似春花，死時美如秋月來形容。

不過，想到八個男孩圍繞著她睡在一起，那樣壯觀的場面，我和外婆兩人卻是笑得直打嗝了。

「當時啊！少女在一起都會互相問：『有幾個理固依跟妳睡過覺？』呵呵！現在這樣問妳，妳可要翻臉囉！不是嗎？」外婆逗著我說。

「以前的GaGa（風俗、禮教、儀式、規範……之統稱）是很嚴的，每個人都謹守本分，即使是同床共枕也絕少聽過踰矩的行為，何況

是未婚懷孕這種事？」外婆將煙斗裡的煙絲「叩！叩！叩！」的輕輕敲在搖椅扶手上攤著的一片葉子上。燃過的煙葉味道淡淡飄散在空氣中，讓我感覺很溫馨。

外婆眼光往遠處望，幽幽的訴說著過去的年代。而我不禁佩服起那些發乎情、止乎禮的青年男女，也對當時純良的民風嚮往不已。

——原刊於《聯合報》副刊，1994年5月13日
——選自里慕伊‧阿紀《山野笛聲》，台中：晨星出版社，2001年

（麥田出版提供）

里慕伊‧阿紀

新竹泰雅族。台北師範學院幼教系畢業。現任北縣小學擔任泰雅族語教師、泰雅族語配音員。著有《山野笛聲》、《彩虹橋的審判》、《山櫻花的故鄉》。

阿姨的馬告

當老鼠屎變成萬靈丹

啟明‧拉瓦

這些人催生國家公園，顯然是希望藉由設立國家公園，
以國家公園法的規定來達到保護檜木及育林的目的。

　　最近覺得有點煩，因為身邊的朋友知我熟原住民消息與議題，不約而同都問我下面幾個問題：馬告國家公園在哪裡？原住民為什麼反對設立國家公園？又為什麼叫做「馬告」國家公園呢？前兩個問題很複雜，因為其中牽涉政治、經濟與族群的議題，至於為什麼叫做「馬告」，我覺得蠻有趣，試答如下。

　　先來說文解字：馬告國家公園公告預定的範圍內，原本居住一些本土種的野牛，數千年來與環境共處相安無事。不料近來有許多外來的野馬衝入園區與本土的野牛發生爭鬥，馬要吃草木，所以想要保留樹木（檜木），不過馬嘴甚大又胡亂咬，咬到了本地種野牛的尾巴（「告」字像不像馬的大嘴咬住牛的尾巴？），於是野牛痛得衝出原居範圍，跑到台北街上哇哇大叫。

　　還是回頭看看歷史吧。1998年春，環保聯盟首先揭發了退輔會在宜蘭棲蘭山的檜木「砍伐」及「清理」事件。該年11月，由台灣環保聯盟、綠黨、主婦聯盟、生態保育聯盟、綠色和平組織、生態教育中心與關懷生命協會等單位先成立了所謂「搶救棲蘭檜木聯盟」。12月19日更組織了「棲蘭山國家公園催生聯盟」。1999年12月25日，聯盟發動數千人至台北踩街，宣揚成立棲蘭山國家公園的訴求。2000年12月30日鍥而不捨，再度發動三千人進行「守護台灣森林大遊行」，呼籲成立「馬告檜木國家公園」。

　　這些人催生國家公園，顯然是希望藉由設立國家公園，以國家公園法的規定來達到保護檜木及育林的目的。然而有趣的是，四年來，原先

1999年12月25日，聯盟發動數千人至台北踩街，宣揚成立棲蘭山國家公園的訴求。2000年12月30日鍥而不捨，再度發動三千人進行「守護台灣森林大遊行」，呼籲成立「馬告檜木國家公園」。
康士凱＝攝影

預定國家公園的名稱從「棲蘭山國家公園」到「棲蘭檜木國家公園」、「馬告檜木國家公園」，最後成為「馬告國家公園」。其中的轉變，無非不是受到過去幾年成立國家公園時，受到原住民反對而失敗所吸取的經驗。

我們再往前十年看看其他的事件。早在1990年初期，喧騰一時的「蘭嶼國家公園」本來極有可能設立成功，不料最後因當地住民（達悟族）一致反對而告暫緩。1998年初，一個由地方（埔里）發起的「能丹國家公園」設立運動，再度以保育、觀光為號召，在南投地區開展。他們的目標是保護南投、花蓮縣交界的能高山至丹大山領域中動、植物、生態、古道、先民史蹟等珍貴資源。雖然內政部當時也表示將考慮規畫此一國家公園的設立，然而，經過一年多的努力，最後仍告失敗。其最大原因，也是與1990年的蘭嶼國家公園遭遇的問題一樣——遭到當地原住民誓死反對。而原住民反對設立國家公園的基本理由就是：國家公園法限制了居民的生存權。

於是我們發現：有一些頭腦簡單的人認為：只要成立國家公園，就可以達到環境保護、物種保育，以及其他疑難雜症（也難怪九二一地震後有人要成立什麼勞什子「斷層國家公園」。如果是這樣，或者我們為了保護台灣島上所有珍貴資源，乾脆宣稱成立「台灣國家公園」如何？）。我們也發現，現有國家公園的範圍，竟然大多設在原住民族的居住地上；我們也才發現，國家公園必須尊重範圍內居民的觀點；我們更發現：原住民是可以起來反對國家公園的。而這些過去我們所不知道他們早就發現了，於是我們看到了，這個國家公園所選用的名稱，最後竟是大多數漢人都不懂其義的「馬告」！

阿姨原先也不懂什麼馬告國家公園，她在電視裡看到一些原住民上街抗議反馬告的新聞後問我，我用泰雅母語跟她說是「Maqao」啦，她

吳僕射＝攝影

動物園內

瓦歷斯・諾幹

當他們在烈陽下工作的同時，不免會把動物園和部落森林做個比較。
動物園內的動物充其量僅只是觀賞之用，
讓所謂未曾涉及森林的都市人增廣見聞，
這對於日涉森林的部落住民所觀察到的動物本性，
無論如何還是有天壤之別吧！

「有一天，我會帶領孩子參觀動物園，讓他知道
那一塊石頭是老爸扛上去的。」
王煒昶＝攝影

「這將是亞洲最巨大的動物園！」工頭離開象屋時，面對著縮居在裡處的一群人說著。他們遠從遙遠的山巔部落來此，往常他們捕獲野獸，現在卻要為著生活替動物建造居室，想來不無荒謬之意。

事實上，誰原來也不希望下山打工的，何況又是替動物蓋房子呢！由於部落高居海拔二千公尺上下，部落的經濟作物除了香菇，近三年來又有高冷蔬菜的栽培，可是好景不常，這些作物的價值真是每況愈下，甚至有人任蔬菜腐爛，充當土地的肥料，總比倒貼老本的好。於是放著山上的工作，他們一批人栽進動物園內，憑著強健的骨骼，建造堅硬的居舍。

當他們在烈陽下工作的同時，不免會把動物園和部落森林做個比較。動物園內的動物充其量僅只是觀賞之用，讓所謂未曾涉及森林的都市人增廣見聞，這對於日涉森林的部落住民所觀察到的動物本性，無論如何還是有天壤之別吧！

在石屋裡臨時鋪就的床鋪，一夥人常在入夜時藉著酒意發洩對部落的懷念，自然天成的歌聲有時就一屋傳過一屋；會不會，走的時候歌聲還留給動物聽？會不會，走的時候記憶還停下腳步？誰也不知道，只是有人玩笑地說：「有一天，我會帶領孩子參觀動物園，讓他知道那一塊石頭是老爸扛上去的。」星月低垂，多年後也許並沒有人注意這插曲。

——選自瓦歷斯・諾幹《永遠的部落》，台中：晨星出版社，1990年

瓦歷斯・諾幹

生於台中，泰雅族北勢群。台中師範專科學校畢業。曾創辦《獵人文化》雜誌，成立「台灣原住民人文研究中心」。現為台中自由國小教師。曾獲時報文學報導文學類首獎及詩類推薦獎、聯合文學小說新人獎、台北文學獎散文首獎，陳秀喜詩獎等。著有散文《永遠的部落》、《想念族人》、《番人之眼》，詩集《泰雅孩子・台灣心》、《山是一座學校》、《伊能再踏查：記憶部落族群的泰雅詩篇》等。

豆類媽媽傳奇

乜寇・索克魯曼

原本我以為那些都是豆子，
這也讓我想起了小時候部落好像也曾經有過那麼多種類的豆子。

　　Ecology之「eco-」具有「家」（oikos）的意義與本質，它是有關於家的種種知識、討論的學科，尤其專注於自然是生物之家的意義之上。於是什麼是家、誰的家以及如何是家？是該學科的基本問題假設。那Bunun（布農族）是如何思考「家」的呢？「taki」或許是非常關鍵的一個日常字，它是「居住」的意思。

　　Taki isak asu?（住　哪裡　你）你住在哪裡？

　　Taki han sak Buhkiu.（住　在　我　望鄉）我住在望鄉。

　　做為居住的taki背後延伸了認同、歸屬與擁有等的價值意涵，許多布農族的社群、氏族都依此定名，如望鄉就是巒社群「Tak-Banuaz」，部落裡面有「Taki-Hunang」、「Taki-Ludun」等氏族。

　　然而taki也是「大便」的意義：

　　Taki isak asu? 你在哪裡大便？（或你的大便在哪裡？）

　　Taki han sak Buhkiu. 我在望鄉大便。（或我的大便在望鄉。）

　　為何論及Bunun之家的taki是居住又同時是大便？這必然有Bunun理解自然的理由。我們可以逆向思考的是，大便的前生就是食物，於是Bunun藉著「吃」吃出了它居住的範圍、社會關係，乃至於自然世界的想像。根據傳說，Bunun是從Naikulun[1]人的地底世界偷得穀物的種子，射日傳說（manaq vali）也記載，月亮教導了先祖種種以小米為核心的祭典禮俗（is-lulusan）、禁忌規範（samu）等知識文化體系。日治時期水稻取代了小米，Bunun傳統文化便正式宣告瓦解、改變。

　　2008年6月筆者（乜寇）與南島民族研究中心的夥伴參與了在秘魯庫斯科市的第11屆國際民族生物學大會（The 11th International Congress

---

1 Naikulun，iukul就是尾巴之意，Naikulun是就是長有尾巴的人，居住地底之下。

of Ethnobiology）[2]。當時在大會網站上有一張多樣品系的馬鈴薯照片吸引了我的目光，原本我以為那些都是豆子，這也讓我想起了小時

候部落好像也曾經有過那麼多種類的豆子，後來才知道原來那些都是馬鈴薯，令人驚訝的是安第斯山脈地方竟擁有多達三千多種的馬鈴薯品系。當下我心想Bunun也有如此農作多樣性的文化成就嗎？尤其經濟農作已經完全霸占了部落農地的現代，我非常不樂觀，後來聽說鄰居Tina-Ibu[3]仍然持續種植一些taki simuk[4]（傳統豆類）。有一天我與研究中心的夥伴拜訪了她的耕地，彼時我內心是憂喜參半、情緒複雜，喜的是我們確實看到了一些豆類農作，憂的是為何都被種在耕地四圍的qotun（土牆或田埂）上，或甚至野地，經濟農作則占滿了主要的耕地，我即刻聯想到這如是原住民被邊緣化的具體圖象一般，心中感到哀戚。

Nanu ko enkun qabasang tu luaz isuaz han qansal`i, mani ihan islasila`i. Paqpun heza ka benu paun tu pulavaz-sila`i, maq epun mai pihanun qoma`a masuaz`a tinkalangpang epun!（他們以前本來就是只種在qansal處啊，不然就是旁邊的地方。所以有豆子就叫做「旁邊豆」啊，它們如果被放在耕地裡面種的話，枝椏就會四面橫生啊！）

喔！原來如此。這令我們對taki simuk更為好奇，也開始產生了一些疑問，特別是它的命名。首先傳統豆類為何要統稱為taki simuk？因為Bunun已經有稱豆子的名詞，也就是「benu」，這是所有豆類的泛稱；另外為何豆子裡面又可稱為「pulavaz」？換句話說Bunun關於豆子有三種稱法。後來才知道豆子裡面豆莢為扁型的被歸類為pulavaz，其餘的則是benu，但樹豆「qalidan」與綠豆「layan」等自成一格。但為何是

2 參與大會官方網站：http://www.icecusconet/。
3 Tina-Ibu，Tina是媽媽、阿姨等意義，Ibu則是豆類媽媽的名字。
4 Taki simuk，Bunun傳統豆類農作的專稱，simuk是「遭廢棄的耕地」之意。

taki simuk？它是什麼意思？是「住在廢棄地的（農作）」之意嗎？喔！原來這裡taki是大便的意思，也就是說它是「被大便在廢棄地的（農作）」，但是誰的大便呢？以前的先祖也非常好奇，在他們的觀察之下才發現，原來傳統收割之時會掉落一些穀物，老鼠、小鳥等小動物吃下這些食物，未能消化的就又被大便在廢棄地裡，一段時間後，豆子又再度發芽、結實，成為人們意外獲得的食物。

　　然而更讓筆者感到疑惑的是：讓Tina-Ibu如此堅守taki simuk生物文化多樣性的力量是什麼？究其原因這原來是她對於已逝的母親的思念。小時候Tina-Ibu都跟著母親一起至耕地學習種植，建立了對耕種的喜愛與知識，有一天小Ibu肚子突然劇烈疼痛，就連巫醫也無法醫治，當時更沒有什麼現代醫療，某天黎明母親煮了一碗benus Tinaul（鄒豆）給她吃，沒想到肚子就這樣痊癒了，再也不會痛了。婚後懷第三胎時某天肚子也劇烈疼痛，她想起小時候母親的豆子湯，於是丈夫跟鄰舍要了一碗benus Tinaul，吃下肚子後就痊癒了。

　　Tina-Ibu說：

　　Mai iliskin`un ku`a, sintesaq opa epa tin nak ta o! na via epa tu na niap tu asa mahanant`i benu`i?（如果我仔細想，那或許是我母親做夢夢到的吧！否則她怎麼會知道要去煮豆子湯呢？）

　　Tupa ka tina tu, ma binanoaz mai nitu masusuaz`a, maleitaz dau. Na minsoqlang`a tastu lumaq!（母親說，女人若不會種植，是懶惰的。家人會因此挨餓。）

　　現在身體不太方便的Tina Ibu仍然還是繼續種植taki simuk，也已成為東谷沙飛學校關於傳統耕種知識的部落講師，她在水田裡的農舍是東谷沙飛學校上課的重要地點，Tina-Ibu就會在那裡分享taki simuk的知識與故事。有時說到傷心處她會說：

Ma sak mai tini tini ka pisbabaqbaq sak tangis, masmuav nak`a isang idip mililiskin tina……, Ma sak mai tini tini sadu ki sinsuaz`a, liskin sak tu …o…dau tina masnava tu mopa masuaz`a, mai hezang al manaskal sadu ki sinsuaz maviske. Matin mopata sakin masalpu ki di minmadin naka sinsuaz las`a…tu al…mai hezan tina al manaskal nai sadu tu "Ai! Mavusqe su`a sinsuz`i!" （我若一個人的時候我會痛哭流淚，我的心很容易就到媽媽那裡思念著……，我若一個人的時候看著所種的，我就想起……喔……就是媽媽教導我要如此耕作的，她若還在必定很開心的看著所種的很豐盛。我會如此的難過當所種的結實纍纍時……就……如果媽媽還在的話她應該會很開心的看著說：「啊依！妳種得很豐盛啊！」）

Taki simuk做為一種媒介，不僅成為維繫Tina-Ibu與其母親之間情感的一種方式，也讓Tina-Ibu守住了一個做為傳統Bunun女人的價值與本分。而從taki之於家的意義看來，「家豆」或許是taki simuk最佳的詮釋。

——選自孫大川等

《我在圖書館找一本酒——2010台灣原住民文學作家筆會文選》，

台北：山海文化雜誌社，2011年

乜寇・索克魯曼

南投縣信義鄉布農族望鄉部落巒社群人。
靜宜大學生態研究所畢業，現進修於台
灣浸信宣道會神學院，於斗六浸宣教會服
事，自由作家。著有《東谷沙飛傳奇》、
《奶奶伊布的豆子故事》等書。

木屐

白茲・牟固那那

王煒昶＝攝影

日本人走了之後，天生善於奔竄深林山壑間如高山山羊、野鹿的鄒族族人，
就捨棄了彎彎曲曲的日本大道，走自己覺得抄近方便的小山徑，
族人的心靈也被釋放得有如天空一樣的寬廣，
可以照自己原來的生活方式來生活了。

人一到某個年齡，就是這樣容易懷舊，也就是人家講的：「少年人是活在夢想中，中年人是活在現實中，而老年人是活在回憶中。」真的，我看到很多年紀大的人，手上的東西剛剛放下就立刻忘記放哪兒了，可是對兒時的種種卻記憶猶新。曾經有一位長輩，八、九十歲了，整天就是小時候怎樣，我娘怎樣的，把他的童年說得活靈活現，好像他是一個七、八歲小孩，隨時要向他的娘撒嬌，討他娘疼愛似的，難怪雖是鶴髮，卻童顏可愛。

唉！我怎麼盡是記起遙遠的童年？難道我真的那麼老了嗎？年紀也許不算老，我只是喜歡追憶逝去而不可能再有的那個情境罷了。

我來到新莊老街採購一些年貨，邊走邊瀏覽每家商店堆積如山的年節用品，吃的、用的、穿的應有盡有。突地耳中傳來清脆「叩、叩、叩、叩」的聲音，感覺上似乎是很熟悉但又很遙遠，我回頭搜尋那聲音的來源，瞥見一位妙齡女子足跛著久違的木屐，難怪聲音那麼熟悉，只是感覺上好像已經隔了好幾世紀沒有聽見這樣的聲音。那位女子穿的木屐非常的精緻，從它的樣式來看，想必是日本進口的吧。

在這午後的老街，黃昏還沒有來到，也就是夜市還沒有開市之前，這條老街的此刻和黃昏後沸騰的景象是全然的不同，在這樣的時刻，聽見「叩、叩、叩、叩」木屐叩地的聲音，是有些突兀的感覺，擔心這聲音會不會把那個正在店門口的破椅子上打盹的老老闆吵醒，擔心這聲音會讓那位老老闆像我一樣，陷入那個人人穿木屐，處處聞見「叩、叩、叩、叩」木屐叩地的記憶裡。

回憶穿木屐的年代，並不是說我愛穿木屐，其實我不喜歡木屐，特別是那種用帶子穿過腳大姆趾和腳食趾縫的那種木屐，偏偏我的阿莫（鄒語父親之意）喜歡給家人準備那種的木屐。小的時候，洗好澡寧願打赤腳也不願穿那種木屐，要到上床前才再洗腳穿著木屐直接上床。這

大概是因為我的腳趾頭瘦小沒肉的關係吧，鞋帶會把趾縫勒得很不舒服。無奈的是，在物質缺乏的年代，就像外子常跟我說的：「窮人有什麼吃什麼（有什麼用什麼），而有錢人是要什麼有什麼。」也真的是那樣，沒有好選擇的餘地。而此刻在我腦海裡起漣漪的不是穿木屐的問題，而是製造木屐的回憶。

　　大概是八歲的時候吧，在山谷裡單獨就那麼一戶的我家，除了按著季節來收購如筍干、棕櫚籜等山產的人，是難得有外地人來。有天，我和弟妹在院子裡玩，忽見一群肩挑著扁擔的人從我們竹屋上面的山徑走下來。

　　「那不是鄒（族人的自稱，或是稱其他原住民）。」弟弟喊著，因為我們族人都是頭頂著裝貨物的籐筐，背籐筐才不會防礙走狹窄的山徑。因為很少見陌生人，漢人尤其少見，我和弟妹都怕得要死，我抱起大妹，和大弟一面沒命的往竹屋裡跑，一面嘴裡喊：「布杜、布杜、有布杜（鄒語，漢人之意）。」我的阿莫聽見我們這樣喊，就走出去和他們打招呼，那群人也正好來到了土場子。我們幾個孩子有的從門邊，有的從窗邊個個伸出半個腦袋，瞪著骨碌碌的大眼睛，看看這些「布杜」要做什麼。

　　因為是戰後沒幾年的時間，大家還沒有學到其他可以溝通的語言，所以除了和鄒族族人可以用鄒語之外，要和其他族群溝通，只有日語可以用。我的阿莫和那些「布杜」中的一位用日語咿哩哇啦半天，其他的人開始閒聊。阿莫進來竹屋，告訴我們這些「布杜」是要做木屐的，我們幾個小土包子說問：「要做什麼木屐？跑我們這裡來做木屐？」我們只知道木屐這個東西，不知道木屐是用什麼東西做的。

　　我的依諾（鄒語母親之意）說：「就是把『布杜樹』（鄒族稱油桐樹叫布杜樹，意即漢人樹，大概是漢人介紹種植的吧）砍下來做木屐

啊。」我趕緊問依諾：「要砍哪邊的『布杜樹』？」因為要砍哪座山的「布杜樹」攸關我的那顆心，依諾說：「就是日本大道的上面那一塊。」日本大道是日據時代，日本人為了方便控制鄒族各聚落，命令鄒人開挖的路。村與村之間可以藉此路互通，日本人也命令族人一定要走這條路。後來再整平一些，路的寬度可以行駛吉普車。因為在日本人高壓政策下，族人只好乖乖走它，但是日本人走了之後，天生善於奔竄深林山壑間如高山山羊、野鹿的鄒族族人，就捨棄了彎彎曲曲的日本大道，走自己覺得抄近方便的小山徑，族人的心靈也被釋放得有如天空一樣的寬廣，可以照自己原來的生活方式來生活了。

聽到是日本大道上面的那塊「布杜樹」園要被砍，心中也好像被砍一樣。你知道嗎？在春末夏初的時候，「布杜樹」開白花的季節，整座山可是一片白色，美麗極了，當你站在它右邊山脊，當曾文溪的風沿著竹腳（地名）的山谷往山上吹來時（初夏吹來的南風），滿山的白花如同白浪（那時我還未曾看過海，是我那見過海的小叔叔說的）一波波的，真是美哦！

到了十月以後，我們只要有時間，不管是大人小孩，就要背著籮筐在落盡樹葉的「布杜樹」園裡，撥開枯葉尋寶，就是撿拾「布杜樹」成熟而掉下來的果子。它的果子雖是圓形（大約是土芭樂大小），但是有稜角，在秋高氣爽的日子，有時在樹上太熟了，掉在地上的時候，就不是整粒果子啦，而是籽粒（一個果子約有五粒板栗那麼大的籽粒）散得山坡到處都是，當你看到果皮時，就得更小心撥開枯葉仔細找籽粒。背回家的「布杜樹」果堆起來，家中任何人在任何時候，只要有時候，都可以拿起可用的東西，包括釘子、鐵湯匙等，把「布杜樹」籽粒挑出來，把它曬乾了，就背到村子裡的商店換些日用品回家，年復一年，有關「布杜樹」就是這樣的生活和工作，初夏欣賞白色的油桐花，深秋撿

拾它的果子。聽說布杜樹籽（油桐樹籽）可以熬煉成機油，可以增加飛機、汽車和各種機器的力量，或是製成油漆，大概是這些用途吧，我是不懂。

到了我十幾歲，不知怎的，村裡家家戶戶都堆得有幾噸的「布杜樹籽」，村裡的商店拒絕收購，因為外面的生意人也不來收購「布杜樹籽」。是到了後來才聽說是被進口石油取代了，因為石油比「布杜樹籽」好用多了，不過，這是做木屐以後的事了。

當然我不能說出心中的不甘心，因為我的阿莫已經和他們談好了，雖然其他地方也有「布杜樹」園，但他們看中這一塊，大概是比較近，他們出入工作比較方便的緣故吧，而且是集中一大片，整面山都是。而我這麼小的小孩哪有可能影響到大人的決定，只好繼續傻傻的從門邊探出半個頭看這些「布杜」做什麼？

當他們的代表和我的阿莫談好了，那些「布杜」就拿起刀或鋸子分別往竹林間，有的往麻竹林，有的往桂竹林，因為竹屋四周就是自家的各類竹子，沒一會功夫，都各扛竹子回來，動作很俐落地在土場子的一隅搭起了一間工寮，也用竹子搭通鋪，用石頭立兩口灶，也釘一只簡單的桌子，然後把他們挑來的擔子裡的物品拿出來，棉被、工具、鍋碗、食物等各按其位的擺好。而我們小孩都像是被釘在那裡的標本，傻傻地目不轉睛的看，一會看見我的阿莫出去跟他們說話，一會他們找我的阿莫問什麼，然後我的阿莫又出去告訴他們什麼什麼。我的依諾逕自在屋裡做她的家事，偶爾也叫我去幫忙，沒一會我又像個標本似的立在門邊偷看這些「布杜」。在傍晚時分，其中幾個人從林間撿了些乾柴回來，他們開始煮晚飯了，等煮好了，他們在那只小桌子上擺上一塊豬肉，還有其他別的東西（因為有一段距離，看不清楚），然後燒了香在那裡拜拜。「布杜」的拜拜我知道，都是聽我的阿莫講的，我們鄒族拜神不是

白茲・牟固那那／木屐

這樣拜法，是不一樣的。突然間有霹哩啪啦震耳欲聾的響聲，嚇死人啦，我都長那麼大，還沒有遇過這樣的事情，弟妹嚇得只是眼睛瞪得大大的，露出恐懼的眼神，還不敢哭，我趕緊抱起大妹，拉起大弟往依諾那裡，嚇得還差點摔跤。我的依諾說：「不要怕，那個叫巴古吉古（日語鞭炮之意，鄒語裡沒有鞭炮的名稱，只得用日語），這是他們『布杜』拜拜的習俗。」沒一會，那位一直和父親交談的人拿了一塊豬肉和一些糖果進來，說謝謝我們給他們方便。看到那些糖果，我和弟妹都忘了剛才放鞭炮時的驚嚇。

第二天，那些「布杜」們也是起了個大早，吃完早餐就各拿工具往日本大道上面的「布杜樹」園走去。沒一會，就開始聽到樹倒下的聲音，和著他們彼此大聲談話的聲音，每一次聽到那會開美麗的花的油桐樹倒下的聲音，我的心就像是被砍痛似地抽緊一下。

他們是帶著便當去做工的，所以一直到傍晚時分才回工寮。每當他們收工回工寮的時候，每個人都挑著當日所製好的木屐，堆集在土場子上，讓它乾。他們製作的木屐有兩種，一種是前面提到的帶子穿過腳大姆趾和腳食趾縫間的，它的底是就原本鋸出兩道約一寸厚、橫向的凸出部分，這樣，當腳穿上這種木屐的時候，腳就離地比較高但又不會有太重的感覺，就人的腳的長度略呈長方形。另一種的形狀就像現在的拖鞋一樣，是要在腳趾的那一段釘上帶子。在以前的時候，前面的那種木屐是男人穿的，而後面這種是女人穿的。

這些「布杜」工人日出而作，日落而息，等木屐堆得土場子堆不下的時候，他們就會挑到有火車的奮起湖，讓火車替他們運下山。在那時代，火車是對外唯一的交通工具，而奮起湖離我那個山谷中的家，就這樣習慣於山林工作的人來計算，搬運物品的路程單程一趟最快也要走兩個半小時以上。算來他們也是滿辛苦的，但我不管，誰叫他們偷走我心

中美麗的白色波浪。

當整片山的「布杜樹」砍完的時候，也就是製作木屐的「布杜」工人回他們家的時候了。我不知道他們總共做了多少雙木屐，反正整山的「布杜樹」不見了，以後我的白色波浪也不見了，小小的心不覺惆悵起來。

在我記憶中，製作木屐的「布杜」工人好像入秋的時候來的，大概做了兩個多月就回去了。沒多久，又來了一批「布杜」，這回說是要砍桂竹，因為這是砍竹子最好的季節。

「砍竹子做什麼呢？」我們又問我們的阿莫，這回我和弟妹已經對「布杜」沒那麼好奇了，因為前陣子每天和「布杜」見面。阿莫說：「竹子砍下來做木屐。」「竹子也可以做木屐？」上次做木屐的「布杜」工人剛來的時候，因為上學而不在家的大哥發問了。阿莫說：「竹子是要削成薄片後壓平，然後貼在木屐的面上，還可以在上面畫彩色畫，木屐就變得很漂亮了。」管他的，上學上山我都是打著赤腳，漂亮的木屐關我什麼事？我心裡還是為失去白色波浪而不高興。「那是只有住在平地都市的人才適合穿的。」阿莫說。

當然了，我們只能無奈的穿上阿莫從上次做木屐的老闆在走前送我們的數十雙不曾加工過的木屐。阿莫盡了他的手藝，或用布或用棕鬚編成的繩子，穿過他自己用燒紅的鐵棒在木屐上鑿穿的三個孔，然後在木屐底下打個死結，一雙木屐這樣就可以穿了。我的阿莫，什麼都好，負責、正直、勤快、非常的敬重老人，是值得尊敬的父親。我這個作女兒的，唯一對他不滿的，就是他好像不大會分男孩女孩，叫我女孩也穿這種木屐？可是沒辦法，做木屐的老闆走之前，要送阿莫木屐的時候，阿莫就指定要這一種。

桂竹林砍了，也露出陡坡，就像原來的「布杜樹」園一樣。但阿莫

說：「桂竹還會再長，原來的『布杜樹』園，年底把它整理，可以種種小米和番薯，再間種『布杜樹』，這種樹長得快，六、七年後，它又可以開花結果子了。」為了一家人生活絞盡腦汁、勤快的阿莫，原來也有他的計畫啊。想想，等到六、七年後，我又可以見到我的白色波浪了。只要有得吃，有得玩，做一個小孩就可以單純的充滿著希望的。

到了第二年才知道，我的阿莫賣掉布杜樹和桂竹，原來是為了要蓋新房子，不然，哪來的錢興工？

塑膠工業興起，滿山滿谷的塑膠製品，各種形狀的漂亮塑膠拖鞋，木屐慢慢的被人們遺忘，偶爾看到，總是讓我禁不住跌入無限的回憶中，懷念山谷裡成長的歲月，以及那一波波綿延不斷的白色波浪。

（本文獲1999年第一屆中華汽車原住民文學獎散文組佳作）

——原刊於《山海文化》雙月刊第25、26期，2000年10月

——選自白茲·牟固那那《親愛的Ak'i請您不要生氣》，

台北：女書文化公司，2003年

白茲·牟固那那

阿里山鄒族，終日在山林間、澗水傍與自然廝磨而成長。曾獲中華汽車原住民文學獎，作品收錄在孫大川先生所編輯的《台灣原住民文學選讀——散文卷》。

吳僕射＝攝影

紅點

伐楚古

當船身穿過最後一道防波堤，
此岸的情緒，已近似企盼某種奇蹟的張望。
潰散的魂魄，煞是那時片片的粼光灑滿了整個海面，
有一搭沒一搭無助地隨波逐流。

晨曦的第一道曙光穿透東方女奶山乳溝的雲霧之間，蒼鷹的嘯聲像一把鋒利卻脫了手的獵刀，越過山岳的稜線，削過沙布力克部落的清晨，驚擾了沉睡的大地，也驚醒了睡夢中的人們。

晨曦的薄霧中，斜斜的背影正扛著沉甸甸的木馬，一步一履朝著陡陂爬行，搶在太陽升起前摸黑趕路前往集貨台。當一切備妥時，老鼠尾的最後一股輕煙，凝結在幽暗的濃蔭裡，咳嗽聲中父親綑拾了今天第一趟的薪炭，弓著背、肩負著草蓆改裝的韁繩，使力的吆喝聲交錯在汗水間，滿載薪炭的木馬沉重地和底部上了油的木條摩擦，爆出了陣陣濃烈的香味。不分晨昏，它們驚險地滑行在崖邊的羊腸小徑。

山上的林木，逐漸因燒木炭之需，一棵棵的倒立聲夾雜著樹木倒立前伐木工人的警告聲此起彼落。不時，還有我們當年童稚時的笑鬧聲迴盪在整個山谷。

此景此情，28年了吧！好像很久了似的，卻又記憶鮮明得彷彿才是昨日的事。

前鎮的新漁港，老父和他的同事們還有眷屬們浩浩蕩蕩的、靦腆又躡手躡足地穿梭在一檔接一檔的漁船滑膩的甲板上。當晚又依序魚貫地住進船公司安排的破房子，充當是臨別前的過夜處。夜裡的燭光雖然昏暗微弱，卻模糊不了所有人凝重的面色。濃烈得令人作嘔的魚腥味混雜在柴油味中，順著微弱的海風飄進了悶熱的房間，另有陣陣的蚊子兵團讓大夥久久不能入眠。夜半，父親們以他們年代最擅長的口琴伴奏著悠揚而淒美的日語歌，隨著時而揚起時而沉伏的琴聲和節奏的起落，含蓄地將離情的不忍、千萬的疼惜和叮嚀輕輕地釋放，同時，也深深地埋藏。按耐不住時，也只能暗裡飲泣——怕是憂心會點破了彼此內心最後的一道掩飾和保留吧。而美耐板隔間外也不時傳來細碎的交談、啜泣、呻吟和口角聲，似乎一直到天明。果然，翌日，無一倖免的，所有人紅

腫了雙眼，拖著疲憊的軀殼，拎著塑膠袋裝的行李，無魂地登上已整裝待發的漁船。幾乎是同時，家眷們掉頭爭先恐後地搶搭在旁等候的計程車，直奔聽說是叫「哈馬星」的地方。果然，先到者已排列在西子灣畔，靜候將通關的漁船出現。不久，在寂靜中隨著漁船緩緩地駛出而爆出驚叫聲，其實，那應該是嚎啕的哭聲吧，類似幼年時我們不太能靠近的喪事場景；只是，那呼天搶地場面又更浩大了些。更令我留意的是，雙方依依不捨揮手之後，隨著船身駛離，送行的人也拉開了距離，揮動的姿態也更加用力，同時逐漸拉開了嗓門淒厲地嘶喊，最後不約而同地，各自掏出鮮明的紅色或黃色的布條或衣服，持續地揮舞。當船身穿過最後一道防波堤，此岸的情緒，已近似企盼某種奇蹟的張望。潰散的魂魄，煞是那時片片的粼光灑滿了整個海面，有一搭沒一搭無助地隨波逐流。

撕破了的喉嚨，只能發出沙沙聲，偶爾還嘔出受盡委曲的哽咽，終至，跌坐在碼頭邊孤立的纜樁前。轉眼之間，防波堤外尚在舞動的紅衣，隨著12哩的極限，也漸漸縮成小紅點，最後消失在海平線上。

28年了吧！好像很久了似的，卻又記憶鮮明得彷彿才是昨日的事。

如今，偶爾再憶起這一段往事，依然叫我肝腸寸斷。

曾經，我們在寧靜的山谷中，可以清晰地嗅得對面山頭的笑聲，或是Ena們悠遠的歌聲，起碼尚有午間的炊煙能暗示生命依然的跡象。即便是在那個年代，就已經可以從大人們憂鬱的愁容中察覺山雨欲來之勢；然而，他們卻還能守住田園，還能懷抱著日漸衰竭的土地，和眷顧貧病交加的父老。

事隔多年，至今，多少哈馬星的紅點前仆後繼地消失在海平線上，當東方再發白之時，山雖然還是山，卻蒼涼、荒蕪了許多，不知何時遭廢棄的空屋也湮沒在叢生的蔓草中，好似那個孤獨的VuVu，又在近午後

的豔陽下，斜斜地靜坐在他前院那年久失修的矮牆上，就連蒼蠅也吝於停在他的禿頭般的悲涼。乍看之下，有時，我還懷疑他那一雙已曲捲變形、拄著拐杖略為顫抖的手指，是不是枯藤呢？

這幾年間，我仍然還會偶爾地前往哈馬星的西子灣畔，懷著幾乎朝聖的心情。想起當時父親、大哥、堂哥和多少徬徨的族人都曾經是消失在哈馬星外的紅點。母親總是會拎著我參加那一次次撕裂肝腸的盛會。事實上，當哭乾了的淚水隨著魂魄潰散，他們的故事才剛要上幕呢。

男人們的遠渡重洋，朝著陌生的汪洋，求得已遠在天邊的妻兒一瓢一餐餬口溫飽之時，在一洋之隔的天邊，沉靜的故鄉，也將陷入愁雲慘霧的悲劇。尚未平撫失去男人呵護的女人，守不住微薄的安家費支撐起的家園，也紛紛捲起袖子投入生計而離棄家園、稚子，有的沒入更黑暗猙獰的榮華假象中，浮沉在萬劫不復的不歸路。眼看著部落從充滿歡悅聲到日漸稀有的童稚聲，到末幾年，也僅剩夜半偶爾的狗吠聲，就連當年晨昏時的炊煙，也懶得再升起。

偶爾，部落夜裡的騷動是那個錄音機僅一、兩台的年代。海外的紅點久久捎來抬頭寫著「自由中國台灣省……」的家書，還夾帶著比安家費更貴重千萬倍的錄音帶。

常常在一封信紙中，文字拼拼湊湊的，極富創意的造句交錯著中文、日文，也有委託識字的同事代筆的。最精采的可是一間客廳和庭院擠滿了一個個又期盼、又嚴肅、又凝重的表情。錄音帶依舊傳述著屬於古老部落的倫理，妻女父母會自動按照在海外子弟的輩分，認命地依序靠近錄音機旁聆聽遠在天邊卻又彷彿在眼前的聲音，內容當然是健康快樂、事事順利、趟趟滿載，所以當然不必掛念等等台詞，而未必是真實的訊息。儘管如此，卻總能博得他們一笑。至少聲音聽來像是不假，所以即使是斷手斷腳也罷，至少肯定還是活著。那樣的場景，像極了巫師

（靈媒）在五年祭前召喚已往生的祖靈，與陽間子孫對話、寒暄，細訴多年前尚在人間時片斷共同的記憶。一方面是辨識身分，二方面是聊表思念之意，同時也期盼將來在祖靈聖地重逢。隨著帶子轉動，有淺淺的笑、有輕聲啜泣、有疼惜的數落、竊笑，時哭時笑，常令我們這些孩子們一頭霧水，直至深夜也不捨離去，不論和自己有沒有密切關係，卻也樂得分享所有的悲喜，最後，竟有的乾脆聊到清晨或疲憊地睡到次日，或者抱著薄被蜷縮地哭倒在牆角，一直到天明。

那個破落荒城年代的部落，在難眠的深夜裡，時時聽聞年邁的VuVu們孤獨的舉杯聲和間歇的獨唱低吟，劃破靜夜星空，時而對天際的祖先們和已先幸運逝去的老友哭訴；時而咒罵遠渡重洋的兒孫們情何以堪地棄家園不顧。這當然只是酒後的數落，見多世事的老者，未必是真的責怪，只是偶爾宣洩悶得發慌和百般無奈的心情。然而，我仍然會認真地去試圖解讀孤苦無依而泛著淚光的眼神。

最讓自己甘願磨碎肝腸的場景，是大哥在傳述中趟趟滿載的三年後。當然，同樣是在殺千刀的哈馬星。

按照船公司通知的返國日期、進港時間，那天老媽又拎著我，與親友們浩浩蕩蕩包了計程車趕往哈馬星碼頭聚集接船。不巧的是，大哥的船和另一艘同時通關，並排在同一檔。不一會兒，突然一片沉寂，第一檔船的梯口，首先出現了兩個白白顯然是裝載屍體的擔架。天哪！頓時一陣騷動後，又傳出熟悉的驚叫聲。說時遲，那時快，攜老帶眷的一群人衝破軍警的警戒線，死命地往船梯口方向衝，夾帶驚惶的哭聲。他們並非是往屍身處衝，而是去捉活人，歇斯底里狂亂地認人，場面一片混亂；有的先捉到了親人，即當場破涕而笑、死命地擁抱，有的持續瘋狂地到處搶人。這不如說是另一種形式的「搶親」吧。

所幸，雖然大哥在錄音帶裡，不知是因為當地土人的度量儀有異，

或是他分明是刻意謊報180公分的身高，外加曝曬過度得簡直炭似的，令人一時難以辨認，著實地讓我們演了一齣要老媽老命的驚魂記。據我所知，當年的通訊並不十分發達，通常海外的一些意外，為了不讓家人憂心，大部分都建立了三緘其口的默契，船公司也模稜兩可、語焉不詳地樂於掩飾。因此，這個當下突然出現了包裹的屍身，所引爆的結果是可想而知的。

因為，當時冷靜的老媽發現黑得像炭、卻還仍舊穿著那件長袖紅衣倚在鋼纜齜牙咧嘴傻笑的大哥後，便落荒而逃地離開碼頭。也因此到底最後屍落誰家，就不得而知了。反正，一定有苦難的母親像是冬眠的蝸牛突然莫名其妙被踩死般晴天霹靂地承受這些磨難吧。後來僅聽說罹難者皆是鄰船的阿美族人。

於是，我們又前呼後擁地包了兩部各是兩千元的計程車，僅在途中的海產店花上兩千元算是替他們洗塵，之後，直奔老家。進部落前，老父和親戚們依照穿越地域臨界的習俗，也備妥了長得離譜的鞭炮，迎接這些看似落難卻又含羞竊笑的遊魂歸來。記憶中，兩相凝望的神情恍如隔世，此番情景，可以延續在日後探望年邁卻仍留在世間的長輩們時，在相擁中細訴思念，一如舐舐彼此受創的傷口，而泣不成聲。

約歇息一個月後，船公司通知前去結帳，大哥拎著老媽，會同難友包了計程車前往。傍晚返家時，只見老媽尷尬地比洗手的手勢，原來分紅結帳只得四千新台幣。大哥楞楞地蹲坐一旁靦腆地傻笑，而在另一旁的我，心想：好小子真有種，還笑得出來。事實上，要不然呢？當時，幾近是殘敗乞討只求一家溫飽的原住民，能對財大氣粗的船公司怎麼樣呢？而之後的幾十年來，這齣一幕幕的苦難依舊在上演，和日漸荒涼的故鄉互映成「灰」，有趣極了。

從此之後，我就相信，亡矣！不用多久我們這一群曾經縱橫山林、

敬畏天地、千年與土地唇齒相依的子民，也將會步入平埔族人的後塵，無聲無息地消失在這塊土地上。只是，那還得眼睜睜地像是看著自己的母親在遭人蹂躪、輪暴後，落寞、痛苦地在自己眼前枯萎、腐敗、死亡；而自己還得慢慢啃噬自己的靈魂。

恰似，28年前那哈馬星最後的紅點，寂靜地消失在蒼穹無垠的海平線上時，他們的遺孤卻屈辱地、無助地在自己荒漠的土地上流浪。

而，不論，你是多麼的絕望和不甘，也罷。

（本文獲1999年第一屆中華汽車原住民文學獎散文組第二名

——原刊於《山海文化》雙月刊第25、26期，2000年10月

——選自《台灣原住民族漢語文學選集》散文卷下，

台北：印刻出版公司，2003年

伐楚古

台東排灣族，26歲返回部落學習傳統木雕、陶作。35歲於台北成立獵人工寮，嘗試鐵塑、石雕、繪畫，並開始從是詩與散文的創作，為跨多項創作領域的原住民當代藝術家與作家。曾獲中華汽車原住民文學獎。2010年過世。

王瑋昶＝攝影

祖靈遺忘的孩子

利格拉樂·阿𡠅

經過生離死別的洗禮，
母親終於鼓起勇氣去開闢另一個屬於自己的戰場，
社會之於女性是殘忍的，受到道德規範的牽制與世俗眼光的殺傷，
女性用「堅忍」二字換來的卻是一身不堪入目的傷痕。

　　幾天前，母親在小妹的陪同下，風塵僕僕地遠從屏東山中的部落趕來，我清楚地嗅到母親身上芒果花的香味，恍惚中似乎又回到童年記憶裡燠熱的夏季，媽媽坐在芒果樹下溫柔地哄著我入睡的情境。自從父親過世後，母親帶著對父親的思念回到暌別20年的部落，療養生離死別的傷痛，長期蟄居氣候溫和的中部，母親當年一身健美的古銅色肌膚，如今已漸漸褪成不健康的青白，若隱若現的血液在泛白的皮膚下流動，隱藏在血管背後的是看不見的病痛。就像離開泥土的花朵終將因失去養分逐漸枯萎，當母親以一身「平地人」的膚色回到部落時，族人紛紛相信這是一個離開族靈護衛的孩子遭到懲罰的下場；因為，母親不是第一個遭到祖先處罰的例子。

　　畢竟是離開了20年的地方，儘管母親在這裡出生、茁壯，但是在社會的規範下，選擇重返部落無異於是選擇重新開始生活；漢人社會中，存在兩性之間的對待差異，隨著文化的流通，也慢慢地侵蝕了族人的腦袋，部落裡有色的眼光像把銳利的刀，無時不在切割母親的心臟，「死了丈夫的女人」、「不吉利的家族」等等字眼，如空氣般充斥在母親的部落生活中。看到母親來回掙扎於定居與謠言的苦痛，遠嫁中部的我，幾度衝動地想將母親接出部落，好讓她擺脫流言的中傷，母親卻只有搖搖頭說：「沒關係，習慣就好，大概是我太早就嫁出去，祖先已經把我忘記了，總有一天祂會想起我這個離家很久的孩子；你要記得常常回來，別讓祖先也忘了你啊！」

　　母親在貧窮的1950年代，遠嫁到離部落約有五、六十公里之遠的老兵眷村中，充滿夢幻的17歲，正是個美麗的年紀；但是在一個動亂的年代裡，為了撫養下面五個孩子，單純的外婆在「婚姻掮客」的矇騙下，將母親嫁給了一個在她的世界觀裡不曾出現的地方來的人：同年，母親國小的同學有近一半的女性，像斷了線的風箏，飄出了祖靈的眼眶。認

命的母親在被迫離開生養的部落後，專心地學習著如何做好一個盡職妻子的角色，「這是你外婆在離開家前一天夜裡唯一交代的事，她千叮嚀萬叮嚀，就是要我別丟家裡的臉，做得好不好？有祖靈在天上看著；受了委屈，祖靈會托夢告訴她，所以一定不能作壞事。」結婚後一年，母親抱著未滿月的我，興奮地回到日夜思念的部落，在中秋月圓的前一夜，趕上一年一度的部落大事──豐年祭。沉浸在歡樂歌舞中的母親是快樂的，她出嫁前外婆親手為她縫製的衣服，仍安靜地躺在衣櫃中，似乎在等待著主人的青睞，細細的繡工化成一隻隻活現的百步蛇，服貼地睡著了；當母親愉快地穿起傳統服飾，興沖沖地飛奔到跳舞的人群中時，族長憤怒的斥責聲赫然轟醒母親──她已是個結過婚的女子，那年母親18歲。

依照排灣族的傳統，祭典中的歌舞是依身分作區別的，有貴族級、有平民級、有已婚級和未婚級的，這些族規在每個孩子生下後，就有長輩諄諄告誡並嚴守。母親其實並沒有忘記規矩，錯在她太早就出嫁，18歲的女孩，在部落裡正是隻天天被追逐的蝴蝶，來回穿梭於青年的社交圈裡，但是被快樂沖昏頭的母親，卻意外的觸犯了族規。當她落落寡歡被分發到已婚者的舞群中時，竟發現她許多同窗摯友的臉孔，錯落地出現在這群略顯老暮的團體中；「那是我第一次覺得離部落很遠很……遠！」那天夜裡，母親與其他的同學喝到天亮，聊天中，知道許多女同學和她一樣，嫁到了遙遠的地方，沒有親人、沒有豐年祭、沒有歌聲，也沒有禁忌，一個人孤伶伶地生活在眷村，或客家庄，或閩南聚落裡，除了孩子別無寄託。隔天清晨，母親將少女時期的衣服脫下，仔細地用毛毯包裹好，藏進櫃子的最底層，抱起熟睡的嬰兒，在第一聲雞鳴時離開令她日夜牽掛的部落，同時告別她的少女時代。

回到眷村後的母親，第一次認真地想要讓自己成為「外省人的妻

子」，因為她知道，與部落的距離將越來越遠，最後她終會成為被部落遺忘的孩子，成為老人記憶中的「曾經有那麼一個女孩……」；但是，有許多事情真的不能盡如人意，就像母親說：「儘管我再怎樣努力，但是身上排灣族的膚色仍然無法改變，我走到哪裡，有色的眼光就像這身黑色一般，永遠跟著我。」為此，母親傷心、憤怒，卻依然無法抹去原住民身分的事實。童年的印象中，母親常常躲在陰暗的角落掩面啜泣，小小的我，不知道母親為何如此傷心？直到年歲漸長，才慢慢地體認到隱藏在她心中多年的苦處；「當你離開家，家裡的人都把你當成外面的人，回家時像作客；而你現在住的地方的人，又把你當成外面的人的時候，你要怎麼辦？」母親曾經不只一次的舉例說給我聽，當時我只天真的想：「再換個地方就好了嘛！」這般刺骨的疼痛，一直到我自己結婚後才親身經歷到，日子就在反反覆覆的情感掙扎中過下去。

父親與母親的年紀相差足足25歲，敦厚木訥的父親有著180公分高、100公斤重的巨大體形；而母親玲瓏嬌小、小鳥依人的五短身材，站在父親身旁時，常有不知情的鄰居友人，誤以為他們是父女；在現代生活中，常常聽到這樣的話「身高不是問題，年齡不是距離」，我可以認同前一句話，卻質疑下一句詞。年齡的差距，其實非常嚴重地影響父母之間的相處，小時候，家裡像個無聲的世界，除了語言障礙外，母親坦承：「我真的不知道該跟你父親說什麼？」現代社會強調的兩性關係與共同生活的必要條件，用父母的婚姻狀況來看，似乎顯得多餘又諷刺。當我上高中後，一個喜歡為賦新詞強說愁的年紀，因為找不到寫散文的題材，自作聰明地將父母的婚姻添油

依照排灣族的傳統，祭典中的歌舞是依身分作區別的，有貴族級、有平民級、有已婚級和未婚級的，這些族規在每個孩子生下後，就有長輩諄諄告誡並嚴守。
王煒昶＝攝影

加醋寫成一篇名為「歷史造成的悲劇婚姻」的散文，這篇散文意外地遭校刊主編錄取，那一學期校刊一出版，我興奮地拿回家給父親閱讀，藉機炫耀作品；沒想到，父親看完文章之後，抄起竹條便是一陣雨點般的毒打，直到午夜，被罰跪在客廳的我，仍然不知道一向溫和的父親，為什麼把我痛打一頓？事後，母親告訴我，當天夜裡父親將那篇文章唸一次給母親聽（母親識字不多），他們兩人坐在房裡，無言以對。我才知道，這不是一篇加油添醋的文章，它不但是事實，同時，因為我的無心，竟深深地刺痛這一對「歷史造成的悲劇婚姻」中男女主角的傷口。

解嚴前兩年，父親輾轉自移居美國的姑姑手中，拿到從大陸老家寄來的家書，離開故鄉40年的紛雜情緒，因為一封信與一張泛黃照片的飄洋過海，使得父親幾度涕淚縱橫，無法自持。母親目睹父親情緒的潰堤，驚訝原來在父親的心中，竟有另一個女人已輕輕悄悄地住了40年，一時之間，恐懼、傷心、生氣、忌妒……占滿她心臟與腦袋所有的空間，在父親還沒從接獲家書的喜悅中清醒的那一晚，母親拎著她所有的家當，悄然離去。我們全家都以為母親必定是回去部落了，父親帶著我們三個小鬼匆促趕上山，母親的未歸頓時在部落引起一陣騷動，有人說：「母親是跟人跑了。」也有人說：「母親跑去自殺了。」第一次驚覺到即將可能會失去母親，成為孤兒的恐懼一直侵擾著幼年的我，三天後，父親在另一個眷村找到母親的蹤跡。多年以後，父親畢竟沒趕上解嚴的列車，「沒能回老家看看」成為父親這一生的缺憾。

母親之於父親的情感是複雜的，父親生前一絲不苟的個性，常是母親數落的話題，而母親粗枝大葉的行事方法，常常就是他們之間導火線的引爆點，但也許就是這種互補的個性，多少也彌補了父母親婚姻之間的缺憾。印象中的母親，在父親的護衛下生活，所以一直讓我有股「不安全感」，在我高中聯考那年，母親因為找不到我的試場而當場落淚的記憶，更確定我的判斷是正確的；父親過世那天，母親數度因過度悲傷而昏厥，身為長女，在見到母親無法處理喪事的情況下，只得一肩扛起父親的身後事，在短短的一個星期中，我能夠很清楚地感受到自己由少女轉型至成人的變化，並開始擔心起一向羸弱的母親該何去何從，父親過世那年，她才35歲。

父親過世滿七七的那一天，母親臉上出現一股堅毅的表情，那是在父親過世之後，第一次見到她沒落淚，我當時以為她會想不開，做出什麼傷害自己的舉動，在所有的祭祀活動終告結束之後，母親宣布決定搬

回部落，「外面的世界已經沒有什麼值得我留戀的。」帶著小妹，母親回到了她曾經發誓再也不

回去的故鄉，開始另一個社會對於女性的挑戰，經過生離死別的洗禮，母親終於鼓起勇氣去開闢另一個屬於自己的戰場，社會之於女性是殘忍的，受到道德規範的牽制與世俗眼光的殺傷，女性用「堅忍」二字換來的卻是一身不堪入目的傷痕。當母親帶著芒果花香出現在我眼前時，我知道母親又走過了一段不堪回首的歲月，誠如她自己說：「我用五年的時間才讓部落裡的老人，想起那個他們口中的『曾經有一個女孩……』，也用了當初我離開部落再乘於百倍的精力，讓祖先想起好久好久以前就離開部落的那個孩子，因為這個過程很累、很辛苦，所以我再也不敢離開家了。」僅以這幾句話送給離開家好久好久的原住民族人們。

——選自利格拉樂・阿𡠄《誰來穿我織的美麗衣裳》，

台中：晨星出版社，1996年

利格拉樂・阿𡠄

屏東排灣族。大甲高中畢業。曾任靜宜大學台文系駐校作家。著有《誰來穿我織的美麗衣裳》、《紅嘴巴的VuVu》、《穆莉淡Mulidan──部落手扎》、《故事地圖》，編有《一九九七年原住民文化手曆》。

王煒昶＝攝影

哩咕烙！禰在那裡？

奧威尼・卡露斯

凡是從古茶部安部落自稱為屬哩咕烙民族的人，
不殺害牠，也不穿牠的皮，也不穿戴有哩咕烙牙的花冠，
也為自己稱呼是屬哩咕烙民族而榮耀，
不論再惡劣的環境，再艱苦的人生，永遠憑著哩咕烙的精神，
以堅韌不懈的內在生命力勇往直前。

一個古老的故事

很久很久以前，大地才剛歷經大洪水不久。阿美族、卑南族、排灣族、魯凱族四個族群還是在一起居住在東海岸的巴那巴那揚時。其中，魯凱族群分為達爾瑪克、達德樂，以及在希給巴里吉（即「轉角處」之意）的古茶布安等三個小族群。

族裡有兩兄弟，哥哥名叫布喇路丹，弟弟名叫巴格德拉斯，他們是希給巴里吉那裡的族群之首領。兩兄弟覺得希給巴里吉這一處小小的海岸沖積地，已經容不下逐漸增多的人，為了後代子子孫孫的考量，必須另尋覓地找一處較寬闊的地方可以永久居住。

於是，兩兄弟帶著他們的獵犬哩咕烙，向族人解釋離開的理由後，依依不捨地說：「哎～依！」在祝福的道別聲中，不勝離情依依地動身出發，藉太陽的指引西行。

兄弟倆沿著太麻里溪谷溯溪而上，沿路一面打獵，一面尋找他們夢中的樂園。他們順著夕陽沉落的方向前進，終於到達山頂的平台榕樹林（現在的巴魯冠聖地），以為只要跨過這個高山榕樹林台地，便是到了世界的邊緣；誰知道，他們到了山頂，遙望著西邊，才知道還有一望無際的山川和叢林，尤其是山林低處的邊緣是一望無邊的綠海草地。

他們繼續前進，翻過一座又一座的山嶺，兩兄弟疲憊不堪地來到一處人煙罕至的地方，口渴、飢餓，無法動彈。獵犬哩咕烙雖然也累得喘息不已，卻突然又矯健地消失在山林中。

眼看天色快要暗了，他們正打算趕緊四處尋找水源解渴時，哩咕烙一身濕淋淋的縱躍出現在他們面前，一邊抖落著身上水珠，一邊引領他們到一處溪谷——竟然是一潭豐沛又清澈的水源！

哩咕烙在岸邊舔水解渴之後，便躺下睡著了。不論兩兄弟怎麼呼

喚，牠就是賴著不走，哥哥布喇路丹說：「可能祖靈的意思是要我們在此永久定居。」

接著，兩兄弟謹慎的從溪邊走出來，詳細探勘周圍的地形，覺得天然條件很好，便在西邊的鞍部，選擇一處自然屏障易守難攻的地方，然後命名為「古茶布安」（即「甚美的家園」之意），也就是現在的舊好茶部落。於是兩兄弟找到一塊長方形的石柱，合力把它豎立在鞍部的山頂，表示：「我們擁有這一塊地。」並命名為大嗎嗚吶樂（Tamaunalhe），即為「永恆的記號」之意。

之後，哥哥布喇路丹吩咐弟弟巴格德拉斯朝原路回到東方的部落，邀請家屬，以及親朋好友共五家，大約二十個人左右，帶他們遷移來這裡定居。

移民者四個家庭當中，有一家族名叫爾部祿，受到族人的信任與委託，專職養育、照顧哩咕烙的生活。因他們的人品很好，又有愛心，更了解哩咕烙的習性與需求，和哩咕烙建立了深厚的感情。養育哩咕烙的爾部祿家庭，從此不管哪一代後裔子孫，頭蝨都特別多，因此被稱為「哩咕烙頭蝨的家族」。但是他們個個都很聰明、品德良善、郎才女貌，一向都是部落人人爭相嫁娶的對象。

居住在舊好茶部落下方，隘寮南溪對岸的外族，看到新來的移民者在這裡拓展他們的土地，便不斷地侵犯干擾。

有一天，眾多敵人群集在部落的防禦大門，族人和哩咕烙早已在那裡把守。只看到哩咕烙用自己的尿液沾濕尾巴，輕輕一揮，就把敵人的眼睛全部給打瞎了，族人隨後跟進收拾敵人的首級。從那之後，外族再也不敢侵犯他們。

過了相當長的一段時間，族人覺得獵犬哩咕烙已經漸漸衰老，不應該再負擔守望部落的工作，因此想把牠送回牠原來的故鄉叢林，讓牠過

兩兄弟找到一塊長方形的石柱，合力把它豎立在鞍部的
山頂，表示：「我們擁有這一塊地。」並命名為大嗎嗚
吶樂（Tamaunalhe），即為「永恆的記號」之意。
余念梓＝攝影

著更快樂自在的生活。於是，全族人開始籌備，首先是動員狩獵，將獵
到比較細嫩的山羌給哩咕烙享用，做為惜別最後的禮餐，較普通的獵物
則給部落族人享用，還有剩餘的，做為護送的人途中食用。

　　留守在部落的族人一個個用手撫摸向他們的獵犬哩咕烙話別，並
反覆地叮嚀提醒說：「千萬不要暴露在別族的地盤，以免受到不敬或傷
害，因為他們並不認識你。」護送哩咕烙的爾部祿家族和獵人們一路上
細心的照顧牠，由於哩咕烙年紀很大了，體力明顯不如當年，行走速度
頗為緩慢。但是，當他們翻過榕樹林，也就是現在魯凱族的聖地巴魯冠
時，哩咕烙突然閃電般的衝入叢林，獵人們根本來不及呼喚。不久卻聽

到不遠處傳來山鹿的悲鳴聲，獵人們隨後追尋，只見哩咕烙坐在血淋淋的山鹿旁邊等候他們。「這顯然是牠與我們訣別之前，給我們的最後禮物。」一位經驗豐富的老獵人爾部祿家族說。

獵人們趕緊讓哩咕烙享用山鹿的鮮血、肝臟和心臟，其他的肉則留在原地，等護送哩咕烙之後，回來經過這裡，才帶回去給族人分享。

他們繼續往前行，走到東邊一處寬闊的台地，這個地方終年雲霧繚繞，氣候適宜，濕氣充裕，綠草嫩葉，叢林繁茂蒼翠，動物種類數量眾多，哩咕烙的食物必然永不虞匱乏。

老獵人爾部祿，就是那一位陪伴著哩咕烙度過一生的人，緊緊地抱著牠、親牠，並唸唸有詞地說：

> 我們的獵犬啊！
> 禰是我們永恆的神犬
> 我們將會永遠懷念禰。
> 你曾經陪伴過我們，
> 尤其那艱苦的歲月，
> 你不僅以獵物養育我們，
> 而且日夜守望著我們，
> 使我們有尊嚴，
> 使我們無憂無慮。
>
> 你留給子子孫孫，
> 一潭永不被侵犯的美地，和
> 永不枯竭的泉源。
> 回到你祖先的身旁，

歸到那永恆的國度！

說完之後，他們便把哩咕烙給放走了。牠走了幾步便停住，轉頭依依不捨的再看他們一瞥，之後，牠匆匆躍入叢林，便消失蹤影。

從此，所有西魯凱族的人，凡是從古茶部安部落自稱為屬哩咕烙民族的人，不殺害牠，也不穿牠的皮，也不穿戴有哩咕烙牙的花冠，也為自己稱呼是屬哩咕烙民族而榮耀，不論再惡劣的環境，再艱苦的人生，永遠憑著哩咕烙的精神，以堅韌不懈的內在生命力勇往直前。（採錄自頭孟家族的後裔邦德樂（Pangetedre-Arubulu）

神話故事

在魯凱族還有個古傳說，當時哩咕烙（雲豹）和朱麥（黑熊）原來是非常要好的朋友，那時候哩咕烙皮膚的顏色是棕色，而朱麥則是白色。有一天牠們覺得應該和別的族群動物有所不同，於是哩咕烙率先提議：「我們互相畫對方吧！」並說：「你先畫我，然後我畫你」。

朱麥一口答應，便拿起黑色顏料開始畫，牠一面看看天空的雲彩，一面很仔細地描繪雲彩的神祕。畫完後，哩咕烙看了非常滿意。朱麥接著說：「輪到你來畫我了。」於是，哩咕烙便用手掌把黑墨全部塗在朱麥的身上，只留下胸前英文V形頸部下方一道白色欲做項鍊。

但是，朱麥看自己的圖樣後，感到非常不高興，覺得被牠的朋友愚弄而心生殺氣。哩咕烙只好立刻逃逸。從此，哩咕烙與朱麥就各走各的路，不再是好朋友了。

「骯髒」的概念就是來自哩咕烙

魯凱族最原始的語言中，關於「骯髒」一詞的概念，就是引用哩咕

烙的圖紋做為形容詞。因此，如果小孩子一身骯髒，弄得花紋認不清臉孔，大人就會說：「看看你一身，就像是哩咕烙一樣啊！」從這句話中不難理解，假如人們不曾看過哩咕烙，關於「骯髒」這個形容詞的概念又是從哪裡來的呢？

西魯凱族古茶部安系的民族詠歌裡有這麼一句：「Palailay! kalhivily ngudradrekay pinasu Lhikolavane。」意譯即：「永頌啊！魯凱民族是屬哩咕烙的子民。」此外，古人直到日本人據台灣之前，有很多人都看過哩咕烙，而且非常清楚牠的習性和特色，至少在國民黨來台後（約三十年前），老獵人Lamazao（漢名郭全能）老人家在中央山脈以西，也就是鹿鳴安的對面的阿哩叭拿呢地方，親眼看見過哩咕烙出沒。

這是哩咕烙所為

我年約十五、六歲的年紀，那時舊好茶部落有很多人在養羊。一天早上，赫然發現有一隻羊血淋淋的死在羊舍外面，而其內臟已經被吃掉了。羊群的主人漢名李虎先生，原住民的名字叫樂達默幹，他與有豐富經驗的獵人研判的結果是哩咕烙所為。從13歲開始，跟隨父親到中央山脈以東的卡哩咕嗡獵區打獵，直到25歲時，還看過兩次類似的山羌和長鬃山羊的死狀。父親說：「這是哩咕烙所為。」

印象最深刻清楚的，就是有一次父親帶我到一處高處台地，也就是魯凱族靈魂永恆的居所——巴魯冠，即是古茶部安部落的人把他們的神犬哩咕烙放回大自然牠老家的地方。那時因為我們的捕獸夾夾到一隻山鹿，為追捕這隻山鹿，大夥才有機會去傳說中神聖的禁地。

記得那是一處遼闊的平原台地，叢林高大而隱密，一年四季幾乎都覆蓋在雲霧朦朧裡，甚少曬到太陽。雨量多且雜草叢生，地上到處是沼澤，處處都可見到動物。父親告訴我：「不可以在這個地方尋獵，因自

古以來，這裡即為禁地。」

後來，我們終於放棄追蹤那隻山鹿，在折返的時候，看到一隻剛死掉的山羌，父親伸手去撫摸後表示：「溫度還熱熱的，我們的獵犬可能還在這個附近。」那時我們便以不宜打擾的心情，用輕快的步伐離去。

假如哩咕烙已經絕跡了，我想，可能有兩個原因。首先，自從日本人入侵台灣後，帶來了鋼絲鐵線，造成原住民方便利用製造捕獸夾和繩套的工具。魯凱族雖視夾到哩咕烙為最大禁忌，但有些時候，哩咕烙沿著其他動物的路徑行走時，常被誤夾而身亡。

再者，其他民族視哩咕烙皮和豹牙為珍貴的裝飾品，使得濫殺哩咕烙的習俗形成男人的榮耀。在排灣族社會，每年的豐年祭盛會裡，穿著哩咕烙皮衣到處可見，甚至也有魯凱人不惜一切代價，以殺五條豬的重價祭神，只為取得穿著哩咕烙皮。

當然，我們在此不討論是對或錯；重要的是，這些哩咕烙皮難道不是台灣的哩咕烙嗎！近三十年來台灣社會變遷、價值觀轉型，狩獵的人愈來愈少，就是給野生動物有個緩和喘氣的最好機會，也讓大自然生態有個復甦的時間。

為此，我一直保持樂觀態度，也相信台灣的特有動物、西魯凱族古茶部安部落的神犬哩咕烙一定還存在。不但存在，而且已經繁衍許多小哩咕烙了。因此當我向東方揮搖煙火祭神的時候，我總是學我老爸的祭語說：

Lhikolao! Ka taopungu nay,
哩咕烙啊！我們的獵犬，
Amani su avava ki mubalhithi nay,
禰是我們祖靈的寵兒，

Amani su ku taopongo nai ka ngodradrekay.

是我們魯凱民族的神犬。

Amani su ka ma ilukuki mu-balhithi nai muaky,

禰曾經帶領我們祖先來到一處，是

Sia tatase ko alhisapesape,

以磐石為地基，

Sia kepale ko tukadrane.

以峭壁為屏障。

Kai abulhu su kai drakerale ua lhiao dalelhese,

禰找到的水源綿延長流，

Kai ma kusikusili palhalhaotho,

終年永不枯竭，

La lapu su ki ngodradrekay.

養育著我們魯凱民族的生命。

Mia su ki nagane su ka pina su ememane,

禰猶如禰的名字「藍天的雲彩」

Kaidu maka sia lhigu ku ta ngimiane su,

神祕得叫人難以捉摸。

Amani su ku talialalai ikai lhegelhege,

禰是山中之王，

Amani su ka ua drangalhungalhu ki tienaenale.

是叢林的守望者。

Amani ko si nanagane ko thingalane,

禰是智慧的象徵，但願

La nai thingale pu adaili kidremedrem ngualai musuane,

所有屬哩咕烙民族的魯凱人能深謀遠慮，

Ta-langa ki ngipapao balhithi su ko na abulhu su.

替子子孫孫留下禰當初的美意。

————選自奧威尼·卡露斯《神秘的消失》，台北：麥田出版公司，2006年

奧威尼·卡露斯

屏東縣霧台鄉古茶部安（舊好茶）部落，畢業於臺灣三育基督學院企管系。由於舅公Lapagao·Dumalalhathe為魯凱族史官，促使我特別關注魯凱族部落的歷史文化。1991年重返故居從事部落調查、書寫與重建家園的工作，著有《雲豹的傳人》、《野百合之歌》、《神秘的消失》，均以魯凱族部落歷史與詩歌、神話傳說為素材。

獵人的禱告

亞榮隆・撒可努

獵人的腳可以走過想走的路，
獵人的腳是用來適應自然，而不是去改變自然。
獵人走的路可以走過、穿過任何獵場的盡頭，
但留下的足印和痕跡卻是短暫的。

離開林務局公共造場的班林道，又在另一個支路岔開，再轉入幾乎
沒有路，視線無法直視貫穿的樹林，身體隨著地形變化和樹枝藤蔓橫向
又左右迂迴地前進。有時候身體往右側，好不容易低頭穿過倒塌、橫躺
著且幾乎接近地面的樹幹，正要起來的時候，身體又得往左，好連頭帶
手地撥開由樹上垂下的樹藤和枝蔓。別說不知道自己走的是不是路，地
形七走八拐也不提，父親帶我走的地方，如果那叫做人走的路，我相信
打死柯林頓，他也不會相信父親帶我走的那條叫做「有路」。其實任誰
都無法想像，有時候連腳帶手像猴子一樣用爬的，有時候又像游動潛行
的蛇，匍伏著前進；更有時候像山羊和山羌在險崖和陡峭走過、躍過、
跳過，進入一大片濃密深厚的芒草；又得像山豬把身子放低、彎腰、頭
低低的，以免被像利刃的芒葉割傷。假使身體站得太高，我可以告訴
你，出了芒草園，你的臉鐵定像大花貓一樣，隔天洗臉必定讓你疼痛得
哇哇叫。

父親看我在後面跟得很辛苦，搖著頭丟了一句話給我，說：「兒
子呀！我看你那雙腳是用來專走文明的路，眼睛是用來看紅綠燈和文明
世界的事物。你已經失去了踩在祖先之路的感覺，如果你帶著文明的雙
腳和視覺用在這裡、走在這裡，你將永遠跟不上我的腳程。走這裡的路
如果只用你的眼睛來判斷，而不是本身的直覺，你將永遠無法體會自然
與土地帶給你的感覺。走在這樣你認為沒有路的路，獵人是用感覺在判
斷，把眼睛的第一個視覺轉換成你的直覺，觀察分析下一段我們要走的
路在哪裡、下一步要踩在什麼地方、我的雙手最好抓住哪一個有力的支
點，眼睛看到的地方要馬上有能力判斷，從周圍的地形來了解是不是可
以橫越，想想好走的地方，會不會有什麼危險。一個人在山上，要能預
知危險、了解什麼是危險，以及危險可能在哪裡，和對危險的應變及處
理能力，最重要的是讓危險不要發生。這就是獵人在孤獨、寂靜後，由

內心發出的力量和思維，自救讓自己不受傷，這就是對自然生命和平對待的價值觀。」

我走在父親後方，邁著勉強的步伐想要跟上他。由於對地形的不熟悉，我那雙剛開始要習慣走「父親的路」的腳，以及想利用直覺抓取自然節奏的身體，似乎都不太靈光。有一個「我」正躲在自己的意識裡嘲笑自己：「拜託你，你是獵人的孩子，怎麼會跟不上獵人父親？」但另一個「我」卻告訴自己：「我正在努力找回自己，我會以不勉強的步伐和節奏跟上父親，我會是獵人父親的驕傲和跟隨者。」

「兒子，在你們還小的時候，外面的工作不好找，你們的母親又不放心我到都市工作，但家裡總要養、要照顧，那時候我們家的經濟全依賴我在山上打獵、賣山產來平衡家計。當我一個人在山上的時候，我心裡想的是你們和你們的母親。我一個人在這裡，發生了什麼事，沒有人能幫我解困，能救我的就只有自己。我在山上的時候常一個人想：我不能讓我的家人為我擔心，他們都在等我，再怎麼樣我都要回去看他們，不管是在山上還是獵場，都要注意和小心。對自然的現象有所敬畏和尊重，都是我跟自然學習而得知的生命價值觀。這麼久了，你們也都長大了，我要說的是，讓自己孤獨的害怕和對家人的擔心，能透過對祖先和上帝的祈求和禱告，而得到期盼和等待的平衡。」

走了一段很長難行的陡路，父親要我休息一下。

「有那麼累嗎？兒子！不要讓大自然聽到你累而喘氣的聲音。」

我示意地點頭說有一點點啦，其實心裡想著：不累才怪，走這樣不是路的路，我簡直就像剛出生的嬰兒學習走路一樣，跌跌撞撞。

父親蹲坐在他安放好的大石頭上，用手指著：「由這裡看過去，你所能看到最後的那個山頂順下的稜線都是我的獵場。」我望著視覺延伸到最後的盡頭，心裡想著：這就是我父親的獵場。

當父親由口中說出「這是我的獵場」，「我的」這個用句和語調讓我感覺到一種踏實的歸屬感。在祖父的那個年代，自然的一切是被共享分用的，但漢人政府強權的收納，用他們制定的法律來約束我們，讓我們原有的一切被剝奪改變，「是我的」這個排灣族人習慣的用語，也幾乎隱沒、快速消失在我們的價值觀裡。能再一次聽到這句話的感覺真好。

「這是我的」，那是一種宣示，是對自然、土地，也是對漢人政府的控訴。漢人用產權登記的方式取得這裡，父親卻用生命、經驗、雙腳踩遍而去體驗這裡的一切，這是父親產權登記的方式，也是父親的儀式。林務局用告示牌宣示這裡是他們的，父親卻用獵槍和走的獵徑宣告這是他自己的。

父親喃喃地說：「時代變了，這裡曾經是我們的，世代都是我們的獵場。林務局來了，但他們卻不知怎麼跟這裡的一切談情說愛。如果大自然會說話，由他們來選擇這裡的主人和朋友，哪有林務局和國家公園、實驗林場的份？大自然一定會說要嫁給我們排灣原住民。雖然我踩在林務局登記的土地上，然而這一切卻是我所熟悉的一切，這是我們世代的，不管什麼人來、用什麼樣的方式轉換取得，在我們內心裡，這兒就是我們的。」

父親久久的凝視著，像是在告訴大自然：「我又來了，我是你們的朋友。」

「兒子！」父親站起身來指著險峭的陡壁，說他曾經走過那裡。「獵到的山羊和山豬，都是越過現在我們所看到的稜線，由那裡背下來的。下到對面的山溝再做休息，休息夠了，再由山溝撐著獵槍慢慢地爬上來，再背到我們現在所站的地方，這裡是我進獵場的門口，也是我離開獵場後對大自然感恩的地方。當我每一次獵到獵物後，我在這裡對上

帝禱告，講出對大自然的感謝，讓我能帶走獵到的獵物，而沒有被把打啦（嫉妒）；也感謝進入獵場得到的平安和照顧，以及上帝的引領。兒子，能當獵人沒有什麼了不起，獵人要有對大自然、大地的感恩和賜福，這才是獵人的修養和哲學。讓你體驗了解，獵人是什麼，什麼叫獵人，來到這裡，你正被大自然考驗，考驗你會不會成為獵人。」

打獵的人不是登山者，登山者有路可以走，一步一步地走，累了就休息，休息好了再出發，一邊看風景，一面欣賞，他們的心態是征服登頂才是目標。打獵就不一樣，我們沒有路可以走，走的路可能是山豬和水鹿的路，或是和山羌、山羊並行，走同一條路。登山的人上山一大包，回家沒有包包；獵人上山沒有包包，回家一大包；登山的人由平地帶來讓他們生命力量能延續的食物，登頂後一個人受益，榮耀歸自己；獵人不一樣，上山的時候只帶需要的、該帶的，生命和力量延續的方法靠自然的經驗，獵到獵物後是家族和部落受益，榮耀是一起的。

父親告訴我：「老人家曾說過，獵到獵物的獵人不能自私和埋怨。如果獵人有『獵到的獵物是我一個人背回來的，我又為什麼要把獵物讓別人共享』的想法，我們的祖先就不會讓他再獵到獵物，因為他很自私只想獨享，獵人獵獲獵物那是祖先給他的，要獵人把獵物帶回去給其他人共享，因為獵人只能擁有別人給你的榮耀。因為部落有你這樣的獵人，我們才能彼此分享，我們的心才能連結在一起。

「老獵人說過，獵到的獵物並不是代表是你的，那是家族的，那是部落共享的，因為你的辛勞和付出，你可以多拿一點。傳統裡的獵人，排灣族人說是『ㄈㄜ那ㄈㄜ那差』，意思就是說，替部落族人付出，用生命去交換，到獵場背負獵物回來的人。這也就是我們排灣說的，我們只是替祖先把獵物背回去，讓族人和部落享用。而我獵獲獵物的方法，經驗是由大自然教授的，再加上我們只是祖先、上帝的使者而已。兒

子，你不要忘了，這就是你的祖先給你的路和獵人生命不斷注入的原因。現在你已經是自然與文明的詮釋者和溝通者，記住我所說的話，有一天你會用到的。

「如果我們在獵場累了，要休息時可以先問自己，這裡是我休息的地方嗎？這裡會不會是動物的十字路口？山豬的遊樂園？或是猴子的運動場？我站在這裡、蹲坐在這裡對嗎？獵人不會為了休息而休息，獵人的休息是跟著自然的節奏休息而休息。習慣了跟上節奏，你自然會知道什麼時候該休息，要在哪裡休息、喝水，哪一個地方吹來的風最涼，哪裡是你可以讓自己隱藏在動物聞不到你、看不到你的地方。獵人要觀察、要去感受體驗，才能成為自然的一分子。」父親笑著說：「ㄜㄇㄜㄇㄟㄤ·ㄋㄚ順（你知道了嗎）？」

我也笑著回答他：「卡瑪，你的獵人哲學那麼多，為什麼不寫下來呢？」

父親答道：「那我生你、又帶你來這裡幹什麼？」

我又笑了，卻沒有告訴他：我替你寫好了，卡瑪，這就是我在等的。

「兒子，你常回來嘛！走我的路，你就會感覺到在這裡走路很藝術，走的每一步，踩的每一足印，都是用心、有感情的，那是一份對土地自然感恩的情感。眼睛沒有一定的，也沒有絕對，相信你的直覺，懂得運用感覺，你走的每一步路才能踏實有生命感。」

真正獵人走路不是用眼睛看，眼睛是用來辨視、觀察自然在變化的符號和圖騰，感覺才是走路的直覺和方法，讓自己習慣雙腳踩在土地的感受，用心體會、感受的那種感覺，讓人的觸覺轉換成視覺，那就是我所要說的。

「感覺就是你的眼睛，腳踩到哪裡、踢到哪裡，什麼樣的路和地形

知道用感覺來平衡，如果不小心被樹枝和樹藤鉤到或絆倒，就讓記憶為下一次做處理和預防。讓自己融入自然，被接受的感覺很好，懂得感受的人，才能了解自然的真理。」父親講完後又繼續說：「如果像你這樣的走法，走到哪裡，看到哪裡，父親那麼大的獵場，就算獵到了獵物，也永遠走不到，可能要好幾天才能走完。」

我心裡納悶著，奇怪，這麼陡峭難行的路，父親卻能當平路走，我還以為這裡沒有路了，不知路在哪裡，父親卻走得那麼自在、輕鬆，有時候還可以唱歌、說話，而我卻像急著吃奶水的小山羊，追著母山羊跑。

獵人的腳可以走過想走的路，獵人的腳是用來適應自然，而不是去改變自然。獵人走的路可以走過、穿過任何獵場的盡頭，但留下的足印和痕跡卻是短暫的。

但大自然給我們的經驗和智慧卻是永遠的，然而我們人類對自然的了解，就如山羊尾巴裡的一根毛，知道的只是那麼一點點而已。

說完話的父親喝著水，將最後口裡的水吐在他習慣坐下來休息的石頭周圍。我知道那是他在告訴他周圍的一切，由這裡開始，做下他的記號和留下他的氣味，宣示這裡是他的，而父親的方法，正是他宣示這裡歸於他所用的儀式。也許父親因習慣了這樣的步驟，而未發現那正是他的儀式，而我卻是他唯一的見證者，清楚地知道他用記憶保存他對土地宣示的儀式，包括整個過程和方法。

父親的一舉一動，沒有對自然的不協調，反倒是自然已習慣了父親的一舉一動。「對面是山羊的領土和地域，待會兒我們越過稜線後，動作要放輕一點，越過稜線後就多是屬於他們的地盤。現在我們站的地方就是山羊領土的最邊線，山羊再怎麼吃『山蘇』也絕不會越過這條領土的邊界，因為山羊對自己的領土和地域非常的清楚。我們人類覺得不利

的地點，但對牠們來說那是最有利的，山羊寧願用不利的地形，讓自己找到掩護，也不會輕易越過邊線，到對自己不利的地方吃東西，這就是山羊。」父親又囑咐著：「這裡走下去都是峭壁和不好走的路，走路的時候不要說話和問問題，盡量降低移動的聲音，不要有滑動和落石聲，手能抓的地方就抓，身體能靠的地方就靠，找到平衡的撐點再移動，懂得學習運用身體和手的力量來減輕身體在移動的重量，慢慢體會。我說了那麼多，待會兒走了你就知道。出發前，兒子，我們先禱告！」父親帶領我虔誠的向他的上帝禱告。

感謝您，相信您指引我的上帝，
在離開前我對您祈求路程的平安，
能繼續引領我們這離危險和惡靈、魔鬼的召喚；
我們隨時都需要您的照顧和幫助，
請讓我們感受您的存在，讓我的孩子能體會了解我所說的，
也讓他知道獵人的智慧，和獵場的所有範疇，
我們謙虛地在學習感受。
有您，我們才有力量應付一切，
最後感謝您，我虔誠的信奉主耶穌的您。——阿門！

而我用著父親的方式，祈求我的祖先：

我來到這裡也許是你們的安排、指引和考驗，
就如父親說的，讓我來當文明與自然的詮釋者和溝通者，
我需要更多來詮釋獵人生命的智慧和能力，
當我膽怯、害怕時，有足夠的力量來平衡。

我親愛的Vu Vu（祖先）們，我是你們的Vu Vu（孫子），

讓我擁有你們的美麗和驕傲，

因為我是排灣族的孩子，

我知道你們聽到我說的，

瑪沙露Vu Vu，我感謝、相信你們，

希望Vu Vu們不要保留、放棄考驗我的方法，

瑪沙露Vu Vu。

——選自亞榮隆‧撒可努《走風的人》，台北：耶魯國際文化公司，2005年

亞榮隆‧撒可努

太麻里香蘭部落人。現任職於台東森林警察隊，業餘從事寫作。曾獲中華汽車原住民文學獎、巫永福文學獎。著有《山豬‧飛鼠‧撒可努》、《走風的人——我的獵人父親》等。

王煒昶＝攝影

搭蘆灣

孫大川

搭蘆灣其實是我們鋼筋水泥的家和我們自然屬性的窩之間柔軟的建築形式，
它提醒我們在工業、科技的威勢中，
如何安立一個可以和大自然對話的家。

　　搭蘆灣（taLu'an），阿美語，指山上或田間的工寮，是我童年最鮮明的記憶之一，也是我對「家」延伸的第二種理解。

　　童年記憶裡，搭蘆灣幾乎是我生活的重心。夏季一大清早，我便隨著父母來到田裡，先不自量力地表示要參與勞動。父親照例認真地讚美一下我的孝心，然後帶著理解的微笑要我到搭蘆灣拿鋤頭、鐮刀之類的工具，一天的工作就這樣開始了。

　　在那個年代，我們大多是赤腳的。六、七點鐘之後，太陽漸漸炎熱，我小腳走在父親犁過的鬆軟土地上，跌跌撞撞，勞動的姿態就有些可愛了。通常父親並不主動要我休息，休息的藉口和方法必須由我自己去設想。有時假裝跌倒，有時問父親累不累，有時嘆著氣說太陽大哦；一會兒要去提水，一會兒要去看看樹蔭下的小狗……。那時候，我滿腦袋千方百計想要投奔的終極目標，就是綠樹遮蔭下風姿綽約的搭蘆灣。一般情況，我大致在一個時辰之後，便能順理成章地達到目的，接下來的時光就剩下我和我的搭蘆灣了。

　　茅草頂、竹牆、竹檯，走進搭蘆灣，竹片的氣味依然濃郁。有鹽、有火柴、有味精、有炊具；農具井然排列，籐籃裡有從家裡帶來的白米、醃肉和鹹魚。牆外一堆木柴，灶是臨時用石頭堆起來的。近午時分，母親會回到搭蘆灣，取火、煮飯、燒開水。遠遠看到父親沿著田埂周圍遊走，回來的時候，手上一把野菜，運氣好還會有雉雞、鳥蛋、青蛙、蝸牛之類，搭蘆灣的午餐比在家裡豐盛且有趣得多了。直到今天，我吃飯的口味，仍舊是搭蘆灣式的：簡單、原始、清淡。

　　屋外數棵高大的龍眼樹，樹下有石板、長凳，沒有比它們更清涼的床鋪了。躺在上面，陣陣蟬鳴，父親說：「如果覺得熱，可以吹長長的口哨，風就會吹來。」我通常就在父親的口哨聲和陣陣南風中入睡，沙沙的樹葉，夾雜著掉落的龍眼，這一覺香甜極了。成年之後，輾轉於都

市叢林，長長的口哨不但引不起絲絲微風，還被混雜的聲浪淹沒，內心的焦躁，只有讓自己更加燠熱難當。

下午，隔壁田裡的表哥、表妹們開始集結，父親為我們在老龍眼樹幹上架起了鞦韆，單人、雙人，大夥比賽誰盪得高、跳得遠。從四郎真平到灌蟋蟀，我們的遊戲會隨著日曬的減弱，花樣遞增；直到夜幕低垂，收拾農具，虛掩搭蘆灣的柴門，坐上牛車，結束一天的勞動。回到家裡，眼皮已重，在母親的打罵聲中草草梳洗。沒有電器的夜晚，夢中的世界精采多了，然而場景似乎大多與搭蘆灣有關。七歲上小學之前，搭蘆灣其實是我對家最溫暖的記憶。

開始讀書寫字，學校變成新的生活重心。哥哥姊姊或教書或擔任公職，早已不是耕作人口；田裡的工作因而便隨著父親的過世和母親的老邁逐漸廢弛。搭蘆灣像是被遺棄的遺址，腐朽、崩塌、灰飛煙滅。直到幾年前，我在台北接觸新店、碧潭和花東新村一帶逐水草而居的阿美族聚落，搭蘆灣的印象又重新鮮活了起來。只是這一次我被賦予的任務竟是負責規畫執行對這些搭蘆灣拆除、搬遷的工作，就像親手鏟除自己童年對家的記憶一樣……。

搭蘆灣其實是我們鋼筋水泥的家和我們自然屬性的窩之間柔軟的建築形式，它提醒我們在工業、科技的威勢中，如何安立一個可以和大自然對話的家。日前驅車走過嘉南平原，見到鋼骨豪華的農舍，一棟棟矗立在田埂中間，對搭蘆灣原始的渴慕便更深、更濃了。

（2001年7月20日）

——選自孫大川《搭蘆灣手記》，台北：聯合文學出版社，2010年

孫大川

生於下賓朗（Pinaski）部落。比利時魯汶大學漢學碩士。現任原民會主委、政大台文所副教授。著有《久久酒一次》、《山海世界——台灣原住民心靈世界的摹寫》、《夾縫中的族群建構——台灣原住民的語言、文化與政治》、《搭蘆灣手記》。並曾主編《台灣原住民族漢語文學選集》。

許佩玉攝影／「我的母土・風情萬種」攝影比賽入選

海洋的風

夏曼・藍波安

海洋的風在前面引領我的靈魂，我擁抱喜悅前往，
我的心臟在跳動，蒸騰我的喜悅，我的皮膚在呼吸，
呼出驕傲吸進謙虛，十來分鐘後來到了目的地。

　　夏末秋初的夕陽，總是讓外來的人覺得住在小島上的人很幸福，很天真，很知足。

　　微風來自島嶼的南邊，從海平線吹起，掠過千頃萬波，夾帶鹹鹹的濕氣黏貼在植物的葉片上，也黏貼在人們的肌膚表面，久了之後，樹葉便枯黃了，人們也覺得煩了。不過，有的時候

　　天空上的雲也會很有節奏地配合著海洋的風掠過島嶼的上頭，島上的老人總是說著，下層雲是最不乖巧的小孩，總是忽東忽西的，忽南又忽北，中層雲是中年人，比較穩重，接受上層雲的老人的經驗知識然後教育不乖巧的小孩，而千變萬化的雲朵也像人心一樣的複雜，不曾有過相似模樣與色澤顯影在人們的視窗；其次，也形容海平線起的第一道波浪是人出生的開始，每個人皆象徵屬於每一道波浪，而波浪的起伏便是每一個人的人生際遇，有高潮、低潮，隨著海洋的風，波波地移動到島嶼的四周沿岸，而後宣洩，或是消失，或是死亡。

　　深深的黑夜有道歌聲來自柴房，柴光燃亮柴房的局部，也燃紅父親老邁的半邊臉，歌聲與柴煙一道從房門縫隙鑽出門外。悠悠自如的歌聲旋律宛如平穩的波浪，令人沉醉在乾淨的歌聲、乾淨的人、乾淨的天、乾淨的海，寧靜的夜，歌詞恰是父親形容自己的一生是一波波的浪，宣洩的浪是他老人一生真實的寫照，浪沫是存在的記憶，也是不斷被淹沒忽視的記憶。他的歌聲海浪聽得懂，卻被海洋的風帶走，島上的年輕人因而聽不懂；我聽得懂，也了解，而且也深深地體認到父親吟唱古調歌詞的心境。不只是父親在夜間經常哼唱，全島的老人皆喜歡在深夜的寧靜向深夜述說心聲，只有在這個時候，他們才感覺得到海洋的風在傳達祖先的知識與對過去的時光、過去的人、過去的記憶的思念。

　　我沉醉在夜的寧靜，沉醉在父親的歌聲，細心地思考他的歌詞意義及其象徵意涵。此刻，天空飄著小雨，父親改變坐姿，讓熊熊的烈火

海平線起的第一道波浪是人出生的開始，每個人皆象徵屬
於每一道波浪，而波浪的起伏便是每一個人的人生際遇，
有高潮、低潮，隨著海洋的風，波波地移動到島嶼的四周
沿岸，而後宣洩，或是消失，或是死亡。
陳春妙攝影／「我的母土・風情萬種」攝影比賽入選

溫暖冰冰的背肌，他看著門外的黑夜，自言自語地說：「但願時光倒
流。」也許，他希望回到過去的時代，回到沒有雜音的日子，回到老人
被下一代尊敬的時光，懷念過去單純的生活是老人生活的一部分，父親
何嘗不是如此呢？我專心地聽著他的歌詞。有時就像停停又下下的雨一
樣，已經不像前幾年那樣地一口氣唱完一首歌，停頓中總是會加一句話
說：「怎麼不記得了呢？」然後又重複地唱，直到他認為唱得沒錯為
止，這是父親每個夜晚驗證自己還有記憶的功課。

　　母親走進柴房，命令父親讓一個空間給她，我聽到母親敲碎檳榔的

聲音，這是她每次起床後最重要的工作，她附帶地說：

「一個大老人，哪有唱不完的歌？吵死人了。」

「妳不是重聽嗎？怎麼聽得到我的歌聲呢？」

「一旦你唱歌時，我的耳膜就被刺破。」

也許父親為了夜的寧靜，也許也了解妻子不諷刺的男人就不算是女人的先生，所以讓母親的耳朵回到無聲，也讓自己正面回到觀賞木柴燃燒的變化，柴燒光時，就不得不上山撿木柴，這是他20世紀初小時候到現在21世紀初已經老的時候不曾忘記過的工作。他總是對我嘮叨地說，只有木柴煮的東西，他才要吃。「你剛剛說什麼？」母親突然地問父親。

「神經病，我哪有說什麼話？」父親說。

「沒有，那剛剛說話的是鬼嗎？」

「當然是鬼啊！難道是我嗎？」父親顯然厭煩母親坐在旁邊地說。

「為什麼，我越老越愛說話呢？孫子的祖父。」媽媽微笑地說。

「是魔鬼敲開妳的嘴巴的啦！」

「但願我死之前把話說完。」

「看妳越老越聰明，怎麼可能說得完呢？」

「我們去教堂，星期日是明天，好嗎？」

「妳了解上帝的話嗎？」

「有人翻譯啊！」

「我要上山撿木柴。」父親說。

火勢漸漸地小了，母親於是分散赤紅的餘炭，好使鍋裡的芋頭保溫到清晨。赤紅的餘炭溫暖了柴房，也溫暖著兩位老人的肌膚，直到我們的豬清晨走來頂撞柴房的門時，母親方說：「天已經破了。」

就像母親一樣，有時候，嘮叨是她的最愛，我的最愛是潛水射魚，

也像父親撿柴一樣，是每天例行的工作，只是經常被孩子們的媽媽說成「潛到海裡逃避賺錢的男人」，島上的女人總是懂得看海卻不懂得如何從先生的漁獲體驗男人在海裡潛水抓魚的心酸，彷彿達悟的男人抓魚養家是原始的責任似的。

海洋的風從南邊徐徐地吹來，在秋天感覺起來比夏天舒服多了。我家養的母豬帶著五隻小豬在院子邊注視著正在吃早餐的父母親，吃著爸媽丟棄的地瓜、芋頭皮以及一些魚骨頭。

「希望你們乖順，待在你們的房子，別去芋頭田吃他人家的芋頭，免得我們被部落的人詛咒。」母親對著豬群說。

「Ki ki」的聲音彷彿在表示說：「我們沒有，我們沒有」的意思。

父親提著豬的早餐往牠們的欄舍方向走，一群豬頭跟在爸爸的後邊，嘰哩咕嚕、嘰哩咕嚕地叫著，牠們是認得出主人的臉，聽得出主人的聲音。小女兒也跟在她的祖父的後邊，臉上笑著觀看這群小豬鑽頭擠尾地吃早餐。一頭黑白斑點的小乳豬是她最喜歡的，她手上總是留著一個地瓜在豬群們吃完早餐後，親自地餵牠，然後才跑步去上學或著上主日學，久而久之，這也成了小女兒每日例行的工作。

天主教的鐘聲響起，擴音機傳來請教友上教堂的聲音，沒多久基督教的擴音機也傳來請教友上禮拜堂的聲音。

天主教堂位於部落的上方，可以清楚地看到部落的全貌，就像上帝鳥瞰地球一樣的清晰，彼時教友們在教堂內用達悟語唱著：

我們去教堂祈禱
祈禱在上帝的面前
我們在上帝的面前
洗刷我們的罪過

因為罪大惡極我們

‧‧‧‧‧‧

「教堂傳來了歌聲，孫子的祖父，我們走吧！」母親對著父親說。父親正專心地磨利砍柴用的鐮刀好像沒聽見母親說的話。母親從地上撿了一個小鵝卵石丟向父親，父親看了媽媽一眼地說：

「幹嘛丟我石頭？」

「你的罪很大，星期日是今天，我們去教堂。」母親笑著說。

「妳自己去吧，我哪裡有罪？」

「每個人都有罪，上帝說的。」

擴音機再次地廣播請教友上教堂的聲音，美妙的歌聲「我們去教堂祈禱」穿進部落裡每個人的耳膜。母親往教堂的方向走，臉上露出喜悅像是虔誠的教友，父親推著雙輪推車，車上放一把斧頭、一把鐮刀以及一綑繩索往太陽出來的方向走。

「是你自己不走天堂的路，別責怪我沒跟你說。」媽媽在他們分開的岔路跟父親說。也許父親想著他的工作，就像我的祖父一樣，在他去世以前沒聽說過有教堂、有上帝，只知道從古老的傳說聽說過，有一群人住在人的肉眼看不到的宇宙裡。「為何蓋了教堂，有了外國神父之後，我們無意中都變成了罪人呢？千年來我們的祖先都是在沒有信仰上帝下生活的，生活是那樣地平靜，那樣地有規律，人與人之間又如此地相互彼此尊敬，哪像現在那樣地沒秩序？」父親邊走邊說。

海洋的風微微地吹來，我正坐在涼台上看海，孩子們的母親提著聖經與詩歌本準備去做禮拜，問我說：

「你不去天主教堂嗎？」

「等一下我就去。」我說。

「等一下就是中午了，那不是你要下海潛水的時候嗎？」

「我會去啦！」

「別把海洋當做是你的教堂，教堂在陸地上不是在海裡。」

「我知道啦！」我像綿羊似的溫柔回道。

其實，孩子們的母親早已察覺到我對海的熱情，才說那句話。我雖然也十分明瞭她要我上教堂的好意，但她絕對不了解我在海裡欣賞那些魚兒的快樂，有時候想，海裡的綺麗世界還真像是我的教堂，我的教室，但也不諱言，我在下海之前會非常自然地在臉上、胸前畫下十字，這樣的儀式也許算得上是虔誠的教徒，我想。我知道，聖經裡敘述耶穌傳教時，是以大自然做為祂的教堂的，雖然我的眼前沒有十字架，沒有神父在傳福音，但一波又一波的浪宛如聖經裡的每一章節、每一頁的道理，未曾在我腦海間斷過。

一如往常的，午後的兩、三點，我來到了我想潛水的海域，或者說是我的教堂吧。昨天的這個時候，上千尾的紅、黃尾冬魚順時地或逆時地在海底繞著我的影像如鐵一般的仍烙印在我的腦海，那一股難以形容的興奮是千萬個心願，希望再去潛水看看這群悠悠自如的、喜歡浮出海面吸吮海洋的風帶來的浮游生物、長相卻都是一樣甜美的魚兒。上千尾的魚兒同時吸吮浮游生物時，海面因而呈現出一片黑影，黑影隨著海流漂移，彷彿是一塊被搬動的礁石，有時往東有時往西，直到牠們吃飽潛入海裡或是被敵人侵略的時候方消逝。這種映入眼簾的真實影幕，若不潛入海中，還真的不知道這群魚兒的可愛與頑皮，有時自己在海裡像白癡一樣地自個兒笑了起來，有時趴在礁石上動也不動地吐口氣，在氣泡漂浮浮出海面前，瞬間數不清的魚兒密密麻麻地立刻衝來我眼前，爭先恐後地戳破氣泡，奧妙的是，牠們彼此之間就是沒有「撞車」的事情發生。

海洋的風在前面引領我的靈魂，我擁抱喜悅前往，我的心臟在跳

動，蒸騰我的喜悅，我的皮膚在呼吸，呼出驕傲吸進謙虛，十來分鐘後來到了目的地。我坐在礁岩上讓心臟的脈動歸於原來的頻率，眼前恰有兩艘台灣來的竹筏正啟動著引擎，緩緩地朝著台灣的方向駛去。他們是空著魚艙順著海洋的風來的，也許，他們現在的魚艙已經填滿了，心情愉快地頂著海洋的風返航吧！我想。此刻，我欣賞著兩艘竹筏駛過海面留下兩條平行筆直的銀白浪沫，浪沫煞是海洋的項鍊。遙遠的海平線可以清晰地看到恆春半島，兩條平行的銀白浪沫對準著它，也許在兩、三個小時以後，項鍊在他們進港熄滅引擎後自然地消逝了。不過，他們會在很短的時間內帶著海洋的項鍊又順著海洋的風再次來到我們的島嶼。

　　說來奇怪，兩艘竹筏消失在眼前以後，原來熱騰騰的胸膛漸漸地冰涼了起來，我的朋友夏曼・安然義牧師開車駛過我身後高喊地說：

　　「我的朋友，哈利路亞！」

　　「天主保佑！我的朋友！」我也高喊地回道。

　　波波的微浪不間斷地拍擊岸邊的礁岩，這是陸地與海洋幾億萬年以來一直在持續的戰爭。父親從祖先的傳說故事那兒聽說，是因為海神不希望我們達悟族有太大的島嶼，所以以駭浪阻擋陸地的擴張，我不知道，這是不是真實。然而，父親說，海洋是「分配食物的主事者」，這句話的意義我是明白的，在達悟族的觀念裡：飛魚季節不捕撈近海的底棲魚，非飛魚季節不捕撈飛魚，這是讓海裡的魚類輪流休息。初民民族傳說故事的真偽不重要，重要的是初民民族以超自然的觀念，萬物有靈的信仰來維護自然生態的平衡，也許因為這樣，在我每次潛水前都非常虔誠地祈禱，默禱海神保佑我。此刻，我入水前的儀式並沒有忘記，只是我先前的興奮早已冰涼得不再升騰了，在兩艘台灣來的竹筏消失以後。虔誠的默禱是我在建構昨日上千尾的魚兒能夠再次地出現在我眼前的海底美景，此可遇不可求的、有生命的、有情感的、有季節的動態螢

幕，正是吸引著我日日徒手潛水的動機，也是我累積敬愛有生命的生物的泉源。

大伯曾經告訴我，他與我父親年輕時在海裡徒手潛水的親身經歷：大約在秋末冬初，有一次他們巧遇上千尾的浪人鰺，大大小小都有，小尾的魚身長度約一個手臂，大尾的魚全部比我們人還大，小尾的在上層，中的在中層，大的則在最底層，不用數有幾百條，就單單注視著這些魚群如拳頭大的眨也不眨一眼的眼珠，就夠你尊敬牠們，海裡是個無奇不有的奧祕世界。那天晚上，我的夢告訴我說，那是一群死在海裡的日本兵，這是我這一生最值得回憶的往事。當然，要是讓我現在遇上那群浪人鰺的話，我是死而無憾的。

我逐漸地游近昨日的潛點，海水十分地混濁，不過潮流還算穩定，不會消耗我很多的體力。

——原刊於《人本教育札記》，2001年5月

——選自夏曼‧藍波安《海浪的記憶》，台北：聯合文學出版社，2002年

夏曼‧藍波安

蘭嶼達悟族。清華大學人類學所碩士。現任國家實驗研究院海洋科技研究中心研究員。著有《黑色的翅膀》、《冷海深情》、《八代灣的神話》、《海浪的記憶》、《老海人》、《天空的眼睛》等書。

「我的母土‧風情萬種」
攝影比賽得獎作品索引

國家圖書館出版品預行編目(CIP)資料

鬥陣寫咱的土地：母語地誌散文集 / 向陽, 黃恆秋, 董恕明
主編. -- 初版. -- 臺北市：新臺灣人文教基金會, 2012.09
　　面；　公分
ISBN 978-986-87320-5-6(平裝)

863.55　　　　　　　　　　　　　　　　　　　101019392

鬥陣寫咱的土地——母語地誌散文集

出版者／	財團法人新台灣人文教基金會
地址／	110臺北市信義路五段150巷2號16樓1600室
電話／	（02）8789-4812
傳真／	（02）8789-4815
網址／	http://www.newtaiwanese.org.tw
發行人／	張　珩
企畫統籌／	須文蔚
企畫執行／	簡明哲・曾文培・劉德明・修杰麟
	吳承思・陳志斌・陳儀如

編輯製作／	文訊雜誌社
主編／	向　陽・黃恒秋・董恕明
責任編輯／	邱怡瑄・詹宇霈・洪睿琦
校對／	杜秀卿・陳金順・吳雅慧
美術設計／	不倒翁視覺創意工作室
印刷／	松霖彩色印刷公司

經銷展售／	紅螞蟻圖書有限公司（02）2795-3656
	紀州庵文學森林（02）2368-7577

初版／	2012年10月
定價／	420元
ISBN／	978-986-87320-5-6

Printed in Taiwan